LA PORTE DES ANGES

2

Michael DOR

LA PORTE DES ANGES

2

LA QUATRIÈME CLÉ

MÉDIASPAUL

Collection
LA PORTE dES ANGES

Le complot d'Éphèse, 2006, tome1, 316 p.

Couverture : © *Julien Chheng*

© *Médiaspaul,* 2007
Éditions Médiaspaul, 48 rue du Four, 75006 PARIS
editions@mediaspaul.fr
ISBN 978-2-7122-1006-9

Pour le Canada :
Médiaspaul, 3965 boulevard Henri-Bourassa Est
Montréal, QC, H1H 1L1

Imprimé en France

Prologue

Il faisait très sombre dans cette grotte humide et sale. Quelques flambeaux accrochés à de vieux anneaux rouillés diffusaient une lumière vacillante, bien trop faible pour que l'on puisse distinguer les contours de la caverne, aussi vaste qu'une cathédrale gothique. La voûte était hérissée d'une forêt de stalactites qui ressemblaient aux dents d'un animal vorace. D'énormes rochers aux arêtes coupantes étaient amassés dans un chaos indescriptible, ruisselant d'une eau nauséabonde.

La grotte s'enfonçait profondément dans les entrailles de la terre. Un escalier aux marches grossières et inégales avait été taillé directement dans la roche. Il débouchait sur un vaste périmètre plat de forme rectangulaire.

Contrairement au reste de la caverne, cet endroit était fortement éclairé par une multitude de cierges rouges dont la cire chaude dégoulinait lentement sur le sol comme autant de coulées de sang. Au centre de cet espace dégagé, on apercevait un énorme autel de marbre zébré de traînées poisseuses. De grosses mouches noires et grasses bourdonnaient tout autour, se régalant du festin offert à leur appétit insatiable. Un peu en hauteur, dominant le sanctuaire, un fauteuil de cuir sombre trônait sur une petite estrade naturelle. De là, il était possible d'observer aisément le dessus de l'autel sur lequel ne reposait rien d'autre qu'un sinistre crâne de cristal aux orbites vides…

La grotte était loin d'être déserte, mais ses fantomatiques occupants cherchaient à se dissimuler le plus loin possible de l'autel. Avec un peu d'attention, on pouvait aper-

cevoir des ombres indistinctes, tapies dans des anfractuosi-
tés de rochers, telles de vieilles chauves-souris peureuses.
Ces ombres remuaient ou se déplaçaient de temps en
temps, mais aucune d'elles n'osait approcher trop près du
fond de la caverne.

Tous ceux qui étaient présents avaient répondu à un
appel aussi impératif que pressant. Ils avaient été conviés à
se retrouver dans cette grotte dans les plus brefs délais. Le
signal avait été clair et précis. Ils n'avaient pas eu d'autre
choix que d'obéir promptement. Certains étaient venus de
loin. Jamais ils n'auraient osé se soustraire à cet ordre,
même pour des motifs légitimes. Leur honneur en dépendait, mais aussi... leur propre vie !

Les « invités » attendaient, plus ou moins patiemment.
Seul le souffle court qui s'échappait de leurs gorges serrées
indiquait qu'ils étaient nombreux à s'être cachés dans les
replis de cette caverne. Quelques-uns, plus téméraires que
les autres, osaient braver la loi du silence et murmuraient
entre eux.

Soudain, des cris étouffés se firent entendre au loin. Un
lourd silence s'abattit brutalement dans toute la caverne.
On n'entendait plus qu'un bruit de pas dans l'escalier, que
les voûtes ancestrales répercutaient en l'amplifiant.

Celui qu'ils attendaient tous venait d'arriver...

– C'est le Maître... chuchotait-on de part et d'autre.

Très lentement, les créatures sortirent de l'obscurité et
s'approchèrent prudemment de l'escalier, bien décidées à
ne pas manquer une miette du spectacle si longtemps
attendu...

Mais il y avait une autre raison à se montrer aussi
ouvertement, une raison moins avouable : la peur de ne pas
être compté parmi les adeptes les plus fidèles. La servilité
l'emportait sur la crainte et la prudence...

Le Maître était habillé d'un long manteau couleur de
boue, la tête recouverte d'une capuche masquant les traits

de son visage. Seuls deux yeux rouges brillaient comme des braises au fond de la cagoule enténébrée.

Au grand étonnement des adeptes, il n'était pas venu seul. Deux étranges personnages le suivaient immédiatement.

– Oh ! Astaroth et Belphégor ! dit quelqu'un d'une voix sourde. Que viennent-ils faire ici ?

À leur passage, les dévots s'inclinaient ostensiblement la face contre terre ou commençaient un début d'applaudissement vite avorté. Les trois anges rebelles ne prêtaient aucune attention aux méprisables créatures qui les entouraient et regardaient droit devant eux avec arrogance. Ils contournèrent l'autel de marbre et montèrent sur le promontoire où trônait le siège de cuir. L'ange rebelle s'y assit, encadré par Astaroth et Belphégor. Le premier ressemblait à un terrifiant oiseau de proie aux yeux de reptile, avec des serres en guise de mains. L'autre, plus grand et plus massif, avait un visage anguleux mangé par une longue barbe jaunâtre qui dégoulinait sur un corps couvert de poils de couleurs indéfinissables.

Un silence sépulcral emplissait toute la caverne. Plusieurs dizaines d'individus s'avancèrent prudemment pour se masser aux pieds de leur vénéré Maître. D'autres restèrent à l'abri des rochers. Certains se mirent à genoux, les mains tendues vers lui ; d'autres encore restèrent debout, la tête baissée en signe de soumission…

Le Seigneur des Ténèbres regardait son auditoire servile et tremblant avec un regard froid. Il ne prononça aucune parole pendant de pesantes minutes. Puis il se leva très lentement et s'avança au bord du promontoire de pierre. Il rabattit sa lourde capuche sur les épaules. Le visage qui apparut à la clarté des bougies était jeune et magnifique. Des cheveux blonds légèrement bouclés, un menton parfaitement dessiné et des lèvres sensuelles le rendaient harmonieux et séduisant.

– Merci d'avoir répondu à mon invitation ! dit-il d'une voix méprisante qui contredisait l'amabilité de ses propos.

La foule de ses adeptes s'inclina face contre terre dans un ensemble parfait.

Le Seigneur des Ténèbres esquissa un sourire forcé et tapota de la main l'accoudoir de son siège avec une lenteur affectée.

– Redressez- vous et écoutez-moi !

Levant l'une de ses mains blanches aux doigts arachnéens, il dit d'une voix soudainement hargneuse :

– Je suis en colère, TRÈS EN COLÈRE !

La foule des adeptes retint son souffle, attendant la suite avec anxiété. Chacun savait que les colères du Maître pouvaient être meurtrières, même pour ses plus fidèles disciples, simplement parce qu'il avait besoin d'apaiser une fureur qu'il ne parvenait pas à maîtriser. À ce moment-là, personne ne pouvait prétendre être à l'abri. Il ne restait alors qu'un seul espoir : celui de se faire oublier...

– Un danger très grave menace notre empire, continua l'ange rebelle. Un homme se dresse contre nous...

Il abaissa devant lui la main qu'il avait levée et serra avec violence ses doigts fins comme pour écraser, tel un vulgaire moucheron, l'ennemi qui avait l'impudence de le défier. Le poing dressé, les yeux incandescents, il se mit à hurler de plus belle :

– JE NE PEUX LE TOLÉRER !

Toute la foule était maintenant debout et scandait :

– À MORT ! DÉTRUISONS-LE ! À MORT ! MASSA-CRONS-LE... !

Le Maître regarda avec satisfaction les adeptes dont les visages étaient déformés par la fureur, tandis qu'ils éructaient ces mots de haine. Certains avaient de la bave qui coulait aux commissures des lèvres, tels des chiens enragés.

L'ange rebelle se permit d'esquisser un sourire. Après avoir joui un moment du spectacle de cette foule hystérique, il leva de nouveau les mains, mais pour appeler au silence cette fois. Presque instantanément, un grand calme s'installa et les adeptes tombèrent à genoux, attentifs aux paroles du Maître.

– Ce suppôt du Très-Haut m'a déjà fait subir un terrible affront. J'en appelle à la vengeance la plus implacable !

Les adeptes levèrent leurs visages vers le Maître, intrigués.

– Qui est cet homme, Maître ? demanda l'un d'eux d'une voix implorante.

L'ange des Ténèbres hésita avant de répondre.

– Un homme ? Ce n'est même pas encore un homme ! C'est un simple gamin, un sale gosse ! Les Archanges – que soit maudite cette race ignoble ! – me méprisent tellement qu'ils utilisent des enfants contre moi !

La foule des adeptes se mit à murmurer. Ils se regardaient avec des grands yeux étonnés.

– Incroyable ! Inimaginable !

– Mais, mais... JE NE ME LAISSERAI PAS HUMILIER PAR LES ARCHANGES ! reprit le Maître des Ténèbres d'une voix forte. Nous allons définitivement supprimer celui qui nous menace, une fois de plus !

La foule se mit à rugir de plaisir.

– Mes amis, la vengeance est un plat qui se mange froid. Avant que cette marionnette des Archanges ne paye de sa vie l'affront qu'elle m'a fait subir, je veux la faire souffrir à petit feu !

– OUI ! VENGEANCE !

– Et pour cela, j'ai besoin de l'un d'entre vous…

– Moi, Maître ! cria une voix dans la foule.

L'individu qui avait pris la parole s'approcha. Tous se tournèrent vers lui mais l'obscurité de la grotte masquait les traits de son visage. L'ange rebelle eut un sourire cruel.

– Oui, c'est bien de toi dont j'ai besoin.

La créature s'inclina.

– Je suis votre dévoué serviteur, Maître.

– Oh oui, dévoué serviteur : tu seras mon glaive de vengeance, l'instrument de ma victoire. Et pour te récompenser, je te laisserai l'honneur de me sacrifier cette misérable vermine de tes propres mains !

La foule se tourna vers le sinistre autel de marbre couvert de sang séché et frissonna d'excitation. Le Maître des Ténèbres sortit des pans de son manteau un poignard effilé à la lame nue qui brillait d'un éclat bleu maléfique. Il le lança vers l'adepte qui le rattrapa au vol par le manche d'ivoire avec une dextérité incroyable.

– Ce poignard redouble la souffrance de celui qui goûte sa lame. C'est un instrument précieux et merveilleux...

– Merci, Maître !

Puis, s'adressant à tous ses disciples, l'ange rebelle dit d'une voix puissante :

– Mes amis, je veux que vous assistiez tous à mon triomphe !

La foule, qui était restée attentive jusque-là, commença à taper du pied, d'abord lentement, puis avec une frénésie et un enthousiasme contagieux. Elle se mit à hurler :

– DU SANG ! DU SANG ! DU SANG...

Leur mélopée haineuse emplit les immenses voûtes de la caverne pendant un long moment. L'Ange des Ténèbres alla se rasseoir entre Astaroth et Belphégor qui n'avaient pas prononcé un mot, mais qui scrutaient fiévreusement la foule de leurs yeux mauvais, cherchant à repérer ceux qui ne manifesteraient pas une adhésion totale aux paroles du Maître. Quand le calme fut revenu, une voix s'éleva du fond de la grotte :

– Maître, qui est ce garçon ? Dites-nous comment il s'appelle !

Le Maître grimaça et dit d'une voix aigre :

– Le nom de ce cafard infect est Jean-Baptiste Carmes. Le combat ne fait que commencer, croyez-moi et je me...

1.

La lettre

... réveillai en sursaut, le corps baigné d'une sueur froide et poisseuse. Il me fallut un certain temps pour reprendre contact avec la réalité. J'allumai ma lampe de chevet, tremblant de tous mes membres. L'effroi que j'avais ressenti dans mon rêve ne m'avait pas totalement quitté. Mon cœur battait à tout rompre comme si je venais de courir un cent mètres. Regardant fiévreusement autour de moi, j'essayais de me raisonner : je me trouvais à Tournon-sur-Vise, dans mon lit et... tout allait bien !

Cela faisait des semaines que je faisais régulièrement ce terrible cauchemar, à chaque fois plus précis et plus menaçant. Comme d'habitude, quelques minutes après mon réveil, les images et les paroles se brouillèrent dans ma tête et finirent par s'évaporer comme la rosée du matin. Il ne me restait plus que de vagues impressions et un malaise diffus qui allait m'habiter une bonne partie de la journée. Il ne fallait pas que j'accorde trop d'importance à ce rêve : ce n'était qu'un stupide cauchemar, rien de plus.

Je regardai mon radio-réveil : les gros chiffres rouges indiquaient qu'il était quatre heures vingt du matin. Trop tôt pour se lever, mais déjà trop tard pour bien profiter de la nuit qui restait...

– Quelle poisse ! grognai-je en me dégageant des draps tire-bouchonnés.

Je sortis du lit et fis quelques pas en titubant. Instinctivement, je me dirigeai vers la petite salle de bain. J'ouvris le robinet d'eau froide et m'en aspergeai copieusement la figure avant de scruter mon visage ruisselant dans le miroir piqueté accroché au-dessus du lavabo. Mes yeux vairons étaient plus cernés qu'à l'ordinaire. Mon front tavelé de quelques boutons d'acné encore discrets me rappelait qu'à quinze ans et demi, je devais m'habituer à porter les stigmates d'une adolescence déjà bien entamée. Rien de réellement inquiétant, en somme. Certes j'avais le teint cireux ; mais cela devait venir du néon qui crachait son impitoyable lumière blanche, donnant à ma peau un aspect blafard et maladif.

Je retournai en traînant les pieds vers ma chambre, bâillant à m'en décrocher la mâchoire. Je retirai mon pyjama humide qui empestait l'odeur piquante de la transpiration et enfilai mes vêtements de la veille qui gisaient négligemment au pied de mon lit. Puis je m'assis lourdement sur le gros fauteuil en skaï rouge qui trônait au milieu de la pièce et fermai les yeux.

J'avais quelques heures de libre devant moi. Je ramassai au hasard un des livres qui traînaient par terre, avec la ferme intention de me plonger dans la lecture pour échapper aux miasmes de mon cauchemar.

Qu'est-ce c'est que cette histoire de grotte ? Et de poignard… Qui étaient tous ces gens qui voulaient ma mort… DU SANG ! DU SANG !

Stop ! Surtout, ne plus y penser ! Je devais lire, un point, c'est tout !

L'ouvrage que j'avais sous les yeux était une histoire du cinéma au XXe siècle que mon amie Lucie m'avait offerte à Noël. Jusque-là, je m'étais contenté de regarder les images extraites de films célèbres – pas mauvaises, d'ailleurs, mais il était temps que j'aille plus loin : Lucie, passionnée par le septième art et bien plus érudite que moi dans ce domaine, me posait souvent des questions auxquelles j'étais incapable de répondre. Elle me jetait alors un regard déçu en me disant d'une voix pleine de reproches : « Tu n'as pas encore lu le livre que je t'ai offert ? » OK ! Cette fois, j'allais m'y coller. Je décidai de sauter la longue introduction pour aller directement au premier chapitre.

Le nom de ce cafard infect est Jean-Baptiste Carmes. Le combat ne fait que commencer...

Zut ! Mes yeux couraient à toute vitesse sur les mots imprimés qui me paraissaient dénués de sens. À la fin de la première page, je n'avais rien compris à ce que je venais de lire...

Je jetai rageusement par terre le livre qui s'ouvrit à la page de garde. J'aperçus à l'envers la dédicace que Lucie avait tracée de son écriture ronde et que je connaissais par cœur : « Pour Jean-Baptiste, qui m'a permis de découvrir que la réalité dépasse parfois la fiction. Ta petite Lucie, qui n'est pas un ange, mais qui t'aime bien quand même. »

Je souris une fois de plus en pensant aux allusions discrètes que mon amie avait glissées dans son autographe. Depuis notre aventure dans le monde des anges, notre relation avait vraiment changé. Notre complicité avait grandi. Nous aimions nous rencontrer dans des endroits tranquilles, loin des oreilles indiscrètes, pour parler d'Euthyque, des Archanges, mais aussi de l'Adversaire que nous sentions toujours rôder autour de nous comme un lion à la recherche de sa proie...

Péniblement, je me levai de mon fauteuil pour me rendre à mon bureau. N'ayant pas la tête à la lecture, je décidai de changer de tactique et de potasser mes cours du lendemain. Prioritairement celui de maths, puisque j'avais un devoir sur table ce matin-là, à huit heures...

Il se trouve que ces derniers mois j'avais fait de gros progrès scolaires. Un déclic s'était réellement produit. J'étais enfin entré dans mes études et je ne m'en tirais pas trop mal.

L'origine de ce déclic était assez inattendue : je le devais aux anges… Quelques mois auparavant, j'avais pu sortir de mon univers étroit et étouffant, coincé entre un collège tout ce qu'il y a de plus quelconque et une vie familiale assez triste, marquée par la maladie de ma mère. Pendant une dizaine de jours du mois de novembre, mon horizon s'était ouvert et j'avais vraiment commencé à respirer. Depuis, je m'intéressais davantage à ce qui se passait autour de moi. Ma vie quotidienne devenait moins terne, moins ennuyeuse…

Mais, au-delà de cet appétit intellectuel – tout nouveau pour moi –, j'avais surtout gagné en maturité. Et même, fait étonnant, je m'étais mis à grandir de quelques précieux centimètres. Bref, la réussite appelant la réussite, je m'étais piqué au jeu des études et je commençais presque à y prendre plaisir…

Je pris un chewing-gum dans le tiroir de mon bureau et me mis à le mastiquer fermement pour ne pas me laisser gagner par la torpeur. J'ouvris le livre de géométrie à la bonne page. J'étais bien décidé à m'y mettre sérieusement. Peine perdue ! Au bout de cinq minutes, je ne regardais déjà plus le manuel, laissant mon regard glisser sur les quelques photos punaisées au mur de ma chambre…

L'une d'entre elles, qui avait été prise un dimanche de mars par Philippe, le parrain de Lucie, retint mon attention. On y voyait ma mère devant le cerisier du jardin, encore pâle après l'opération qu'elle venait de subir. Elle tenait timidement la main de mon père, un sourire crispé aux lèvres. J'étais debout à côté d'eux, un peu raide, alors que l'on apercevait Lucie qui me désignait du doigt, se moquant de mon allure compassée…

Mon père et ma mère, ensemble, sur la même photo. Une unique photo…

J'éprouvai un pincement au cœur.

Cela peut sembler naturel de voir ses parents en photo, mais pas dans mon cas. Il y a quelques mois encore, j'ignorais qui était mon père, je ne connaissais même pas son nom.

Jean-Pierre Marcellin...

Ce nom, je l'avais entendu pour la première fois dans la bouche d'un jeune Mysien aux yeux vairons qui me ressemblait étonnamment. Un sosie parfait, en somme ! Nous étions alors quelque part en bordure de la mer Égée, pas très loin de l'ancienne ville de Troas...

Je n'avais oublié aucun détail de l'histoire : c'était à l'entrée d'une vieille synagogue poussiéreuse et abandonnée qui dissimulait une porte mystérieuse, la *Porte des Anges*. Ce n'était pas vraiment une porte telle qu'on l'imagine habituellement. C'était plutôt un passage secret entre deux réalités, une « faille » entre le monde visible et le monde invisible, entre le passé et le présent...

Tout avait commencé ici même, chez moi, par une pluvieuse soirée de novembre. Sous ce même cerisier que l'on apercevait sur la photo, j'avais assisté à un spectacle complètement inattendu et saugrenu : celui de deux anges qui se battaient pour récupérer un jeune garçon tombé évanoui à leurs pieds. Euthyque...

Euthyque, qui avait traversé les siècles pour me rencontrer et pour m'entraîner dans une folle aventure. Avant notre séparation, devant cette fameuse synagogue sur la route d'Assos, il m'avait révélé une chose que je cherchais à savoir depuis ma tendre enfance et que ma mère avait toujours refusé de m'apprendre : le nom de mon père...

Jean-Pierre Marcellin.

Parfois, il m'arrivait de penser que j'avais imaginé toute cette histoire. Si Lucie et son parrain n'en parlaient pas avec moi de temps en temps, j'aurais pu croire que j'avais fait un rêve, tout simplement ; un rêve étonnamment précis, certes, mais un rêve seulement...

Pourtant, la « réalité dépasse parfois la fiction », comme l'écrivait Lucie. Tant de choses existent autour de nous que nous ignorons totalement. Les anges, qui, autrefois, n'étaient à mes yeux que des êtres imaginaires, avaient soudain envahi mon quotidien. Mes références et mes croyances avaient changé d'un seul coup et rien n'était plus comme avant. Je regardais le monde autrement...

Malheureusement, il y avait une autre chose qui s'était gravée dans mes souvenirs, quelque chose de moins réjouissant, de bien plus inquiétant...

L'Adversaire.

Mon ultime rencontre avec cet ange damné, le jour où je m'étais rendu chez mon père pour la première fois, avait été particulièrement violente et terrifiante. Je n'osais même pas me remémorer cet événement, tant il me faisait peur encore. Je préférais l'oublier, évacuer ces images et ces paroles traumatisantes. Mais je n'y parvenais pas complètement...

Philippe m'avait bien aidé à surmonter mes peurs. Il m'avait expliqué un tas de choses que j'ignorais sur les anges en général et l'Adversaire en particulier. À force d'en parler avec lui, j'avais fini par chasser mes angoisses.

Cependant, depuis deux ou trois semaines, ces nouveaux cauchemars étaient apparus et m'empêchaient de dormir correctement. Ils étaient très différents de ceux que j'avais faits auparavant. Ils étaient... plus réalistes, plus obsédants ! Ils me faisaient davantage penser à des rêves prémonitoires ou à des visions d'avenir... Ce qui n'était pas rassurant du tout !

Nous nous retrouverons, Jean-Baptiste. Le combat ne fait que commencer... Nous nous retrouverons !

Je ne parvenais pas à effacer de ma mémoire cette parole proférée par l'Adversaire. Elle résonnait dans ma tête comme une menace qui n'allait pas tarder à s'accomplir.

Philippe m'avait dit : « Au moindre signe suspect, il faut que tu m'avises tout de suite. » Malgré tout, j'hésitais à lui parler. Je n'avais pas envie de l'importuner avec ces peurs de gosse. Après tout, j'étais bien assez grand pour gérer mes problèmes personnels. Ces rêves n'étaient pas pour moi des « signes suspects », mais sûrement des relents d'un passé encore trop frais pour être totalement assumé. Bien sûr, je savais que si ces cauchemars persistaient, il me faudrait changer d'avis...

Je secouai la tête pour chasser ces idées noires et me concentrai de nouveau sur la photo de famille accrochée au mur. Tant pis pour la révision du cours de maths ! Je regardai pour la énième fois le visage de mon père sur le cliché, avec ses grands yeux gris un peu tristes et son petit sourire en coin. Je ne pouvais pas m'empêcher de soupirer en contemplant le beau couple que mes parents formaient : j'avais tellement espéré que mon père et ma mère allaient vivre ensemble et que nous allions enfin former une famille normale...

Normale... Qu'est-ce qui est normal, mon petit vieux ?

Mais non... Il fallait que je me rende à l'évidence : la vie n'était pas un conte de fées où tout s'arrangeait d'un simple coup de baguette magique. Il n'était pas possible d'effacer quinze années de séparation en un clin d'œil. Et pourtant, j'y avais bien cru un moment, lorsque mon père était venu nous voir pour la première fois à la maison...

Ma mère était sortie de l'hôpital depuis quelques jours dans un bien meilleur état que prévu – en tout cas, d'après le docteur Houzon, qui ne savait pas à quoi attribuer cette rémission étonnante –. Elle avait nettoyé de fond en comble le pavillon avec un entrain que je ne lui connaissais pas. Elle avait mis des fleurs partout et sorti la vaisselle des grands jours qui n'était plus utilisée depuis bien long-temps...

C'était un dimanche. Mon père était arrivé parfaite-ment à l'heure, une bouteille de champagne à la main. Il était superbe dans son costume bien coupé, couleur anthracite. Pendant l'apéritif, nous avions commencé à nous détendre. L'ambiance avait été géniale durant le repas. Nous avions bien ri aux blagues de mon père avant que je ne m'éclipse pour qu'ils puissent se parler tranquil-lement. J'étais totalement excité, incapable de faire quoi que ce soit, guettant impatiemment le moment où mes parents allaient m'appeler pour me dire ce qu'ils avaient décidé de faire.

Au bout de deux longues heures, ils m'avaient enfin demandé de venir les rejoindre au salon. Je m'étais assis en face d'eux sur le fauteuil, prenant mon air le plus naturel possible. Mon père et ma mère, assis côte à côte, m'avaient donné l'impression d'être parfaitement détendus.

– Voilà, Jean-Baptiste, m'avait dit maman en posant les mains sur ses genoux. Jean-Pierre et moi... enfin, ton père et moi avons pensé que tu pourrais peut-être passer un dimanche sur deux chez lui, ainsi qu'une partie des vacan-ces scolaires. Enfin, si tu es d'accord, bien sûr !

J'avais été abasourdi, terrassé. Je ne m'étais pas du tout attendu à cela.

– Mais... mais... Vous n'allez... vous n'allez pas vivre ensemble ?

– Oh ! s'était exclamé ma mère, rougissant d'un seul coup. Non... Enfin... Non ! Tu comprends... cela fait quinze ans que nous vivons seuls, chacun de notre côté. Alors... Hum ! Ce n'est pas facile, comme ça, du jour au lendemain, de changer nos habitudes. Mais, peut-être qu'un jour...

Je m'étais efforcé de ne pas éclater en sanglots, mais tous mes espoirs s'étaient écroulés d'un seul coup !

Ma mère s'était arrêtée de parler en voyant ma contrariété. Mon père avait pris immédiatement son relais de sa voix ferme et posée :

– Jean-Baptiste, il faut nous laisser un peu de temps. Nous avons besoin de mieux nous connaître, de bien réfléchir, de faire des choses ensemble pour commencer... Tiens, par exemple, nous pourrions peut-être passer quelques jours de vacances, tous les trois. Qu'en penses-tu, Laurence ?

– Bonne idée, Jean-Pierre ! s'était empressée de répondre ma mère avec un enthousiasme quelque peu forcé. Ce serait très bien, ça ! Tu ne trouves pas, Jean-Baptiste ?

– Super ! avais-je répondu d'une voix sinistre. Super génial méga top !

Mes parents, déçus par la tournure qu'avaient prise les événements, avaient changé de conversation. J'étais immédiatement remonté dans ma chambre pour m'y enfermer, dégoûté et hors de moi. Décidément, question famille, je n'avais vraiment pas de chance !

Quelques minutes plus tard, on avait frappé quelques coups timides à ma porte.

– C'est moi, Jean-Pierre. Tu veux bien que nous parlions un peu, toi et moi ?

J'avais ouvert la porte en soupirant, puis j'étais retourné m'asseoir nonchalamment sur mon gros fauteuil, faisant mine de reprendre ma lecture comme si la présence de mon père me laissait totalement indifférent.

– Je peux entrer ?

– La porte est ouverte, il me semble ! avais-je grogné avec une agressivité inutile.

Je m'en étais voulu de réagir comme un sale gosse. Mais je n'étais pas parvenu à me maîtriser. Mon père s'était avancé dans la chambre sans rien dire et s'était assis sur la chaise du bureau qu'il avait placée juste en face de moi.

– Jean-Baptiste, je comprends bien que tu sois déçu, mais il faut que tu comprennes que ce n'est pas si simple...

– Je sais, vous me l'avez déjà dit : je ne suis pas sourd !

Décidé à ne pas réagir à mon effronterie, mon père avait continué d'une voix paisible :

– Ces dernières semaines, j'ai préparé une chambre pour toi. Ce n'est pas très grand, mais je suis sûr que tu t'y plairas...

Je continuai ostensiblement à lire, feignant l'ennui.

Mon père avait sorti de sa poche deux petits cartons blancs avec l'agilité d'un magicien tirant un lapin d'un chapeau. Il m'avait adressé un sourire radieux.

– Tu sais ce que je tiens en main ?

J'avais haussé les épaules.

– J'ai deux billets pour le match P.S.G. - Monaco de samedi prochain. Ça te tente ?

Du foot ? Quelle horreur ! J'ai un père qui aime le foot ! Grave !

– Prends le temps de réfléchir à ma proposition et parles-en à Laurence... euh, à ta maman. Si tu es d'accord, nous partons à Paris samedi en début d'après-midi, juste toi et moi.

– Je vais réfléchir, avais-je marmonné sans enthousiasme.

– Ah, encore une chose. Je t'ai ramené un petit cadeau. Oh, pas grand chose : un stylo plume. Mais pas n'importe lequel : un stylo personnalisé !

En ouvrant l'écrin, j'avais trouvé un beau stylo, assez chic, avec un nom écrit en lettres dorées : *Jean-Pierre Marcellin. Entreprise Grafix.*

– J'ai pensé que ça pouvait t'être utile. Tu verras, la plume est excellente. Je n'écris qu'avec ce modèle et j'en suis vraiment content. Je suis sûr qu'il te plaira. Comme ça, tu pourras penser à moi à chaque fois que tu l'utiliseras. Nous serons en... en communion d'esprit !

J'avais refermé la boîte et l'avais posée à côté de mon fauteuil, sans laisser apparaître mon trouble. C'était la première fois que je recevais un cadeau du père que j'avais attendu toute mon enfance. Ce n'était peut-être pas grand-chose, mais ce simple stylo commercial m'avait fait plaisir – même si je m'étais ingénié à ce qu'il ne le remarque pas !

– Merci !

Mon père s'était levé et m'avait tendu la main en disant :

– Bon ! À samedi, j'espère ! Le stade n'attend que nous !

J'étais finalement allé voir ce match avec lui. Je n'avais pas osé lui dire que je détestais le foot. Pendant le match, j'avais remarqué qu'il ne semblait pas bien connaître les règles du jeu. Il avait gesticulé comme un excité à chaque fois que le ballon s'approchait du but – pitoyable ! De mon côté, j'étais resté de marbre pendant toute la partie, affichant mon profond mépris pour ce jeu stupide. Mon père m'avait jeté sans cesse des regards obliques, visiblement décontenancé par mon attitude. À la sortie du stade, il avait insisté pour me payer une « petite mousse ».

Bière et foot : la caricature !

Après avoir avalé une première gorgée de sa pression, il m'avait posé la question à laquelle je m'attendais :

– Le match ne t'a pas plu ?

Je lui avais tout avoué : j'avais accepté de le suivre à Paris uniquement pour ne pas le contrarier, mais, non, vraiment, je n'avais aucun goût pour l'ambiance virile et grasse des stades de foot...

À ma grande surprise, mon père avait éclaté de rire. Il avait levé son verre de bière, m'expliquant que, lui aussi, trouvait le foot totalement horripilant. Il n'avait simplement pas imaginé qu'un garçon de mon âge puisse ne pas adorer le ballon rond. Il fallait bien avouer qu'il n'avait pas totalement tort. J'étais une exception dans ce domaine. Peut-être parce que j'étais le digne fils de mon père, après tout...

Je me replongeai dans mon cahier de géométrie en bayant aux corneilles. Il était presque cinq heures du matin, déjà. Je décidai de mettre fin à mes rêveries. Le devoir de maths était important pour la moyenne du trimestre, il n'était pas question de le rater. Je me remis au travail jusqu'à six heures trente et descendis prendre mon petit déjeuner.

– Tu es bien matinal, Jean-Baptiste, dit ma mère, le visage encore chiffonné par le sommeil. Tu as bien dormi ?

Ignorant sa question, je répondis :

– J'ai un devoir de maths à huit heures. Je voulais être bien réveillé !

Ma mère s'approcha de moi et me posa un baiser sur le front.

– Il y a des jours où je me demande si c'est toujours le même Jean-Baptiste qui est là. Je ne le reconnais pas. Un vrai ange...

– Sûrement pas ! Sinon, j'aurais des ailes !

– Comment peux-tu savoir que les anges ont des ailes ?

– Pour toi, à quoi ressemblent les anges ?

Ma mère fit mine de réfléchir profondément.

– Si les anges existaient, dit-elle d'une voix songeuse, je crois qu'ils auraient de longues tuniques blanches, un peu transparentes...

– Lucie prétend la même chose !

– Ah, tu vois, ça ne m'étonne pas : les femmes sont bien plus intuitives que les garçons ! Il faut toujours écouter ce que disent les filles : elles ne se trompent que rarement ! Tu peux me croire, le monde irait mieux si l'on nous faisait davantage confiance !

Je soupirai en écoutant cette rengaine un peu éculée.

– Ne me dis pas, toi aussi, que c'est un manque d'imagination de penser que les anges portent des ailes : tous les peintres les représentent comme ça ! Les artistes n'ont pas la réputation de manquer d'imagination, quand même !

– Oui, d'accord ! répondit-elle avec une moue dubitative en se versant un bol de café fumant.

Mais je ne voulais pas m'engager trop loin sur cette voie délicate. Je me levai et dis d'une voix enjouée :

– Bon, allez ! Il est temps que j'y aille !

– Embrache bien Luchie de ma part ! dit ma mère la bouche pleine.

- Oui, ché cha, ché cha !

Le devoir de maths était moins compliqué que je ne le craignais. J'étais heureux de cette matinée. Mais, vers onze heures, j'eus un gros coup de pompe. Le manque de sommeil de cette nuit agitée finissait par se faire sentir.

En rentrant déjeuner à la maison, je trouvai une enveloppe posée à côté de l'assiette que ma mère m'avait préparée avant de partir pour le travail.

- Tiens ? Qui peut bien m'écrire ?

Un frisson me saisit quand je vis le nom et l'adresse de l'expéditeur au dos de la lettre :

Frère Athanase, Abbaye Saint-Placide.

C'était la première fois que le Gardien de la Porte des Anges m'écrivait. Étonnant ! Je regardais fixement l'enveloppe sans oser l'ouvrir. J'étais sûr que le moine ne cherchait pas simplement à prendre de mes nouvelles. Si le frère Athanase prenait le risque de communiquer ouvertement avec moi, c'était que quelque chose d'important venait d'arriver…

Ou allait arriver.

2.

La malédiction du forgeron

Je déchirai l'enveloppe et en sortis une feuille de papier blanc pliée en deux. L'écriture du moine était fine et sèche.

Abbaye Saint-Placide, le 2 mai

Cher Jean-Baptiste,

J'espère que tu te portes bien. Il faudrait que je puisse te rencontrer prochainement à l'abbaye. J'ai quelque chose d'important à te dire. Philippe t'aidera pour toutes les questions pratiques.

Bien à toi.

Frère Athanase

Je reconnus dans ces quelques lignes rapidement griffonnées le caractère concret et direct du moine bénédictin. Il n'était pas du genre à s'embarrasser de littérature superflue.

Un peu déçu par la brièveté de la missive, mais très émoustillé par ce rendez-vous mystérieux avec le Gardien de la Porte des Anges, je m'empressai d'appeler Philippe au téléphone.

– Philippe ? C'est Jean-Baptiste Carmes !

Philippe était devenu mon confident et même plus : un ami proche. C'était par son entremise que j'avais fait la connaissance du frère Athanase et que j'avais appris l'existence d'une porte qui séparait le monde des hommes de celui des anges.

Philippe vivait seul avec ses trois chiens dans son domaine de Tiraguello à la sortie de Tournon-sur-Vise, écrivant des livres entre deux voyages en avion. Il avait garni son manoir de centaines d'objets exotiques qu'il avait ramenés des pays qu'il visitait. Sa demeure avait quelque chose du musée ethnologique, mais sans aucun souci de classement : les objets s'entassaient pêle-mêle et prenaient gentiment la poussière.

Toutefois, derrière l'apparence paisible de l'écrivain un peu excentrique, se cachait en réalité la figure plus énigmatique d'une sentinelle de la Porte des Anges. Philippe évitait de trop parler de lui, même à sa propre filleule. Je soupçonnais que l'essentiel de son activité était en lien avec cette mystérieuse porte cachée dans la chapelle de son manoir. Il était comme le concierge des anges et ne quittait que rarement son poste de Tiraguello.

Cet homme me fascinait. Une aura de mystère entourait sa silhouette un peu trapue de pilier de rugby. Je prenais toujours plaisir à lui rendre visite avec Lucie, souvent le samedi soir. Il avait de fabuleuses histoires à raconter. Nous passions avec lui des soirées passionnantes qui valaient largement des séances de films d'action américains. Et ça nous coûtait moins cher !

– J'attendais ton appel, dit Philippe joyeusement. Tu as bien reçu la lettre du frère Athanase ?

– Oui, mais le moins que l'on puisse dire, c'est qu'il n'est pas très bavard !

– C'est précisément la qualité d'un moine d'être silencieux. Le frère Athanase m'a envoyé un petit mot à moi aussi pour me demander d'organiser ton voyage à l'abbaye Saint-Placide.

– Et Lucie ?

– Tu sais bien que les filles ne sont pas admises dans l'enceinte du monastère. Mais rassure-toi : le frère Athanase n'a pas précisé qu'il ne fallait rien dire à Lucie...

– De quoi s'agit-il, en fait ?

– Je n'en ai aucune idée !

– Vraiment ?

– Vraiment, Jean-Baptiste !

Je restai un moment silencieux, un peu perplexe.

– Dites-moi, vous croyez que ça a un rapport avec... euh... Vous voyez ce que je veux dire ?

– Avec l'Adversaire, c'est ça ?

– Oui.

Philippe dit d'une voix posée :

– Je ne pense pas, Jean-Baptiste. Frère Athanase me l'aurait précisé dans sa lettre pour que je te mette en garde. Reste tranquille, je crois qu'il n'y a pas d'inquiétude à se faire dans l'immédiat.

– Tant mieux !

– Au fait : tu n'as pas détecté de signes inquiétants ces derniers temps ?

J'hésitai un instant, puis dis d'une voix étranglée :

– Non, rien. À part un cauchemar bizarre de temps en temps...

– Un cauchemar, dis-tu ? Quel genre de cauchemar ?

– Rien d'important. Juste un cauchemar. Que j'oublie au réveil, de toute façon.

– Ah bon... Si ces mauvais rêves persistent, il faudra s'en occuper.

– D'accord !

- Pour en revenir à ton voyage à l'abbaye Saint-Placide, n'oublie pas d'en parler à ta maman pour que vous décidiez d'une date qui convienne.

- Entendu. Je vous appelle dès que j'ai l'info.
- À bientôt, Jean-Baptiste. Embrasse Lucie de ma part.
- Je n'y manquerai pas. Au revoir, Philippe !

Je mis le plat de lasagnes que ma mère m'avait préparé dans le micro-ondes et je me coupai une grosse tranche de pain que je couvris généreusement de Nutella. Quand la clochette du four retentit, je sortis les pâtes chaudes avec un torchon de cuisine et je les mangeai directement dans le plat tout en lisant le programme télé de la semaine. Cinq minutes plus tard, j'avais terminé mon déjeuner et rangé le couvert qui n'avait pas servi. Vaisselle minimale !

Il me restait une bonne demi-heure avant de retourner au collège, à dix minutes de marche de la maison. Je m'affalai sur le canapé du salon pour déguster ma tartine de Nutella en faisant attention de ne pas laisser tomber de miettes et allumai la télévision. Les actualités ne semblaient pas plus réjouissantes que d'habitude, ni les feuilletons stupides et bavards qui se ressemblaient tous comme des clones. Je zappai rapidement.

Soudain, une émission attira mon attention. C'était un reportage sur les sacrifices humains chez les Aztèques. Je regardai, fasciné, les ruines d'anciennes pyramides qui avaient vu le spectacle de tant de rites barbares dans le passé. Pendant bien longtemps, ces sanctuaires étaient restés cachés aux yeux des hommes par une forêt dense et humide, comme si la nature voulait occulter les abominations qui s'y étaient déroulées. Le journaliste commenta d'une voix neutre les différentes découvertes mises au jour par les archéologues dans les ruines des temples du Soleil et de la Lune, à Teotihuacàn, au nord-est de Mexico, dans une région aride et désertique. Puis le documentaire présenta dans le détail les sculptures étranges retrouvées tout autour des pyramides, qui représentaient de manière très explicite des rites sanglants. La plupart des bas-reliefs montraient le grand prêtre du soleil plonger un énorme poignard dans le poitrail de sa victime ligotée sur l'autel, lui arrachant le cœur et le dévorant encore tout palpitant. Sans que j'en comprenne la raison, je me mis à trembler de tous mes membres. Je me sentais mal, tout à coup. La vision du couteau sacrificiel, en particulier, provoquait en moi un grand trouble...

J'éteignis la télévision, au bord de la nausée.

Je ne comprenais pas pourquoi j'avais réagi aussi violemment à ce reportage un peu glauque, mais pas franchement terrifiant. J'avais vu avec Lucie des films autrement plus suggestifs, sans ressentir autre chose qu'un peu d'excitation et quelques délicieux frissons. Les effets spéciaux étaient censés y donner davantage la chair de poule que ces vieilles sculptures à moitié usées par le temps. Pourquoi étais-je devenu si sensible à certaines images ces derniers jours ?

Je me levai et préparai mon cartable, agacé par mon hypersensibilité. Je décidai de partir au collège plus tôt que d'habitude. La température de ce mois de mai étant particulièrement douce, j'avais vraiment envie d'en profiter avant de m'enfermer le reste de l'après-midi dans les salles de classe. Je décidai donc de faire un crochet place de la République pour acheter le dernier *Ciné Live* à la Librairie du Centre.

En sortant de la librairie, je faillis percuter une vieille femme avec un bébé lové dans un châle serrant sa poitrine. Elle avait le teint hâlé et portait des vêtements très colorés d'une propreté douteuse.

– Excusez-moi, dis-je machinalement en reconnaissant la gitane qui mendiait de temps en temps dans le quartier.

La femme me saisit le bras en le serrant si fort que je le sentis comme pris dans une tenaille. La bohémienne s'adressa à moi d'une voix rauque avec un accent slave prononcé :

– La bonne aventure, garçon ? Ton avenir, tu veux savoir ?

Ses dents gâtées et ses yeux noirs comme des morceaux de charbon donnaient à son visage émacié et ridé un caractère inquiétant. J'eus la vague impression que cette gitane était plus jeune qu'elle n'en avait l'air.

– Non merci ! répondis-je en essayant de me dégager de son étreinte.

Mais la femme ne lâcha pas mon bras et approcha son visage tout près du mien. Son haleine empestait la cigarette.

– Tu mets une pièce dans ta main, garçon, et moi, je lis ton avenir. Richesse, bonheur, amour, je dis tout !

J'étais incommodé par l'odeur douçâtre qu'exhalaient ses vieux vêtements. Je tirai fermement mon bras pour tenter de me dégager, mais la gitane n'avait pas du tout l'intention de lâcher sa proie. Elle insista :

– Un euro. Juste un euro. Pour le bébé : il a faim.

Je regardai l'enfant endormi contre elle, le visage caché contre son sein. Je ressentis de la pitié pour ce nourrisson anormalement immobile.

– Tout l'avenir, je peux te dire ! supplia la femme, les yeux implorants.

Je commençais à en avoir assez de son insistance. Je haussai la voix :

– Je n'y crois pas à votre voyance, madame ! Laissez-moi partir maintenant !

La gitane me regarda avec des yeux offusqués.

– Mais si, je dis toujours la vérité. Allez, mets un euro dans la main, garçon !

Voyant que je ne pourrais pas m'en tirer facilement, je capitulai, espérant ainsi m'en débarrasser plus rapidement.

– Bon d'accord ! Alors, vite, s'il vous plaît. Je dois aller en cours.

Je sortis un euro de ma poche et le plaçai sur la paume de ma main. La gitane attrapa prestement la pièce et la fourra dans un pli de ses vêtements bouffants. Puis elle prit ma main gauche et contempla la paume en souriant.

– Oui, mon garçon... Tu as beaucoup de chance ! Je vois une vie magnifique !

J'étais sûr qu'elle allait me débiter les sornettes habituelles : que j'allais être riche, me marier et avoir beaucoup d'enfants. Quelles fadaises !

La gitane posa un ongle cerné de noir sur une ligne de la main et fit une grimace.

– Oh, je vois quelque chose de grave...

À ça aussi, je m'y attendais. J'allais avoir droit au petit couplet sur les ennuis qui me guettaient, à moins de remettre un autre euro dans la main, probablement...

La gitane resta silencieuse un long moment, le visage fermé. Je commençais à m'impatienter. Puis elle leva son regard vers moi et dit :

– Tu as le mauvais œil sur toi...

– Le mauvais œil ?

– Oui, le mauvais œil. Très grave, ça, le mauvais œil. Quelqu'un te veut du mal, beaucoup de mal !

– Je sais. C'est monsieur Tardy, mon prof d'histoire : je suis déjà en retard à son cours ! Il va me tuer !

La gitane regarda de plus près ma main et sa voix se fit encore plus rauque :

– Quelque chose de terrible va arriver. Quelqu'un se cache dans l'ombre, quelqu'un de très dangereux.

Mon exaspération était à son comble.

– Bon, maintenant, ça suffit, laissez-moi partir...

La gitane leva vivement la main pour m'interrompre.

– Pas parler, écouter seulement. Je vois... Je vois des gens proches de toi... Tu as confiance en eux, mais il ne faut pas les croire. Ils te veulent du mal. Et puis... Qu'est-ce que c'est que ça ? Oh, ça alors !

Elle lâcha ma main d'un seul coup comme si elle était soudainement brûlante et se mit à hurler :

– La malédiction du forgeron !

Je la regardais, sans comprendre. La gitane roulait des yeux terrifiés. Elle s'était mise à trembler de tous ses membres. Elle secoua la tête, sortit de ses vêtements la pièce d'un euro que je lui avais donnée et la jeta par terre.

– Oublie ce que je viens de te dire ! Va-t-en !

La gitane fit demi-tour et s'éloigna de moi à toutes jambes en traçant force signes de croix sur elle.

J'étais interloqué. Je ramassai l'euro qui traînait par terre et le remis dans ma poche. Je ne comprenais rien. Pourquoi s'était-elle enfuie comme si j'avais la rage ? Que signifiait cette « malédiction du forgeron » ? Et puis qui était ce proche qui me voulait du mal ? Tout cela était un incompréhensible charabia.

Et pas top...

Je haussai les épaules et me remis en route. J'allais devoir expliquer à Tardy que j'étais en retard parce qu'une diseuse de bonne aventure ne voulait plus me lâcher la main. Allait-il gober cette histoire sans broncher ? J'en doutais fort ! La bonne aventure risquait de se transformer en une sale histoire pour moi ! J'avais vraiment l'art de me mettre dans des situations impossibles !

Mon entrée en cours d'histoire ne passa pas inaperçue. Monsieur Tardy ne jeta pas même un regard sur le bulletin de rentrée que je lui présentai. Il me gratifia d'un sourire ironique et dit d'une voix acerbe :

– Alors, Carmes ? Je vois que vos efforts n'ont pas duré très longtemps ! Chassez le naturel et il revient au galop !

– Mais, je...

– Il me semblait bien, coupa le professeur, qu'un redoublant ne pouvait pas changer si vite ses bonnes vieilles habitudes ! Allez-y, continuez sur cette voie ! Assis, monsieur Carmes !

Je me mordis la lèvre pour contenir ma colère et me dirigeai rapidement vers la place restée libre à côté de la fenêtre. Je voyais Jonathan Marbeuf, un gros rouquin aux cheveux rasés qui me souriait béatement. Il était assis juste derrière moi. J'étais à peine installé que je sentis son haleine chaude caresser désagréablement mon oreille droite.

– Alors, bicolore, on n'est plus le chouchou du prof ? Pas de pot après tout ce que tu as fait ces derniers mois pour lui lécher les bottes ! C'est vraiment pas juste !

Je ne répondis rien et ouvris mon cahier. Je savais que Jonathan et sa bande de copains lourdingues ne me supportaient plus depuis que j'avais fait quelques progrès en classe. Ils considéraient ce changement comme un affront personnel. Je n'y pouvais rien et j'avais décidé de ne pas répondre à leurs provocations. Mais, comme je le craignais, le rouquin boutonneux ne souhaitait pas en rester là. Pendant que monsieur Tardy écrivait au tableau, il me donna une claque bien sèche sur la nuque.

– Eh, bicolore ! Tu pourrais répondre quand j'te cause !

– J'ai rien à dire.

– Ah oui ? Comment ça, t'as rien à dire ? Tu me cherches ou quoi ?

– Non, c'est toi qui es en train de me chercher, il me semble !

Jonathan me donna cette fois un violent coup de poing sur l'épaule et je poussai instinctivement un cri rauque. La moitié de la classe se mit à glousser en se tournant vers nous, attendant avec délice la réaction du professeur. Monsieur Tardy se retourna lentement et dit d'une voix lasse :

– Alors, Carmes, vous remettez ça ? Non seulement vous arrivez en retard, mais il faut encore que vous dissipiez la classe ?

J'allais répondre à Tardy quand ma voisine de table, une fille nommée Morgane, prit ma défense :

– Non, m'sieur ! C'est Jonathan qui ne fait qu'insulter Jean-Baptiste depuis qu'il est rentré !

Le gros rouquin se leva d'un bond avec un air ahuri, prenant à témoin toute la classe, comme si on venait de l'offenser gravement :

– Non mais, la meuf, qu'est-ce qu'elle me dit ? Ça va pas la tête ?

– Asseyez-vous, Marbeuf, dit le professeur avec agacement. Ca ne m'étonne pas de vous : qui se ressemble s'assemble !

Jonathan devint aussi rouge que ses cheveux et dit :

– Eh ! Vous m'insultez, ma parole !

– Bravo, vous comprenez vite, Marbeuf ! En fait, je ne fais que de dire la vérité, et si ça ne vous plaît pas, vous pouvez toujours aller vous plaindre au C.P.E.

Maté, le gros garçon se laissa tomber lourdement sur sa chaise en grommelant. La classe, ravie de cet intermède, se mit à rire franchement.

– Bon, silence maintenant ! dit monsieur Tardy en se tournant de nouveau vers le tableau. Reprenons ! Je vous disais que la déclaration de guerre...

L'incident était clos. Chacun avait repris son stylo et grattait son cahier avec plus ou moins d'enthousiasme. Pourtant, quelques minutes plus tard, Jonathan revint de nouveau à la charge :

– Toi, le malbat des yeux, et toi la blondasse, z'êtes morts ! susurra-t-il méchamment dans notre dos.

Morgane se tourna vers moi et me lança un beau sourire.

– T'inquiète pas, Jean-Baptiste, ce n'est qu'une grande gueule : chien qui aboie ne mord pas !

Je lui rendis son sourire.

– Oh, mais il ne me fait pas peur ! Jonathan n'a rien dans le ciboulot. Cheveux courts et idées courtes, c'est ça son problème !

Morgane étouffa un petit rire cristallin avec son poing. Elle me lança un rapide clin d'œil de connivence et se concentra de nouveau sur le cours d'histoire. Je la regardai à la dérobée. Elle avait un joli visage fin et portait de superbes cheveux blonds qui lui tombaient sur les épaules. C'était vraiment une fille sympathique et je trouvais réconfortant de l'avoir comme voisine de table.

Le cours de Tardy avait toujours été monotone. Mais en ce début d'après-midi, à l'heure de la digestion, il devenait un véritable supplice. De plus, le chaud soleil de mai tapait sur les grandes baies vitrées et la température s'élevait considérablement. Contre tout bon sens, Tardy, ne supportant pas le moindre courant d'air, interdisait que l'on ouvre les fenêtres. On étouffait littéralement...

Le manque de sommeil allié à la chaleur suffocante de la pièce me maintenaient dans une somnolence dangereuse. Malgré tous mes efforts, je piquais du nez régulièrement. Je me répétais : « Sois attentif, Jean-Baptiste... Concentre-toi ! Fais un effort ! » Mais la voix monocorde de Tardy était redoutable. Elle semblait venir de loin, de très loin. Je m'appliquais à noter tout ce que Tardy disait, m'accrochant de toutes mes forces à mon stylo *Jean-Pierre Marcellin, entreprise Grafix*. La lutte était terrible. J'écoutais et je notais ; j'écoutais et je notais ; j'écoutais et je notais...

– L'Allemagne veut écraser la France pour se tourner ensuite vers la Russie. Victorieuse en Belgique, l'armée allemande s'enfonce profondément en France et franchit la Marne, afin d'encercler l'armée française. Le Maréchal Joffre, qui a su reculer en bon ordre, lance le 5 septembre une contre-offensive. Le combat ne fait que commencer. Il croit avoir remporté la victoire, mais il se trompe. Ce stupide garçon, ce misérable ver de terre, l'apprendra à ses dépens. Je lui ferai plier les genoux devant moi et il me suppliera de l'épargner. Mais je n'aurai pas de pitié pour lui. Aucune pitié, vous m'entendez ? Je le ferai souffrir, à petit feu. Plus il me suppliera et plus je le ferai souffrir... Ah, ah ! Il verra alors qui est son MAÎTRE !

L'immense caverne était plongée dans un grand silence. On n'entendait plus que les gouttes d'eau qui tombaient des stalactites avec la régularité d'un métronome. La foule des adeptes, subjuguée, écoutait les terribles paroles du Seigneur des Ténèbres. Chacun savait que, quand le Maître était dans cet état, il était préférable de se faire oublier. Sa colère aveugle était meurtrière...

– Toi ! Approche-toi ! dit l'ange rebelle en désignant l'adepte à qui il avait donné le poignard. Viens ici, viens me rejoindre !

Le personnage au visage mystérieux s'approcha et se mit à genoux devant le fauteuil où était assis l'Ange aux yeux de braise.

– Parlez, Maître, votre serviteur écoute.

Le Seigneur des Ténèbres se pencha vers lui et murmura à son oreille :

– Je veux que tu surveilles ce garçon nuit et jour et que tu me rapportes tout ce qu'il dit, fait ou pense. As-tu bien compris ?

– Oui, Maître. Comment dois-je faire pour l'espionner nuit et jour ?

– Commence par t'approcher de lui et gagne sa confiance.

– À vos ordres, Maître.

– Puis utilise cet objet…

Le démon lui désigna le crâne de cristal posé sur l'autel de pierre.

– Prends-le avec toi. Ce crâne cherchera l'esprit du garçon et, lorsqu'il l'aura trouvé, il te permettra de tout entendre et de tout voir. Puis, utilise ce crâne pour te mettre en relation avec moi et tout me rapporter...

– Bien, Maître.

– Maintenant, va et fais ce que je te dis. Lorsque je t'en donnerai l'ordre, tu me conduiras ce garçon ici, dans cette grotte, et tu pourras le sacrifier sur cet autel, devant moi. Je veux que la dernière chose qu'il voie de son vivant, ce soit mon propre regard plongé dans le sien. Alors, cette âme m'appartiendra pour l'éternité, elle sera à moi... Quand il sera sur cet autel et qu'il me regardera, avec le poignard de souffrance, tu lui arracheras son œil vert, puis son œil marron. Et je me mis...

3.

Le traître

... à hurler ! Toute la classe se figea. Tardy laissa tomber sa craie.

Je crus que le temps venait de suspendre son vol. Pendant de longues secondes, personne ne bougea. Tous avaient les yeux tournés vers moi, la bouche grande ouverte.

J'étais désorienté.

Perdu.

Perdu entre deux mondes.

... Entre l'horreur d'une caverne sinistre et la chaleur étouffante d'une salle de classe.

Pendant un temps qui me parut interminable, je ne savais plus où était la réalité.

Mais la réalité me rejoignit très vite.

– CARMES ! DEHORS !

Je n'avais jamais vu Tardy aussi rouge. Je crus qu'il allait faire une crise d'apoplexie sous mes yeux.

– Carmes ? Vous n'avez pas compris ? Je vous ai dit : DEHORS !

Avant de ranger mon cahier, je griffonnai quelques mots à toute vitesse. Le professeur étouffa un juron, scandalisé par mon sans-gêne. Je le voyais faire un effort démesuré sur lui-même. Tel un taureau excité par la muleta du matador, il frottait le sol du sabot avant de s'élancer. Mes camarades de classe n'étaient pas encore remis de leurs émotions et restaient plongés dans une profonde hébétude.

À voir certains visages chiffonnés, je devinai que j'avais brutalement réveillé un certain nombre d'entre eux. Dans un silence de plomb, je bouclai mon cartable et me dirigeai vers la porte en baissant la tête.

– Carmes, chez monsieur Allard ! ordonna Tardy. Votre conduite est... inqualifiable !

Échappant de peu à la tempête qui grondait, je me rendis sans traîner vers le bureau du C.P.E. J'avais les jambes flageolantes en dévalant les escaliers du collège et mon cœur était au bord des lèvres. Les images de mon cauchemar étaient encore bien présentes.

Tu lui arracheras son œil vert, puis son œil marron, et je...

En passant devant la porte de la salle des profs, je croisai madame Lobeau, ma prof de Français.

– Jean-Baptiste ? Qu'y a-t-il ? Vous n'êtes pas en cours ?

J'étais l'un de ses meilleurs élèves et madame Lobeau avait toujours témoigné beaucoup de gentillesse à mon égard. En quelques mots, je lui expliquai ce qui venait de se passer.

– Oh ! réagit-elle avec une lueur de sympathie dans les yeux. Je suis désolée pour vous.

– Merci, madame.

– Si vous avez des problèmes, n'hésitez pas à venir me voir, Jean-Baptiste. Je sais que vous faites de votre mieux en ce moment. Surtout, ne vous découragez pas !

– Merci encore.

– Je descendis l'escalier comme un automate et me postai devant la porte du bureau des surveillants située à l'entrée de l'établissement. Pendant une fraction de seconde, j'eus la tentation de fuir dans la rue. Mais je me maîtrisai. Il était inutile de se rajouter de nouveaux problèmes. Retenant ma respiration, je frappai à LA porte qui faisait trembler tout élève de cet établissement. Une voix puissante et courroucée se fit entendre :

– Ouais !

Je pénétrai dans un bureau étroit et mal éclairé qui sentait la sueur. Monsieur Allard était assis derrière un énorme bureau gris couvert de tampons encreurs et de formulaires en tous genres. Par dessus le fouillis administratif, un exemplaire du journal local était grand-ouvert.

J'avais dérangé Allard dans sa sieste. Il avait horreur de cela. J'allais déguster...

– Carmes ? Qu'est-ce que tu viens faire ici ? Qu'est-ce que tu as encore fait ?

Le visage rubicond du surveillant exprimait une malveillance chronique. Pour lui, tout élève était un délinquant en puissance. Or, depuis plusieurs années, j'étais dans son collimateur. Il me « tenait à l'œil », rabâchait-il en fixant avec dégoût mes yeux vairons. Allard prétendait reconnaître un « regard de faux-jeton » entre mille...

Je m'approchai du surveillant, debout devant le bureau, et commençai à bafouiller :

– Je suis désolé, monsieur Allard... Je... je me suis endormi au cours de monsieur Tardy et j'ai fait un cauchemar...

– Un cauchemar ? Comment ça, un cauchemar ?

– Oui, un cauchemar. J'en fais beaucoup en ce moment. Et j'ai crié en me réveillant brutalement...

– « J'ai crié » ? répéta bêtement le C.P.E.

– Ben oui... Le cauchemar m'a fait crier.

– Et c'était quoi, ton cauchemar ? Du genre des films que tu reluques en cachette de ta mère, style *Freddy sort de la nuit,* avec ses doigts en lames de couteau ? C'est ça ?

– Euh, je ne sais plus bien...

Allard tapa du poing sur le bureau de fer.

– Non, mais ce qu'il ne faut pas entendre ! Monsieur fait des cauchemars à cause des films qui ne sont pas de son âge, mais il ne s'en souvient plus. Je vais t'en trouver un, de film, et celui-là, tu ne risques pas de l'oublier. Il a pour titre : « Allard, mon pire cauchemar ». Tu ne le connais pas encore celui-là ? Ça vient de sortir sur les écrans et je suis sûr que tu vas apprécier ! Et d'abord, pourquoi tu t'endors en cours ?

– Je suis un peu fatigué en ce moment...

– T'as qu'à dormir la nuit, c'est fait pour ça les nuits ! Pas pour regarder des films d'horreur !

– Je n'ai pas regardé de films d'horreur...

– Alors, pourquoi t'es fatigué ? Ah, je sais : monsieur sort avec ses copains jusqu'à point d'heure !

– Mais je ne sors pas non plus...

– Tais-toi. Je vous connais, les Carmes. De la racaille ! Je me suis déjà tapé ton oncle Roger dans le passé, je te signale. Je sais de quoi je parle !

Roger était le frère de ma mère qui avait fréquenté le caïd du coin, un certain Raymond Orsini. Mais, depuis quelques mois, il avait bien changé. Il avait arrêté son trafic et il se cachait quelque part pour éviter les représailles de son ancien patron. Cela faisait des mois que je n'avais pas eu de nouvelles de Roger. J'étais outré que le surveillant puisse m'associer aussi facilement à mon oncle. Je n'avais rien à voir avec sa vie !

J'étais pâle de colère. Allard souriait férocement en voyant le coup qu'il m'avait porté. Pas question que je me laisse faire !

– Monsieur Allard, je vous assure que je ne sors pas de chez moi, encore moins la nuit ! En plus, je travaille sérieusement et j'ai fait des progrès dans mes études. Vous pouvez vérifier. Demandez à madame Lobeau, par exemple...

– C'est le minimum que l'on attend d'un redoublant !

Je me tus, vexé. Allard désigna mon cartable du nez :

– Montre-moi ton cahier d'histoire.

Je sortis le cahier et le posai devant lui. Il l'effeuilla avec son index jauni par la nicotine des cigarettes qu'il fumait en cachette des élèves et se mit à siffler dans ses dents :

– Ouais, c'est mieux tenu qu'au début. Jolis, les dessins dans la marge. C'est la tête de monsieur Tardy, ça ? Très ressemblant... Je crois qu'il va bien apprécier son portrait... Bon, voyons ce que tu as écrit pendant le cours...

Je vis Allard froncer les sourcils.

– Qu'est-ce que ça veut dire ce truc-là ? demanda-t-il en tournant vers moi la dernière page du cahier.

Je vis mon écriture dégradée par le sommeil. À la suite des dernières notes du cours s'alignaient les quelques traces de mon rêve que j'avais notées en toute hâte avant de sortir :

Allemagne Ecrase la France. Alliance Russie. Victoire en Belgic, allemands traverse marne Joffre de reculer lordre avec la lance du 5. offensive. Combat ne fait que commencer. Grotte autel crane de cristal pas de pitie souffrir il saura qui est le maitre, approche toi de lui gagne sa confiance poignard arrache loeil vert et loeil marron...

Allard planta ses petits yeux porcins sur moi et jubila en voyant mon embarras :

– Alors Carmes, je crois que tu as compris qu'il est temps de te faire soigner, je pense ! Deux petites heures de colle un mercredi après-midi devraient être un bon remède pour commencer. Je ne suis pas psy, mais mes méthodes ont déjà fait leurs preuves...

Lucie relisait pour la dixième fois les mots surprenants que j'avais tracés sur mon cahier d'histoire.

Nous étions devant la B 12, l'une de ces classes au rez-de-chaussée du collège accessible par la cour. C'était notre lieu de rendez-vous habituel pendant les récréations.

J'avais raconté à mon amie tout ce qui s'était passé au cours de ces dernières heures, le rêve de cette nuit, la mystérieuse convocation du frère Athanase à l'abbaye Saint-Placide, ce que la gitane avait lu dans la paume de ma main et enfin l'étrange cauchemar que j'avais fait pendant le cours d'histoire. Maintenant, il y avait ces descriptions de mon rêve.

– Il faut que tu en parles à Philippe ! décréta Lucie en me rendant mon cahier. Comme dirait Han Solo dans *La Guerre des étoiles* : « j'ai un mauvais pressentiment »... Il faut vraiment que tu fasses attention !

Je soupirai en dodelinant de la tête.

– Ce que j'aime chez toi, Lucie, c'est ta capacité à me rassurer...

– Non, je suis réaliste ! Arrête de te cacher derrière ton petit doigt, Jean-Baptiste : l'Adversaire est en train de préparer sa riposte et ça ne sent pas bon ! Pas bon du tout !

Je devais me rendre à l'évidence. Les fameux « signes inquiétants » dont m'avait parlé Philippe venaient probablement d'apparaître. Lucie avait raison : il était temps que j'en touche deux mots à son parrain. Lui saurait quoi faire.

Sans me demander mon avis, Lucie laissa un message sur le répondeur de Philippe pour lui signaler notre intention de lui parler après les cours. Le côté mélodramatique de son message me fit sourire. Je trouvais que, pour le coup, elle en faisait des tonnes.

De mon côté, j'appelai ma mère pour lui dire que j'allais rentrer à la maison un peu plus tard et qu'elle ne se fasse pas de souci. Elle ne me posa aucune question : elle était toujours rassurée quand j'allais rendre visite à Philippe.

La journée avait été riche en émotions et j'avais hâte de rejoindre mon lit. J'espérais de tout mon cœur qu'un nouveau cauchemar ne viendrait pas me perturber et que je pourrais reprendre des forces neuves pour affronter une nouvelle journée de travail. J'avais eu mon compte de problèmes...

À peine avions-nous sonné à la porte du manoir de Tiraguello que celle-ci s'ouvrit. Le parrain de Lucie devait nous guetter derrière la fenêtre de son bureau.

— Je vous attendais, dit-il sobrement.

Les trois bergers allemands bondirent à notre rencontre et nous léchèrent les mains en frétillant de la queue. Contrairement à Lucie, je ne supportais que très moyennement leur tendresse démonstrative. En réalité, j'avais plutôt peur des chiens. Le parrain de Lucie perçut mon embarras et s'empressa de faire sortir ses gentils toutous.

— Allez ! Gaby, Michou, Raph : dehors ! Vite !

Philippe nous fit pénétrer dans son bureau et referma soigneusement derrière lui. Sa mâchoire crispée me confirma que le message de Lucie avait produit son effet.

Nous prîmes place sans attendre d'y être invités dans les gros fauteuils qui faisaient face à sa table de travail. Ces derniers mois, nous avions pris nos habitudes et nous nous sentions à l'aise dans ce bureau qui nous était familier. Je nous revis assis pour la première fois à cet endroit, lors de cette pluvieuse et terrible soirée de novembre où le parrain de Lucie m'avait volé le clou que j'avais trouvé au pied de mon cerisier. Cet événement me paraissait vraiment loin, perdu dans les brumes de ma mémoire. Et pourtant, sept mois simplement nous séparaient de notre première rencontre...

Philippe s'assit derrière sa table de travail et nous regarda, le front barré d'une ride profonde qui trahissait son inquiétude.

— Que se passe-t-il ? Des ennuis ?

Je trouvai soudain ridicule de le déranger pour si peu de choses. Je me demandais si je ne m'étais pas laissé bêtement entraîner par les craintes de Lucie. Elle s'inquiétait sans cesse pour moi depuis le terrible combat que j'avais mené contre l'Adversaire dans le salon de mon père.

– Pas vraiment des ennuis... Nous avons juste besoin de votre avis sur certaines choses qui m'arrivent actuellement...

Je lui racontai par le menu les événements des dernières heures, observant du coin de l'œil Lucie qui se trémoussait sur son fauteuil au fil de mon récit, confirmant inutilement tel ou tel détail.

Philippe restait silencieux et m'écoutait attentivement. Lorsque je lui montrai mon cahier d'histoire avec sa suite de mots incohérents, le parrain de Lucie sortit un stylo de sa poche et recopia l'étrange message venu du pays des songes.

– Bien ! dit-il en tapotant machinalement le bureau avec son stylo. Toute cette affaire est bien embrouillée...

– Embrouillée ? répliqua Lucie. Ça me paraît très clair, au contraire : l'Adversaire est en train de...

Philippe leva les mains et tenta de calmer l'ardeur de sa filleule.

– Du calme, du calme, Lucie ! Il faut garder la tête froide. Ce n'est pas aussi simple : il ne faut pas forcément tout prendre au premier degré. Jean-Baptiste perçoit probablement une menace venant de l'Adversaire qui est réelle et qu'il faut prendre au sérieux, mais son inconscient ajoute ses propres éléments...

Je ne comprenais pas ce qu'il voulait dire avec mon inconscient.

– Je veux simplement dire que l'agressivité de l'Adversaire dirigée contre toi est interprétée par ton subconscient en images et en paroles qui n'ont pas forcément de rapport direct avec la réalité. Ce ne sont que des images symboliques produites par ton cerveau, comme le sont tous les rêves.

– Euh... Docteur Freud, en langage simple et avec le décodeur, ça veut dire quoi concrètement ?

– Cela signifie que ces rêves habillent ta peur d'éléments que ta mémoire a enregistrés pendant la journée. Par exemple, le poignard de ton rêve est probablement à rattacher à ce documentaire sur les Aztèques que tu as vu à la télévision.

– Objection, votre honneur ! Je suis persuadé d'avoir déjà rêvé de ce poignard cette nuit. Donc, *avant* d'avoir vu ce documentaire !

– Mais tu m'as dit avoir oublié le contenu de ton rêve. C'est assez courant d'avoir l'impression de faire toujours le même cauchemar. Mais ce n'est qu'une impression, en fin de compte.

Je secouai la tête, exaspéré.

– Non, je ne suis pas d'accord avec vous. C'est bien le même cauchemar. Pour être plus précis, je crois que les rêves se suivent et que le dernier, celui que j'ai fait pendant le cours de Tardy, complète le précédent...

Philippe fit une moue sceptique.

– C'est très peu probable... La mécanique des rêves est assez complexe. En revanche, il y a un élément qui mérite notre attention.

– Ah oui ? Et lequel ?

Le parrain de Lucie saisit la feuille de papier sur laquelle il avait retranscrit les mots de mon rêve. Après un court instant passé à relire le texte, il dit :

– Oui, voilà : « approche-toi de lui et gagne sa confiance ».

Lucie et moi regardions Philippe sans bien comprendre pourquoi il ne retenait que cette simple phrase parmi tous les mots effrayants que j'avais pu noter. Celui-ci se tourna vers moi et dit d'une voix grave :

– D'après les souvenirs que tu as gardés de ton rêve, qui a prononcé cette phrase ?

Je réfléchis un instant et répondis d'une voix sourde :

– L'Adversaire. Il s'adressait à quelqu'un dont je ne voyais pas le visage...

– C'est bien ce je pensais. Ce que tu as perçu des intentions de l'Adversaire me semble particulièrement révélateur.

J'attendais qu'il explicite sa pensée.

– Je vois ce que tu veux dire, dit pensivement Lucie en posant son index sur les lèvres. L'Adversaire a l'intention de se servir d'une personne proche de Jean-Baptiste, quelqu'un en qui il a confiance, pour l'espionner. C'est bien ça ?

Philippe approuva.

– Exactement, Lucie. Je crois que tu as raison.

Il se leva, s'approcha de moi et posa une main paternelle sur mon épaule.

– Jean-Baptiste, il faut que tu sois très prudent. Je suis désolé de te dire qu'il y a probablement un espion dans ton entourage proche. Et je crains qu'il cherche à te faire du mal. Beaucoup de mal...

4.

La sanction

La dernière phrase de Philippe nous plongea tous les trois dans un silence pesant.

Je me sentais accablé. L'idée d'être trahi par un proche, un ami, voire un membre de ma famille m'était une perspective totalement déprimante. Je n'avais jamais envisagé une telle éventualité, même lors de mes périodes de cafard les plus noires...

Je croisai le regard de Lucie qui me fixait avec intensité. Je ne parvenais pas à savoir ce qu'elle pensait. Pourquoi ne disait-elle rien ? Et si... Et si elle n'était pas ce qu'elle prétendait être ? Ce ne serait pas la première fois, après tout !

Non, je ne devais pas me laisser entraîner par la peur. Il fallait que je réagisse.

– Eh bien, ça promet... maugréai-je avec mauvaise humeur.

Plus j'y pensais et plus je me demandais si j'avais la moindre chance de ne pas devenir parano ! Comment parvenir à ne pas voir dans tous ceux qui m'approcheraient désormais un danger mortel ?

Haine me, or not haine me, that is the question !

Philippe retourna s'asseoir à son bureau, le visage crispé.

– Que dois-je faire ? demandai-je nerveusement. Comment découvrir ce... cet espion ?

Philippe prit un instant de réflexion en fermant les yeux. Enfin, il répondit :

– Tu dois compter sur ton ange gardien, plus que jamais !

– Compter sur l'ange Tutel ? Vous êtes sérieux ?

J'avais déjà rencontré mon ange gardien plusieurs fois dans le monde angélique et il m'avait servi de guide au cours de mes déplacements. C'était un ange avec un visage d'adolescent, toujours souriant et prévenant. Je l'aimais beaucoup, mais, ces derniers temps, je ne ressentais pas souvent sa présence à mes côtés. Et, pour tout dire, il me paraissait bien inoffensif et bien démuni pour me protéger d'un ennemi aussi coriace que l'Adversaire ou de l'un de ses tristes sbires...

Philippe sembla lire dans mes pensées. Il sourit avec indulgence.

– Je crois que tu sous-estimes ton ange gardien. Tu as encore beaucoup de choses à découvrir, mon cher Jean-Baptiste...

– Hum ! Vous ne trouvez pas l'ange Tutel un peu... comment dire ? ...un peu jeune pour jouer les *bodyguard* ?

Philippe éclata de rire.

– Mais l'ange Tutel est celui qui te protégera le plus efficacement contre l'Adversaire, tu peux me croire !

J'affichai ouvertement un air sceptique.

– D'accord, mais pour ce que j'ai pu voir de lui...

– Précisément, ce que tu as *pu voir de lui*. N'oublie pas que, dans le monde angélique, tu n'aperçois les choses qu'à travers les prismes de ton imagination, de ta culture, de tes sentiments, et non pas telles qu'elles sont réellement. Tu as vu ton ange gardien comme quelqu'un qui te ressemblait, un jeune de ton âge, ce qui est normal puisqu'il t'est directement associé. Mais, en réalité, l'ange Tutel dépasse largement l'image que tu t'es faite de lui et, surtout, c'est lui qui a reçu du Très-Haut la mission d'être ton défenseur devant l'Adversaire...

Je restai silencieux, pas vraiment convaincu par les paroles du parrain de Lucie. Il ajouta :

– Malgré tout, je pense que dans la situation présente, l'Archange saint Michel ne verra pas d'inconvénient à t'adjoindre un ou deux sécuritanges...

Lucie s'adressa à son tour à son parrain :

– C'est très bien, les anges gardiens et tout ça, mais je pense que Jean-Baptiste a besoin de se sentir davantage en sécurité. Il ne suffit pas de savoir que son ange gardien est près de soi pour être tout à fait rassuré ou à l'abri du danger. Il faudrait que... que l'ange Tutel soit un peu plus « concret », si tu vois ce que je veux dire !

– Oui, parfaitement... répondit Philippe. Je comprends ce que tu veux dire.

L'homme resta un instant silencieux. J'étais bien d'accord avec Lucie : un bon pistolet ou un détecteur anti-espion me paraissaient bien plus utiles qu'un gentil petit ange à mes côtés dont je ne sentais même pas le souffle des ailes. J'étais persuadé que Philippe admettrait la justesse de la remarque de sa filleule et qu'il allait me trouver le super-gadget-génial dont j'avais besoin, l'arme secrète qui me protégerait efficacement des attaques de l'Adversaire. Je fus donc totalement décontenancé lorsqu'il me demanda :

– Jean-Baptiste, j'aimerais que tu me dises comment tu affrontais tes peurs lorsque tu étais petit.

– Pardon ?

Philippe sourit en voyant la tête que je faisais.

– Oui, comment faisais-tu pour avoir moins peur la nuit, par exemple ? Te cachais-tu sous tes couvertures ou sous ton lit ? Laissais-tu une lampe allumée toute la nuit ? Avais-tu un nounours que tu gardais près de toi ? Ou récitais-tu une prière ? Comment faisais-tu ?

Je ne voyais pas où il voulait en venir.

– Je... ben, euh... bafouillai-je. Je ne me souviens plus très bien...

Lucie fronçait les sourcils. Elle ne semblait pas mieux comprendre que moi ce que Philippe avait en tête.

– Réfléchis bien, Jean-Baptiste.

Je cherchai mollement dans ma mémoire, agacé par la question saugrenue de Philippe. Pensait-il vraiment qu'il fallait juste me tranquilliser comme un gosse qui a peur du noir ? Je me demandais s'il n'était pas en train de se moquer de moi. J'étais même ulcéré par le manque de sérieux qu'il accordait à la menace que l'Adversaire faisait peser sur moi. Voyant qu'il attendait ma réponse, je finis par lui dire à contrecœur :

– Oui, quand j'étais petit, j'avais quelque chose que je mettais dans mon lit et qui me rassurait... Mais je ne vois pas ce que...

– Parfait ! coupa Philippe. Retrouve cet objet et garde-le à portée de main : nous risquons d'en avoir bientôt besoin.

Le parrain de Lucie se leva brutalement comme pour nous signifier que l'entretien était terminé et qu'il était temps que nous débarrassions le plancher.

– Restez bien sur vos gardes ! dit-il encore en nous raccompagnant à la grille du domaine de Tiraguello. Je vais téléphoner au frère Athanase pour lui faire part de notre discussion. D'ici là, Jean-Baptiste, je te rappelle que tu dois demander à ta maman la permission d'aller à l'abbaye Saint-Placide. Et n'oublie pas de prendre l'objet que tu mettais dans ton lit quand tu étais petit. D'accord ?

Nous avions repris le bus 45 pour rentrer chez nous. La chaleur était devenue lourde. Un orage menaçait d'éclater depuis la fin de l'après-midi et le ciel avait pris une angoissante couleur argentée.

Lucie et moi étions assis l'un à côté de l'autre sur la banquette arrière de l'autobus, murés dans le silence. Pour la première fois, nous étions déçus par notre rencontre avec Philippe. Je trouvais qu'il n'avait pas fait beaucoup d'efforts pour comprendre ce qui m'était arrivé. En gros, il y aurait beaucoup de choses psychologiques dans mes cauchemars, et un espion de l'Adversaire rôderait dans mon entourage, dont seuls mon ange gardien et un objet de mon enfance pourraient me protéger… Je trouvais sa réaction pour le moins un peu légère !

Lucie ne pipait mot. Je savais qu'elle prenait très au sérieux les menaces de l'Adversaire et qu'elle était fort contrariée que nous n'ayons reçu de son parrain que de vagues recommandations. Restait le frère Athanase : peut-être serait-il plus conscient du danger qui planait sur moi et aurait-il à cœur de me défendre efficacement…

Sinon, c'était à désespérer des adultes !

En rentrant à la maison, une surprise de taille m'attendait. Je trouvai mon père assis sur le canapé du salon, en grande conversation avec ma mère. Ils tournèrent les yeux vers moi quand je pénétrai dans la pièce. Leurs regards étaient un peu froids et leurs lèvres… pincées.

– …jour ! marmonnai-je d'une voix traînante.

– Bonjour Jean-Baptiste ! répondit sèchement mon père.

Je compris tout de suite qu'il y avait un os dans le pâté… Que se passait-il encore ?

– Assieds-toi Jean-Baptiste, articula ma mère en esquissant malgré tout un pauvre sourire en guise d'accueil. Je n'avais pas eu droit au « mon chéri » des bons jours, ce qui confirmait que ça sentait le roussi…

– Ta journée s'est bien passée à l'école ?

– Ben… oui, comme d'hab…

– Es-tu bien sûr de dire la vérité ? me demanda mon père d'une voix aigre.

Nous y étions. J'étais la cause de la visite de mon père. Je commençais à deviner un coup fourré d'Allard...

– Oui, à part que je me suis endormi au cours de Tardy et que...

– Et que, quoi ? renchérit-il nerveusement.

– Ben... qu'il m'a viré du cours, cette peau de vache !

Un long silence suivit ma déclaration. Mes parents m'épinglaient du regard comme si j'étais un papillon sur une planche d'un entomologiste.

Ma mère se racla la gorge et dit d'une voix sourde :

– Tu oublies simplement de préciser que cette « peau de vache » t'a renvoyé de sa classe parce que, non seulement tu étais arrivé en retard à son cours, mais que tu t'étais disputé avec un camarade de classe, que tu avais dormi et enfin hurlé comme un dément pendant qu'il avait le dos tourné pour écrire au tableau. C'est en effet tout à fait scandaleux que cette « peau de vache » t'ait renvoyé de son cours...

– C'est Allard qui t'a balancé tout cela ?

Mon père tapa nerveusement du poing sur l'accoudoir du canapé et se mit à crier :

– *Monsieur* Allard, s'il te plaît. Exprime-toi correctement, nom d'un chien, quand tu nous parles ! C'est en effet monsieur Allard qui m'a appelé au téléphone cet après-midi. Le C.P.E. de ton établissement trouve que tu commences à filer un mauvais coton et il s'inquiète sérieusement pour toi ! Il a peur – excuse-moi, Laurence – que tu prennes le même chemin que ton oncle Roger...

– Ah ? Et c'est ce que tu penses ?

– Jean-Baptiste, tu devrais remercier monsieur Allard de chercher à t'aider comme il le fait. Ce n'est pas dans tous les collèges que l'on voit un C.P.E. prendre du temps pour téléphoner aux parents lorsqu'il y a un problème. C'est un brave homme et nous lui en sommes reconnaissants, ta mère et moi. Tu n'es pas d'accord avec nous ? Et regarde-moi quand je te parle, bon sang !

Je n'en revenais pas. C'était la première fois que mon père osait m'engueuler de la sorte, pour une broutille ridicule. Mes parents n'avaient aucune espèce d'idée de ce qui m'arrivait en ce moment. Ce n'était pas eux qui étaient tourmentés par des cauchemars horribles, qui avaient un démon excité aux trousses et qui risquaient d'être transformés en bouillie pour bébé ! Ils n'imaginaient pas un seul instant ce que je pouvais subir comme pression ! J'avais fait de grands progrès scolaires ces derniers mois, mais ça, ils l'avaient déjà oublié ! *Delete*, les efforts, les bonnes notes ! C'était normal, probablement, « pour un redoublant », comme disaient Allard et Tardy !

Je secouai la tête, écœuré par tant d'injustice. À mon tour, je serrai les dents pour ne pas me mettre à hurler.

Ma mère prit le relais, d'une voix plus douce que celle de mon père.

– Monsieur Allard nous a dit aussi que tu avais écrit des drôles de choses dans ton cahier d'histoire, des mots violents, et qu'il faudrait peut-être que tu ailles voir un psychologue...

La coupe était pleine. Je ne pus m'empêcher d'éructer :

– Quel c... !

Mon père se leva d'un bond et m'administra une gifle bien placée. Je le regardai, plus sidéré par sa réaction que par la douleur que sa claque avait occasionnée. Je lus dans ses yeux qu'il était aussi surpris que moi de ce qu'il venait de faire. Il bafouilla maladroitement :

– Je... je... Reste poli avec ta mère ! C'est indigne d'un garçon tel que toi !

C'était inimaginable ! De quel droit me frappait-il, celui-là ? Cet homme m'avait abandonné à la naissance comme une vieille chaussette puante et il était réapparu d'un coup dans ma vie, quinze ans plus tard. Alors comment osait-il porter la main sur moi ? Pour qui se prenait-il ? D'accord, il m'avait conçu avec ma mère, mais, à sa place, j'aurais joué profil bas ! Ce père d'opérette n'avait aucun droit sur moi. C'est lui qui méritait une bonne paire de baffes, pas moi !

Ma mère était bouleversée. Elle se leva, vint s'asseoir à côté de moi et posa un bras maternel sur mes épaules :

– Oh, mon chéri, je suis désolée...

Je la repoussai fermement.

– Laisse-moi tranquille !

Elle retira vivement la main et me regarda avec des yeux suppliants. Pendant un instant, je fus tenté de me jeter dans ses bras comme un gosse et d'éclater en sanglots, mais je me contins le plus possible. Mon père, rouge comme une pivoine, alla se rasseoir.

– Je regrette de t'avoir giflé. Je ne voulais pas. Je suis désolé.

Je luttais contre un sentiment de haine. Décidément, j'étais bien plus tranquille quand je n'avais pas de père. Que m'avait-il apporté depuis que je le connaissais ? Pas grand-chose ! Ah si : un stylo commercial *Jean-Pierre Marcellin, entreprise Grafix*. Super méga top !

– Mais tu l'as mérité ! ajouta-t-il comme pour ne pas perdre la face devant moi.

Je le foudroyai du regard.

– NE-ME-TOUCHE-PLUS-JAMAIS ! hurlai-je en martelant mes mots.

Mon père me regarda fixement, sans rien ajouter. Il semblait contrarié de n'avoir pas réussi à se maîtriser. Je jouissais de le voir aussi embarrassé. Il finit par dire d'une voix rauque :

– Il faut que tu saches que ta mère et moi, nous nous inquiétons pour toi. Tu avais fait de si beaux progrès à l'école ces derniers mois...

Ah, quand même...

...que nous ne comprenons pas ce qui t'arrive...

Je ne répondis pas. Je regardais ailleurs, la mâchoire crispée, comme si je me désintéressais de la conversation.

– Si tu as des ennuis, dis-le nous !

Je restai de marbre. Que pouvais-je dire, de toute manière ?

– Bon, si tu n'as rien à nous dire... Ta mère et moi souhaitons que tu restes à la maison ces prochains jours. Pas de sortie, pas de cinéma avec Lucie jusqu'à nouvel ordre !

Je les regardai avec des yeux incrédules.

– Vous me punissez ? C'est ça ?

– Non, il ne faut pas prendre cette décision comme une punition. Simplement, nous constatons que tu es fatigué et que c'est bientôt la fin de l'année scolaire. Tu as besoin de te reposer. Il ne faudrait pas que tu rates ton brevet des collèges, tu ne crois pas ?

C'était une catastrophe. Je devais aller à l'abbaye Saint-Placide pour rencontrer le frère Athanase qui souhaitait me voir le plus rapidement possible, et j'étais consigné à la maison pour une bêtise. C'était ridicule ! J'ouvris la bouche, prêt à me défendre bec et ongles, mais je me ravisai, avec une détermination et un calme qui m'étonnèrent moi-même. Je sentais qu'il était inutile d'insister pour l'instant. Il fallait attendre que la tempête s'apaise. Je me levai, grommelai un vague bonsoir et montai à l'étage en prenant soin de claquer la porte de ma chambre le plus fort possible.

Mon téléphone portable se mit à sonner. Les premières notes de la musique du film *Star Wars* m'indiquaient que c'était Lucie.

– Tu as retrouvé l'objet dont parlait Philippe ? demanda-t-elle sans préambule.

– Non, répondis-je avec mauvaise humeur.

– Tu sais, j'ai réfléchi : si mon parrain souhaite que tu trouves cet objet de ton enfance, c'est qu'il a une bonne raison. Il faut lui faire confiance : je ne l'ai jamais vu dire n'importe quoi...

– Je ne pourrai pas aller voir le frère Athanase ! répliquai-je hargneusement.

Silence glacial.

– Comment ça, tu ne pourras pas aller le voir ?

Je lui expliquai le savon que je venais de me prendre à cause d'Allard et la sanction prise par mes parents. Lucie explosa littéralement de colère. Elle était encore plus furieuse que moi, ce qui eut pour effet immédiat de me réconforter. Puis elle dit :

– Au moins, nous savons qui est l'espion que l'Adversaire a placé dans ton entourage.

– Comment ça ?

– Eh bien, Allard, voyons ! Elle est signée, cette histoire : Allard a trouvé un moyen de t'empêcher d'aller voir le frère Athanase à l'abbaye Saint-Placide. C'est clair que ce monsieur est aux ordres de l'Adversaire et que son but est de contrarier ta rencontre avec le Gardien de la Porte des Anges !

J'éclatai d'un rire jaune.

– N'importe quoi ! Comment pouvait-il deviner que mes parents allaient me priver de sortie ?

– Oh, il l'a probablement suggéré dans la conversation, comme ça, incidemment...

– Si l'on suit ta logique, l'espion pourrait tout autant être mon père : il a sauté sur la première occasion pour m'empêcher de bouger...

Lucie n'ajouta pas un mot. Je sentais qu'elle était un peu troublée.

– Je vais appeler mon parrain pour lui demander d'intervenir, finit-elle par dire d'une voix affermie.

– Je doute que cela serve à quelque chose...

- Oh, qui ne risque rien n'a rien ! Ne sois pas défaitiste ! Ce n'est pas le moment de baisser les bras...

Je raccrochai et jetai mon téléphone avec irritation sur

mon lit. Je me laissai lourdement tomber sur mon fauteuil, complètement cassé par la journée que je venais de vivre.

L'orage n'avait pas encore éclaté. Tout mon corps était moite, mais je n'avais pas le courage d'aller prendre une douche. Je fermai les yeux et j'essayai de penser à quelque chose d'agréable.

En vain.

Mon téléphone portable se mit à sonner de nouveau. Mais ce n'était plus *Star Wars* cette fois. Qui pouvait bien m'appeler à cette heure ?

Je saisis l'appareil et regardai le numéro de téléphone qui s'affichait sur l'écran.

« Numéro secret ».

Je fus tenté un instant de ne pas décrocher. Je me sentais trop mal pour tailler une bavette avec quiconque. Mais c'était peut-être Philippe qui m'appelait directement. Ou même le frère Athanase. Il se passait peut-être quelque chose d'urgent...

J'appuyai sur la touche verte du téléphone, le cœur battant et dis :

– Allo ?

J'entendis un léger grésillement pendant un court instant. Puis une voix que je reconnus immédiatement me répondit.

Je crus que mon cœur allait s'arrêter de battre.

C'était l'horreur !

5.

Le rendez-vous nocturne

J'attendais dans l'obscurité d'une impasse sinistre depuis presque une demi-heure, caché derrière une grosse benne à ordures malodorante. Il était presque minuit. L'orage qui couvait depuis le début de la soirée éclata. Je n'avais pas pensé à prendre un blouson avant de sortir. Je ne portais sur moi qu'un tee-shirt et un jean noir. Je m'étais sauvé de la maison le plus discrètement possible, en espérant de toutes mes forces que mon absence ne serait pas remarquée. Une grosse pluie grasse se mit à tomber drue et, en quelques secondes, je fus trempé des pieds à la tête. Des rafales de vent violent m'obligèrent à trouver refuge dans l'embrasure d'un porche muré de parpaings. L'abri était précaire, mais c'était mieux que rien. Un gros sac poubelle emporté par le vent roulait à toute allure sur la chaussée et finit par s'éclater sur un mur comme un vieux fruit pourri, déversant ses immondices écœurantes sur le trottoir. Je ne voyais pas à trois mètres, sauf lorsque les éclairs zébraient le ciel noir-violacé. Des coups de tonnerre terrifiants me perçaient les tympans.

Ambiance, ambiance...

J'écarquillai les yeux pour essayer de voir l'heure sur le cadran de ma montre, mais l'obscurité était trop dense pour que je parvienne à distinguer les aiguilles. Je fouillai fébrilement le petit sac à dos que j'avais emporté avec moi, à la recherche d'une lampe de poche ou d'allumettes, mais je ne trouvai rien d'autre que ce vieux machin de mon enfance que j'y avais fourré prestement avant de partir à ce rendez-vous nocturne. C'était ridicule, je le savais bien, mais je n'avais pas trouvé d'autres idées pour me rassurer.

Je serrai le sac contre ma poitrine comme une armure dérisoire. Un peu mince, la défense ! En attendant, je n'en menais pas large et je ne savais pas ce que j'aurais donné pour être ailleurs que là, acculé dans cette impasse comme un animal traqué.

Mauvais plan.

Je n'aurais jamais dû décrocher mon téléphone portable. C'était une leçon pour l'avenir !

Malgré la force du vent, j'entendis au loin les cloches de l'église de Tournon égrener les heures. Je les comptais mentalement au fur et à mesure. Douze coups. Il était minuit. L'heure du rendez-vous.

Je n'eus pas longtemps à attendre. Une grosse voiture pénétra dans l'impasse et roula très lentement dans ma direction. Je clignais des yeux, scotché contre le mur par les phares agressifs du véhicule. J'avais la désagréable impression d'être un vulgaire moustique fasciné par la lumière.

La voiture s'arrêta devant moi et la portière arrière s'ouvrit.

– Montez, monsieur Carmes ! intima l'homme qui était resté assis dans le véhicule.

Là, il rêvait, le bonhomme. Je n'avais aucune envie de me jeter dans la gueule du loup.

– Il n'en est pas question. Dites-moi ce que vous avez à me dire !

– Ne soyez pas stupide, mon garçon ! Vous n'allez pas rester sous la pluie et prendre froid : venez vous asseoir à côté de moi, je vous en prie !

La voix de l'homme était raffinée, mais prenait une inflexion autoritaire assez déplaisante.

– Que me voulez-vous ?

– Vous préférez rester sous la pluie ? À votre guise. Mais sachez que si j'avais voulu vous enlever, mon chauffeur et mon garde du corps s'en seraient déjà chargé. À l'heure qu'il est, nous serions loin d'ici...

Je distinguais effectivement deux silhouettes immobiles derrière le pare-brise dégoulinant de pluie de la luxueuse berline. Je ne parvenais pas à voir leurs visages, mais j'aperçus un point orange luire avec intensité : l'un d'eux tirait tranquillement sur une cigarette.

Mon interlocuteur avait raison, je ne risquais probablement pas grand-chose à me mettre à l'abri dans sa voiture. De toute façon, à un contre trois, dans une impasse déserte, que pouvais-je faire pour me défendre ? J'acceptai donc de mauvaise grâce de m'asseoir sur l'élégante banquette de cuir blanc.

Un plafonnier diffusait une chaude lumière jaune et je pus distinguer le visage de l'homme. Il était âgé d'une petite cinquantaine d'années et portait une chevelure grisonnante parfaitement soignée. Il me tendit sa belle main manucurée en m'adressant un large sourire, très étudié.

– Je suis heureux de vous revoir, monsieur Carmes.

Après une courte hésitation, je serrai mollement la main énergique de l'homme.

– ...soir, maître Verreux.

Il y a quelques mois de cela, cet avocat était venu chez moi, juste après l'enlèvement de Lucie, pour me faire des propositions délirantes de la part de son client, un certain Natas, *alias* l'Adversaire. J'avais naturellement tout refusé en bloc. Mais j'avais pu lui subtiliser une photographie qui m'avait mis sur la piste de mon amie. Malheureusement, l'Adversaire avait prévu ma réaction et j'étais tombé de nouveau dans un piège... Vraiment, je ne pensais jamais revoir cet étrange homme de loi. Ma stupéfaction avait été grande en reconnaissant sa voix quelques heures plus tôt au téléphone.

Assis sur la banquette, je me sentais mal. Maître Verreux restait silencieux, comme s'il rechignait à entamer la conversation. Excédé, je brisai le silence et lui demandai avec la plus grande méfiance :

– Que me voulez-vous ?

L'avocat sortit paisiblement de sa poche un étui à cigarettes en argent, l'ouvrit et me le présenta :

– Cigarette ?

– Non, je ne fume pas...

– Je n'insiste pas.

L'homme de loi s'alluma une cigarette très fine avec des gestes posés et tira une grande bouffée.

– La fumée ne vous dérange pas, j'espère, monsieur Carmes ?

– Et si vous me disiez pourquoi vous vouliez me voir ?

L'avocat regardait droit devant lui, les yeux perdus dans le vague.

– Oui, bien sûr. Je pense que vous vous souvenez certainement que l'un de mes clients est un certain monsieur Natas...

– Difficile d'oublier...

– Certes. Il se trouve que mon client a été... comment dire ?... particulièrement indélicat avec moi...

L'avocat tira de nouveau une longue bouffée.

– Et alors ?

– En un mot, je dirais que monsieur Natas m'a utilisé, purement et simplement, dans bien des affaires. Pour ne parler que de ce qui vous concerne, monsieur Carmes, mon client n'avait d'autre objectif que de vous attirer dans un piège. Savez-vous qu'aucune des propositions qu'il vous a faites n'était sincère ?

Je regardai l'avocat, totalement éberlué. Me prenait-il pour un idiot ? Comme si je ne l'avais pas compris. Qu'avait-il donc en tête ?

– Mon client m'a trompé, continua-t-il avec rancœur. Et cela, cher monsieur Carmes, je ne l'accepte pas ! À cause de monsieur Natas, j'ai perdu beaucoup d'argent. Et quand je dis beaucoup... Hum ! Mais, ce qui est plus grave encore, c'est que j'ai mis en péril ma propre réputation pour défendre au mieux ses intérêts. Pour quelle reconnaissance ? Je vous le demande ! Je ne sais pas si vous le savez, monsieur Carmes, mais j'ai été... mis en examen dans une affaire délicate !

J'étais de plus en plus méfiant.

– C'est la raison pour laquelle j'ai demandé à monsieur Natas de chercher un autre avocat. Financièrement, je perds beaucoup, vous le devinez. Mais je crois avoir fait le bon choix. Monsieur Natas ne l'entend pas de cette oreille, bien entendu : il n'aime pas qu'on le trahisse ! Mais en réalité, c'est lui qui m'a trahi !

L'avocat se tourna vers moi et ajouta fébrilement :

– Notre rencontre est absolument officieuse, Jean-Baptiste et je vous supplie de garder notre discussion confidentielle. Nous savons tous les deux de quoi monsieur Natas est capable. Il faut absolument faire quelque chose pour l'empêcher de nuire davantage. Je sais qu'il vous craint particulièrement, même si j'en ignore la raison. Vous lui avez créé un grave préjudice et il désire se venger de vous...

L'homme resta silencieux un instant, jetant un regard par-dessus son épaule comme pour vérifier que personne ne l'entendait.

– Monsieur Carmes, vous seul, à ma connaissance, avez le pouvoir de contrer ses plans. C'est pour ça que je désirais vous rencontrer, Jean-Baptiste. Associons-nous pour lutter contre les actions délétères de ce monsieur.

J'éclatai de rire.

– Vous vous moquez de moi ? Vous me croyez assez bête pour croire un mot de ce que vous me dites ? Je suis jeune, d'accord, mais pas au point de tout gober...

L'avocat secoua la tête et répliqua avec une voix suppliante :

— Monsieur Carmes, calmez-vous ! Je comprends parfaitement votre scepticisme, mais je vous conjure de m'écouter !

— Attendez : vous m'avez menacé au téléphone, vous m'avez dit que si je ne venais pas à votre rendez-vous dans cette impasse, à minuit, ma maison serait incendiée...

— Oui, c'est vrai, coupa l'avocat, c'est parfaitement exact. Je vous ai dit que c'était une question de vie ou de mort. Vous-même et votre mère courez un grand danger. Monsieur Natas a des espions partout et vous n'êtes pas en sécurité dans votre pavillon...

— Arrêtez de l'appeler Natas : c'est de l'Adversaire qu'il s'agit.

— Oui, je le sais. J'ai fini par le comprendre. Un peu tard, je vous le concède. Mais l'argent m'avait aveuglé et je ne me rendais pas compte que j'étais devenu « l'associé du diable » en quelque sorte, pris comme une mouche dans ses filets maléfiques...

— Arrêtez, je vais pleurer !

— Monsieur Carmes... Jean-Baptiste, écoutez-moi : je vous ai parlé de mon fils la dernière fois que je vous ai vu, vous vous en souvenez certainement, n'est-ce pas ?

— Euh... Oui, en effet.

— C'est le père de famille qui vous parle ce soir, Jean-Baptiste, et non pas l'homme de loi. Il y a une chose que je n'ai pas encore avoué à mon fils... une chose qu'un père ne parvient pas à dire à son fils, yeux dans les yeux...

L'avocat tira nerveusement sur sa cigarette et écrasa le mégot dans le cendrier encastré dans la portière.

— Ce qu'un père ne parvient pas à dire à son fils, c'est qu'il est un... un escroc et qu'il risque de se retrouver en prison !

L'avocat baissa la tête. Il semblait avoir vieilli de dix ans et il avait perdu de sa superbe.

– Voilà ce que j'avais à vous dire, Jean-Baptiste : je vais être mis en état d'arrestation très prochainement à cause de monsieur Natas et de ses sales petites affaires. Mais d'ici-là, avant de ne plus pouvoir agir, je veux faire une dernière chose, une chose importante : je veux vous aider.

– M'aider ? Dites plutôt, vous venger...

– Comme vous voulez, Jean-Baptiste, mais comprenez–moi bien : je connais beaucoup de choses concernant notre... notre ennemi commun. Je sais par exemple qu'il a mis dans votre entourage un de ses complices et que vous courez un grand danger. Jean-Baptiste, faites-moi confiance : toutes les informations que je possède pourront vous être très utiles pour vous protéger et lutter efficacement contre monsieur Natas. Je mets à votre disposition tous les moyens qui sont les miens pour contrer son action malfaisante. Mais il faut vous dépêcher car je serai bientôt sous les verrous...

– Je n'ai aucune confiance en vous.

– C'est normal, je le conçois aisément. Mais, je vous supplie de me croire cette fois. Nous sommes dans le même camp : je suis sincère !

– Prouvez-le !

L'avocat prit sa mallette et l'ouvrit. Saisissant un journal, il me le tendit.

– Jetez un coup d'œil sur cet article.

Une photo de l'avocat souriant portant un élégant smoking était surmontée d'un titre en caractères gras : « Perquisition chez maître Verreux : le grand avocat parisien mis en examen. La fin d'un empire ».

Je n'avais pas besoin de lire l'article pour comprendre que l'avocat m'avait dit la vérité. Je lui rendis le journal. Ses mains tremblaient en refermant son attaché-case.

– Vous me croyez, à présent ? Vous voyez, Jean-Baptiste, je suis dans une terrible situation ! Alors, écou-

tez-moi, écoutez-moi attentivement. J'ai appris par monsieur Natas... enfin l'Adversaire comme vous l'appelez, une
information capitale vous concernant.

L'avocat se racla la gorge avant de poursuivre :

– Je suis au regret de vous apprendre que votre père,
monsieur Jean-Pierre Marcellin...

Il baissa les yeux en rougissant légèrement.

– Eh bien ? Quoi, mon père ?

– Votre père n'est pas votre père !

Je sentis le sang me monter à la tête.

– N'importe quoi ! Bien sûr qu'il est mon père !

– Je suis désolé, Jean-Baptiste, sincèrement désolé.
Mais je crains que ce ne soit pas le cas, malheureusement.
Monsieur Natas...

– ... est un menteur ! hurlai-je. L'Adversaire ne sait que
mentir.

– Mais dans le cas présent, je pense qu'il disait vrai,
malheureusement. Quand j'ai vu avec quelle jouissance il
m'a révélé cette information, j'en ai eu froid dans le dos...

– C'est impossible, impossible ! Il vous a menti !

– Pensez aux yeux gris de monsieur Marcellin, Jean-
Baptiste : il n'a pas des yeux verts ou marron comme vous...

– Ça ne veut rien dire !

– Jean-Baptiste, je vous supplie de vous méfier de lui. Je
crois qu'il... qu'il est dangereux. Pour aller jusqu'au bout de
ma pensée, je soupçonne fortement monsieur Marcellin
d'être le complice que monsieur Natas utilise contre vous !

J'en avais assez entendu. J'ouvris la portière de la voiture, décidé à fuir ce fou le plus vite possible. L'avocat me
retint par le bras.

– Prenez cette carte, Jean-Baptiste : j'y ai noté mon
numéro de téléphone portable. N'hésitez pas à m'appeler à
tout moment. Je ferai tout ce qui est en mon pouvoir pour
vous aider ! Mais ne tardez pas : après, il sera trop tard !

Il me glissa de force sa carte dans la poche de mon jean, puis me lâcha. Je bondis précipitamment hors de sa voiture, sans même lui dire au revoir.

Je me mis à courir dans la ruelle, ne parvenant pas à retenir mes larmes qui se mêlaient à la pluie. J'entendis la voiture amorcer un demi-tour et s'approcher de moi à vitesse réduite. L'avocat m'adressa la parole une dernière fois par la vitre :

– Soyez prudent, Jean-Baptiste. Faites-moi confiance : je ne veux que vous aider ! Téléphonez-moi quand vous voulez !

La voiture accéléra et bifurqua à l'angle de la rue. Je ralentis ma course et me pliai en deux pour reprendre ma respiration. J'étais abasourdi par cette rencontre. Je ne savais que penser. Il fallait que je rentre le plus vite possible chez moi et que je réfléchisse paisiblement à ce que je venais d'entendre.

Monsieur Jean-Pierre Marcellin n'est pas votre père...

C'était du délire !

J'avais presque atteint le bout de l'impasse quand une silhouette massive bondit d'un porche obscur et me poussa violemment à terre. Je tombai à plat ventre, me cognant douloureusement les genoux sur l'asphalte mouillé. Ma mâchoire claqua et je me mordis cruellement la langue. Du sang mousseux s'échappa de ma bouche.

Mon agresseur s'était penché sur moi et m'observait avec attention sans dire un mot. Je jetai un rapide coup d'œil vers lui mais ne parvins pas à l'identifier. C'était probablement un clochard aviné que je venais de réveiller et qui me cherchait des noises. J'essayai de me redresser sur mes genoux quand je reçus un violent coup de pied dans les côtes qui me fit retomber lourdement sur le ventre. L'homme se comporta alors comme un fou-furieux en s'acharnant sur ma pauvre carcasse avec ses lourds godil-

lots. Je ne pouvais rien faire pour éviter les coups qui pleu-
vaient. J'étais trop engourdi pour trouver la force de me
relever et de contre-attaquer. J'essayais juste d'éviter les
chocs au visage… en vain ! La douleur était atroce et je
gémissais lamentablement, me demandant combien de
temps je pourrais tenir à ce régime.

Enfin, l'homme cessa de me frapper. Je l'entendis hale-
ter à quelques pas de moi. Il était essoufflé après l'effort
qu'il venait de fournir. Je me mis alors à vomir un mélange
de bile et de sang, crachant et toussant à m'en étouffer.

Mon agresseur me saisit par le bras et me retourna sur
le dos aussi facilement qu'on retourne un steak sur un grill.
Je pus l'observer quelques instants à travers mon regard
embué de larmes. Il n'était pas très grand. Couvert d'un
ample manteau gris informe, il portait une paire de gants
et une cagoule de laine enfoncée sur la tête. Toujours silencieux, il sortit lentement de sa poche un objet effilé au
manche en ivoire que je reconnus immédiatement.

Le poignard de souffrance.
Celui de mon rêve.

Je n'eus pas le temps de hurler. Tout s'enchaîna sous
mes yeux à la vitesse de l'éclair.

Un gros chien gris surgit de l'ombre et se jeta sur la
main de mon agresseur qui poussa un petit cri de stupeur
en lâchant le poignard. L'arme tomba à terre dans un bruit
métallique déplaisant. Le chien se lança de nouveau sur lui
mais reçut un formidable coup de poing sur le museau
avant d'avoir pu le mordre à nouveau. Il culbuta sur la
chaussée en poussant un triste gémissement, battant des
pattes frénétiquement. Se relevant immédiatement, il se
jeta sur les jambes de l'homme et le mordit à la cuisse.
L'agresseur s'effondra de tout son long à terre, sans pousser le moindre cri, à quelques centimètres de moi. Je le vis
saisir prestement le poignard qui traînait sur le trottoir et

se relever péniblement. Le chien grondait férocement en montrant ses crocs. À ma grande surprise, l'homme remit le poignard dans la poche et fit demi-tour. Il avait renoncé à se battre. Il se dirigea en boitillant vers le porche sombre d'où il était sorti et s'enfonça dans l'obscurité. Le chien ne bougeait pas d'un poil, ne cherchant pas à le poursuivre.

Il cessa de grogner, tourna ses yeux vers moi comme pour s'assurer que tout allait bien et disparut lui aussi dans l'obscurité...

J'étais estomaqué, moins par l'attaque que je venais de subir que par le secours inattendu apporté par cet animal sorti de nulle part. Je me mis péniblement à quatre pattes et tentai tant bien que mal de reprendre mes esprits. Mon tee-shirt était déchiré et je remarquai que j'étais au milieu d'une grande flaque d'eau. De ma bouche coulait un mélange gluant de bave et de sang. Je ne devais pas être beau à voir.

Je me relevai et m'adossai au mur. Mon sac à dos gisait dans le caniveau. Je le saisis et en sortis mon téléphone. Je cherchai fébrilement le numéro de Philippe, la seule personne que je pouvais appeler à cette heure-là. Au bout de quelques sonneries, le parrain de Lucie décrocha.

– Philippe, c'est Jean-Baptiste. J'ai été attaqué dans la rue...

Philippe arriva une bonne demi-heure après mon appel, autant que je pouvais m'en rendre compte. J'étais totalement groggy lorsqu'il me ramassa sur la chaussée. J'étais courbaturé de partout et j'avais le visage en feu. Ma langue était toute gonflée, mes lèvres avaient doublé de volume.

– Très réussi, ton nouveau maquillage ! me dit-il pendant qu'il conduisait à toute allure dans les rues de Tournon.

– On va chez vous ? demandai-je d'une voix pâteuse.

– Non, à l'hôpital.

– À l'hôpital ? Mais ce n'est pas possible, les médecins vont me poser des tas de questions... Et qu'est-ce que je vais dire à ma mère ? Si elle apprend que je suis sorti cette nuit, elle va me tuer !

– Dis plutôt qu'elle va t'achever ! Non, désolé, mais tu es en trop mauvais état pour que je te soigne chez moi.

– Mais... Qu'est-ce que je dois dire ?

Philippe me jeta un rapide coup d'œil.

– Ne t'inquiète pas pour cela. J'en fais mon affaire.

Philippe gara sa vieille Fiat Panda à proximité des urgences de l'hôpital Bon-Secours et m'aida à descendre en me soutenant sous les aisselles. Un infirmier m'attendait avec une chaise roulante devant l'entrée des ambulances. Il n'y avait personne d'autre avec lui, ce qui me parut normal à cette heure tardive.

L'infirmier me fit asseoir sur la chaise, posa mon sac à dos sur mes genoux et manœuvra le fauteuil sans prononcer un mot. Il n'entra pas dans le hall des urgences mais nous conduisit par une porte dérobée à un ascenseur de service.

Je n'osais pas poser de questions, mais je me doutais bien que Philippe avait trouvé un moyen de me faire soigner sans trop attirer l'attention sur moi. Décidément, cet homme me surprendrait toujours. Ses ressources et ses relations étaient étonnantes. Philippe m'adressa un clin d'œil complice en me souriant avec douceur.

Au deuxième étage, l'infirmier qui poussait la chaise roulante se dirigea vers le fond d'un long couloir fortement éclairé par des néons.

– Bon courage, dit-il sobrement en ouvrant la porte.

Philippe me poussa lui-même à l'intérieur d'une salle de soin qui sentait l'éther et le désinfectant. Berk !

J'aperçus de dos un médecin en blouse blanche qui disposait quelques instruments sur une table métallique. Je crus un moment qu'il s'agissait du docteur Houzon. Mais ce crâne en forme d'obus, cette crête de cheveux qui ressemblait à celle d'un indien iroquois ne pouvaient appartenir qu'à un homme...

Ou plutôt à un ange...

– Professange Skalpel ! m'exclamai-je, sidéré.

6.

Jojo le clown

L'ange médecin à la tête de punk se tourna vers moi avec son air renfrogné habituel, tout en remontant machinalement sa paire de lunettes métalliques sur l'arête de son long nez.

– Ah, humain Carmes ! dit-il d'une voix faussement bourrue. Venez ici et installez-vous sur ce lit ! Pour votre service et la plus grande Gloire du Très-Haut !

Je devinais qu'en dépit des apparences, le professange était ravi de me revoir. Je crois qu'il appréciait ces occasions d'intervenir dans un hôpital de notre monde. Je me souvenais des paroles du colonange Solanel m'expliquant que l'ange Skalpel avait une prédilection pour ce genre d'intervention. Effectivement, c'était visible et j'étais amusé de découvrir le professange « en chair et en os » dans ce modeste hôpital de Tournon-sur-Vise. Il était à la fois différent et semblable à l'image que j'avais eue de lui dans le monde angélique. Pour l'heure, il avait revêtu l'une de ces « dépouilles » de chair qui pendaient à des crochets dans son labo, et qui permettaient de passer inaperçu au milieu des êtres humains. Toutefois, je me demandais si son « accoutrement » était aussi réaliste qu'il l'imaginait...

Autour du lit d'hôpital, l'ange Skalpel avait installé tout un appareillage sophistiqué dont on voyait au premier coup d'œil qu'il n'avait que peu de rapport avec les classiques instruments chirurgicaux. J'étais abasourdi en pensant que tout ce matériel avait passé la Porte des Anges et qu'il avait été placé là, à mon intention. La rapidité d'exécution des anges était hallucinante...

Je tournai la tête vers Philippe qui m'observait avec amusement.

– Alors ? Qu'en penses-tu ?

– Comment est-ce possible ? demandai-je d'une voix faible.

J'entendis un bruit de clé dans mon dos. Je me retournai vivement, redoutant une nouvelle attaque par derrière. En me baissant, je manquai de tomber de ma chaise roulante.

Deux hommes de forte corpulence gardaient la porte de la salle de soin. Ils étaient habillés d'un pardessus sombre et portaient une grosse paire de lunettes noires. Leurs visages fermés n'exprimaient aucune émotion particulière, mais on les sentait attentifs et tendus.

– Je te présente les nettoyanges Lavaisel et Javel, me dit Philippe paisiblement. Ils sont responsables de la bonne marche de cette opération.

C'était la première fois que je rencontrais deux spécimens de ces fameux nettoyanges dont j'avais tant entendu parler par « 007 », alias l'enquêtange Coctel. J'avais appris que les nettoyanges formaient un corps spécial de sécuritanges chargé de veiller à ce qu'aucun objet ayant franchi la Porte des Anges ne reste dans le monde visible et n'entraîne les terribles MCI, les « modifications aux conséquences illimitées », que les anges redoutaient par-dessus tout. Leur mission consistait à éviter toute forme de « chaos » temporel dont les conséquences pouvaient être dramatiques pour l'humanité. Et sur ce point, ils ne plaisantaient pas... J'imaginais qu'il avait fallu une sacrée organisation pour installer dans cette pièce un tel appareillage ! Sans doute y avait-il aussi dans cet hôpital et dans ses alentours une multitude de sécuritanges sur les dents. Et tout ce chambardement rien que pour moi...

– Nous n'avons pas beaucoup de temps devant nous, me dit Philippe d'une voix douce. Allonge-toi sur ce lit et laisse le professange te remettre en état. Nous nous parlerons plus tard. Je reste à l'extérieur de cette salle : appelle-moi si tu as besoin de quelque chose.

– Merci, Philippe.

À la demande du professange, je me déshabillai et m'étendis en grimaçant sur le lit tendu d'un drap blanc immaculé. Mon corps couvert de contusions était douloureux. J'avais le sentiment d'être un écorché vif sur lequel on allait pratiquer une autopsie. Le professange s'approcha de moi et m'observa sous toutes les coutures à travers ses petites lunettes rondes qui, je le savais, ne lui étaient d'aucune utilité.

– Si c'est pas malheureux, grommela-t-il en secouant la tête d'un air désolé. Un si beau matériel... Y'a plus de respect ! Ta, ta, ta !

L'ange Skalpel se retourna et saisit une sorte de crochet en matière gélatineuse qui gigotait nerveusement au bout de ses doigts comme un gros ver de terre. Il l'approcha de mon nez et me l'enfonça fermement dans la narine tuméfiée. Je me mis à hurler.

– Taisez-vous, humain Carmes, et fermez les yeux ! m'ordonna l'ange Skalpel avec agacement. Sinon, je débranche vos globes oculaires des orbites. C'est compris ?

Terrifié par la perspective d'avoir les yeux arrachés par ce collègue de Frankenstein, je serrai les paupières de toutes mes forces, décidé à ne pas me laisser mutiler davantage que nécessaire. Je ne savais que trop de quoi cet ange était capable...

Peu à peu, je sentis chaque douleur m'abandonner, comme si les gestes précis de l'ange « décollaient » les endroits douloureux de mon corps. C'était très agréable. Un réel bien-être me gagna et au bout de quelques minutes, je m'endormis profondément.

Lorsque Philippe me réveilla, j'étais toujours allongé sur le lit, mais vêtu d'un tee-shirt et d'un jean propres, identiques à ceux que je portais pendant la journée. Je me sentais reposé et détendu.

– C'est fini ? demandai-je en me remettant debout avec précaution.

– Presque, Jean-Baptiste ! Tu as quand même meilleure mine ! Bravo, professange Skalpel ! C'est très réussi.

– Pour votre service et la plus grande Gloire du Très-Haut ! répondit le professange en nettoyant ses instruments avec un linge propre.

Je m'observai dans le miroir au-dessus du lavabo et découvris avec soulagement qu'il ne restait plus une trace de l'agression que j'avais subie dans la ruelle. Je vis aussi avec plaisir que le professange avait poussé le souci de la perfection jusqu'à me retirer les quelques petits boutons d'acné disgracieux que j'avais sur le front. Mon visage était détendu et légèrement hâlé comme si je revenais de vacances à la mer.

– Satisfait, humain Carmes ?

– Pas mal, professange Skalpel ! Pas mal du tout.

Philippe posa une main sur mon épaule et dit :

– Jean-Baptiste, tu auras tout le loisir d'admirer ta beauté fatale plus tard, mais il nous reste encore une chose à faire avant de quitter les lieux.

– Ah bon ?

– As-tu avec toi l'objet qui t'aidait à vaincre tes peurs quand tu étais petit ?

Philippe semblait impatient de découvrir ce que j'avais apporté. Vraiment, je ne comprenais pas son obstination à donner de l'importance à cet objet dérisoire.

– Euh... Oui, il est dans mon sac à dos. Mais je tiens à vous dire qu'il n'a servi à rien pendant mon agression. C'est un peu bidon, votre histoire...

– Je vais t'expliquer. Assieds-toi, s'il te plaît.

Intrigué, je me juchai sur l'un des tabourets de la salle de soin. Le parrain de Lucie ramassa mon sac à dos et me le tendit. Puis il s'assit devant moi.

– Écoute, Jean-Baptiste. Il faut d'abord que tu saches que nous sommes convaincus que l'Adversaire a lancé une nouvelle offensive contre toi.

– Qui ça, « nous » ?

– Les Archanges, le frère Athanase et moi-même.

– Ah ? Je pensais que vous n'aviez pas pris au sérieux les cauchemars que je faisais...

Philippe marqua son étonnement.

– Pas du tout, Jean-Baptiste, tu as mal interprété mes paroles. Comme je te l'ai promis, j'ai contacté le frère Athanase pour tout lui raconter. Le frère pense que ces cauchemars ont un rapport avec ce qu'il a à te dire.

– Je m'en doutais un peu, figurez-vous...

– Il faut que tu saches que les Archanges n'ont pas cessé de te surveiller discrètement depuis des mois. Saint Michel a souhaité placer un enquêtange en permanence à tes côtés...

– Je parie qu'il s'agit de 007 !

– Absolument. L'ange Coctel ne s'est jamais éloigné de Tournon depuis qu'il est venu t'aider à libérer ta maman. Il a proposé spontanément de rester dans les parages pour surveiller ton entourage et donner l'alerte en cas de danger. Il a simplement changé de « costume », si je puis dire...

– Sympa !

Je me remémorai en souriant le personnage de V.R.P. que 007 avait interprété pour faire diversion pendant que nous libérions ma mère ligotée dans le salon par Orsini et sa bande. 007 s'était surpassé ce jour là : un *must*, pour le coup !

– Quel est le nouveau déguisement de 007 ? demandai-je, intrigué. Ce ne serait pas un chien gris, par hasard ?

– Non, désolé. Ce chien gris est un sécuritange très particulier qui apparaît de temps en temps. L'enquêtange Coctel préfère des apparences plus humaines. C'est davantage dans ses cordes...

Je réfléchis un instant pour deviner parmi les gens qui m'entouraient qui pouvait bien être 007, l'ange le plus étonnant et le plus drôle que j'aie rencontré jusque-là. Je savais qu'il avait une prédilection pour tout ce qui était un peu mondain, ou raffiné. Pourquoi ne serait-il pas dans la peau d'une jolie fille, par exemple...

– 007, c'est Morgane, n'est-ce pas ?

Philippe haussa les sourcils, interloqué.

– Morgane ? Qui est Morgane ?

– La seule fille de la classe qui soit sympa avec moi...

– Non, 007 n'est pas cette gentille fille. Si tu veux bien, je préfère laisser à l'ange Coctel le soin de révéler lui-même sa nouvelle identité lorsqu'il le jugera utile. Il sera plus efficace s'il reste dans la discrétion.

– OK, OK !

– En attendant, nous sommes persuadés que l'enquêtange ne suffit plus pour te protéger. Il est nécessaire que ton ange gardien te soit rendu plus accessible pour te conseiller. Ce qui s'est passé cette nuit le montre bien. Nous ne pensions pas que tu allais sortir de chez toi : nous avons été pris de court. Pourquoi as-tu couru ce risque insensé ?

En quelques mots, je lui racontai le coup de fil de maître Verreux et la menace de l'incendie qu'il avait proférée si je ne venais pas à son étrange rendez-vous. Je lui rapportai aussi dans le détail tout ce que l'avocat m'avait dit dans sa voiture. Je voyais Philippe blêmir au fur et à mesure que je parlais.

– Vous pensez que c'est vrai, tout ce qu'il m'a raconté ?

Le parrain de Lucie hésita un instant avant de répondre à ma question.

– J'ai effectivement lu dans les journaux que maître Verreux était mis en examen par la Justice. Cela ne m'a pas étonné, d'ailleurs : toutes les personnes qui fréquentent l'Adversaire finissent par le regretter un jour ou l'autre. Elles sont tellement attirées par l'appât du gain ou du pouvoir, qu'elles ne voient pas que l'Adversaire ne leur veut aucun bien. Tout son boniment n'est que mensonge et arnaque. L'or que ses adeptes croient amasser facilement en se mettant à son service se transforme très rapidement en sable, comme dans l'histoire de Faust qui a vendu son âme au diable.

– Alors, c'est vrai que maître Verreux veut se venger en me livrant les informations qu'il possède ?

– Peut-être, mais j'en doute. Les adeptes de l'Adversaire n'osent pas le trahir si facilement. Ils ont bien trop peur. Je soupçonne encore une ruse machiavélique derrière tout cela. Je te conseille de n'accorder aucun crédit aux paroles de cet avocat aux abois.

Je me mordis la lèvre en baissant les yeux. Philippe devina ce que j'avais dans la tête.

– Tu penses à ce qu'il t'a dit sur ton père, n'est-ce pas ? Ne l'écoute pas ! L'Adversaire veut jeter le trouble dans ton esprit pour t'obliger à t'éloigner de ceux qui t'aiment et que tu aimes. Il s'attaque à ton père parce qu'il est le symbole de ta victoire sur lui.

– Je sais... dis-je d'une voix sourde. Mais ses yeux gris...

– Allons, Jean-Baptiste, réfléchis : tu sais bien que la génétique ne se résume pas à une simple transmission directe de la couleur des yeux...

– Oui, mais...

– Mais quoi ?

Je restai silencieux. Je songeai à la gifle que mon père m'avait donnée, à son regard dur, à la manière dont il m'avait parlé d'Allard et à la punition qu'il m'avait infligée.

– Non, rien ! finis-je par dire. D'après vous, l'avocat serait complice de l'homme qui m'a attaqué dans la ruelle ?

– Probablement. Il espérait que par cet avertissement tu ferais appel à lui plus facilement. As-tu une idée de l'identité de ton agresseur ?

Je revoyais le clochard en manteau gris qui n'avait pas prononcé un mot, mais qui portait ce sinistre poignard. Et pas n'importe quel poignard...

Le poignard de souffrance.

– Non, répondis-je d'une voix étranglée. Je n'ai pas réussi à l'identifier.

– Grand ou petit ? Homme ou femme ?

– Femme ?

– Eh bien, oui. Tout est possible. Pourquoi pas une femme ? As-tu entendu le son de sa voix ?

– Il n'a pas prononcé un mot.

Philippe hocha la tête.

– Il avait trop peur que tu le reconnaisses. Il s'agit bien d'une personne de ton entourage immédiat, que tu connais, comme nous le pensions.

– Cool !

Philippe se leva et s'adossa au dossier de sa chaise.

– Nous devons redoubler de vigilance. Il est impératif que tu restes en contact permanent avec ton ange gardien.

– Vous me l'avez déjà dit, mais je ne vois pas comment faire...

– Je sais, je sais. Lucie m'a dit que l'ange Tutel n'était pas assez « concret » pour que tu te sentes protégé par lui...

– Ben...oui !

– J'ai bien compris. C'est pour cela que le Conseil des Archanges a reçu l'autorisation du Très-Haut de le rendre plus « concret » à tes yeux. Ou, pour être plus exact : plus visible, plus accessible à tes sens peu habitués aux choses subtiles du monde invisible.

– Je vous remercie ! répliquai-je, vexé. Dites que je suis beu-beu, pendant que vous y êtes !

– Je n'osais pas ! Mais puisque c'est toi qui le dis… Bon, trêve de plaisanterie. Donne-moi l'objet de ton enfance qui servait à te rassurer quand tu étais seul, ou que tu avais peur. Est-ce que c'est un ours en peluche, ou quelque chose comme ça ?

– Oui, c'est quelque chose comme ça, confirmai-je en sortant de mon sac à dos mon vieux Jojo le clown.

Le jouet était devenu flasque avec le temps et son habit était décoloré. Une partie du coton qui lui servait de bourre avait fini par s'échapper par quelques coutures déchirées. Mon Jojo le clown avait perdu de son lustre d'antan, mais je n'avais jamais voulu que ma mère le jette à la poubelle. Je rougis un peu en tendant à Philippe le jouet qui avait occupé mon lit si longtemps et qui restait toujours à portée de main – mais cela, je ne l'aurais jamais avoué à personne, surtout pas à Lucie ou à Philippe.

Le parrain de mon amie saisit délicatement le clown dont le nez rouge ne pendait plus que par un fil et se balançait bizarrement sur sa grosse bouche rigolarde peinte en mauve.

– Merci, Jean-Baptiste. C'est exactement ce que j'espérais. Sais-tu que les enfants ont une conscience plus grande que les adultes de la présence d'un ange gardien à leurs côtés ?

– Vous voulez dire que les nounours ou les doudous sont les anges gardiens des enfants ?

– Non, pas exactement. Mais presser sur leur cœur ou mettre dans leur lit une peluche, un doudou ou un nounours est une manière tout simple et toute enfantine de rendre concrète cette présence mystérieuse d'un ange gardien qu'ils pressentent presque instinctivement à leur côté. Malheureusement, avec le temps, cette pureté de l'enfance s'émousse et l'ange gardien a beaucoup plus de mal à révéler sa présence…

– Si j'ai bien compris, vous voulez vous servir de Jojo le clown pour rendre... plus concret mon ange gardien. C'est cela ?

– Exactement. Ton clown a déjà tenu ce rôle dans le passé, d'ailleurs. Nous allons simplement t'aider à revivifier ton esprit d'enfance, de manière à ce que tu parviennes à communiquer plus facilement avec l'ange Tutel par l'intermédiaire de Jojo le clown.

Je n'en croyais pas mes oreilles.

– Comment... comment allez-vous faire ça ?

Philippe se tourna vers l'ange Skalpel qui avait terminé de ranger tout son matériel dans de grands cartons.

– Professange ? Pouvez-vous procéder à l'opération V.R.A.I. s'il vous plaît ?

– Oui, monsieur Oros. Pour votre service et la plus grande Gloire du Très-Haut.

J'écarquillai les yeux en voyant l'ange Skalpel sortir d'un carton qui n'avait pas été ouvert une espèce de diamant à multiples facettes, gros comme un ballon de football. Curieusement, l'objet qui reflétait la lumière semblait aussi léger qu'une bulle de savon.

– V.R.A.I. ? Qu'est-ce que ça veut dire ? demandai-je, un peu effrayé par cette nouvelle expérience.

– V.R.A.I. : « Visibilité des Réalités Angéliques et Invisibles », expliqua le professange en approchant le diamant de mes yeux. Regardez bien l'intérieur de cette pierre, humain Carmes et fixez vos yeux sur son centre. Dites-moi simplement quand vous apercevez quelque chose et arrêtez-moi lorsque vous aurez trouvé la facette qui vous donne l'image la plus nette.

Le professange tourna lentement le diamant dans tous les sens. Je ne voyais rien d'autre que le long nez disproportionné de l'ange et ses lunettes toutes petites perdues dans une grosse touffe de cheveux. Je réprimais une envie furieuse de rire.

– Ne me regardez pas à travers la pierre, humain Carmes. Fixez seulement le centre, s'il vous plaît !

Ce n'était pas facile de regarder le centre invisible d'un diamant transparent. Je dus me concentrer à plusieurs reprises. Soudain, je vis quelque chose prendre forme à l'intérieur de la pierre, une sorte de masse blanche qui ressemblait à un gros chamallow.

– Là ! Je vois un drôle de truc !

Le professange ralentit sa rotation, me présentant plus lentement les multiples facettes de l'objet mystérieux.

– Surtout, pensez à m'arrêter dès que vous apercevrez quelque chose de précis.

La forme nébuleuse se faisait plus nette ; elle se mit à grossir jusqu'à remplir l'ensemble de la sphère.

– Stop ! criai-je presque malgré moi.

Je voyais la salle de soins où nous nous trouvions comme si une caméra de surveillance de très bonne qualité avait filmé la scène. J'apercevais le professange qui tenait en main une pierre transparente devant un adolescent plutôt beau gosse – c'était bizarre de se voir de l'extérieur ; Philippe, toujours debout derrière sa chaise, qui ne perdait pas une miette de ce qui se passait ; les deux nettoyanges impassibles devant la porte ; les cartons empilés et... Jojo le clown posé sur un tabouret qui se levait sur ses deux petites jambes de tissu, se secouait et s'avançait vers le bord en disant :

– Bonjour, Jean-Baptiste ! Pour ton service et la plus grande Gloire du Très-Haut.

Je me vis faire un bon de surprise dans le diamant. Non parce que j'avais vu mon clown prendre vie dans l'image que le V.R.A.I. me renvoyait, mais parce que j'entendais la voix de l'ange Tutel dans mon crâne, comme si je portais un casque sur les oreilles !

Je tournai la tête et vis... mon clown sourire (bon, sourire, il l'avait toujours fait !) et me parler tranquillement avec la voix de mon ange gardien.

– Je suis si heureux que tu m'entendes facilement, Jean-Baptiste !

Ça, pour l'entendre, je l'entendais !

L'ange Toto – ou Jujel le clown, je ne savais plus très bien – était devenu bien vivant. Il sauta du tabouret et se tint debout devant moi sur ses gros souliers de tissu rouge. S'inclinant légèrement, il me dit avec une voix sérieuse qui tranchait totalement avec son aspect extérieur :

– Jean-Baptiste, tu ne dois pas refuser la proposition qu'on va te faire. C'est important ! Tu ne dois en aucun cas la refuser !

7.

Malaises

Je tournais en rond comme un lion en cage devant la B 12 depuis plusieurs minutes. La récréation était déjà bien commencée, mais Lucie ne m'avait toujours pas rejoint. Je ne tenais pas en place tant j'étais impatient de la voir et de lui parler.

Je l'aperçus enfin venir vers moi à grandes enjambées, tirant tant bien que mal son pesant sac d'école plein à craquer. Je me demandais toujours pourquoi Lucie s'obstinait à trimballer avec elle toute une cargaison de livres et de dictionnaires, alors que quelques cahiers suffisaient amplement pour la journée…

– Désolé, Jean-Baptiste, j'ai été retenue à la fin du cours pour préparer le voyage de classe avec madame Lobeau.

– Ça ne fait rien. Mais je suis bien content de te voir. Comment vas-tu ?

– Bien, et toi ? Oh, mais tu as une mine resplendissante ce matin ! Tu as bien dormi ?

– Euh… Non, pas vraiment ! Il faut que je te raconte ce qui m'est arrivé cette nuit. Tu ne vas pas en revenir !

Je lui expliquai l'incroyable aventure que je venais de vivre. Elle poussa ses traditionnels « oh ! », « ah ! », « hein ? », mais, pour une fois, elle ne me coupa pas la parole.

– Et tu ne sais pas la dernière, finis-je par dire au moment où elle allait se mettre à parler.

– Non, mais je crois que je vais le savoir très vite.

– Tu connais Jonathan Marbeuf, le gros rouquin complètement stupide de ma classe ? Eh bien, depuis ce matin, il boite... Il dit à tout le monde qu'il s'est blessé en faisant du roller.

– Et alors ?

– Je suis sûr qu'il ne s'est pas blessé en faisant du roller – de toute façon, il est trop gros pour monter là-dessus. Non, à tous les coups, il s'est fait mordre par un chien cette nuit. Un chien gris !

– Je ne vois pas bien...

– Lucie, je parie que c'est lui mon agresseur, c'est lui l'espion !

Lucie fit une moue sceptique.

– Tu n'as pas de preuve. Ce n'est pas parce que tu ne l'aimes pas qu'il est forcément un démon...

– Non, d'accord, ce n'est pas sûr à cent pour cent, mais il y a une forte probabilité qu'il le soit. D'ailleurs, tout colle : celui qui m'a attaqué n'était pas très grand : comme lui ! Il était déguisé comme un gros sac : tout à fait son genre ! Il n'a pas prononcé un mot : j'aurais reconnu tout de suite sa voix de fausset... C'est clair, si tu veux mon avis, il a tout le profil du parfait copain de l'Adversaire !

– Oui, bof... Tu as demandé à l'ange Tutel ce qu'il en pensait, maintenant que tu peux communiquer avec lui directement ?

– Oui, mais il m'a expliqué qu'il ne sait pas tout, loin de là. Son rôle consiste à me donner des conseils, à m'avertir en cas de danger, et non pas à me dire tout ce qu'il faut que je fasse. La seule chose qu'il me répète pour l'instant, c'est : « Jean-Baptiste, tu ne dois pas refuser la proposition qu'on va te faire. C'est important. » En gros, il parle par énigmes.Ça me fait une belle jambe, je t'assure !

– Et 007 ? C'est qui, à ton avis ?

– Là, j'avoue que je sèche. Je pensais que c'était Morgane : elle est super sympa avec moi...

– Morgane ? Quelle idée !

– Mais ce n'est pas elle, d'après Philippe – qui semble en savoir plus long qu'il ne veut bien le dire. Il m'énerve à jouer les cachottiers, d'ailleurs... Enfin, j'espère que 007 ne va pas tarder à se dévoiler... J'ai hâte de le retrouver. Lui, au moins, il saura être plus explicite !

– Au fait, est-ce que mon parrain va intervenir auprès de tes parents pour te permettre d'aller voir le frère Athanase ?

Je me crispai d'un seul coup.

– Non, il ne veut pas. Il m'a dit qu'il ne souhaitait pas intervenir dans les décisions de mes parents. Il a même ajouté que les Archanges eux-mêmes ne lèveront pas la moindre petite plume pour m'aider, même si la rencontre avec le Gardien de la Porte des Anges est importante. Philippe m'a dit qu'il fallait attendre, que ce n'était pas si grave en fin de compte, et bla-bla-bla, et bla-bla-bla !

Lucie me regarda avec un air désolé.

– Si Philippe le dit...

Je tapai du pied rageusement.

– Quoi, « si Philippe le dit » ? Tu défends toujours ton parrain ! Tu ne trouves pas qu'il exagère un peu, non ? Il pourrait faire un effort : le frère Athanase ne doit pas comprendre pourquoi je ne réponds pas à son appel...

– Je suis sûre que si ! Je suis persuadée qu'il considère que l'obéissance à tes parents prime sur ta venue à l'abbaye Saint-Placide. Je suis certaine que si cette rencontre était urgentissime, elle aurait déjà eu lieu.

– Oui, mais...

– N'oublie pas que c'est l'Adversaire qui pousse à la désobéissance. Il ne faut pas rentrer dans son jeu !

– D'accord, mais quand la punition est stupide, il n'y a pas lieu d'en tenir compte ! Et dans ce cas...

– Qu'en sais-tu que cette punition est stupide ? Et si elle faisait partie du « plan », après tout ?

– N'importe quoi !

Je serrai les dents, agacé par cette mademoiselle « je sais tout » et ses cours de morale. Et si j'avais raison de temps en temps, pour changer ?

Lucie posa sa main sur mon épaule et dit d'une voix radoucie :

– Je suis désolée, Jean-Baptiste. Ça ne sert à rien de s'énerver. On ne peut pas savoir, après tout !

Elle se mit soudain à sourire, souhaitant visiblement changer de conversation.

– J'espère que tu t'es inscrit pour le voyage de classe de fin d'année, à Rome. Madame Lobeau m'a demandé de l'aider à tout organiser. Ça va être vraiment super ! Visiter Rome, c'est mon rêve !

Ma tension monta d'un cran.

– Comment veux-tu que je parte à Rome avant d'avoir rencontré le frère Athanase et de savoir ce qu'il attend de moi ?

Lucie mit sa main sur la bouche.

– Oh, non ! Moi qui croyais...

– Tu croyais mal... Alors, tu pars à Rome ? Tant mieux pour toi. Je te raconterai au retour tout ce qui m'est arrivé... si l'Adversaire ne m'a pas supprimé d'ici là, bien sûr !

Lucie fit mine de ne pas avoir entendu ma dernière remarque acide et dit avec un air renfrogné :

– C'est ridicule de ne pas t'inscrire à ce voyage : nous partons dans une semaine et demie. D'ici là...

– Je te rappelle que je suis puni par mes parents et que ça fait partie du « plan » des anges, d'après toi. D'ici là, il peut se passer un tas de choses, crois-moi : je peux me faire tabasser au coin d'une rue, je peux subir un incendie, je peux être découpé en morceaux avec un poignard... Enfin, plein de choses sympas, quoi !

Lucie fulmina :

– Oh, il faut toujours que tu en rajoutes ! Ce que tu peux être énervant, parfois ! Tu es toujours en train de râler !

– Moi, énervant ? Et toi, tu ne crois pas que...

La sonnerie de fin de récréation me coupa la parole. Mon amie haussa les épaules et dit :

– C'est idiot de nous disputer. J'aurais dû comprendre que tu es complètement à cran après ce qui t'est arrivé cette nuit. Pardonne-moi.

– Ce n'est pas grave. Allez, salut ! À cet après-midi !

Nous nous étions séparés froidement. Très froidement, même. Je m'en voulais d'avoir parlé aussi brutalement à Lucie. Elle avait raison : j'étais parfaitement énervant. Je dirais même plus : stupide ! Il fallait que je me calme. Mais je ne supportais plus de devoir attendre pour rencontrer le frère Athanase et savoir ce qu'il me voulait. J'étais convaincu que mon quotidien allait en être profondément chamboulé. Et pour l'heure, il m'était impossible de me projeter dans un avenir proche. C'était cela qui m'agaçait le plus...

Le cours suivant était précisément celui de madame Lobeau, le professeur de Français. Morgane s'assit à côté de moi et m'adressa un beau sourire en passant la main dans ses longs cheveux blonds.

– Oh, Jean-Baptiste, tu as l'air super bien dans ta peau aujourd'hui...

– C'est parce que je l'ai changée cette nuit... répondis-je avec un air mystérieux.

– Ah oui ? Tu es un serpent, alors ?

– Pas vraiment. Je fréquente un institut de beauté très top : ça s'appelle « Vie d'ange »...

– Toi ? J'y crois pas !

– T'as raison. Je plaisante.

Je sortis de mon cartable mon cahier de français en évitant que Morgane n'aperçoive Jojo le clown caché au fond. Au bout de quelques instants, Morgane se tourna de nouveau vers moi et me dit à voix basse :

– Jean-Baptiste, on m'a dit que tu n'allais pas à Rome avec nous. C'est vrai ?

– Qui t'a dit ça ?

– Quelqu'un. Mais j'espère que ce n'est pas vrai. Ça va être trop cool, là-bas !

– Désolé, mais ton informateur a dit la vérité. Je ne viens pas avec vous !

– Oh, non ! dit Morgane en posant sa main sur mon bras.

Je tressaillis. Le poignet de la fille était bandé. Juste à l'endroit où le chien gris avait mordu mon agresseur cette nuit. Je me raidis.

– Qu'est-ce qui t'est arrivé ?

– Oh, rien de grave. Une petite luxation du poignet en jouant au tennis hier soir.

– Une luxation... ou une morsure ?

Morgane plongea ses grands yeux marron dans les miens.

– Quelle importance ?

– Aucune ! Aucune importance.

Tu parles !

J'étais troublé.

À la fin du cours, madame Lobeau nous exposa le programme de la semaine de voyage à Rome proposée aux deux classes de Troisième du Collège. Nous n'étions que deux élèves à ne pas nous y inscrire : Thibault, un garçon taciturne portant de grosses lunettes d'écailles, arrivé à Tournon à la fin du premier trimestre et qui ne s'était jamais vraiment bien intégré dans la classe ; et moi-même, le « bicolore » de service.

– Enfin une bonne nouvelle ! me cracha méchamment Jonathan dans les oreilles. L'air de Rome sera peut-être un peu moins pollué que prévu !

Madame Lobeau, quant à elle, manifesta clairement sa déception.

– Mais, Jean-Baptiste : c'est vraiment dommage ! Pour toi qui es littéraire, un voyage à Rome pourrait te faire le plus grand bien...

– Je sais, madame. Mais je ne peux pas...

Elle n'insista pas, mais au moment de sortir de la salle de classe, elle me demanda de rester avec elle quelques instants. Elle voulait savoir pourquoi je ne m'étais pas inscrit au voyage de classe. Etait-ce pour une question financière ? Autrement, pour quelle raison ? Je m'embrouillai dans une explication fumeuse qui ne semblait pas la convaincre le moins du monde.

– Tu sais que demain il sera trop tard pour t'inscrire : les réservations seront faites et tu ne pourras pas faire machine arrière.

– Je sais. Je suis désolé.

– Pas autant que moi, Jean-Baptiste. Pas autant que moi...

En sortant de la classe de français, je tombai sur Morgane qui m'attendait. J'étais persuadé qu'elle avait écouté notre conversation derrière la porte.

– Alors ? me demanda-t-elle, les yeux brillants. Tu vas à Rome ?

– Non.

– C'est vraiment bête !

– C'est comme ça.

Elle marchait à mes côtés, la tête baissée. Au bout d'un certain temps, elle me dit :

– Jean-Baptiste, est-ce que tu vas bien ? J'ai l'impression que tu as des problèmes en ce moment. Si je peux faire quelque chose pour toi...

– Mais non, tout va bien. Je t'assure.

– C'est avec Lucie que ça ne va pas ?

Je m'arrêtai brutalement au milieu du couloir. L'élève qui marchait juste derrière moi me percuta de plein fouet et faillit me faire tomber.

– Ça va pas, non ? Tu ne peux pas faire gaffe, bouffon ?

Morgane me regardait avec un demi-sourire aux lèvres.

– Qu'est-ce que tu veux dire par là ? répliquai-je avec un brin d'agressivité. Pourquoi me parles-tu de Lucie ?

– Ben... Elle est ta petite amie, non ?

Je me sentis rougir légèrement malgré moi.

– Mais non, tu te fais des idées : Lucie est une bonne amie, rien de plus.

– Ah bon ? Je croyais. On vous voit toujours ensemble, alors je pensais que...

– Non, tu te fais des idées !

Nous reprîmes notre marche vers le cours de maths.

– Je te dis ça, reprit Morgane, parce que Kevin m'a raconté de drôles de choses à son sujet... Je préfère te prévenir.

– Et quelles choses ?

– Oh, je ne sais pas si c'est vrai... Et puis, je ne suis pas une balance mais...

– Mais ?

– Eh bien, il m'a raconté qu'il y a quelques mois, il avait voulu lui parler et tu sais ce qu'elle a fait ?

– Non.

– Elle... elle l'a mordu comme une sauvage. Et elle lui a dit : « Viens ici que je te mange tout cru, mon petit Kevin ». Et ça, devant tout le monde. Kevin s'est sauvé et elle a couru après lui. Un vrai cannibale, cette fille. Je ne te dis pas la honte qu'il s'est pris, le pauvre Kevin...

Je réprimai un sourire méchant. Je me souvenais parfaitement du jour où cette histoire était arrivée.

– Il l'avait un peu cherché, non ?

– Je ne dis pas. Mais il a été traumatisé. Pourquoi elle a fait ça ?

– Elle n'aime pas les dragueurs, je pense...

Nouveau silence.

– Il est gentil, Kevin, tu ne trouves pas ? ajouta-t-elle encore.

– Question de goût...

– Il m'a invitée à aller à la patinoire avec lui, samedi. Je ne sais pas si je vais accepter...

– Tu devrais.

– Tu crois ?

– Oui, c'est bien, la patinoire.

– Je ne sais pas, j'hésite encore. Et toi, tu y vas, parfois ?

– Non. Je préfère le cinéma.

– Ah, moi aussi !

Nous étions arrivés devant la salle de classe.

– Bon, Jean-Baptiste : si tu as besoin de quelque chose, tu sais que tu peux compter sur moi. N'hésite pas !

– OK. Je te remercie.

Je la vis froncer légèrement le nez avant de rentrer en classe, comme si elle était un peu déçue. Je me demandais si elle était vraiment nette : son poignet bandé, ses remarques désagréables sur Lucie... Bizarre, bizarre. C'était difficile d'expliquer à Morgane que Lucie n'était pas Lucie lorsque Kevin avait essayé de l'entreprendre ce jour là. Je me souvenais parfaitement de la situation, un peu cocasse, quoique dramatique pour la vraie Lucie qui avait été enlevée. Le démon Belphégor avait pris son apparence et Kevin avait mal interprété le geste grossier que la pseudo Lucie m'avait adressé en montant les escaliers du collège. Il avait jubilé, ce grand plouc, et il avait espéré me rendre furieux en m'annonçant qu'il allait demander à Lucie de sortir avec lui. Et pourtant, je l'avais prévenu, Kevin, je lui avais dit qu'il risquait d'y avoir du sport. Mais il ne m'avait pas écouté. Tant pis pour lui !

En prenant ma place dans la classe, j'observai Morgane qui alla s'asseoir ostensiblement à l'opposé de la pièce, à côté de Thibault qui ne semblait pas ravi du tout d'avoir une voisine de table. À quel jeu jouait-elle ? Se pouvait-il qu'elle soit mon agresseur de cette nuit ? C'était ridicule. J'étais devenu vraiment tordu dans ma tête. Morgane était une fille sympa, rien de plus. Il fallait vraiment que je fasse attention à ne pas rejeter tous les gens qui étaient gentils avec moi, ils n'étaient pas si nombreux que ça... Je me promis d'être plus agréable avec elle la prochaine fois...

Ce soir là, mon père m'attendait à la sortie du collège. C'était la première fois qu'il venait me chercher en voiture pour me raccompagner à la maison.

– Monte, Jean-Baptiste !

Il me serra la main en se forçant à sourire. Je ne pouvais pas m'empêcher de penser qu'il se conduisait avec moi comme avec l'un de ses clients. *Entreprise Grafix, à votre service !*

Nous n'étions pas encore parvenus à nous embrasser comme un père et un fils heureux de se retrouver. Il était décidément bien difficile pour lui de devenir le père d'un adolescent qu'il n'avait jamais vu grandir, et pour moi de devenir le fils d'un homme tombé du ciel...

– Comment vas-tu, mon fils ? Ta journée s'est bien passée ?

Je restai sur mes gardes.

– Très bien.

– Tu dois être étonné que je vienne te chercher à la fin de tes cours, non ?

– Oui, un peu...

Pourquoi ? Ce n'est pas ce que font les pères habituellement avec leurs enfants ?

– Je suis venu parce qu'il fallait que je te dise quelque chose...

Oui, je crois que c'est pour ça que les pères viennent chercher leurs fils en voiture. C'est parce qu'ils aiment ça, ils aiment prendre un moment avec eux, simplement...

– Je préférais te le dire moi-même...

et pas simplement pour leur parler...

– Oui ? Qu'est-ce que tu as à me dire ?

Mon père se concentra sur son volant et évita de croiser mon regard.

– Ta mère ne voulait pas t'affoler, hier soir. Elle ne voulait pas te gâcher la soirée...

Une si délicieuse soirée, en effet !

– Voilà. Ne t'affole pas, hein ? Ce n'est pas si grave que ça en a l'air...

Bon, tu accouches ?

– Ta mère est entrée à l'hôpital ce matin...

– À l'hôpital ?

Un terrible goût de cendres m'emplit la bouche. J'éprouvai une désagréable sensation de déjà-vu...

– Que s'est-il passé ? Elle a fait un nouveau malaise ?

– Non, ce n'est pas ça. Le docteur Houzon a souhaité simplement pratiquer une nouvelle opération chirurgicale car il a décelé de nouvelles métastases au foie... Mais rien de très grave, a priori. C'était quand même préférable de ne pas laisser traîner, tu comprends ?

Oui, je comprenais. Je comprenais aussi que mon père n'était pas venu à la maison hier soir uniquement à cause du coup de fil d'Allard, mais d'abord parce qu'il voulait s'occuper de ma mère. Je comprenais mieux sa nervosité et la gifle qu'il m'avait donnée, mais aussi la pâleur anormale de ma mère... Je comprenais surtout que je n'avais rien compris à ce qui se passait autour de moi... une fois de plus !

– Nous avons beaucoup parlé ensemble de cette opération, poursuivit mon père d'une voix blanche, et nous sommes tombés d'accord pour dire que plus vite elle aurait lieu, mieux ce serait pour tout le monde. Je suis passé hier soir pour aider ta mère à préparer ses affaires : je ne voulais qu'elle soit seule la veille de son hospitalisation...

Seule à la maison ? Et moi, je compte pour du beurre ?

Je ne pus m'empêcher d'éprouver un violent pincement au cœur. Maman ne comptait plus sur moi, c'était clair, depuis qu'*il* était là... J'étais redevenu un pauvre gamin à qui l'on devait cacher les choses, le pauvre chéri... Je réprimai difficilement un sentiment de révolte contre mon père. Comme si ma mère et moi n'arrivions pas à gérer avant son arrivée ! Pour qui se prenait-il, ce superman ? Comment faisait-on avant qu'il ne réapparaisse dans nos vies ? Il avait bien fallu s'en sortir sans super-papa pendant ces quinze années ! Je ravalai difficilement mon amour propre, et ne fis aucun commentaire.

– Elle a été opérée ce matin. Tout s'est bien passé. Elle est en salle de réanimation pour l'instant, mais tu pourras bientôt aller la voir.

Je me sentais écrasé par cette nouvelle. J'avais tellement espéré que la maladie de ma mère appartienne à de l'histoire ancienne. Mon père continuait à soliloquer, mais j'avais de plus en plus de mal à me concentrer sur ce qu'il disait.

– Il fallait aussi que nous trouvions une solution pour toi, pendant ces quelques jours où ta mère restera à l'hôpital.

– Pourquoi ?

Mon père me jeta un regard furtif, surpris de ma réaction.

– Mais parce que tu es mineur, Jean-Baptiste. Et puis, parce que nous ne voulions pas que tu restes tout seul à la maison.

– La dernière fois, j'étais tout seul et je me suis très bien débrouillé !

– Parce que ta mère n'avait rien pu prévoir. Et puis, il y avait Roger, souviens-toi !

Je voyais venir le coup...

– Je vais aller habiter chez toi ?

– Euh, non, c'est ça le problème. J'en aurais été très heureux, mais je dois partir demain en déplacement professionnel pour une semaine. Je suis désolé, Jean-Baptiste, mais je suis coincé. Ta mère et moi avons trouvé une autre solution : j'ai appelé ma sœur Agathe et son mari, et ils sont d'accord pour rester avec toi le temps de l'hospitalisation.

– Ta sœur ?

– Oui, ma sœur Agathe. Je ne t'en ai jamais parlé. Elle est beaucoup plus âgée que moi. Elle est mariée avec Jules, un homme très gentil, Mais ils n'ont jamais eu d'enfants. Ils sont ravis de te connaître. Agathe saura très bien se débrouiller, c'est elle qui m'a élevé quand j'étais petit.

– Élevé ?

– Oui, après la mort de ma mère. Mais je t'expliquerai cela plus tard. Pour l'instant, il nous faut d'abord régler les questions urgentes. La difficulté, c'est que ma sœur est dans l'impossibilité d'arriver samedi. Ce week-end, nous ne savons pas bien comment faire...

Je sentis mon sac d'école remuer sur mes genoux. Jojo le clown semblait vouloir me dire quelque chose. D'un seul coup, je compris le message.

– Ben justement, j'ai peut-être une idée, dis-je timidement. Philippe, tu sais, le parrain de Lucie, voulait justement me conduire à l'abbaye Saint-Placide ce week-end. C'est le monastère où je suis allé il y a quelques mois…

– L'abbaye Saint-Placide ? Je connais un peu. C'est une grande abbaye bénédictine, c'est bien ça ?

– Exact !

– Après tout, pourquoi pas, c'est peut-être une bonne solution. Tu crois que Philippe serait toujours d'accord pour t'y emmener ?

– Évidemment. Mais comme tu m'as puni hier soir…

– Nous allons en parler à ta maman quand elle se réveillera, coupa mon père avec un soulagement visible. Nous verrons bien ce qu'elle en pense. Mais je crois que c'est une bonne idée, cette abbaye Saint-Placide…

L'ange Tutel se calma aussitôt et le sac de classe aussi. Mon père n'avait rien remarqué.

J'exultais de joie intérieurement.

Quelques heures plus tôt, je désespérais de ne pouvoir répondre à l'invitation du Gardien de la Porte des Anges. Et voilà que soudain j'étais convaincu du contraire : j'allais me rendre à l'abbaye Saint-Placide, et ce, le week-end même !

C'était tout bonnement incroyable. Inespéré.

S'il n'y avait pas eu cette terrible hospitalisation de ma mère qui me faisait tant de peine, j'aurais sauté de joie sur place.

Le lendemain matin, ma mère était en état de recevoir ma visite et celle de mon père. Elle était encore un peu groggy, mais elle avait toujours son petit sourire sur les lèvres. Après que nous eûmes échangé quelques mots, mon père lui exposa la proposition de me laisser passer le weekend à l'abbaye Saint-Placide et elle donna son accord immédiatement.

J'appelai le parrain de Lucie qui me promit de s'occuper de tout.

Samedi à midi, la Fiat Panda rouge s'arrêta devant la porte de la maison pour me prendre. J'attrapai mon sac de voyage et refermai soigneusement la porte à clé.

J'avais le cœur qui battait fort en montant dans la voiture de Philippe. J'allais enfin savoir ce que le frère Athanase avait à me dire...

8.

La prophétie

La majestueuse bâtisse de pierres grises et blanches s'élevait devant moi, éclaboussée par la lumière chaude de cette belle journée de printemps. Philippe avait garé sa voiture devant le petit magasin d'objets monastiques de l'abbaye Saint-Placide.

Je levai les yeux vers le vénérable édifice qui s'élançait vers le ciel, à la fois sobre et puissant. Le monastère avait été construit pour traverser les siècles. Il gardait à l'abri de ses murs épais le silence de générations de moines qui se relayaient pour porter le monde dans leur prière incessante. L'abbaye Saint-Placide semblait échapper aux assauts du temps et elle regardait paisiblement le monde qui tournait autour d'elle.

Le frère portier, revêtu de son grand habit noir, nous accueillit à la porte de l'hôtellerie avec beaucoup de bonhomie. Il nous conduisit à nos cellules en papotant avec une insouciance qui contrastait curieusement avec l'austérité des lieux. J'allais rentrer sans réfléchir dans la chambre Saint-François-d'Assise que j'avais occupée quelques mois plus tôt, mais, à ma déception, il m'introduisit dans une autre, un peu plus loin dans le couloir : la chambre « Saint-Athanase ». OK, c'était de circonstance, je n'avais rien à dire...

Je connaissais à présent le rituel immuable des moines bénédictins : les cloches qui les appelaient à la prière, l'office des Vêpres chanté en latin dans la crypte sombre qui sentait la cire, la traversée du monastère en silence pour se rendre au grand réfectoire. L'Abbé nous attendait devant la porte pour nous laver les mains en signe d'accueil. À voix basse, il adressa un petit mot à chacun des hôtes qui étaient plus nombreux que la dernière fois. Quand ce fut mon tour, il me dit avec un bon sourire :

– Vous êtes déjà venu à l'abbaye à l'automne dernier, n'est-ce pas ?

J'étais stupéfait de la mémoire du Père Abbé. Je me demandais s'il savait quelque chose me concernant. Je décidai de rester prudent dans ma réponse.

– En effet. C'est la seconde fois que je viens ici...

– Soyez le bienvenu à l'abbaye Saint-Placide, jeune homme.

Je pris le repas en silence au milieu des frères bénédictins qui dînaient à toute vitesse en écoutant la lecture faite par l'un des leurs sur un sujet historique que j'avais du mal à comprendre. Je repérai, assis à la table de l'Abbé, le frère Athanase qui ne me prêta pas la moindre attention. Le dernier morceau de pomme à peine avalé, après une ultime prière, les moines sortirent promptement du réfectoire. Un frère rondouillard au visage rougeaud s'approcha de moi.

– Jean-Baptiste Carmes ? Si vous voulez bien me suivre !

Philippe m'adressa un rapide salut de la main et je suivis le moine qui était déjà parti en trottinant. Il m'amena à l'angle du cloître et me fit entrer dans un parloir pauvrement meublé. Je n'avais plus qu'à attendre patiemment la visite du frère Athanase.

L'attente ne fut pas longue. Le fameux Gardien de la Porte des Anges entra en trombe dans la pièce et me tendit la main.

– Bonsoir Jean-Baptiste. Je suis heureux de te revoir.

– Moi aussi, frère Athanase.

Après m'avoir écrasé la main sans scrupule, il m'invita à m'asseoir sur l'une des deux chaises de bois et s'installa sur l'autre en allongeant ses jambes devant lui, avec décontraction. Il alla droit au but.

– Philippe m'a parlé des cauchemars que tu as faits ces derniers temps et de l'agression que tu as subie. J'en suis profondément navré. J'espère que tu t'es remis de ces incidents...

Incidents ? Il appelait ça des incidents ?

– Oui, ça va maintenant.

Le frère Athanase sortit un bout de papier jauni d'une poche de son habit qu'il posa devant lui, sur la table. Cela ressemblait à une très vieille lettre, pliée en quatre.

– Je crois que ce qui t'est arrivé doit avoir un rapport avec ceci...

– Qu'est-ce que c'est ? demandai-je, intrigué.

Le moine marqua un temps d'arrêt en fixant du regard le vieux bout de papier. Puis il leva la tête comme s'il faisait un effort pour s'arracher à sa rêverie et planta ses yeux noirs dans les miens.

– Une prophétie, dit-il d'une voix lente. Une très antique prophétie...

– Une prophétie ?

Le moine tapota de l'index l'étrange papier et s'éclaircit la gorge avant de parler.

– Je l'ai héritée de mon prédécesseur, le frère Martin, qui lui-même l'avait reçue de son prédécesseur. Nous nous transmettons de Gardien à Gardien un certain nombre de documents et d'objets qui ont traversé les siècles. Ceci est l'une des prophéties les plus mystérieuses. Nous l'appelons la « prophétie de la quatrième clé ».

– La quatrième clé ?

– Comme tu le sais, la Porte des Anges se déverrouille au moyen des clous qui ont crucifié Jésus au Golgotha. Seulement trois clous ont été utilisés par les Romains : un clou pour chaque main et un seul pour les pieds. Mais une légende prétend qu'un quatrième clou avait été forgé pour la crucifixion, celui qui devait clouer le second pied de Jésus sur la croix. Or, ce clou a été volé.

– Volé ?

– Volé par une gitane.

– Une gitane ?

Je me tapai le front.

– Oh, mais j'y pense ! Est-ce que c'est ça, la « malédiction du forgeron », par hasard ?

Je racontai au frère Athanase ma rencontre avec la diseuse de bonne aventure et la manière dont elle s'était sauvée à toutes jambes après avoir marmonné que je portais sur moi la « malédiction du forgeron ».

– C'est curieux, en effet, dit pensivement le frère Athanase. Une légende tzigane raconte que les clous de la crucifixion auraient été forgés par un gitan à la demande de deux soldats romains et que le quatrième clou serait resté incandescent. Ce clou maudit se serait mis à poursuivre le pauvre forgeron partout où il allait, sans le laisser au repos une seule seconde. Ce serait la raison pour laquelle les Tziganes sont devenus des nomades : ils sont poursuivis par le quatrième clou, celui qui n'a pas percé les pieds de Jésus...

– La « malédiction du forgeron », c'est ça ?

– Probablement. Bien sûr, ce n'est qu'une légende que les gitans se racontent entre eux.

– Mais quel rapport avec moi ?

Le moine saisit le bout de papier délicatement et le déplia.

– Tu peux lire ce qu'à la fin du Moyen Age l'un de mes prédécesseurs a traduit d'un vieux texte en latin qu'il avait en sa possession. Il en a copié la traduction sur ce parchemin avant de le placer dans une petite fiole cachetée de cire. Je me suis décidé à l'ouvrir il y a peu et à lire le contenu de cette prophétie. Prends-en grand soin : ce document est l'unique exemplaire de la « prophétie de la quatrième clé » !

Le frère Athanase me tendit le précieux billet. Des lignes tracées à l'encre délavée par le temps mais encore parfaitement lisibles s'étalaient au milieu de la page jaunie. C'était un texte sibyllin et plutôt bref.

> *Priez que le clou maudit*
> *jamais ne tombe aux mains de l'Ennemi.*
> *Priez que le clou caché*
> *à temps soit retrouvé,*
> *par un jeune preux sans grade ni blason,*
> *œil vert et œil marron.*
> *Si l'Ennemi le premier trouve la clé,*
> *si l'enfant de sa quête se laisse détourner,*
> *alors l'humanité souffrira,*
> *et la lumière s'assombrira.*
> *Mais l'enfant combattra,*
> *le clou, l'enfant le protégera,*
> *et lui seul le cachera.*
> *Ou il mourra.*

Je regardai le moine avec stupeur.

– Vous croyez sérieusement que cette prophétie parle de moi ? Que je suis « le jeune preux, l'enfant sans grade ni blason, œil vert et œil marron » qui va retrouver le clou maudit ? Ce sont mes yeux vairons qui vous font penser que c'est moi ? C'est ça ?

Le frère Athanase se leva et s'assit avec nonchalance sur la table de bois en posant sur moi son regard bienveillant.

– Lorsque je t'ai rencontré la première fois ici même, dans ce parloir, je me demandais vraiment pourquoi le Très-Haut avait envoyé Euthyque dans le futur, l'autorisant à braver un interdit aussi important. À ma connaissance, cet événement est rarissime, si ce n'est unique. Je sentais qu'il y avait quelque chose d'autre derrière cette affaire. Le Très-Haut aime... comment dire ? ... faire d'une pierre deux coups, en quelque sorte. Nos destinées se croisent et s'entrecroisent sans cesse. C'est comme si, te faisant entrer dans ta propre vocation, il en profitait pour attirer mon attention sur toi... J'avais le sentiment très fort que le Très-Haut avait permis à Euthyque de venir jusqu'à toi parce qu'il fallait que je te rencontre. Pourquoi ? Pour quelle raison ? Je l'ignorais. Mais une nuit où j'avais du mal à trouver le sommeil, je me suis souvenu de cette prophétie...

J'avais le tournis. Tout ce que me racontait ce moine me semblait surréaliste, abracadabrant. J'avais envie de rire. Je n'étais qu'un simple garçon habitant une modeste ville de province – que peut-il sortir de bon de Tournon-sur-Vise, je vous le demande ? ! –, un garçon « pas très bien dans ses baskets » et qui faisait tout son possible pour passer en classe de Seconde. Je n'avais rien d'un Bruce Willis qui allait sauver le monde en deux temps trois mouvements. Il n'y avait qu'une explication logique dans cette histoire de fous : le frère Athanase était en train de se moquer de moi. Mais son visage était grave et attentif. Il paraissait plus sérieux que jamais. J'en avais la chair de poule.

– Je ne comprends pas, finis-je par dire d'une voix sèche.

Le frère Athanase alla se rasseoir et me regarda bien en face.

– J'ai mis, moi aussi, un certain temps pour me convaincre que cette prophétie parlait de toi, Jean-Baptiste.

Je ne quittais pas le moine des yeux une seconde. Son visage n'exprimait aucune émotion particulière. Je lui demandai d'une voix mal assurée :

– Si je comprends bien ce que vous dites, frère Athanase, vous n'êtes pas entièrement sûr que je sois le sujet de cette prophétie ?

– En effet, ce n'est pas certain, mais c'est très probable. Après ce que tu as vécu cet automne, j'ai demandé à rencontrer le Conseil des Archanges pour leur demander leur avis. Les anges prennent très au sérieux cette prophétie. Depuis deux mille ans, saint Michel protège la cachette de ce clou en sachant qu'un jour, il y aura une faille dans sa défense. Il ne sait ni quand ni comment, mais il sait que ça arrivera. Et l'Adversaire profitera de ce moment pour mettre la main sur cette clé qu'il convoite depuis la nuit des temps…

– C'est embêtant !

– Heureusement, cette prophétie révèle qu'il y aura un homme qui parviendra à devancer l'Adversaire !

– Alors, vraiment, vous pensez que cet événement va bientôt se produire et que je suis personnellement concerné par cette prophétie ?

– J'en suis intimement persuadé. Comme Gardien de la Porte des Anges, il est de mon devoir d'être attentif à ne pas laisser l'Adversaire s'emparer de cette clé. L'enjeu est trop grand. Si l'élu ne récupère pas ce clou, le monde courra un grand danger…

– « L'humanité souffrira et la lumière s'assombrira », dis-je en regardant le texte de la prophétie qui s'étalait sous mes yeux.

– Exact. Si l'Adversaire a la maîtrise de la Porte des Anges, il n'y aura plus de limites à son pouvoir. Il fera passer tout ce qu'il veut par les Portes des Anges, des objets ou des personnes très dangereuses. Il jettera la confusion en créant de monstrueuses MCI qui sont plus redoutables que n'importe quelle bombe nucléaire. L'Adversaire aura tout le loisir de mélanger des objets d'époques différentes, de détruire l'ordre et l'harmonie du monde, du temps et de l'espace. En un mot, il plongera le monde dans un chaos indescriptible…

– Attendez une seconde ! Vous ne pensez tout de même pas qu'un simple être humain, quelqu'un de mon âge, *moi* en l'occurrence, soit capable de sauver le monde du chaos, comme ça, TOUT SEUL ?

– C'est là un vrai mystère, je te le concède.

Le moine joignit ses longues mains épaisses l'une sur l'autre comme s'il allait réciter une prière. Puis il dit d'une voix lente, avec un ton doctoral :

– Jean-Baptiste, c'est précisément l'innocent, l'enfant, le petit qui est l'antidote à la folie de l'Adversaire et à toutes ses manigances. Le Prince des Ténèbres est comme désarmé devant une telle réalité, parce qu'il ne comprend les choses qu'en termes de force et de puissance. Il est incapable d'entrer dans cette logique paradoxale. Et surtout, il est humilié de devoir lutter contre ce qu'il méprise le plus au monde, à savoir le petit, l'enfant ou le faible. Il se laisse prendre au propre piège de son orgueil démesuré.

– Je suis désolé, mais je ne comprends pas ce que vous dites.

– Toi qui aimes le cinéma, je pense que tu connais *Le Seigneur des anneaux*, n'est-ce pas ? Eh bien, rappelle-toi cette histoire : c'est Frodon, un demi-homme, qui est le porteur de l'anneau de puissance symbolisant le mal absolu. Tous les autres chevaliers, même les plus puissants et les plus nobles, même les elfes immortels et les nains courageux, sont incapables de mener à bien cette tâche redoutable. Non parce qu'ils n'en auraient pas les compétences ou la volonté, mais parce que seul un petit peut passer inaperçu dans le Mordor. L'Œil au sommet de sa tour est incapable de le voir ou même de l'imaginer comme une menace pour lui et son empire de ténèbres. Comprends-tu ?

– À peu près...

– Et sais-tu pourquoi Frodon a réussi sa mission ?

– Dites toujours.

– Parce qu'il a accepté librement le choix dont il faisait l'objet et qu'il a eu confiance.

– En lui ?

– Non, en celui qui lui a confié la tâche de porter l'anneau pour le détruire dans la montagne du destin.

Je restai méditatif. Le frère arrêta de parler pendant quelques instants, me laissant assimiler tout ce qu'il venait de me dire.

– Si l'on en croit la prophétie, continua-t-il, il n'y a que toi qui seras capable de mettre la main sur le clou égaré, de le protéger et de lui trouver une nouvelle cachette qui le mettra hors de portée de l'Adversaire.

Je secouai la tête en affichant mon incrédulité.

– Mais c'est du délire. Je n'ai pas la moindre idée de ce qu'il faut faire... Et puis, je ne suis pas un héros, je n'ai aucune capacité particulière, je suis un garçon tout ce qu'il y a de plus banal. Et même pire : j'ai de très grandes dispositions pour tout faire capoter, vous savez...

Je repensais douloureusement à ce qui s'était passé chez le docteur Faust malgré la préparation que j'avais reçue dans le Service des Opérations Spéciales, comment l'épée Azoth m'avait manipulé sans aucune résistance de ma part et avec quelle promptitude j'avais donné la clé de la Porte des Anges au magicien en échange de cet objet magique fascinant. Je ne parvenais pas non plus à oublier que j'avais sacrifié sans vergogne Euthyque à ses geôliers, alors que j'étais venu dans ce lieu pour le délivrer. Non, vraiment, j'étais incapable de mener une mission de ce genre. Il y avait erreur sur la personne, c'était évident !

– Je comprends ces scrupules qui t'honorent, approuva le frère Athanase en hochant la tête, mais tu ne dois pas te sous-estimer, et encore moins te mépriser. Tu n'as pas à regarder tes faiblesses, mais à accepter ce que dit la prophétie en faisant confiance à Celui qui t'a choisi. Tu trouveras, au moment voulu, les forces dont tu as besoin pour mener à bien ton entreprise.

– Il n'y a aucune preuve qu'il s'agisse de moi... répétai-je mécaniquement.

– Je te rappelle que tu parles à un moine : je ne suis pas l'homme de la certitude, mais l'homme de la foi.

Je fermai les yeux, tiraillé par des sentiments contradictoires. Au fond de moi, j'étais flatté d'être reconnu comme quelqu'un capable de sauver le monde et, en même temps, tout me disait que c'était de la folie et qu'il y avait une regrettable erreur sur la personne.

Le frère Athanase relut à voix lente la prophétie, comme pour imprimer chaque mot dans ma mémoire. La dernière phrase me fit tiquer. Je n'y avais pas prêté attention jusque là.

– Qu'est-ce que cela signifie : « ou il mourra » ?

Le moine se gratta le menton avec un air perplexe.

– Je ne sais pas, mais c'est précisément ces derniers mots qui m'ont poussé à t'écrire. Si tu es bien le sujet de cette prophétie, comme je le pense, il est probable que ta vie est gravement menacée. L'Adversaire cherchera à te faire périr par tous les moyens, soit pour t'empêcher de retrouver le clou, soit pour le récupérer avant que tu ne le caches dans un lieu inaccessible pour lui. J'ai demandé à Philippe de me contacter au premier signe inquiétant que tu pourrais lui signaler. Lorsqu'il m'a parlé de tes rêves et de l'agression dont tu as fait l'objet, j'ai reçu cela comme une confirmation de ta mission. Jean-Baptiste, pardonne-moi ce ton mélodramatique, mais si tu ne trouves pas cette clé de la Porte des Anges, tu risques de mourir très vite...

– Cool ! Vous avez d'autres bonnes nouvelles comme ça ?

Le moine se détendit d'un seul coup et m'adressa un large sourire.

– Oui, une ! Je te propose que nous allions faire ensemble un tour d'angomobile. Est-ce que ça te dirait ?

L'angomobile était ce drôle de traîneau que des anges tiraient dans le monde invisible pour déplacer les humains ou les objets matériels. Je n'en revenais pas. Si j'avais bien compris, le frère Athanase m'annonçait que nous allions passer la Porte des Anges !

– Quand ? Ce soir ?

– Après Complies, comme la dernière fois. Le Conseil des Archanges souhaite te voir et parler avec toi.

Je me rembrunis.

– Les Archanges vont me faire passer un test pour savoir si je suis le bon candidat, c'est ça ? Je vous préviens, vous risquez d'être déçu...

– Non, Jean-Baptiste, tranquillise-toi. Ils veulent seulement te demander quelque chose.

– Quoi donc ?

– Je ne suis pas un Archange, mon cher Jean-Baptiste.

– Mais je n'ai pas encore dit oui à cette histoire de clé maudite qu'il faut retrouver...

– Je sais.

– Et si je refuse ?

Le frère Athanase marqua un temps d'arrêt et répondit d'une voix grave :

– Les Archanges respecteront ta décision, quelle qu'elle soit, et ils feront tout leur possible pour protéger ta vie contre les attaques de l'Adversaire.

Le moine détourna rapidement son regard, mais j'eus le temps de lire une lueur d'inquiétude au fond de ses yeux.

9.

La piste

Lorsqu'elle était ouverte, la Porte des Anges avait un aspect laiteux, palpitant et immatériel. Le frère Athanase venait à peine de pointer le clou vers la sculpture d'un Christ en croix au niveau du cœur, que la porte de la nef se métamorphosa en un rideau de lumière. C'était une expérience vraiment fascinante. Le moine me sourit, puis m'adressa la parole à voix basse comme si quelqu'un priait encore et qu'il ne fallait pas le déranger. Mais, à cette heure-là, l'église était vide et tous les moines avaient rejoint leur cellule pour dormir du sommeil du juste.

– Jean-Baptiste, tu peux traverser la Porte des Anges. À toi l'honneur.

Je n'avais plus peur de franchir cette porte lumineuse. Cela me faisait penser à Tintin découvrant le passage secret du temple inca derrière une chute d'eau, dans l'album du « Temple du Soleil ». Toutefois, ce n'était pas une grotte obscure derrière ce rideau de lumière, mais une sorte d'antichambre de couleur vert pâle donnant sur deux portes : une porte pour entrer dans le monde des anges et une autre, interdite en principe aux humains, qui permettait de se déplacer dans le temps et dans l'espace. J'avais déjà franchi deux fois cette porte mystérieuse que convoitait tant l'Adversaire. Mais ce soir, c'était celle du monde angélique qui allait s'ouvrir pour nous...

– Vous ne fermez pas derrière vous ? demandai-je au frère Athanase qui venait de pénétrer dans l'antichambre de la Porte des Anges.

– Non, c'est inutile, Jean-Baptiste. Tu sais bien que nous sommes entrés dans une dimension où le temps n'existe pas. Lorsque nous repasserons la Porte dans l'autre sens, quatre secondes seulement se seront écoulées dans notre temps terrestre.

– C'est vrai, j'avais oublié. C'est un peu compliqué cette histoire de temps...

Le frère Athanase frappa délicatement à la porte du monde angélique. Une phrase lumineuse de couleur rouge défilait en boucle :

FRAPPEZ, ON VOUS OUVRIRA

La porte s'ouvrit immédiatement et je faillis tomber à la renverse de surprise.

– Bonjour, Jean-Baptiste. Bonjour, frère Athanase. Pour votre service et la plus grande Gloire du Très-Haut !

La voix provenait d'un Jojo le clown grandeur nature, affublé d'une grande paire d'ailes dans le dos, parfaitement ridicule avec son nez rouge en feutre qui pendait au bout d'une ficelle. Il était accompagné d'un autre ange tout de noir vêtu, le visage très jeune et très mûr à la fois.

– Bonjour, frère Athanase, dit ce dernier. Bonjour, Jean-Baptiste. Je suis Gossepel, l'ange gardien du frère Athanase. Pour votre service et la plus grande Gloire du Très-Haut !

Le moine alla embrasser chaleureusement son ange gardien pendant que je restais droit et immobile comme un piquet planté en terre. L'ange Tutel me regardait sans me faire de reproches mais – je ne savais pas si mon imagination me jouait des tours -, je crus discerner un voile de tristesse dans les yeux peints et pourtant expressifs de Jojo le clown.

Le frère Athanase se tourna vers moi et m'interrogea du regard.

– Que se passe-t-il ? finit-il par me demander.

– Vous auriez dû me dire que mon ange gardien avait pris l'allure de Jojo le clown, répondis-je à voix basse. De quoi vais-je avoir l'air en me baladant parmi les anges avec un... clown géant complètement miteux ?!

Le frère Athanase éclata d'un rire sonore.

– Jean-Baptiste, ne sois pas ridicule. Tu sais très bien que les humains voient les êtres invisibles tels que leur imagination veut bien les représenter. Ce ne sont que des images mentales. L'ange Tutel apparaît à tes yeux comme Jojo le clown parce que c'est comme ça que tu communiques avec lui actuellement. Mais tous les autres êtres humains le perçoivent différemment. Sauf les anges, bien sûr, qui le voient tel qu'il est vraiment.

– Pour vous, à quoi ressemble l'ange Jojo... pardon, l'ange Tutel.

Le moine fixa son regard sur mon ange gardien.

– Je vois un jeune garçon très souriant, très sympathique. Mais il a le regard un peu perdu dans le vague, et même un peu triste pour tout dire, comme s'il cherchait quelque chose qu'il avait égaré et qu'il en était préoccupé...

Je rougis un peu, me sentant dévoilé.

– Voyez-vous les anges avec des ailes ?

Le moine me regarda, surpris.

– Ma foi, non, pas vraiment. C'est une représentation un peu médiévale, tu ne crois pas ? Ils m'apparaissent comme des êtres humains dont les visages ne sont marqués ni par le stress de la vie moderne, ni par l'angoisse, ni par la peur. Ils ressemblent un peu à mes frères moines, d'une certaine manière, en plus lumineux et plus paisibles encore... Bien ! Je crois qu'après ces bonnes paroles, nous allons faire notre balade en angomobile : je l'aperçois qui s'approche.

L'ange Atirdel traînait sans aucun effort un gros bobsleigh – enfin, quelque chose de ce genre – avec une chaînette de lumière argentée. Je me réjouissais d'avance de la petite promenade que nous allions faire dans cet étrange moyen de locomotion.

Le frère Athanase et moi-même prîmes place dans l'angomobile. Il était composé d'une matière ressemblant au polystyrène, mais aussi solide que du plastique. Nos deux anges gardiens se mirent à voleter à côté de l'ange-conducteur. J'évitais le plus possible de regarder mon énorme clown volant qui tranchait avec la gracilité des autres anges.

L'ange Atirdel se mit en route en tirant sur la chaînette d'argent et l'angomobile glissa sur une sorte d'énorme patinoire. Nous nous dirigions vers un horizon lointain où l'on apercevait une chaîne montagneuse découpée dans la ouate. L'angomobile se déplaçait à une vitesse inouïe, évitant les obstacles sur la route, contournant des groupes d'anges assis en rond, frôlant de justesse des objets disparates ou d'autres angomobiles qui se déplaçaient dans tous les sens. C'était toujours aussi amusant !

Soudain, notre véhicule se mit à ralentir quelque peu. J'aperçus un groupe de sécuritanges qui passaient devant nous, parfaitement reconnaissables à leurs casques brillants et à leur sorte de bâton à la ceinture. Je me demandais s'ils contrôlaient les excès de vitesse comme les gendarmes sur la terre, mais je n'eus pas le temps de poser la question que notre angomobile reprit de la vitesse.

Le paysage était à la fois magnifique et monotone. Partout, des anges de toutes les tailles et de toutes les couleurs se déplaçaient, nous adressant des petits signes de bienvenue.

– Ange Atirdel ! appela le frère Athanase. Conduis-nous au grand kiosque musical, s'il te plaît. Je voudrais le montrer à mon jeune ami.

– Pour votre service et la plus grande Gloire du Très-Haut ! répondit immédiatement notre chauffeur en changeant de direction.

Le moine se tourna vers moi avec un sourire complice.

– Il faut absolument que tu voies ça !

– Mais... nous avons rendez-vous avec le Conseil des Archanges...

Le moine se mit à rire.

– Ne t'inquiète donc pas, Jean-Baptiste. Dans ce monde, nous avons tout notre temps. Rien ne presse. Nous sommes toujours à l'heure, le retard n'existe pas.

– J'oubliais...

– Question d'habitude. Quoique... une habitude à ne pas prendre trop vite tant que l'on vit sur la terre...

Je découvris alors avec stupeur le kiosque musical dont parlait le frère Athanase. Les mots me manquent pour décrire ce site complètement extravagant. Il faudrait imaginer un énorme orchestre installé sur une vaste montagne. Et quand je dis « énorme », je devrais plutôt dire « gigantesque »...

Des milliers d'anges jouaient ensemble un morceau de musique tout à fait extraordinaire. Chaque ange avait son propre instrument de musique : les trompettes, les flûtes, les violons se mêlaient aux guitares électriques et aux batteries. Certains jouaient des instruments plus anciens comme des violes, des cithares et des tambourins, rivalisant avec des instruments africains ou asiatiques. Mais il y en avait aussi d'autres que je ne connaissais absolument pas. C'était... hallucinant !

– Les musicanges ! me dit le moine avec un sourire extatique. C'est beau, n'est-ce pas ?

Pour être beau, c'était beau. Cela ne ressemblait à rien de connu sur terre : un mélange de sonorités qui s'apparentaient à la musique classique, au jazz, au rock, à la musique traditionnelle, tout cela harmonisé de manière unique et inattendue, sans ruptures ni discordances. À ma grande surprise, je n'apercevais ni partitions, ni chef d'orchestre.

– Tu entends la plus grande et la plus belle symphonie qui puisse exister, m'expliqua le frère Athanase. Dans le monde des anges, toute la diversité des notes de musique se fond dans une superbe communion. Chaque instrument trouve sa place dans cet orchestre, chaque son se marie aux autres dans une mélodie à la fois libre et construite. C'est le rêve le plus fou et le plus inaccessible de tout compositeur sur terre !

– Ils ne s'emmêlent jamais les pinceaux ? demandai-je, fasciné par ce spectacle hors du commun.

– Jamais ! Ici, tout n'est qu'ordre et harmonie. Il n'y a pas besoin de chef d'orchestre : chacun sait ce qu'il doit jouer et il le fait, tranquillement, en respectant les autres instruments. Ici, la fausse note et le chaos n'ont pas leur place. Fabuleux, n'est-ce pas ?

La parole du frère Athanase fut coupée par un chant immense qui s'éleva à la droite et à la gauche de l'orchestre. Je n'avais pas encore repéré les milliers de chanteurs qui entouraient les musiciens.

– Ah, voici les louanges ! s'exclama le frère avec un enthousiasme juvénile. Ils chantent la beauté de leur Créateur. C'est un régal absolu.

Ce chant n'avait rien à voir avec les mélodies des *Choristes* que j'avais pourtant adorées et fredonnées pendant des semaines. Le chant des louanges était si puissant qu'il vous prenait aux tripes, sans vous assourdir pour autant. J'étais ému jusqu'aux larmes, envahi par une sensation de bien-être que je n'avais jamais connue jusque-là.

– Ah, si mes frères pouvaient chanter comme ça de temps en temps... marmonna le moine d'une voix lasse.

Je ne sais pas combien de temps nous sommes restés à écouter et à regarder ce spectacle féerique. J'étais sûr que la pièce de musique que les musicanges interprétaient était inédite, que jamais plus ils ne joueraient le même air. Je devinais instinctivement que ces anges étaient en perpétuelle création, que le morceau que nous entendions allait se perdre dans l'éternité. Il était impossible de se lasser, tout était toujours nouveau et inattendu. Quel spectacle !

C'est avec douleur que j'entendis le frère Athanase demander à l'ange Atirdel de nous conduire au train aérien. Je fus tenté de sauter de l'angomobile et de rejoindre les musicanges pour jouer le plus grand « bœuf » de mon existence. J'avais la curieuse impression, peut-être illusoire, que j'aurais été capable de jouer de n'importe quel instrument sans le moindre apprentissage.

– Désolé, Jean-Baptiste, me susurra le frère à l'oreille : le devoir nous appelle. Il faut y aller.

En reprenant la route vers les grottes, nous sommes restés silencieux laissant résonner en nous cette sublime musique céleste. Je pensais à Ulysse qui avait demandé aux marins de le lier au mât du bateau tandis qu'il passait à côté du rocher aux sirènes. Cette scène prenait un tout nouveau sens pour moi…

L'angomobile finit par s'arrêter devant l'un des tunnels percés dans le flanc de la montagne cotonneuse. Une pancarte lumineuse portait l'inscription suivante :

TRAIN AÉRIEN POUR ÊTRES MATÉRIELS OU SEMI-MATÉRIELS. RÉSERVÉ UNIQUEMENT AUX ANGES ACCOMPAGNATEURS D'HUMAINS.

Je savais d'expérience que ce « train aérien » ressemblait davantage à un ascenseur qu'à un train tel qu'on l'imagine sur terre. Il permettait de se rendre dans les sphères supérieures du monde angélique, les déplacements s'effectuant sur un plan vertical et non pas horizontal comme chez nous.

Le frère Athanase et les deux anges gardiens pénétrèrent dans la bouche d'entrée fortement éclairée. Je les suivais à quelques pas, regardant de tous mes yeux la longue file d'anges ayant revêtu des corps humains pour mener discrètement une mission dans le monde visible. J'espérais

reconnaître l'un d'entre eux, mais aucun de ceux qui attendaient patiemment de rejoindre le service qui les débarras-
serait de leur accoutrement de chair ne m'était connu...

En arrivant dans la petite gare de lancement des plateformes rondes vers les sphères supérieures, j'aperçus avec
plaisir l'adjudange Pasrel qui organisait le va-et-vient
continuel des trains aériens avec l'énergie débordante que
je lui connaissais. C'était un ange très petit m'arrivant à
peine à la ceinture. À chaque fois que je venais dans cette
gare, l'adjudange me manifestait une déférence assez comique, surtout depuis qu'il avait appris que j'avais été admis
au Conseil des Archanges. Je me voyais déjà passer fièrement devant tous les anges qui attendaient leur tour
patiemment. Mais à ma grande déconvenue, l'adjudange
repéra le frère Athanase et n'eut d'yeux que pour lui.

– Par ici, Révérend frère Athanase. Laissez-le passer, s'il
vous plaît. Place, place ! Avancez, frère Athanase. Pour
votre service et la plus grande Gloire du Très-Haut !

Le frère Athanase et l'ange Gossepel passèrent devant
la file d'attente tandis que Tutel et moi restions à l'arrière.
Mon ange gardien leva le bras pour se faire remarquer,
mais l'adjudange était concentré sur le frère Athanase.

Le moine glissa un mot à l'oreille de l'adjudange qui se
tourna enfin vers moi et m'appela par mon nom :

– Humain Jean-Baptiste Carmes, ange Tutel, avancez
vous aussi.

L'adjudange ne me regardait déjà plus, il s'inclinait avec
un regard plein d'humilité devant le frère Athanase.

– Si vous voulez bien prendre place sur ce siège, mon
Révérend. Installez-vous bien confortablement. Vous
aussi, humain Carmes, asseyez-vous à côté de lui. Pour
votre service et la plus grande Gloire du Très-Haut !

Pendant que l'ange Pasrel bouclait notre ceinture de
sécurité, je me tournai vers le moine qui souriait paisiblement.

– Dites donc : vous êtes bien vu, ici. On voit que vous êtes le Gardien de la Porte des Anges !

– Ce n'est pas vraiment pour cette raison que l'ange Pasrel est si empressé avec moi, répondit le frère Athanase en me jetant un regard amusé. C'est parce que je suis prêtre. Les anges ont un très grand respect pour les prêtres, comme tu peux le voir...

L'adjudange vérifia une dernière fois nos équipements et gonfla sa poitrine pour annoncer notre destination plus fort qu'il n'était nécessaire !

– Étage du Conseil des Archanges ! Je vous souhaite un très agréable séjour dans le monde angélique, mon Révérend. Et à vous aussi, humain Carmes. Pour votre service et la plus grande Gloire du Très-Haut !

L'ange Pasrel tira une plume fichée comme un levier de vitesse au moniteur accroché à sa ceinture et notre train aérien monta d'abord lentement, puis beaucoup plus rapidement une fois parvenu dans une sorte de gros tube sombre.

Il était nettement moins agréable de se déplacer en train aérien qu'en angomobile. J'imaginais aisément ce que pouvaient ressentir les astronautes au décollage d'une fusée ; les sensations ne devaient pas être bien différentes. C'était très éprouvant, la vitesse était vertigineuse. Je voyais différents étages défiler et je me sentis vite envahi par la nausée. En revanche, je voyais mon énorme clown d'ange gardien debout à mes côtés qui bondissait de joie comme s'il donnait une représentation au milieu de la piste d'un cirque. L'ange Gossepel était moins démonstratif, mais ne cachait pas pour autant la joie qui était la sienne de voyager dans ce bolide.

Heureusement, la plateforme se mit à ralentir, sortit du tunnel et s'immobilisa en douceur dans une autre gare fortement éclairée.

Deux anges immenses, revêtus d'étoffes dorées, nous y attendaient. En débarquant de la plateforme, je reconnus la douce musique céleste du monde des Archanges. Elle ne ressemblait en rien à la symphonie très construite des anges du kiosque à musique : c'était un son naturel, un écho de ce lieu, comme le bruit du vent ou de la mer l'est à la terre. Je me sentis bien, détendu, d'une humeur joyeuse.

Les deux grands anges nous prirent chacun dans leurs bras avec une touchante délicatesse et nous conduisirent à pas feutrés au Conseil des Archanges. J'avais envie de rire en voyant le frère Athanase dans son habit noir de moine porté dans les bras d'un ange, un réel bonheur peint sur le visage. On aurait dit un enfant. Curieusement, j'avais plus de difficultés que lui à me laisser faire...

Enfin, les anges s'arrêtèrent devant la vaste porte à double battant du Conseil des Archanges. Ils nous déposèrent délicatement sur le sol et nous saluèrent fort courtoisement.

– Entrons, Jean-Baptiste ! Les Archanges nous attendent.

Ce que je vis me remplit de stupeur. Je m'attendais à retrouver le même paysage orangé que la dernière fois, avec les trois Archanges assis sur leur trône de feu. Mais le décor était totalement différent.

Nous étions sur une plage de sable blanc, au bord d'une mer d'un bleu turquoise. Un beau soleil illuminait ce somptueux paysage marin et l'on entendait le cri des mouettes qui volaient majestueusement au-dessus de nos têtes. Les vagues venaient presque nous lécher les pieds et se retiraient avec modestie, laissant çà et là, sur le sable humide, des dentelles d'écume blanche. À une vingtaine de mètres environ, juste devant nous, mouillait un énorme navire qui ressemblait à s'y méprendre à un galion espagnol. J'y aperçus très distinctement les trois Archanges juchés sur des tonneaux et devisant tranquillement.

L'Archange Gabriel se leva, approcha du bastingage et nous souhaita la bienvenue de sa voix musicale et douce.

– Bonjour, Révérend Père Athanase. Bonjour, cher Jean-Baptiste. Montez dans la barque et venez-nous rejoindre. Pour votre service et la plus grande Gloire du Très-Haut !

Sa voix nous parvint avec netteté, comme s'il nous avait murmuré à l'oreille. Je ne m'étonnais plus de rien. Une chaloupe sortit directement du sable à côté de nous, tout équipée pour nous amener au navire des Archanges.

À peine venions-nous de nous installer sur les bancs de l'embarcation que les rames se mirent à remuer toutes seules, sans l'aide de personne. La barque glissa sur le sable, puis entra dans l'eau avec douceur. Elle avança alors rapidement vers le galion, au rythme cadencé des coups de rame parfaitement synchronisés.

Lorsque la chaloupe se présenta devant l'échelle de corde qui devait nous permettre de monter dans le galion, le cordage se métamorphosa sous nos yeux en un vaste escalier de bois sculpté tendu d'étoffes rouges.

– Je t'en prie : à toi l'honneur ! me dit gentiment le moine en me désignant les marches qui descendaient jusqu'au bord de la barque.

Je gravis l'escalier d'un pas allègre et sautai sur le pont du navire. Les trois Archanges nous attendaient, un beau sourire illuminant leurs nobles visages.

– Soyez les bienvenus, mes amis ! dit l'Archange Raphaël en désignant les deux barriques placées derrière nous. Prenez place chacun sur un tonneau !

J'étais étonné de la rusticité des sièges sur lesquels nous allions devoir nous asseoir, mais, à ma grande surprise, les tonneaux s'avérèrent aussi confortables que de gros fauteuils moelleux.

– Merci de ta visite, jeune Jean-Baptiste, me dit l'Archange Gabriel en inclinant son doux visage. Merci aussi à toi, Père Athanase, de l'avoir accompagné jusqu'ici.

– C'est un plaisir toujours renouvelé de vous rencontrer, répondit le moine fort courtoisement.

L'Archange se tourna de nouveau vers moi.

– Nous savons que tu as pris connaissance de la fameuse « prophétie de la quatrième clé ».

– En effet.

– Nous avons écouté avec soin ce qu'avait à nous dire le frère Athanase. Notre Conseil partage son opinion : chacun de nous pense que tu es très probablement l'enfant désigné par cette prophétie de la quatrième clé.

Probablement ?

Je hochai la tête, surpris de ne pas entendre une affirmation plus tranchée chez des êtres spirituels aussi élevés que les Archanges. Mais le frère Athanase m'avait déjà expliqué que les anges ne sont que des créatures, et que si leurs connaissances sont supérieures aux nôtres, ils ne sont pas pour autant omniscients. La connaissance parfaite et totale est l'apanage du seul Très-Haut...

– Nous pensons également, poursuivit l'Archange Michel, que l'Adversaire a conscience de la menace que tu représentes pour lui. Ce que tu ressens dans tes rêves trahit sa propre inquiétude.

– Il connaît donc la prophétie ?

– Très certainement. L'Adversaire convoite cette clé maudite depuis toujours. Pour l'instant, il ne peut pas s'en emparer. Mais il sait qu'un jour viendra où cette possibilité lui sera offerte. Il guette ce moment avec impatience.

– À moins qu'un « jeune preux, sans grade ni blason », ne parvienne à l'en empêcher !

– Exactement ! C'est pourquoi cette prophétie l'enrage... Le texte précise : un « jeune preux, œil vert et œil marron ». Aussi, quand l'Adversaire t'a aperçu la première fois à la fenêtre de ta chambre, le soir où Euthyque est venu à ta rencontre, il a probablement pensé à la prophétie en voyant tes yeux vairons...

Je me remémorai cette scène où j'avais vu l'Adversaire en pleine lutte avec saint Michel sous le cerisier de mon jardin. L'ange rebelle m'avait jeté un regard non pas noir, mais rouge, un regard de dément psychopathe. Lorsque ses yeux de malade s'étaient posés sur moi, j'avais senti une violente douleur vriller mon cerveau. En écoutant l'Archange me parler, je commençais à mieux comprendre pourquoi j'avais lu tant d'effroi et de rancœur au fond des yeux féroces de l'Adversaire. Mais aussi pourquoi ce regard me blessait l'âme si profondément...

L'Archange Gabriel reprit son explication :

– À chaque fois qu'il s'approche de toi, l'Adversaire sent la présence de ce clou maudit. La quatrième clé de la Porte des Anges appelle son maître.

– Appelle son maître ? Qu'est-ce que cela signifie ?

L'Archange se leva et s'approcha de moi.

– Les quatre clous ont été forgés ensemble, pour remplir le même but : crucifier Jésus. À l'origine, ces clous, comme la croix, étaient donc des objets de mort et de vengeance. Mais, en touchant le corps du Christ, ces reliques sont devenues des signes de vie et de victoire sur l'Adversaire. À l'exception d'un clou, celui qui a été volé par la gitane avant la mise en croix. Ce clou continue donc à porter en lui toute la malédiction de sa destinée. L'Adversaire est attiré par ce clou, comme le fer l'est par un aimant...

– Mais... si ce clou est maudit, la personne qui va le retrouver subira cette malédiction à son tour...

– Oui et non. C'est vrai en ce qui concerne n'importe quel être humain. Mais pas pour celui qui est appelé à garder ce clou. Une protection spéciale sera accordée à l'élu de la prophétie.

– Moi ?

– Nous le pensons.

– Mais il y a bien d'autres jeunes aux yeux vairons dans le monde !

– Oui, c'est vrai, mais pas d'autres jeunes qui ont eu le privilège de rencontrer le Gardien de la Porte des Anges, ou de franchir cette Porte... Celui-là est différent des autres...

Je restais silencieux, perdu dans mes pensées.

– Et si je retrouve ce clou, que devrai-je en faire ?

– Il n'y a que toi qui puisses répondre à cette question. La prophétie stipule simplement que cet élu trouvera ce clou *avant* l'Adversaire, qu'il le protégera et qu'il le cachera.

– Le cachera ?

– Le terme « cacher » peut revêtir plusieurs sens : cela peut signifier qu'il faudra lui trouver une cachette sûre que l'Adversaire ne puisse atteindre ; mais cela peut vouloir dire aussi que ce clou devra être détruit définitivement... Jeune Jean-Baptiste, il n'y a que toi qui trouveras la solution à cette énigme, au moment voulu. Toi, et personne d'autre !

L'Archange Raphaël m'adressa à son tour la parole avec un air grave et concentré :

– Comme tu peux le comprendre, les enjeux sont considérables. Un échec serait désastreux pour l'humanité tout entière. Le Conseil des Archanges souhaite donc te donner l'aide nécessaire dans ta quête du clou caché. Mais, il y aura un moment où, en possession de la clé, plus personne, ni homme, ni ange, ne pourra t'être utile dans ce que tu auras à faire. C'est seul que tu devras faire face à tes responsabilités.

Cette dernière phrase me jeta dans le trouble. Je baissai la tête, un peu perdu par ce que je venais d'entendre. Après un court instant, l'Archange Gabriel s'approcha de moi et déclara :

– Auparavant, il convient de donner ta réponse. Nous t'avons fait venir devant ce Conseil pour te poser cette unique question : Jean-Baptiste, acceptes-tu de rechercher cette quatrième clé de la Porte des Anges et d'en faire ce que le Très-Haut t'inspirera au moment voulu ?

Les Archanges et le frère Athanase me regardaient attentivement.

– C'est-à-dire que... c'est un peu lourd pour moi, tout ça ! C'est une grosse charge et je ne suis pas sûr de pouvoir l'assumer. Et même si je veux bien, je n'ai aucune idée de la manière de procéder. Dites-moi déjà où est caché ce clou...

L'Archange saint Michel secoua la tête :

– Malheureusement, nous ne pouvons pas te le dire.

– Pourquoi ?

– Parce que notre mission, à nous les anges, consiste à protéger et à aider les êtres humains, et non pas à leur dire ce qu'ils doivent faire, ni comment il faut le faire...

– Mais vous savez pourtant où se trouve ce clou ?

- Bien sûr, puisque nous sommes des créatures immortelles, nous connaissons chaque détail du passé de l'humanité. Mais c'est aux hommes de s'occuper de leur destinée. Nous sommes là, je te le rappelle, pour les aider et les protéger, pas pour prendre leur place et leur retirer la liberté que le Très-Haut leur a donnée.

– Mais, si vous ne me dites pas comment retrouver ce clou, je ne vois pas concrètement comment faire...

L'Archange Gabriel se mit à sourire et dit de sa voix chantante :

– C'est le frère Athanase qui t'aidera dans cette tâche. En tant que Gardien de la Porte des Anges, son devoir est de la surveiller et de garder son accès. Il est l'homme le plus à même d'apporter les lumières dont tu as besoin dans ta tâche...

Je tournai la tête vers le moine qui était resté silencieux jusqu'alors, les yeux clos, dans une attitude de prière.

– Vous savez, frère Athanase, où se trouve le clou ?

– Non, pas plus que toi, s'empressa-t-il d'affirmer. En revanche, je dispose d'une piste qui pourrait t'être utile dans ta recherche. Elle n'est pas très précise, mais je suis persuadé qu'elle te conduira au but.

– Ah bon. Voilà déjà un élément intéressant. Cela devient plus clair. Toutefois…

Je me tournai de nouveau vers les Archanges.

– Si je peux me permettre, je voudrais vous demander une faveur.

L'Archange Gabriel approuva de la tête.

– M'autorisez-vous à me faire aider de mon amie Lucie dans ma recherche du clou perdu ?

L'Archange me sourit avec bienveillance.

– Je crois que cette jeune fille possède de grandes qualités de cœur et de courage, répondit-il. Elle te sera effectivement très utile dans ta quête. Mais, attention : il ne faudra en aucun cas lui confier ce clou. Une fois qu'il sera en ta possession, Lucie ne devra pas savoir ce que tu en feras, ni où tu le cacheras. Le secret doit être absolu dans ce domaine, car il n'y a que l'élu qui soit efficacement protégé contre sa malédiction.

– J'ai bien compris. Encore une chose, si ce n'est pas abuser de votre bonté : puisque vous me proposez le service des anges dans cette mission, accepteriez-vous que je me fasse assister par 007… je veux dire : par l'enquêtange Coctel ? Nous le connaissons bien et je suis convaincu qu'il...

– Accordé, dit saint Michel. De toute façon, il est toujours à tes côtés depuis qu'il t'a aidé à libérer ta mère de ses ravisseurs. L'enquêtange Coctel est resté dans le monde visible et cherche inlassablement l'espion qui se trouve dans ton entourage. Mais sache qu'il devra demeurer toujours caché pour la nécessité de cette mission.

– Merci. Alors, dans ce cas, oui, d'accord. J'accepte de chercher la quatrième clé.

Les Archanges hochèrent la tête avec gratitude et j'aperçus du coin de l'œil le frère Athanase qui semblait soulagé par ma décision.

– Excellent, finit par dire l'Archange Gabriel. Révérend Père, tu peux dire à notre ami ce que tu sais à propos de ce clou perdu.

Le moine sourit un instant et se tourna vers moi.

– Peu de choses, malheureusement. Il nous faut repartir de cette légende tzigane pour trouver un début de piste. En interrogeant les gitans qui passent régulièrement à l'abbaye, j'ai glané des bribes d'informations que j'ai tenté de reconstituer de mon mieux. Il semble que la femme qui avait dérobé le quatrième clou sur le lieu de la crucifixion soit retournée chez elle tout de suite après et que l'Adversaire lui soit apparu. Il était déguisé en centurion romain et il a cherché à lui reprendre le clou de force en disant qu'il appartenait à l'empereur et qu'elle serait châtiée si elle ne rendait l'objet. Elle s'est enfuie avec le clou et a cherché à le rendre au forgeron qui assistait les soldats romains sur le lieu de la crucifixion, hors des murs de Jérusalem. Mais, au Calvaire, il n'y avait déjà plus personne. Les corps des suppliciés avaient été retirés parce que le sabbat des Juifs allait commencer. Une nuit étrange était tombée sur toute la région, en plein après-midi. Alors, ne sachant que faire, la gitane terrorisée a décidé de donner ce clou à un certain Miklos, une sorte de roi tzigane…

J'écoutais le récit du moine de toutes mes oreilles. Le frère marqua une pause pour remettre ses idées en place.

– Quelques jours plus tard, Miklos est allé voir les Apôtres qui lui ont appris que Jésus était ressuscité d'entre les morts. Le roi Miklos fut d'abord très sceptique, mais il a fini par croire à la parole des Apôtres au point de se convertir. Malgré tout, Miklos se sentait tourmenté par le pouvoir maléfique que le clou exerçait sur lui. Il voulait à tout prix s'en débarrasser, mais Pierre lui a expliqué qu'il ne devait pas agir ainsi et que son épreuve consistait à protéger ce clou contre l'Adversaire qui cherchait à le récupérer. Lorsque Pierre est parti pour Rome avec quelques disciples, Miklos a décidé de le suivre. C'est là que nous perdons la trace du roi Miklos et de la quatrième clé...

Un long silence suivit les paroles du Gardien de la Porte des Anges.

– Vous pensez que ce clou se trouve encore à Rome ? demandai-je finalement.

– Peut-être. En tout cas, il est fort probable que c'est dans cette ville que tu pourras retrouver sa trace.

– Oui, mais comment faire ?

– Un ami gitan bien informé m'a confié, un jour, que le descendant de Miklos habitait toujours à Rome. C'est un roi secret, qui n'est connu que des Tziganes eux-mêmes. Un défenseur du clou volé, probablement, ou quelqu'un qui possède des informations... Malheureusement, je ne connais pas son nom et j'ignore même si cette histoire est authentique. Les Gitans aiment beaucoup les légendes...

– C'est bien mince, comme piste !

– Je suis d'accord avec toi, Jean-Baptiste. Mais nous n'en avons pas d'autres.

L'Archange saint Michel s'approcha de moi.

– Nous savons que ton école organise prochainement un voyage de classe à Rome, n'est-ce pas ?

Je rougis violemment.

– Oui, mais... comment dire...

Je déglutis péniblement.

– Je ne me suis pas inscrit à ce voyage et je... je crains qu'il ne soit trop tard !

– Comment ? réagit vivement l'Archange. Mais... j'avais chargé ton ange gardien de te dire qu'il ne fallait pas que tu refuses la proposition qu'on allait te faire.

J'étais accablé.

Une fois de plus, je n'avais rien compris au message de mon ange gardien !

10.

Tante Agathe

Il fallait que j'aille à Rome.

Oui, mais comment ?

Madame Lobeau m'avait prévenu : les inscriptions pour le voyage de classe étaient closes.

Ah ! Pourquoi n'avoir pas compris le message de l'ange Tutel ? Il était clair, pourtant !

Je m'étais tellement mis dans la tête que le conseil de mon ange gardien concernait la proposition qu'allait me faire le frère Athanase que je n'avais pas imaginé une seule seconde qu'il puisse s'agir de cette stupide histoire de voyage à Rome.

C'était sous mon nez, et je n'avais rien vu !

Je n'étais qu'un idiot

Un pauvre idiot...

Pendant tout le voyage du retour, je me sentis complètement vidé, cassé. Je n'avais pas dormi de la nuit, à force de ressasser ce que j'avais appris dans le monde des anges. Et plus j'y pensais, plus je me sentais nul. Moi, un héros ? Moi, l'élu attendu et annoncé par une prophétie, qui sauverait l'humanité du désastre en retrouvant une clé perdue depuis deux mille ans ? Foutaise ! Je n'étais même pas capable de comprendre le moindre signe lorsqu'il se présentait à moi aussi clairement qu'un poteau indicateur.

Cette histoire était plus humiliante qu'autre chose, elle ne me montrait que trop mon incompétence. Que dis-je ? Mon insondable médiocrité...

J'étais écroulé sur le siège avant de la vieille Fiat Panda, la tête entre les mains, n'écoutant que distraitement Philippe qui essayait de me rassurer. Le frère Athanase lui avait raconté l'affaire dans tous ses détails. Il me disait qu'il fallait rester dans l'espérance et que je devais être patient, que les Archanges avaient plus d'un tour dans leur sac et qu'ils allaient probablement trouver une solution pour me permettre d'aller à Rome malgré tout. Philippe déployait des trésors de gentillesse qui me touchaient, mais qui ne parvenaient pas pour autant à me tirer de l'accablement.

Depuis mon retour du monde angélique, mes vieilles angoisses avaient refait surface d'un seul coup. Je n'avais pas osé expliquer au parrain de Lucie ce qui me perturbait le plus. Quand je pensais à mes cauchemars, j'avais le sentiment qu'il existait un lien entre l'Adversaire et moi. Je ne comprenais pas clairement ce qu'il recouvrait, mais c'était comme si nos deux esprits étaient proches, et que l'Adversaire pouvait lire mes pensées autant que je pouvais connaître les siennes. Quel était ce lien obscur ? Quelle était cette tache sombre que je sentais tapie au fond de moi ?

Parvenu à Tournon-sur-Vise, Philippe me déposa à la porte du jardinet de la maison. Une grosse voiture brune était garée devant chez moi.

– C'est certainement la voiture d'Agathe, la sœur de mon père, qui vient passer quelques jours chez moi avec son mari, dis-je à Philippe qui regardait avec suspicion le véhicule hideux aux formes lourdes. Vous désirez descendre la saluer ?

À mon étonnement, je sentis Philippe se tendre légèrement et il répondit très vite :

– Non, je suis désolé, il faut que je rentre tout de suite. J'ai quelque chose de très urgent à faire. Une autre fois, peut-être...

Philippe ne sortit pas pour m'aider à retirer mon sac de voyage du coffre. Il me salua simplement d'un petit geste de la main par la fenêtre ouverte et il démarra sur les chapeaux de roue. J'étais un peu déçu qu'il ne m'accompagne pas pour affronter ma première rencontre avec cette tante que je ne connaissais pas. Sa présence m'aurait rassuré...

J'ouvris la porte du pavillon et mes narines frétillèrent agréablement en pénétrant dans le hall d'entrée. Une bonne odeur de cuisine embaumait toute la maison. Je posai mon blouson au porte-manteau en souriant. J'avais craint l'arrivée d'Agathe et de son mari, mais je découvrais avec plaisir qu'il y aurait quelques contreparties bien sympathiques.

– Agathe ? C'est Jean-Baptiste !

Une femme volumineuse vint à ma rencontre. Elle portait le tablier de cuisine de ma mère qui, sur elle, avait l'allure d'un mouchoir de poche qu'elle aurait bizarrement accroché autour des reins. Un interminable chignon de cheveux violets se dressait sur son crâne en forme d'obus, fossilisé par une généreuse couche de laque qui brillait comme de la gélatine. Agathe était âgée et l'épais maquillage qui cachait tant bien que mal ses rides donnait à son visage un aspect aussi peu naturel que celui d'une statue du musée Grévin.

– Agathe ? Je suis Jean-Baptiste, le fils de ton frère. Comment vas-tu ?

Je tendis la main vers la femme qui me regardait d'un air glacial. Ses grosses lèvres d'un rouge carmin agressif se mirent à trembler légèrement. Elle ne manifesta aucune joie en me voyant et se dispensa de serrer ma main qui resta bêtement tendue devant elle.

Bonjour l'accueil !

– Je te signale, jeune homme, que nous n'avons pas gardé les cochons ensemble, dit-elle d'une voix aigre tout à fait désagréable. Je te prie dorénavant de ne plus me tutoyer et de m'appeler tante Agathe. Est-ce clair, mon garçon ?

Je sentais que mon visage avait pris une couleur cramoisie. J'ouvrais et fermais la bouche comme une carpe, incapable de prononcer le moindre mot, tant j'étais suffoqué par ce qu'elle venait de me dire. Ma tante, satisfaite de son petit effet, se mit à grimacer un sourire méprisant.

– Je vois que tu as compris. Maintenant approche-toi que je t'embrasse.

Je m'avançai vers elle avec la raideur d'un condamné à mort qui se rend à l'échafaud. Elle se plia en deux pour me claquer deux bises aussi poisseuses que sonnantes sur les joues. C'était insupportable. Un entêtant parfum d'eau de Cologne s'exhalait de cette montagne de chair. Tante Agathe me scruta des pieds à la tête avec le regard distancié et froid d'un thanatopracteur qui observe un cadavre à embaumer.

– Tu es bien comme mon frère t'a décrit : un peu pâlot et pas très grand pour ton âge... Faudra remplumer tout ça... Et puis, demain, tu iras te faire couper les cheveux... Ta mère ne t'a pas dit de le faire ? Ça ne m'étonne pas, cette pauvre fille n'a jamais eu de caractère !

– C'est de ma mère que vous parlez ? demandai-je avec agressivité. Vous la connaissez ?

– Oh, du calme, mon garçon. Oui, c'est bien de ta mère que je parle, de qui veux-tu que ce soit ? Bon, maintenant, va te présenter à Jules et ensuite tu iras prendre une douche. Dîner dans une demi-heure. Et sois à l'heure, je ne supporte pas le retard !

– Le contraire m'aurait étonné !

Tante Agathe roula des yeux exorbités.

– Pas d'insolence, Jean-Baptiste. Je te le conseille fortement si tu veux que tout se passe bien entre nous pendant les quelques jours où je suis ici. C'est bien noté, mon garçon ?

Je serrai les dents. Ce n'était pas le moment d'entrer en conflit ouvert avec elle. Il y avait d'autres perspectives plus importantes dans l'avenir que celle de se fâcher avec cette ogresse. Mais elle ne perdait rien pour attendre : j'en toucherais deux mots à mon père.

– Oui, répondis-je d'une voix étranglée.

– Oui, qui ?

– Oui, tante Agathe.

– C'est mieux. Allez, à la douche ! Et va dire bonjour à Jules : il est dans le salon.

Je me dirigeai vers le salon en me demandant bien quel monstre pouvait avoir épousé une telle harpie. Je ne pus réprimer un sourire ironique en découvrant un frêle bonhomme aux lunettes d'écailles d'un autre âge, pieusement penché sur un épais classeur, une grosse loupe à la main. Il ne pouvait pas y avoir plus grand contraste entre lui et sa femme.

L'oncle Jules tourna la tête vers moi et m'adressa un large sourire.

– Oh, mais qui voilà ? C'est notre Jean-Baptiste !

– Bonsoir, oncle Jules, dis-je avec circonspection.

Mon oncle se leva d'un bond et se dirigea vers moi les bras écartés pour m'embrasser.

– Je suis si heureux de faire ta connaissance ! Quelle joie de te rencontrer, Jean-Baptiste. Tu es le portrait craché de ton père... avec les yeux de ta mère !

– Juste l'œil droit, oncle Jules, dis-je avec un brin d'agacement.

L'oncle Jules me prit dans ses bras et me serra sur son cœur. Puis il recula d'un pas pour me regarder tout à loisir à travers ses grosses lunettes de myope.

– J'ai entendu que tu as déjà rencontré Gatha, n'est-ce pas ?

– Euh... Oui, j'ai parlé avec tante Agathe...

L'oncle Jules me sourit et s'approcha de moi avec un air de conspirateur du plus haut comique.

– Elle est un peu vive, n'est-ce pas ? dit-il à voix basse en jetant un regard furtif vers la porte du salon. Ne t'en formalise pas. C'est une nature franche, mais elle est remplie de qualités...

– Je n'en doute pas...

– Tu verras, tu t'y feras ! Quand on la connaît mieux, on finit par l'apprécier.

Heureusement, je voyais que l'oncle Jules n'attendait pas une approbation de ma part. Il me saisit par le bras et m'entraîna vers la table du salon où trônait son épais classeur. Je découvris qu'il s'agissait d'un album de timbres.

– Tu aimes les timbres ? me demanda-t-il les yeux brillants.

– Pas vraiment... Je n'ai jamais fait de collection...

– Comme c'est dommage ! C'est tellement intéressant ! Tu veux que je t'aide à commencer ta propre collection ?

– Si... si vous voulez ! répondis-je sans enthousiasme.

– Tu sais, moi, je suis un collectionneur dans l'âme, depuis que je suis tout petit. J'ai collectionné les maquettes d'avions, de bateaux, les peluches de koala, les bouteilles de bières belges, les boîtes de camembert, les sacs à vomir des avions... enfin tout un tas de choses. Mais Gatha trouvait que ça prenait trop de place dans la maison... Alors, j'ai dû tout faire disparaître ! Mais pour les timbres, elle était d'accord que je garde ma collection !

L'oncle Jules me tendit sa grosse loupe et me désigna le timbre qu'il regardait lorsque j'étais entré dans le salon.

– Admire, Jean-Baptiste : une pièce magnifique ! C'est un Napoléon 25 centimes bleu de 1852, d'Yvert et Tellier en parfait état ! Une rareté ! Qu'en penses-tu ?

Je regardai la petite vignette aux couleurs ternes, qui me

semblait inintéressante au possible. Toutefois, je ne voulais pas contrarier mon oncle.

– Il est très beau !

– N'est-ce pas ? dit-il en se rengorgeant de plaisir. Mais attends, j'ai encore d'autres surprises...

Je reposai vivement la loupe sur la table.

– Pas maintenant, mon oncle. Tante Agathe veut que je prenne une douche et que je sois à l'heure au repas...

L'oncle Jules leva les bras au ciel et dit pompeusement :

– Ce que femme veut... Va vite prendre ta douche, Jean-Baptiste ! Pendant ce temps, je vais préparer quelques trésors que je te montrerai après le dîner.

Je montai précipitamment. À vrai dire, j'avais hâte de prendre une douche depuis le voyage dans la Panda surchauffée de Philippe. Et puis, cela me donnait l'occasion de fuir un moment la présence d'Agathe et de son mari. Entre une grosse tante autoritaire et un oncle qui ne me ferait grâce d'aucun de ses dadas, les prochains jours risquaient d'être quelque peu éprouvants...

Je tirai quelques vêtements propres de l'armoire de ma chambre et m'engouffrai dans la petite salle de bain. Après m'être déshabillé rapidement, je me glissai dans l'étroite cabine de douche en plastique moulé et j'ouvris les robinets à pleine puissance. En quelques instants, la douce caresse de l'eau chaude sur mes épaules apaisa presque magiquement toutes les tensions que j'avais accumulées pendant la journée. Je fermai les yeux, savourant cet instant de paix et de délassement intenses. Je restais immobile, attendant d'être tout à fait détendu pour me savonner. Cela faisait tellement de bien ! Je ne pensais à rien, simplement au bien-être qui me gagnait peu à peu... J'aurais pu rester des heures sans bouger sous le jet stimulant de la douche.

J'ouvris les yeux et tendis la main vers le porte-savon sur lequel j'avais posé mon shampoing. Mes doigts n'eurent pas le temps de serrer le flacon que je poussai un grand cri : l'eau tiède qui dégoulinait sur mon corps était rouge et huileuse...

Pendant un instant, je restai interdit, me demandant pourquoi l'eau avait pris cette drôle de couleur rouge foncé. Puis je compris.

Du sang.

C'était terrifiant. J'étais couvert d'hémoglobine ! Les parois de la cabine ruisselaient de sombres dégoulinades comme dans un film gore de la pire espèce. L'odeur ferreuse caractéristique du sang frais me donna une épouvantable nausée que je ne pus maîtriser. Je me vomis dessus...

Mon premier réflexe fut d'essayer de sortir le plus vite possible de cet enfer sanguinolent. Mais j'avais beau tirer sur le loquet de plastique avec toute l'énergie du désespoir, mes doigts poisseux glissaient impitoyablement et les portes refusaient de s'ouvrir. J'essayai alors de fermer les robinets qui tournèrent dans le vide. Le sang sous pression continuait à éclabousser la moindre parcelle de mon corps. J'étouffais. Un violent sentiment de claustrophobie me prit à la gorge. Je me résolus à défoncer la cabine pour échapper à cet enfermement cauchemardesque, mais peine perdue. À force de me débattre, j'avalais des gorgées du liquide saumâtre que je recrachais avec horreur en toussant et m'étouffant encore un peu plus. Il fallait que je me rende à l'évidence : j'étais prisonnier de cette maudite cabine et je ne m'en sortirais pas !

En désespoir de cause, je saisis la pomme de douche accrochée au-dessus de ma tête pour la jeter à mes pieds. Il fallait au moins l'empêcher de m'arroser. Mais la pression du jet était si forte que la pomme de douche me glissa des doigts et se mit à tournoyer furieusement. Je sentis le tuyau métallique s'enrouler autour de mon cou comme un terrifiant serpent et me serrer la gorge. Après quelques tours, la pomme de douche finit par percuter mon front avec une sombre violence.

Je crus mourir.

Je me mis à hurler, aveuglé par le sang sous pression qui me frappait en plein visage. Mes doigts ne parvenaient pas à agripper le tuyau serré autour de mon cou, ni à attraper la pomme de douche qui s'agitait frénétiquement comme la tête d'un serpent déchaîné. Je ne savais plus quoi faire. Je crus ma dernière heure venue. J'allais mourir étranglé. J'étais prêt à renoncer à me battre, pourvu que la mort soit la plus rapide possible et que l'on retire mon corps de ce sinistre cercueil de plastique...

C'est alors que le jet de sang cessa de couler, comme si quelqu'un venait de couper la vanne d'arrivée d'eau.

Pendant quelques instants, je restai pantelant, sonné par ce qui venait d'arriver. Je déroulai prudemment le tuyau comme on retire une monstrueuse sangsue qui se serait accrochée à la peau. C'est à ce moment que j'entendis une voix terrifiante...

– *Pas ce nom ! Je ne veux pas entendre prononcer ce nom ! Ce nom sera bientôt effacé définitivement...*

La pomme de douche venait de se transformer en une sorte de combiné téléphonique. Les paroles s'échappaient bien de ce tuyau, il n'y avait pas de doute. Quelques gouttes de sang tiède bavaient encore du pommeau.... Mon dégoût s'amplifia encore.

– *AH, AH, AH !*

Je ne voulais plus entendre ce rire épouvantable. Nerveusement, je saisis la pomme de douche et la frappai de toutes mes forces sur la cloison.

En vain.

– *AH, AH ! Ce ver de terre mourra dans les plus terribles souffrances... AH, AH !*

Cette voix me donna un terrible mal de tête. Bien malgré moi, j'entendis une autre voix, comme si elle venait de plus loin, avec un drôle d'écho.

La caverne ?

Je saisis lentement la pomme de douche et l'appliquai sur mon oreille.

Maître, est-il l'enfant de la prophétie de la quatrième clé ? demanda une voix probablement féminine, ou celle d'un jeune adolescent.

– *J'affirme qu'il l'est ! C'est pour cela qu'il doit mourir : il est une menace pour mon empire. Ce garçon doit disparaître à tout jamais !*

– *Maître, dites-moi quels sont vos ordres !*

– *Bientôt, je te le dirai. Très bientôt. Pour l'instant, sers-toi du crâne de cristal. Ce crâne voit tout... il est sur le point de pénétrer l'esprit du gamin. À chaque fois que le garçon a peur, à chaque fois qu'il est en colère, à chaque fois qu'il a une mauvaise pensée, le crâne de cristal s'approche un peu plus près de lui... Il est tout proche maintenant... il attend le moment favorable...*

– *Maître, savez-vous que le garçon a rencontré le Gardien de la Porte des Anges – que soit maudite cette race ignoble ! – ?*

– *Je le sais. Mais cette vermine ne sait pas encore grand chose... il vient à peine d'être informé de sa mission et il ignore tout du danger qu'il court...*

La voix féminine se fit de nouveau entendre :

– *Maître, Jean-Baptiste a-t-il...*

– *Je t'ai formellement interdit de prononcer ce nom en ma présence ! Je ne veux plus l'entendre. À chaque fois, l'appel du sang renforce mon impatience ! Je n'en puis plus d'attendre le moment où le poignard de souffrance effacera définitivement le nom de Jean-Baptiste ! Jean-Baptiste ! Jean-Baptiste, j'attends et je m'impatiente ! J'attends depuis...*

11.

Le crâne de cristal

– ... dix minutes que tu sortes de cette salle de bain ! Tu t'es endormi, ou quoi ?

On tambourinait énergiquement à la porte de la salle de bain.

– Jean-Baptiste, je te préviens que je n'attendrai pas plus longtemps : le dîner est en train de refroidir ! Si tu n'es pas descendu dans cinq minutes, tu pourras aller te coucher sans manger !

Tante Agathe.
Où suis-je ?
Je suis mort, c'est ça ?
Je suis en enfer... Condamné à avoir tante Agathe sur le dos pour l'éternité...
Ridicule !

Je repris tout doucement mes esprits. J'étais dans la cabine de douche de la salle de bain et...

... elle était propre, d'un blanc immaculé !

Je n'en revenais pas. Où était passé tout le sang ? Qu'était-il arrivé ?

Le cordon de douche traînait à mes pieds, aussi inoffensif qu'un vulgaire tuyau d'arrosage.

J'hallucinais !

À tous les coups je m'étais endormi sous la douche et j'avais rêvé...

J'avais fait un nouveau cauchemar, comme au cours de Tardy...

Il n'y avait pas d'autre explication : j'avais rêvé tout ce qui m'était arrivé... Il ne s'était rien passé, absolument rien !

Je sortis sans aucune difficulté de la cabine de plastique et essuyai du revers de la main la buée qui couvrait le miroir du lavabo. Je regardai fiévreusement mon visage.

Nada.

Ou plutôt si, un petit détail : une petite traînée bleue sur le front, là où la pomme de douche m'avait cogné violemment.

J'avais du mal à retrouver mes esprits. Je me secouai pour chasser la torpeur qui engourdissait encore tous mes membres. Je savais qu'il fallait que je descende le plus vite possible pour aller dîner, avant que la fureur d'Agathe ne s'amplifie encore. Un cauchemar suffisait pour ce soir...

Je m'essuyai à toute allure et enfilai un tee-shirt et un pantalon propres. Après avoir passé un rapide coup de peigne dans la broussaille de mes cheveux humides, je dévalai l'escalier pour me rendre à la cuisine.

Tante Agathe et son mari étaient assis à table, attendant visiblement avec une sombre impatience que je daigne les rejoindre. J'avais l'impression qu'un vent de Sibérie venait de s'engouffrer dans la maison.

– Ma tante, je suis vraiment désolé de ce retard, je me...

Tante Agathe ne me laissa pas le temps de terminer ma phrase. Elle roula des yeux horrifiés et se mit à glapir d'une voix étonnamment aiguë pour une femme de son gabarit :

– Mon garçon, tu n'imagines tout de même pas venir manger dans cette petite tenue ?

Je la regardai avec stupeur.

– Petite tenue ? Quelle petite tenue ?

Tante Agathe grinça des dents un court instant et reprit :

– Ta mère ne t'a donc pas appris que l'on ne se met pas à table en maillot de corps ?

– Mais, ce n'est pas un maillot de corps, c'est un tee-shirt !

– Tee-shirt et maillot de corps, c'est du pareil au même. Pas de laisser-aller en ma présence. Ce n'est pas parce que ta pauvre mère n'a aucune autorité sur toi qu'il en sera de même avec moi. Je te prie d'aller te mettre une chemise correcte sur le dos ! Et plus vite que ça encore !

Je bouillais. Mais pour qui se prenait-elle cette vieille taupe ? Je pouvais bien m'habiller comme je voulais : on n'était plus au XIXᵉ siècle ! Et qu'elle s'estime heureuse que je ne porte pas de piercing et que je n'arbore pas des cheveux rouges comme certains jeunes de mon âge ! Elle n'avait rien vu, la vieille !

– Alors, qu'est-ce que tu attends ? insista ma tante.

J'étais décidé à ne pas me laisser faire cette fois.

– Je suis correctement habillé, tante Agathe ! répondis-je en élevant la voix.

Ma tante redressa péniblement sa montagne de chair qui empestait l'eau de Cologne et, rouge comme un coq, tendit vers moi son index boudiné dans un geste rageur :

– Je ne tolérerai pas que tu me parles sur ce ton, mon garçon ! Va te coucher immédiatement !

L'oncle Jules essaya d'intervenir :

– Mais, Gatha, Jean-Baptiste a certainement faim. Ne l'embête donc pas avec cette histoire de tee-shirt...

– Tais-toi, Jules !

– Non, c'est vous qui allez vous taire ! hurlai-je. Vous n'êtes pas ici pour faire votre loi ! Je n'en ai rien à faire de vos ordres à la noix ! Vous n'êtes qu'une vieille...

Je me tus d'un seul coup. Pendant que j'explosais de colère, j'aperçus la carafe d'eau posée sur la table se métamorphoser sous mes yeux, comme si le verre était devenu soudainement mou et malléable. Le corps du récipient avait pris la forme d'une tête de mort, bizarrement surmontée du col étroit qui servait à verser l'eau. Le crâne de verre semblait me regarder fixement et m'écouter de toutes les oreilles qu'il n'avait pas...

Le crâne de cristal voit tout... il est tout proche maintenant. À chaque fois que le garçon a peur, à chaque fois qu'il laisse gagner sa colère, à chaque fois qu'il a une mauvaise pensée, le crâne de cristal s'approche un peu plus près de lui...

J'étais tétanisé. Tante Agathe et oncle Jules me regardaient bizarrement, comme si mon silence soudain les avaient plongés dans une expectative béate. Ma tante se racla la gorge et demanda d'une voix étonnamment calme :

– Je ne suis qu'une vieille *QUOI* ?

Je déglutis péniblement.

– Rien, ma tante, rien du tout. Vous avez raison : je vais aller me coucher, cela vaut mieux.

Je vis la carafe reprendre son allure normale. Mon oncle et ma tante avaient la bouche ouverte lorsque je fis demi-tour et que je remontai l'escalier à toute vitesse.

Je m'enfermai dans ma chambre, couvert de sueur.

Je venais de comprendre que c'était ce crâne de cristal qui servait de lien entre l'Adversaire et moi. Le traître communiquait avec l'ange rebelle par son intermédiaire, recevait ses ordres et transmettait fidèlement les informations qu'il avait glanées. Mais cet objet monstrueux avait un autre pouvoir, celui de m'espionner : à chaque fois que je me mettais en colère, ou que j'avais peur, le crâne de cristal me localisait et enregistrait mes paroles et mes pensées les plus profondes. Il fonctionnait comme une sorte de serveur Internet, un genre d'ordinateur qui transmettait les données à son correspondant. C'était la colère ou la haine qui lui donnait l'énergie dont il avait besoin pour fonctionner : le crâne s'était mis en marche lorsque l'Adversaire avait entendu prononcer mon nom. Au moment où je prenais ma douche, j'avais ressenti sa fureur et son désir de me voir couvert de sang. Lorsqu'à mon tour je m'étais mis en colère contre Tante Agathe, le crâne s'était relié à moi et donnait à l'Adversaire la possibilité de m'entendre et de sonder toutes mes pensées...

Je ne faisais pas de cauchemar, en fin de compte.

Je vivais un cauchemar !

Terrifié, je me laissai tomber lourdement sur mon fauteuil. Une question me taraudait : l'Adversaire avait-il conscience que le crâne de cristal fonctionnait dans les deux sens, que je pouvais « l'entendre », moi aussi ?

— Je suis vraiment désolé, Jean-Baptiste, mais il n'y a vraiment plus de possibilité de t'inscrire au voyage de classe !

La sentence que je craignais était finalement tombée de la bouche de madame Lobeau qui me regardait avec des grands yeux désolés. Elle essuya machinalement les verres de ses lunettes rondes avec un pan de sa manche en secouant tristement la tête.

— C'est d'autant plus dommage, ajouta-t-elle d'une voix douce, que Flora s'est désistée en dernière minute pour rester auprès de sa grand-mère qui ne va pas bien du tout. Mais Thibault m'a téléphoné pour me dire qu'il avait changé d'avis et que s'il y avait une place, il était partant pour aller à Rome ! Je viens de lui dire que c'était d'accord.

— QUOI ?

Je n'en revenais pas ! Les anges avaient certainement trouvé une parade au problème et, une fois de plus, je n'avais pas saisi la perche assez vite ! Ce binoclard de Thibault venait de me coiffer au poteau. C'était ahurissant ! Pourquoi avait-il changé d'avis, celui-là ? Il ne disait jamais rien depuis qu'il était arrivé. Personne ne connaissait vraiment ce type. Alors qu'est-ce qui...

Soudain, je compris ! C'était lumineux ! Qui pouvait être informé aussi vite qu'une place venait de se libérer pour aller à Rome ? Comment avais-je pu être aussi aveugle sur le coup ? Thibault était arrivé à Tournon-sur-Vise quelques jours après que je sois revenu d'Assos... Comme par hasard ! C'était pourtant clair : Thibault était l'agent que l'Adversaire avait placé à mes côtés. L'espion était là, sous mon nez, à guetter le moindre de mes gestes, à attendre discrètement son heure pour agir contre moi... Et je m'étais laissé avoir !

Madame Lobeau me fixait en fronçant légèrement les sourcils. J'avais dû rougir violemment et elle devait trouver que ma déception était plus grande qu'elle ne l'imaginait. Mais elle eut le bon goût de ne rien dire, feignant de n'avoir rien remarqué.

– Si jamais il y a un nouveau désistement d'ici notre départ, dit-elle encore gentiment, je te préviens immédiatement. Mais ne mets pas trop d'espoir dans cette perspective.

Je me dirigeai vers la classe de monsieur Tardy en traînant les pieds, complètement à l'ouest. Je me sentais nul. J'avais l'impression que toute cette histoire « d'élu » et de prophétie était un vaste malentendu, une regrettable erreur... Qui étais-je donc pour jouer les héros ? Comment pouvais-je prétendre retrouver un clou perdu depuis deux mille ans, alors que j'étais incapable de m'inscrire à un simple voyage scolaire ?

En arrivant au bout du couloir, je vis quelques camarades de classe qui venaient de monter l'escalier et passaient devant moi sans me prêter la moindre attention. Ils parlaient du voyage à Rome en s'esclaffant, chacun ayant un « plan d'enfer » pour en profiter au maximum. Écœurant ! Un peu à l'arrière, comme d'habitude, j'aperçus Thibault, tête baissée, qui gravissait les dernières marches d'un pas tranquille. Il n'y avait personne derrière lui et personne ne le regardait.

Une tentation terrible m'envahit. Un geste tout simple...

Il suffisait de le pousser dans les escaliers et hop ! Ni vu ni connu !

Après tout, ce n'était qu'un démon, ce ne serait pas une grosse perte pour l'humanité ! Il n'y avait pas de mal à mettre hors course un sale espion, c'était de bonne guerre ! Et puis, en le faisant tomber dans les escaliers, j'étais gagnant sur tous les tableaux : j'obtenais un ticket direct pour Rome et je me débarrassais en même temps de mon ennemi. Une belle opération, somme toute !

Je m'approchai de l'escalier et attendis. Thibault n'avait plus qu'une dizaine de marches à gravir et il n'avait pas remarqué ma présence. Le garçon avait les yeux rivés sur ses souliers et semblait perdu dans ses pensées. Ce ne serait qu'un jeu d'enfant...

Tout se passa très vite.

Le sac de classe que j'avais posé à mes pieds s'ouvrit d'un coup. Je vis la tête de Jojo le clown sortir du cartable et tourner sur elle-même à toute vitesse comme une toupie. Un ordre puissant résonna dans mon esprit : NON !

Je poussai un cri de surprise.

Thibault leva vivement les yeux vers moi et me regarda avec une drôle d'expression.

– Quoi ? Qu'est-ce que tu as dit ?

La tête de Jojo le clown s'était enfouie de nouveau dans le sac et Thibault n'avait pas eu le temps de l'apercevoir. Le garçon me fixait avec de grands yeux candides, agrandis par les verres épais de sa paire de lunettes qui avait tendance à glisser sur son nez. Je ne lus aucune malveillance dans son regard, seulement de l'étonnement.

Thibault, un démon ?

Mais c'était moi, le démon : j'aurais été prêt à le balancer par-dessus la rambarde de l'escalier sans aucun scrupule. Sans l'intervention de mon ange gardien, j'allais tuer un... un quoi, en fait ? Un ange déchu ? Un camarade de classe ?

Je ne me reconnaissais plus, je devenais fou !

Thibault m'avait rejoint sur le palier et me regardait avec un petit sourire timide.

– Pourquoi as-tu crié ? insista-t-il.

J'étais désemparé. Démon, or not démon ? Il fallait en avoir le coeur net.

– Ouvre ton sac, demandai-je d'une voix étranglée.

Thibault ouvrit la bouche de surprise.

– Ouvre ton sac, j'te dis !

– Ouvrir mon sac ? Mais pourquoi...

Mais pour voir si tu ne trimballes pas un crâne en cristal, par exemple. Ou un poignard bien effilé...

– Fais ce que je te dis ! Ne discute pas !

Thibault ouvrit son cartable et me le présenta. Il y avait des livres, des cahiers, une trousse, un goûter... Rien d'extraordinaire.

– Vide tes poches ! insistai-je.

– Mais, je...

Croisant mon regard dur, le garçon ne termina pas sa phrase. Il s'exécuta sans rien dire.

Mouchoir, chewing-gums, pièces de monnaie, paquet de cigarettes (tiens, tiens...).

– Tu fumes, Thibault ? demandai-je cruellement.

Le garçon se mit à rougir.

– Non, pas beaucoup. Il y a longtemps que j'ai acheté ce paquet...

– Ne te justifie pas : je ne suis pas monsieur Allard !

Je m'étais détendu. Il n'y avait rien qui puisse laisser penser que j'avais l'espion de l'Adversaire en face de moi. Thibault ne s'en rendait pas compte, mais c'était moi le plus gêné des deux. Il me regardait, attendant que je lui dise quelque chose.

– Bon, ça va, tu peux reprendre tes affaires...

Thibault haussa les épaules et remit les quelques objets dans les poches de son blouson.

– Hum ! Alors comme ça, tu vas quand même à Rome ? demandai-je d'une voix plus sèche que je ne le voulais.

– Ben oui. Peut-être...

– Comment ça, peut-être ?

– Ben, ça dépend...

Je le regardai, interloqué.

– Qu'est-ce que tu veux dire ?

– Eh bien, ça dépend de plusieurs choses. Par exemple, il ne faut pas que d'ici le départ je tombe malade, ou que je me blesse...

Thibault me jeta un regard aigu. Je m'empourprai d'un seul coup. Avait-il compris mon intention à son égard ? J'étais troublé, plus mal à l'aise que jamais. Que savait-il, au juste ? Il me fixait de son regard de chouette sans rien dire. Puis il finit par murmurer :

– Il faut qu'on y aille. On va être en retard en cours. Et Allard, il n'aime pas ça !

– Oh ? Euh... Oui, allons-y !

C'était moi qui suivais Thibault, maintenant. Il avançait au petit trot en ne quittant pas du regard le bout de ses chaussures.

Je ne savais plus que penser...

➤

Récréation de seize heures, le même jour.

Lucie s'approcha de moi avec un grand sourire aux lèvres.

– Tu sais la meilleure ?

Je claquai la langue contre le palais en secouant la tête.

– Martin vient de se casser le pied, dit-elle comme si elle m'annonçait la meilleure nouvelle qui venait de lui arriver depuis longtemps.

– Il est tombé dans les escaliers ? demandai-je d'une voix haletante.

Lucie me regarda avec surprise.

– Comment tu le sais ?

– Une intuition...

– Bien vu, l'aveugle ! Et tu sais ce qui en résulte ?

– Un plâtre pour plusieurs semaines...

– D'accord ! Mais aussi... Mais aussi...

– Euh ? Une dispense de sport ?

– Arrête de faire l'idiot ! Une place libre pour aller à Rome, voyons ! Une occasion en or qui t'est offerte sur un plateau !

J'ouvris la bouche, bêtement.

– Ah, oui ? Tu crois ?

Lucie me regarda, interloquée.

– Mais bien sûr, voyons ! Il faut aller voir madame Lobeau immédiatement et lui dire que tu souhaites prendre la place de Martin !

J'étais mal à l'aise. Tout s'embrouillait dans ma tête.

Lucie était rayonnante. Elle avait les yeux qui pétillaient de joie. Mais, pour ma part, je ne parvenais pas à me réjouir. Il fallait que je comprenne.

– Dis-moi : quelqu'un a-t-il poussé Martin dans les escaliers ?

Lucie se mit à rire avec insouciance.

– Mais non, qu'est-ce que tu vas imaginer ? Tu connais Martin : il a voulu faire le mariolle en glissant sur la rambarde de l'escalier comme il le fait à chaque fois qu'il n'y a pas de surveillant dans les parages et, crac !, il s'est tordu la cheville en se rattrapant maladroitement sur le sol...

Je fermai les yeux avec soulagement. J'avais craint un moment que les anges aient... Mais non, c'était impensable ! Je haussai les épaules.

Lucie posa une main sur mon bras.

– Bon, qu'est-ce que tu fais ? Tu ne crois pas qu'il est temps d'aller la voir, cette Madame Lobeau ? me demanda Lucie avec impatience. Il y a un clou qui t'attend, il me semble...

Je regardai Lucie dans les yeux et décrochai enfin un sourire.

– OK ! En route pour l'Italie ! Tous les chemins mènent à Rome, après tout...

12.

Rome

« Le rapide de Tournon » quitta le parking du collège Saint-Exupéry à vingt heures précises. Je regardai d'un œil froid les visages éplorés des parents qui secouaient tristement la main en guise d'au revoir, ressentant un peu de dépit au fond de moi-même. Mon père m'avait déposé à l'entrée du parking et il était parti rapidement après avoir retiré mon sac du coffre en me souhaitant bon voyage. Il avait hâte de rejoindre ma mère toujours en convalescence à l'hôpital Bon Secours. Au fond, il avait bien raison. Je n'aurais pas aimé qu'il participe comme les autres parents à ces adieux démonstratifs exagérés pour une simple excursion d'une semaine...

– Comment vas-tu, Jean-Baptiste ? me demanda Lucie en s'installant à côté de moi.

– Ça va, ça va !

Je me calai confortablement au fond du siège en tissu rugueux de l'autobus. Nous étions partis pour rouler toute la nuit par un temps maussade et frais pour une fin de mois de mai. Les Alpes à peine franchies, la pluie cessa de tomber comme par enchantement. Le bus filait à bonne allure vers la capitale transalpine.

Le lendemain matin, après les classiques embouteillages des entrées des grosses villes, « Le rapide de Tournon » termina sa course vers dix heures en plein centre de Rome, devant un hôtel à la façade ocre sur lequel était écrit en grosses lettres blanches : *Pensione Medicis*.

– C'est ici qu'on crèche ? beugla Jonathan en se pressant vers la portière latérale de l'autobus qui venait de s'ouvrir. Oh, mais c'est pite ce gîte !

Je n'en pouvais plus des remarques idiotes de ce gros rouquin à la face lunaire. Pendant tout le trajet, Jonathan s'était déchaîné. Il avait chanté à tue-tête l'intégralité de son répertoire de chants olé-olé, malgré les admonestations répétées de madame Lobeau dont le nez se pinçait au fur et à mesure que le rouquin et sa bande débitaient leurs chansons paillardes…

Mortel !

Je me sentais épuisé en descendant du bus. Je savais que ce n'était pas un simple voyage touristique qui s'ouvrait à moi en cet instant. L'aventure la plus étrange et la plus folle m'attendait dans cette ville immense que je ne connaissais pas. Et pour corser l'affaire, je ne parlais pas un mot de la langue de Dante.

– Quelle chaleur ! se plaignit Lucie en me rejoignant sur le trottoir avec son sac de voyage à l'épaule. Je suis en train de fondre…

Morgane s'approcha de moi à son tour et m'adressa un beau sourire.

– Pas trop crevé, Jibé ? Quelle enflure ce Jonathan : je n'ai pas réussi à fermer l'œil de la nuit à cause de lui et de ses potes. Et toi ?

– Je suis mort !

Je trouvai que Morgane avait le teint frais et semblait bien en forme pour quelqu'un qui n'avait pas fermé l'œil de la nuit ! Elle avait soigneusement peigné ses cheveux avant de descendre de l'autobus et elle était aussi pimpante qu'au départ.

– Je vais prendre une bonne douche ! Je me sentirai mieux après. À tout à l'heure, Jibé !

– Oui, c'est ça : à tout à l'heure…

Morgane se dirigea vers la porte d'entrée de la pension à grandes enjambées en passant machinalement sa main dans ses longs cheveux. Lucie fronça les sourcils en la voyant s'éloigner.

– Quel pot de colle, cette fille ! Elle ne te lâche pas les baskets depuis des semaines !

Je haussai les épaules.

– Elle est sympa avec moi, c'est tout…

Lucie tiqua.

– Tu devrais te méfier, Jean-Baptiste. Elle ne m'inspire pas confiance.

– Jalouse ? lui dis-je en souriant cruellement.

– Ne sois pas ridicule ! Vous, les garçons, dès qu'une fille vous fait du gringue, vous perdez votre bon sens ! Tout ce que je te dis, c'est de rester prudent, un point c'est tout !

Tous les élèves s'étaient rassemblés tant bien que mal dans le hall d'accueil de l'hôtel avec leurs bagages. Dans un brouhaha assourdissant, les professeurs passablement énervés firent l'appel et attribuèrent les chambres à chacun. Je me retrouvai avec Kevin, Thibault et Guillaume dans une petite chambre surchauffée qui sentait le renfermé. Après avoir fait mon lit rapidement, je m'éclipsai vers la salle d'eau au fond du couloir pour faire un brin de toilette.

En me brossant les dents devant un lavabo fortement entartré, je vis dans le miroir Morgane en peignoir de bain qui sortait d'une cabine de douche. Elle s'arrêta un instant et m'observa avec attention, la mâchoire crispée. Au moment où elle se rendit compte que je l'apercevais dans le miroir, elle esquissa un rapide sourire et s'éloigna prestement en baissant la tête.

Étrange… Morgane était une fille sympa, d'accord, mais Lucie avait peut-être raison, après tout : son attitude ressemblait tout autant à une discrète surveillance… En rentrant dans ma chambre, encore un peu groggy par une nuit sans vrai sommeil, je trouvai une enveloppe posée sur mon lit.

– C'est un mec qui a déposé cette lettre pour toi ! dit Kevin avec une lueur de curiosité dans le regard. T'as des relations dans le patelin ?

– De vagues parents, répondis-je prudemment.

L'enveloppe était épaisse et luxueuse. Il y avait juste mon nom et l'adresse de l'hôtel. Je ne connaissais pas cette écriture.

Le cœur battant, je m'assis sur mon lit, le dos tourné à Kevin ; je déchirai l'enveloppe et tirai une feuille de papier pliée en quatre. Une petite carte bancaire en plastique tomba sur mes genoux.

Je regardai avec étonnement cette carte bleue Visa. Mon nom était gravé en relief avec un numéro de compte. « *Banco dello Spirito* » : une banque italienne, certainement… Qu'est-ce que cela pouvait bien signifier ? J'étais un peu jeune pour me trimballer avec une carte bancaire dans la poche et je n'avais pas besoin d'argent. Enfin, pas pour l'instant.

Je dépliai le papier de bonne qualité et me mis à lire. Le texte était écrit à l'encre bleue, avec une calligraphie soignée.

Cher Jean-Baptiste,

Je suis très heureux de t'accueillir dans notre belle ville de Rome. J'espère que tu passeras un agréable séjour parmi nous.

Téléphone-moi dès ton arrivée au 6. 254 25 36.

A bientôt Jean-Baptiste. Je t'embrasse.

Oncle Aldo

P.S. : Garde bien précieusement cette carte bancaire sur toi. En cas d'urgence, n'hésite pas à t'en servir dans un guichet Banco dello Spirito. Elle t'aidera à résoudre les difficultés que tu pourrais rencontrer. Le code secret est composé de quatre chiffres, ceux de la plaque d'immatriculation d'une fiat panda rouge.

Je souris en lisant ce petit mot. Je devinais qui se cachait derrière cette signature anodine : le mystérieux oncle Aldo devait être la sentinelle de la Porte des Anges que le frère Athanase avait appelée au téléphone il y a quelque temps. Tout ce que je savais de lui, c'est qu'il était un prêtre du Vatican et qu'il avait été chargé de m'aider dans mes recherches. Le moine ne m'avait donné ni son nom ni son adresse. Lorsque je lui avais demandé comment je le trouverais, le frère Athanase m'avait simplement répondu : « Ne te tracasse pas, Jean-Baptiste : tu n'auras pas besoin de le chercher, c'est lui qui te trouvera. »

J'avais à peine posé le pied sur le sol romain que mon contact était entré en relation avec moi. J'en étais fortement impressionné. Je repliai la lettre et la rangeai soigneusement, ainsi que la carte bancaire, dans un étui que je portais accroché autour du cou sous mes vêtements : la meilleure protection, m'avait-on dit, contre les voleurs qui pullulaient dans les bus romains.

– Je reviens tout de suite, dis-je à Kevin et Guillaume qui avaient entamé une partie de cartes sur l'un des lits.

Les garçons, absorbés par leur jeu, grognèrent un vague salut sans même tourner la tête.

Je descendis dans le hall et trouvai facilement un alignement de téléphones muraux dans un couloir du rez-de-chaussée de l'hôtel. Quelques filles de notre groupe étaient déjà en train d'appeler leurs parents en gloussant comme des dindes. Parfait ! Personne ne ferait attention à moi.

Je décrochai le combiné, glissai une pièce d'un euro dans la fente et composai le numéro de mon « oncle » Aldo. J'attendis quelques sonneries et quelqu'un décrocha à l'autre bout du fil.

– *Pronto ?* fit une voix grave.

– Euh… Bonjour… Je suis français et je m'appelle Jean-Baptiste Carmes. Je voudrais parler à Aldo…

– Ah ! Jean-Baptiste ! *Jé souis l'oncle Aldo*, répondit mon interlocuteur avec un fort accent italien. *As-tou fait un bon voyage ?*

– Pas mal, merci.

J'étais soulagé. Le prêtre parlait ma langue et semblait très ouvert. Mais j'avais remarqué qu'il avait gardé son pseudonyme, même au téléphone. Il était fort probable qu'il ne s'appelait pas Aldo. Mais peu importait, la prudence était de mise…

– Écoute-moi bien, Jean-Baptiste, continua mon contact. *Tou dois m'appeler au même nouméro lorsque tou auras ton premier « temps libre ». Prends avec toi un plan dé Rome. Jé té fixerai un rendez-vous pour té voir. Capito ?*

– D'accord !

– *Encore oune chose : retiens mon nouméro de téléphone et déchire la lettre que je t'ai écrite.* OK ?

– Compris !

– *Ciao, Jean-Baptiste !*

– Euh… *Ciao*, Aldo !

Je raccrochai, pensif. La conversation avait été brève. Difficile de faire mieux dans le genre. J'aurais aimé avoir quelques explications sur la carte bleue, mais j'avais compris que ce n'était ni le lieu ni le moment.

Je me retournai et tombai nez à nez sur Thibault. Je lui jetai un regard furibond qu'il sembla ne pas remarquer. J'étais persuadé qu'il avait écouté discrètement la conversation téléphonique dans mon dos. J'étais furieux !

Thibault me contourna et décrocha le combiné que je venais de reposer.

Les deux téléphones à côté étaient libres...

Notre première visite de Rome consista à découvrir le quartier dans lequel nous allions résider pendant une semaine. Nos professeurs tenaient à ce que nous ne nous perdions pas dans cette ville immense et inconnue de la plupart d'entre nous : nous n'étions pas à Tournon-sur-Vise ! Il était nécessaire de trouver nos repères.

La *Pensione Medicis* était située dans une petite rue relativement tranquille, à quelques pas d'une vaste place rectangulaire, le *Largo Argentina*, dont la majeure partie était occupée par d'antiques temples en ruines.

– Les archéologues pensent que Jules César a été assassiné par Brutus en sortant de l'un de ces temples, nous expliqua sentencieusement monsieur Tardy. Et non pas au Sénat, comme on a coutume de le dire...

Drôle d'endroit pour se faire assassiner ! Les fouilles, protégées par de hauts murs de plexiglas transparents, dévoilaient quelques monuments partiellement reconstitués à plusieurs mètres en dessous du niveau actuel de la chaussée. L'impression était étrange : c'était comme si la place s'était effondrée en son milieu. Quelques chats pelés, indifférents à l'agitation qui régnait quelques mètres plus haut, somnolaient paisiblement sur des bouts de colonnes surchauffés, à peine rafraîchis par de rares pins parasols.

Sur la place, en revanche, la circulation était affolante. Les voitures roulaient à toute allure, ne s'arrêtant aux feux rouges poussiéreux que s'il n'y avait plus d'autres solutions. Des autobus rustiques de couleur orange enfournaient stoïquement des grappes de touristes jusqu'à l'indigestion et se remettaient péniblement en route avec la lenteur de pachydermes nonchalants. Le bruit était insupportable. Les sirènes stridentes des ambulances rivalisaient avec les klaxons incessants des taxis jaunes et noirs survoltés. Des dizaines de scooters se frayaient nerveusement un chemin au milieu du trafic au mépris des règles élémentaires de prudence.

– Eh ! Ils ne portent pas de casques ! aboya Jonathan, avec une pointe de dépit dans la voix. C'est naze, ça !

Le bruit et la chaleur étouffante me donnaient le vertige. J'étais trop fatigué pour apprécier pleinement le cadre fantasque de cette ville où histoire et modernité se mêlaient inextricablement. J'avais hâte de connaître le programme que nos professeurs avaient concocté pour savoir à quel moment je pourrais fixer rendez-vous à l'oncle Aldo. C'était la seule chose qui m'importait vraiment.

Lucie marchait à mes côtés sans rien dire, mitraillant de photos tout ce qui tombait sous son objectif. Elle ne s'éloignait de moi que pour coller madame Lobeau qui donnait des explications à un petit groupe d'élèves d'une voix bien trop faible pour couvrir le bruit de la circulation. À l'arrière, Jonathan et sa bande traînaient avec des airs de conspirateurs, les écouteurs de leurs MP 3 collés aux oreilles. Je voyais aussi Kevin et Morgane, qui portaient d'élégantes lunettes de soleil, s'arrêter systématiquement à tous les étals des marchands de souvenirs en riant aux éclats. Nous avancions lentement et notre groupe s'étirait au fur et à mesure de notre progression…

En arrivant sur une belle place ovale qui ressemblait à un stade de courses de chars, j'aperçus au loin un groupe de gitanes qui mendiaient, assises à même le sol, devant la monumentale fontaine centrale, surmontée d'un obélisque. Les trois femmes ne regardaient qu'une seule personne parmi les centaines de touristes qui déambulaient sur cette place : leurs yeux étaient braqués sur moi, et uniquement sur moi...

Je frissonnai.

La gitane la plus âgée traça furtivement un signe de croix sans me lâcher du regard.

– T'as vu ? soufflai-je à l'oreille de Lucie.

– Quoi donc ?

– Là ! Au pied de la fontaine...

– Laquelle ? Celle des « quatre fleuves » ? demanda-t-elle distraitement en consultant son guide vert.

– Oui ! Arrête de jouer au guide touristique et regarde un peu !

Lucie porta le regard vers la somptueuse fontaine de marbre blanc qui trônait au milieu de la place, les sourcils froncés. J'insistai.

– Alors ? Tu vois ? Les gitanes en train de me mater...

Lucie secoua la tête.

– Non, je suis désolé, je ne vois pas ce...

À mon grand désarroi, les trois mendiantes n'étaient plus assises devant la fontaine. La foule grouillante les avait avalées un instant plus tôt. Je les cherchai des yeux parmi les nombreux peintres du dimanche qui exposaient leurs croûtes et les caricaturistes assis sur leurs chaises pliantes, mais sans succès.

– Mince ! Elles ont disparu !

Lucie tourna brièvement son regard vers moi et dit d'une voix blanche :

– Tu ne crois pas que tu fais trop travailler ton imagination ?

J'étais furieux.

– Mon imagination ? Tu ne me crois pas ?

– Si, je te crois. Mais je sais aussi que tu dois trouver à Rome un gitan qui sait peut-être où se trouve le quatrième clou de la crucifixion du Christ. Alors, tu peux avoir l'impression, je dis bien *l'impression*, que tous les Tziganes du pays guettent ton arrivée...

Je me tus, vexé.

Lucie éclata de rire devant ma mine déconfite.

– Laisse béton, Jean-Baptiste, dit-elle avec un beau sourire. Pour l'instant, profite du paysage et attends tranquillement ta rencontre avec l'oncle Aldo pour en savoir plus...

De retour à la *Pensione Medicis*, les professeurs nous communiquèrent le programme des visites des jours suivants et nous abreuvèrent de consignes en tous genres. À la fin du briefing, Jonathan leva le doigt en se dandinant et posa l'unique question qui intéressait la majorité des élèves :

– C'est quand, les « quartiers libres » ?

Pour une fois, j'étais heureux de la question posée par le gros rouquin. Tardy, qui s'attendait à cette demande, se rengorgea et annonça la bonne nouvelle comme un oracle du monde antique :

– Nous vous autorisons à sortir le soir après le dîner. Mais vous devez être rentrés impérativement à la pension pour vingt-deux heures. Je compte sur chacun d'entre vous et plus particulièrement sur les délégués de classe pour...

Un joyeux brouhaha étouffa les paroles pourtant puissantes du professeur d'histoire. À la vitesse de l'éclair, des groupes se formèrent spontanément pour la virée nocturne tant attendue. D'un seul coup, toute la fatigue du voyage s'évanouissait comme par miracle.

Morgane s'approcha de moi et me demanda avec les yeux pétillant d'une douce excitation :

– Tu viens avec moi manger une glace ? J'ai repéré un endroit trop top pas très loin d'ici. Tu sais, c'est géant, les glaces, en Italie !

– Je suis désolé, mais ce soir, je suis avec Lucie...

Morgane serra les lèvres et marmonna :

– Mais qu'est-ce que tu lui trouves, à cette ringarde ? Je parie que vous allez visiter plein de monuments et faire « clic-clic » avec son appareil-photos... Si tu préfères ça aux glaces, tant pis pour toi ! J'irai avec Marie et Kevin !

Je ne sus que répondre et baissai les yeux. Au fond de moi, *cela* ne m'aurait pas déplu d'aller prendre une glace avec elle, comme ça, tranquilles, juste elle et moi... Au lieu de cela, je devais trouver un vieux gitan qui prétendait être roi et l'interroger sur la disparition d'un clou il y a deux mille ans. Super perspective...

J'appelai comme prévu oncle Aldo au téléphone. Il me dicta brièvement l'adresse d'un restaurant derrière la place Navone, la fameuse place ovale aux trois fontaines, via Savelli. Je devais simplement dire au patron, monsieur Baffetto, que je voulais être placé à la « table du Monseigneur ». Il comprendrait...

Rien de plus.

Le programme préparé par les professeurs prévoyait la visite de la Rome antique durant toute l'après-midi. Le Forum Romain, en plein centre ville, était écrasé par un soleil de plomb et nous courions d'un point d'ombre à l'autre en quémandant à boire aux filles prévoyantes qui gardaient jalousement des bouteilles de coca au fond de leurs sacs. Tardy, toujours à l'aise dans son complet trois pièces, pérorait avec un air fat. Mais personne ne l'écoutait vraiment. Pas même mademoiselle Gineau, la prof de sciences physiques, qui bavardait à voix basse avec monsieur Marot, le prof de maths. Mais Tardy ne désarmait pas pour autant, insensible comme d'habitude à la chaleur étouffante qui accablait tout être humain normalement constitué.

– Avec de l'imagination, vous pouvez aisément vous représenter sur cette « voie sacrée » le cortège spectaculaire des légionnaires romains revenant de campagnes militaires et qui passaient entre ces deux Arcs de triomphe. À l'arrière, on voyait défiler les prisonniers enchaînés avec les prises de guerre entassées dans des centaines de coffres. Imaginez encore Vercingétorix marchant tête baissée, ses longs cheveux en bataille, les mains liées au char de l'empereur, accablé par les quolibets de la plèbe qui...

Certes, de l'imagination, il fallait en avoir lorsqu'on voyait ces tas de ruines parfois spectaculaires, mais le plus souvent réduites à quelques pavements à peine nettoyés de leur gangue de terre et d'aiguilles de pin. Les barbares étaient passés par là depuis ces temps illustres, et la grandeur de l'empire romain appartenait vraiment au passé... Je voyais les barbares modernes que nous étions jeter ici ou là des boîtes de Mac Do ou des canettes de bière sans aucun respect. Et je pensais avec nostalgie aux albums d'Astérix dont les dessins donnaient une autre allure à ces lieux si célèbres...

Parvenus devant le Colisée, monsieur Tardy désigna du doigt le grand amphithéâtre qui avait vu tant de jeux sanglants. Ce monument, en revanche, était vraiment impressionnant. J'en eus le souffle coupé.

– Le Colisée, expliqua le professeur d'histoire, doit son nom à la présence toute proche d'un immense colosse de bronze doré, aujourd'hui disparu, représentant l'empereur Néron. L'amphithéâtre pouvait accueillir jusqu'à 70 000 spectateurs. Contrairement à ce que l'on pense communément, le Colisée n'a pas été le lieu où furent martyrisés le plus grand nombre de chrétiens à Rome. Il fut avant tout un grand cirque. En 80, année de son inauguration, les spectacles qui étaient donnés ici pouvaient durer jusqu'à cent jours, au cours desquels plus de 5000 fauves étaient tués...

En me retournant pour faire un commentaire à Lucie, j'aperçus une ombre qui m'observait depuis une des nombreuses arcades de l'amphithéâtre. Un mal de tête violent me saisit soudainement.

L'ombre disparut parmi le public qui déambulait sur un des promenoirs.

– Jean-Baptiste, ça va ? me demanda Lucie avec une lueur d'inquiétude dans les yeux. Tu es tout pâle...

– Juste une migraine… Ca va passer…

Les élèves prirent encore en photo quelques faux légionnaires romains posant complaisamment devant le cirque pour un euro ou deux et s'engouffrèrent avec soulagement dans le bus 46, heureux de retourner à l'hôtel pour y prendre un temps de repos avant le quartier libre du soir.

Je ne dis rien à Lucie de la présence de l'Adversaire que j'avais sentie au Colisée. Je ne voulais pas l'inquiéter inutilement. J'avais besoin qu'elle garde la tête froide pour la rencontre du soir. Mon mal de tête s'atténua au fur et à mesure que je m'éloignais de l'amphithéâtre et je me sentais mieux en arrivant à la *Pensione Medicis.*

Le dîner fut expédié assez rapidement. La fraîcheur de ce début de soirée avait redonné un coup de fouet aux élèves impatients de goûter à leur liberté. Très vite, il ne resta que quelques professeurs attablés dans la salle à manger.

Je retrouvai Lucie qui m'attendait devant la porte d'entrée de la pension, un plan de la ville en main. Elle avait repéré la petite rue Savelli et l'itinéraire à suivre pour y arriver.

– Nous y serons dans dix minutes, dit-elle avec assurance.

Je la suivis à travers un dédale de rues qui sentaient le café fraîchement torréfié et d'où l'on apercevait difficilement le ciel entre les hautes façades orange décrépies. Çà et là, des draps pendaient aux fenêtres. Les étroites ruelles du quartier étaient particulièrement animées. Même les voitures évitaient de s'y aventurer. Malgré l'heure tardive, les boutiques aux volets de fer étaient encore ouvertes. Les artisans et les petits commerçants s'étalaient sur la chaussée dépourvue de trottoir, travaillant autant dans la rue que dans leurs magasins encombrés et sales. Nous devions sans cesse slalomer entre les scooters et les marchandises offertes à la convoitise des clients de passage, ce qui ralentissait passablement notre progression.

Tout au fond de la via Savelli qui débouchait sur la grosse artère Vittorio-Emmanuele II, nous aperçûmes les tables et les chaises de la pizzeria sous de grands parasols blancs, installés directement dans la rue.

– C'est là ! dis-je la gorge serrée. Entrons !

Le restaurant était déjà bondé et particulièrement bruyant. La grande salle peinte en jaune était couverte de photos en noir et blanc où l'on voyait des personnalités qui posaient à côté d'un homme souriant, toujours le même. Au fond d'un étroit couloir, un pizzaïolo torse nu enfournait vigoureusement de grandes pizzas dans un four à bois qui crépitait joyeusement. Après que nous eûmes attendu quelques secondes près d'un étalage assez peu ragoûtant de poivrons, de poissons et de courgettes noyés dans de l'huile d'olive, un homme taillé comme un bûcheron, les yeux aussi noirs que sa barbe naissante, s'approcha de nous à grandes enjambées et nous cria d'une voix aussi éraillée que grave :

– *Allora ragazzi ! Buona sera ! Due posti ?*

Je reconnus l'homme présent sur toutes les photographies du restaurant. C'était monsieur Baffetto lui-même qui nous accueillait.

– Vous parlez français ? demandai-je timidement.

– Pas beaucoup. *Così, così…*

– Nous voudrions manger à la table de Monseigneur…

L'homme se figea un instant.

– *La tavola di Monsignore ?* Ah ! OK… *Souivez-moi !*

Le patron nous conduisit à une table dans un coin de la grande salle. Sur le mur était accrochée la photographie d'un prêtre en soutane (probablement le *Monsignore* qui avait donné le nom à cette table) que je ne connaissais pas – en fait, je n'en connaissais aucun, à bien y réfléchir.

Avec beaucoup de difficultés, un serveur impatient prit notre commande sur un petit carnet aux coins écornés et s'éloigna en grognant.

– L'oncle Aldo n'est pas là ! dis-je, déçu. Qu'est-ce qu'on fait ?

– À ton avis, qu'est-ce qu'on fait dans un restaurant ? On mange…

Quelques minutes plus tard, le patron nous apporta chacun un plat rond en inox sur lequel reposait une épaisse tranche de pain grillé qui sentait l'ail, accompagnée de rondelles de tomates, de champignons et d'haricots blancs.

Et oncle Aldo n'était toujours pas là…

– Alors ? demanda Lucie à voix basse. On l'attend ou on commence tout de suite ?

– Je n'en sais rien, dis-je en reniflant avec méfiance ma *bruschetta*. Commençons ! Il finira bien par arriver…

C'est à ce moment là que j'aperçus une enveloppe glissée sous mon plat.

Ce n'était pas l'addition. C'était une enveloppe épaisse dont je reconnus immédiatement la texture. La provenance ne faisait aucun doute : elle venait de notre contact…

Lucie la saisit prestement et l'ouvrit à l'aide de son couteau. Elle sortit une feuille de papier et se mit à lire. Ses yeux s'agrandirent de surprise.

– Quoi ?! dis-je avec inquiétude. Qu'est-ce qui est écrit ? Elle me tendit la lettre.

Son contenu me plongea à mon tour dans la stupeur.

Petit jeu
41 – 54 – 43 – 11 – 33 – 14 – 15
13 – 15 / 44 – 35 – 24 – 43
Il y en a 25, mais si l'on en ajoutait une autre,
elle serait le double de sa précédente.
Alignez-les dans un carré 1-2-3-4-5
en abscisse et 1-2-3-4-5 en ordonnée,
et vous trouverez la clé de l'énigme.

Bon amusement !

13.

Le code

Décidément, la sentinelle de la Porte des Anges multipliait les précautions. Nous pensions le rencontrer dans cette pizzeria et recevoir les premiers éléments de notre enquête, mais le mystérieux « oncle Aldo » jouait les Arlésiennes. Il se contentait de nous laisser un message codé, sous l'apparence d'un petit jeu innocent...

– C'est incroyable, ce prêtre se moque vraiment de nous ! maugréa Lucie avec mauvaise humeur.

– Non, je ne pense pas, répondis-je pensivement. L'oncle Aldo a certainement découvert qu'il était surveillé de près. Il se contente de brouiller les pistes.

Lucie fronça les sourcils.

– La partie est donc plus serrée que je ne l'imaginais.

Je lui racontai la vision fugitive que j'avais eue de l'Adversaire à l'une des arcades du Colisée et le mal de tête qui avait immédiatement suivi. Lucie poussa un petit cri de frayeur.

– J'ai bien l'impression que toutes les forces négatives sont en place pour nous empêcher de retrouver la quatrième clé ! dit-elle d'une voix sombre.

Je réalisai que mon amie était tellement passionnée par le voyage de classe qu'elle n'avait pas pris pleinement conscience de l'enjeu qui était en cause dans cette ville. Je la vis se rembrunir, un peu vexée de s'être laissée prendre par l'atmosphère insouciante des visites touristiques. Elle relut la lettre avec attention, autant pour cacher son trouble que pour trouver la solution au problème.

– Allons-y ! Ce n'est sûrement pas difficile à comprendre. Il y a cette liste de chiffres, treize au total, une série de 9 et une de 4. Ces chiffres sont regroupés par paire. Chaque paire doit donc logiquement désigner une lettre. Bon ! Je relis ce qu'oncle Aldo a écrit : « Il y en a 25, mais si l'on en ajoutait une autre, elle serait le double de sa précédente. Alignez-les dans un carré 1-2-3-4-5 en abscisse et 1-2-3-4-5 en ordonnée, et vous trouverez la clé de l'énigme ». Heu… Ce n'est pas d'une clarté solaire…

Je pris à mon tour le message codé et me concentrai sur la liste des chiffres.

– Il n'y a pas de chiffre qui soit inférieur à 10. Donc, il ne s'agit pas d'un simple codage, du style : A = 1, B = 2 et ainsi de suite. Trop facile.

– À moins que ces chiffres désignent des coordonnées géographiques. Ou des références sur le plan de Rome…

– Il y en a trop pour que nous ayons uniquement affaire à des coordonnées topographiques !

– Oh, mais j'y pense : tu connais « l'*esarintulo* » ?

Je fis non de la tête.

– Il s'agit des lettres que l'on retrouve le plus fréquemment dans la langue française : en tête le E, puis le S et ainsi de suite…

– Comment tu connais ça ? demandai-je avec étonnement.

– J'ai fait du scoutisme… J'ai appris à décoder ce genre de messages.

Je sifflai d'admiration.

– Tu m'en diras tant ! Alors, qu'est-ce que ça donne, ton esa… truc muche ?

Lucie regarda avec attention le message codé.

– Les chiffres 15 et 43 se répètent deux fois : l'un des deux chiffres pourrait être la lettre E et l'autre un S. Reste à savoir lequel est le E et lequel est le S… Oh, et puis zut, ça ne mène à rien ! La phrase est trop courte pour que nous en tirions quelque chose ! Pour une fois, je regrette que mon frère ne soit pas là : c'est un as dans ce genre de sport !

Voyant Lucie désemparée, je repris les choses en main.

– Je crois que nous ferions bien de partir de la phrase d'oncle Aldo qui nous donne la clé de l'énigme. C'est là-dessus que nous devons concentrer nos efforts. L'oncle Aldo parle d'un carré avec 1-2-3-4-5 en abscisse et 1-2-3-4-5 en ordonnée. Si je fais un tableau, ça donnerait quelque chose de ce genre là…

Je saisis le stylo de Lucie et dessinai directement sur la nappe en papier à côté de mon assiette.

5					
4					
3					
2					
1					
	1	2	3	4	5

– Bon, maintenant, que met-on dans les cases ?

Lucie leva le doigt, les yeux brillants d'excitation.

– Je sais : les lettres de l'alphabet.

– Objection, Votre Honneur : nous n'avons que 25 cases et il y a 26 lettres dans l'alphabet !

Lucie dodelina de la tête avec une moue de contrariété.

– Mince ! Tu as raison ! Ce n'est probablement pas ça…

Pendant une longue minute, nous fûmes perdus dans nos réflexions, penchés sur le tableau.

– Forcément, il y a un lien entre les chiffres et les lettres, dit Lucie avec lenteur. Peut-être faut-il tout bonnement additionner les deux chiffres. Par exemple le chiffre 12 donne 3, donc le C ; le 35 donne le 8, donc le H et ainsi de suite…

– Cela m'étonnerait fort : ce serait forcément un message sans A et je ne vois pas le rapport avec les abscisses et les ordonnées...

– Essayons tout de même !

– E – J – G – B... Non, ça ne donne rien ! grogna-t-elle en jetant rageusement le stylo sur la table.

– Revenons à la phrase qui doit nous donner le code : « Il y en a 25, mais si l'on en ajoutait une autre, elle serait le double de la précédente »...

Lucie se gratta le menton.

– Oncle Aldo ne parle pas de chiffres, puisque le mot « chiffre » est du genre masculin. Il dit qu'il s'agirait d'en ajouter « une » qui soit le double de la précédente... Une quoi ?

– Logiquement, il fait allusion à des lettres. Que peut donc signifier une lettre qui soit le double de la précédente ? Double dans quel sens ?

Lucie tapa brutalement sur la table et me fit sursauter.

– Je sais ! dit-elle. Aldo fait allusion à la lettre W qui double effectivement la précédente : le V ! Il faut donc mettre toutes les lettres dans le tableau, à l'exception du W. Voilà pourquoi il n'y a que 25 cases !

– Bravo ! Tu es géniale. Remplissons le tableau et voyons ce que ça donne.

Fébrilement, je notai les lettres dans chaque case.

5	U	V	X	Y	Z
4	P	Q	R	S	T
3	K	L	M	N	O
2	F	G	H	I	J
1	A	B	C	D	E
	1	2	3	4	5

Je décodai alors le message. Au bout d'une minute à peine, j'avais obtenu ce résultat :

PYRAMIDE / CE / SOIR

Le message était décontenançant. Agaçant.

– Encore une énigme ! dis-je piteusement.

Lucie regarda les mots que je venais d'écrire en fronçant les sourcils.

– L'oncle Aldo nous donne rendez-vous ce soir à une pyramide…

– Mais nous ne sommes pas en Égypte ! Il n'y a pas de pyramide à Rome !

– À moins que notre contact souhaite que nous nous rendions à proximité d'un monument égyptien qui se trouve quelque part à Rome. Un obélisque, par exemple.

– Malheureusement, il y a sept obélisques… monsieur Tardy nous l'a dit tout à l'heure. Si nous devons tous les faire, nous ne serons jamais rentrés pour vingt-deux heures et les profs seront furieux !

Monsieur Baffetto s'approcha de notre table avec un large sourire.

– *Tutt'apposto, ragazzi ?* Encore quelque chose à manger ?

– Non merci ! C'était très bon.

Puis, saisi d'une soudaine inspiration, je lui demandai à brûle-pourpoint :

– Savez-vous s'il y a un monument égyptien ou quelque chose qui ressemble à une pyramide à Rome ?

Le patron du restaurant ne sembla pas surpris par la question.

– *Oune pyramide ? Si, si…*

L'homme déplia le plan de Rome posé à côté de Lucie et désigna un endroit précis de la carte.

– Ici !

Nous n'en revenions pas ! Monsieur Baffetto avait posé le doigt sur une petite place : *Porta San Paolo.* Juste à côté étaient écrits en bleu les mots : « pyramide Cestia ».

Il existait effectivement une pyramide à Rome et nous l'ignorions complètement !

– C'est curieux, je n'avais pas repéré ça dans mon guide, dit Lucie dépitée.

Puis, elle se leva d'un bond, prête à partir.

– Ne perdons pas de temps ! Allons-y immédiatement. *Grazie, signor Baffetto !* Merci beaucoup !

– *Prego !*

Le restaurateur ramassa rapidement nos assiettes en inox.

– Pouvons-nous régler l'addition tout de suite ? demandai-je en me levant de table à mon tour.

– *Monsignore* a déjà réglé l'addition, répondit l'Italien en nous adressant un clin d'œil appuyé... Au revoir, *ragazzi !* Et *buona fortuna !*

Monsieur Baffetto nous serra vigoureusement la main.

Une fois sortie de la pizzeria, Lucie regarda anxieusement sa montre.

– Vingt heures trente. Il nous reste une heure trente avant notre retour à la *Pensione Medicis*. Nous n'avons pas une minute à perdre !

Je consultai le plan de Rome tout en marchant et dis d'une voix décidée :

– Allons place d'Espagne et prenons le métro. C'est le plus simple pour nous rendre à la place San Paolo. Le nom de la station est « *Piramide* », comme par hasard...

La nuit était tombée. Malgré l'obscurité qui nous surprit en sortant de la station de métro couverte de tags et de graffitis, nous ne pouvions manquer l'étonnante pyramide en pierres blanches qui se dressait face à nous. Elle n'était pas aussi imposante que celles du Caire, mais il s'agissait bien d'une vraie pyramide. Elle était bizarrement adossée à la muraille qui ceinturait l'ancienne ville de Rome, comme

176

si son âge vénérable l'obligeait à prendre appui sur un mur épais pour se reposer. La proximité entre cette pyramide aux formes pures et la lourde porte moyenâgeuse aux tours crénelées de la place San Paolo était totalement extravagante. Rome nous avait habitués aux contrastes saisissants.

Mais nous n'avions pas le temps de philosopher davantage. L'oncle Aldo nous avait donné rendez-vous à cet endroit et le temps nous manquait. Une des faces de la pyramide s'ouvrait sur un petit espace de verdure assombri par la présence de pins parasols et de lourds palmiers. Il ne faisait pas de doutes que notre contact devait nous attendre à cet endroit discret, à l'abri des regards.

En deux temps trois mouvements, nous avions rejoint d'un pas alerte ce petit parc qui semblait totalement désert à cette heure tardive. Tout était silencieux. Nous n'entendions que la circulation automobile qui troublait la quiétude de ce havre de verdure perdu au milieu de la ville.

Il n'y avait personne.

Du moins, le pensions-nous.

J'appelai d'une voix retenue :

– Oncle Aldo ? Vous êtes là ?

J'aperçus une ombre cachée derrière un arbre qui remuait légèrement. Je l'appelai encore, en espérant qu'il s'agissait bien de lui et non d'un vulgaire promeneur prenant le frais avant d'aller se coucher.

– Oncle Aldo ?

– Jean-Baptiste ? Lucie ? demanda une voix empreinte d'un fort accent italien.

– Nous sommes là !

– Ne bougez pas, j'arrive !

Le prêtre était à une vingtaine de mètres et nous ne parvenions pas à distinguer ses traits.

La sentinelle de la Porte des Anges n'eut pas le temps de nous rejoindre. Un coup de feu claqua sur notre gauche.

Le prêtre chancela un court instant et s'effondra lourdement à terre.

Trois hommes cachés derrière un fourré bondirent hors de leur cachette et se mirent à courir. L'un d'entre eux s'approcha de la victime tandis que les deux autres couraient en direction du coup de feu.

Lucie et moi étions pétrifiés.

Une cavalcade se fit entendre, ainsi que des ordres aboyés sèchement. Quelques instants plus tard, il ne restait plus qu'un homme agenouillé devant le prêtre, nous tournant le dos.

Je crus que mon cœur allait s'arrêter de battre quand j'entendis des craquements étouffés à quelques pas de nous. Quelqu'un se dirigeait vers Lucie et moi avec une lenteur calculée, sûrement pour nous…

– Maman… laissa échapper Lucie d'une voix plaintive.

Presque instinctivement, je la saisis dans mes bras et la plaquai au sol.

– Couche-toi !

Une silhouette noire déboucha à cet instant devant nous et s'arrêta brusquement. L'homme portait une cagoule sur la tête et un pistolet en main.

Je le vis lever lentement son arme et nous mettre en joue.

Notre dernière heure était arrivée. Je fermai les yeux, attendant le coup mortel qui allait nous abattre d'un instant à l'autre. Toute ma vie défila en un éclair devant mes yeux. Je vis le visage de ma mère. Je pensai à sa maladie, à notre maison de Tournon-sur-Vise. À mon père aussi, que je venais à peine de retrouver et à qui je n'avais pas réussi à dire que…

… je l'aimais !

L'homme à la cagoule ne tira pas immédiatement. Un bruit de pas dans mon dos m'incita à me retourner pour jeter un regard craintif.

C'était Thibault !

Le garçon avec ses grosses lunettes d'écaille venait d'arriver et se tenait à quelques pas derrière nous, son paquet de cigarettes à la main. Il ne paraissait pas effrayé ; il était même d'un calme olympien.

Que faisait-il là avec son paquet de clopes ? Avait-il l'intention d'assister à notre exécution en fumant tranquillement ?

À mon grand désespoir, je compris enfin...

Thibault était l'espion, l'agent de l'Adversaire qui m'observait sans relâche depuis des mois. L'homme à la cagoule était son complice et attendait l'ordre de son supérieur...

J'étais désespéré !

Un rayon bleu sortit du paquet de Marlboro de Thibault.

Sans un cri, notre agresseur lâcha son pistolet, prit une curieuse couleur orangée et tomba en poussière devant nous.

Deux secondes plus tard, il ne restait à nos pieds qu'un tas de cendres jaunes fumant qui sentait la graisse brûlée.

14.

Le coup de poing

Les deux hommes qui avaient poursuivi l'agresseur de l'oncle Aldo venaient de nous rejoindre. À voir leurs visages fermés, il était évident qu'ils n'avaient pas réussi à rattraper le fuyard et qu'ils en étaient fort contrariés. Les deux hommes jetèrent à peine un regard sur le tas de cendres jaunes qui noircissait peu à peu. Ils s'approchèrent de Lucie qui pleurait silencieusement, la tête entre les genoux et l'un d'entre eux lui demanda d'une voix douce :

– Vous n'êtes pas blessée, j'espère ?

– Non, répondit-elle entre deux hoquets.

Les deux hommes nous aidèrent à nous relever. Ils étaient encore jeunes. Ils avaient les cheveux noirs gominés et portaient des lunettes de soleil allongées sur les côtés, très « tendance ». Leurs mentons osseux étaient mangés par une barbe de trois jours, comme pour n'importe quel Italien de leur âge. Ils n'avaient pas la tête de policiers…

Étrangement, ils semblaient respecter Thibaut qui s'approcha de moi avec assurance. Il saisit mon visage entre ses mains et me dit avec un fort accent britannique :

– *My God !* Vous êtes un peu secoué, sir Jean-Baptiste !

Je crus m'évanouir de surprise.

– Mais… Tu n'es pas… vous êtes… James ?

– Exact, sir Jean-Baptiste. Mon nom est Bond. James Bond.

Je n'en revenais pas. Je croyais rêver. Thibault, l'élève falot et taciturne qui avait rejoint ma classe quelque temps après mon retour d'Assos, était en réalité le formidable enquêtange Coctel, dit 007. Je rougis en me souvenant que je l'avais suspecté un moment, au point de vouloir le jeter en bas des escaliers du collège. Sa couverture avait été parfaite. Je n'y avais vu que du feu…

L'enquêtange se tourna vers Lucie, saisit délicatement sa main et effleura des lèvres ses doigts.

– Miss Mond, votre serviteur.

Puis il dit de sa voix cassée d'adolescent en train de muer :

– Mes chers amis, permettez-moi de vous présenter le sécuritange Bébel…

– Pour votre service et la plus grande Gloire du Très-Haut ! dit cérémonieusement l'ange en inclinant la tête.

– … et le sécuritange Bodigardel…

– Pour votre service et la plus grande Gloire du Très-Haut !, enchaîna le second.

– … d'habiles sécuritanges envoyés par le colonange Solanel pour vous protéger… mais pas suffisamment habiles ce soir, malheureusement, pour éviter cette attaque !

L'ange Bébel baissa la tête et dit d'une voix amère :

– L'agresseur de l'humain Aldo s'est enfui et je n'ai pas réussi à l'identifier…

– Quant à son complice, ajouta 007, j'ai été contraint de lui appliquer la mesure d'urgence, la S.R.P.

– La S.R.P ? demandai-je.

– La Suppression du Revêtement Physique, répondit l'enquêtange en montrant le paquet de cigarettes truqué. Un laser très spécial comme vous avez pu le constater.

– Le meurtrier n'était donc pas… un homme ?

– Non, c'était un ange rebelle qui avait revêtu un corps matériel, tout comme nous.

Une sirène se fit entendre au loin. L'un ou l'autre piéton, probablement alerté par le coup de feu, regardait ce qui se passait depuis l'entrée du parc sans oser entrer.

– Sir Jean-Baptiste, sauf votre respect, il ne faut pas rester ici trop longtemps si nous ne voulons pas attirer l'attention. Nous parlerons de tout cela plus tard…

007 et les deux sécuritanges nous aidèrent à rejoindre le troisième ange toujours penché sur le corps inanimé de l'oncle Aldo.

– Dites-moi, sécuritange Santinel, demanda 007, dans quel état se trouve ce pauvre humain ?

Le sécuritange se releva, les mains couvertes de sang. Il tenait un téléphone portable en main.

– Cet humain a reçu une balle 9 mm dans l'épaule gauche. J'ai fait le maximum, pour son service et la plus grande Gloire du Très-Haut, mais sa pression artérielle est très faible et il est tombé dans le coma. J'ai appelé notre ambulance de service et le professange Skalpel, lui, est déjà en route pour l'hôpital Gemelli. Ce prêtre doit être opéré d'urgence.

L'oncle Aldo avait les yeux clos. C'était un homme entre deux âges. Son visage était aussi gris que ses cheveux. Sa soutane déchirée laissait apparaître une vilaine plaie à l'épaule qui saignait abondamment malgré le pansement improvisé appliqué par le sécuritange. Je ressentis une grande peine pour lui.

007 continuait à prendre les choses en main. Il inspecta rapidement la victime inconsciente et demanda au sécuritange Santinel :

– L'humain a-t-il dit quelque chose avant de sombrer dans le coma ?

– Il a bien essayé de me parler, mais les oreilles de mon revêtement corporel ne sont pas assez performantes pour entendre correctement une voix aussi basse et inarticulée. Je n'ai malheureusement rien compris à ce qu'il disait. Je suis désolé, enquêtange Coctel…

Lucie, appuyée sur l'épaule de l'ange Bébel, continuait à pleurer, ne lâchant pas du regard la pauvre sentinelle de la Porte des Anges qui gisait à nos pieds. 007 s'approcha de Lucie et lui tendit galamment un mouchoir en papier.

– Ne pleurez pas, miss Mond. Cet homme recevra les meilleurs soins possibles. Soyez courageuse, chère enfant !

Il était étrange d'entendre traiter Lucie de « chère enfant » par un gamin qui paraissait plus jeune qu'elle et qui était mon camarade de classe depuis des mois. Je n'étais pas encore habitué à cette transformation de Thibault en 007. J'aurais besoin d'un certain temps pour m'y faire…

Je jetai un coup d'œil à ma montre. Il était déjà dix heures moins le quart.

– Zut, nous allons être en retard à la pension !

Le sécuritange Bodigardel retira sa paire de lunettes de soleil et dit avec un fort accent italien :

– *Macché*, pas de problème ! Il y a une voiture garée sur la place, tout près d'ici. Venez, je vous y conduis. Pour votre service et la plus grande Gloire du Très-Haut !

Une voiture bleue de *carabinieri* attendait en double file, le gyrophare allumé. Le sécuritange Bodigardel nous fit monter dans le véhicule. Un faux policier était au volant.

– Conduisez-les à la *Pensione Medicis*, s'il vous plaît, adjudange Pasrel ! *Presto !*

Le carabinier nous adressa un sourire panoramique et nous salua avec empressement.

– Quelle joie de vous retrouver, humain Carmes. Et vous aussi humaine Oros. Mes respects par le Très-Haut, enquêtange Coctel !

Malgré son changement d'apparence, je reconnus l'étrange petit ange qui assurait la circulation des trains aériens dans le monde angélique. Il paraissait ravi d'avoir été choisi pour cette mission et je sentais que sa joie était d'autant plus grande que j'en étais le sujet. La présence de cet ange chaleureux m'apporta du baume au cœur et je lui serrai la main comme si je le connaissais depuis ma tendre enfance.

– Mon adjudange, nous sommes en retard. Si vous pouviez...

Je n'eus pas le temps de finir ma phrase que l'adjudange Pasrel appuya sur l'accélérateur de la voiture qui se cabra comme un cheval de course.

– Pour votre service et la plus grande Gloire du Très-Haut, humain Carmes ! Vous serez à l'heure, ne vous inquiétez pas !

L'adjudange déclencha la sirène stridente et se lança à l'assaut de la circulation romaine, tout en fredonnant le générique du vieux feuilleton américain, *Starsky et Hutch* ... ce qui en disait long sur la fascination que le monde des hommes exerçait sur certains anges !

– Euh... mon adjudange, si vous pouviez nous déposer à une rue ou deux de la pension, ce serait peut-être préférable : je ne sais pas ce que penseraient nos professeurs et nos camarades de classe s'ils nous voyaient sortir d'une voiture de police...

– Bien entendu, bien entendu, humain Carmes. Pour votre service et la plus grande Gloire du Très-Haut !

La voiture des *carabinieri* roulait à une folle allure. L'adjudange remuait frénétiquement un bâton rouge et blanc par la vitre baissée pour écarter les voitures à son passage. Nous étions secoués et ballottés comme dans un navire en pleine tempête. Lucie, qui ne s'était pas encore remise de l'événement que nous venions de vivre, s'agrippait de son mieux au dossier en skaï, tandis que l'adjudange sifflait et s'esclaffait pour un rien.

– Oh mes amis, quelle magnifique circulation ! Quel plaisir de conduire dans cette ville. Un régal, un vrai régal...

Je me tournai vers 007 et lui dis en souriant :

– On dirait que les anges sont vraiment heureux d'être en mission...

007 arrêta de nettoyer ses grosses lunettes de myope et répliqua :

– Mais bien entendu, sir Jean-Baptiste. Les anges sont faits pour rendre service aux hommes et pour chanter la gloire du Très-Haut : c'est le sens de leur existence, leur joie, leur raison d'être. Les anges sont créés au fur et à mesure des missions qu'ils doivent accomplir pour aider les hommes de leur mieux. Ils sont « tout formés » dès le départ, si je puis dire, contrairement aux hommes qui grandissent, se transforment, apprennent et évoluent jusqu'à leur mort.

– Et est-ce qu'ils sont créés une fois pour toutes ?

– Non. À chaque fois qu'un être humain est conçu, le Très-Haut crée un nouvel ange gardien. D'autres anges sont appelés à remplir une mission bien précise, comme protéger un pays, ou une nouvelle famille qui vient de se fonder, ou encore toute autre mission auprès du Très-Haut…

– Les anges sont de plus en plus nombreux, n'est-ce pas ?

– En effet, il en existe des myriades et des myriades. Et un très grand nombre d'entre eux évolue autour de vous sans que vous en ayez conscience. C'est seulement lorsqu'un humain meurt que son ange gardien revient dans le monde angélique. Il en est de même à chaque fois qu'une mission est achevée : le chargé de mission retourne dans le monde invisible !

– Si je vous comprends bien, il y a des anges partout autour de nous et pas simplement dans le monde angélique ?

– Oui, mais les humains sont incapables de les voir de leurs yeux de chair. Sauf lorsqu'ils ont pris un revêtement corporel, bien entendu.

– Ce n'est pas la majorité ?

– Loin de là. Si vous étiez capable de voir l'invisible, vous seriez bien surpris de découvrir le nombre d'anges qui vous entourent !

– N'y a-t-il vraiment aucun moyen pour un humain de les voir ?

– Si, il y en a un. Il suffit de recevoir l'initiation du V.R.A.I., le diamant de Visibilité des Réalités Angéliques et Invisibles.

J'approuvai.

– Le professange Skalpel l'a utilisé pour que je puisse apercevoir mon ange gardien à travers un de mes vieux jouets.

– Vraiment ? Vous êtes un privilégié, sir Jean-Baptiste. Mais cette capacité de voir un ange par l'intermédiaire d'un objet matériel n'est que le stade inférieur des multiples possibilités du V.R.A.I. Si vous aviez reçu les niveaux supérieurs et expérimenté les autres facettes du diamant, vous auriez été alors capable de voir, et même d'entendre, tous les anges qui vous entourent.

– Pourquoi le professange ne m'a-t-il pas donné l'intégralité des pouvoirs du V.R.A.I. ?

– Parce que vous auriez été très perturbé, sir Jean-Baptiste. Imaginez que vous puissiez percevoir d'un seul coup les milliers d'anges qui vous entourent, dans les rues, dans le ciel, à la maison, à l'école… Votre vision du monde en serait totalement chamboulée. C'est toutefois possible avec une préparation. Mais encore faut-il le mériter… C'est pour cela qu'il y a tant de facettes sur le diamant : pour permettre un apprentissage progressif de la Visibilité des Réalités Angéliques et Invisibles.

– Existe-t-il des hommes qui ont reçu cette capacité de voir les anges ?

– Oui, quelques êtres humains, mais à des degrés différents. Certains les voient à des moments ponctuels de leur vie, d'autres ne voient que quelques anges bien précis. D'autres encore ne peuvent que les entendre. Seul un homme au monde a reçu la vision complète du monde invisible.

– Qui donc ?

– Vous ne devinez pas, sir Jean-Baptiste ?

– Le frère Athanase, n'est-ce pas ?

– Exact. Seul le Gardien de la Porte des Anges est allé jusqu'au bout du V.R.A.I. Le frère Athanase a expérimenté toutes les facettes du diamant !

Je me tus, plongé dans mes pensées.

– Et les démons, dis-je enfin. Ils nous entourent aussi ?

– Oui. Les démons sont des anges, mais des anges rebelles. Ils ne peuvent entrer dans le monde angélique qui leur est fermé. Ils sont obligés de rester sur terre…

– Sur terre ?

– Ils occupent différents lieux, assez sinistres souvent. De vieilles maisons, des cimetières, des grottes…

– Des grottes ?

Mon cauchemar me revint en mémoire.

– Des grottes, ou parfois même des humains que les démons parasitent. C'est ce que l'on appelle un cas de « possession ». Mais c'est très rare, heureusement.

Je frissonnai. Je repensais à l'*Exorciste* que j'avais visionné quelques mois plus tôt avec Lucie. Cette histoire me semblait alors saugrenue et irréelle, mais j'avais bien changé d'avis depuis que l'Adversaire s'acharnait contre moi…

J'avais encore beaucoup de questions à poser, mais nous venions d'arriver à proximité de la *Pensione Medicis*. L'adjudange avait arrêté la sirène de la voiture de police depuis un certain temps et il nous déposa à deux rues de l'hôtel. Il était juste vingt-deux heures.

– Pile à l'heure, comme promis ! déclara triomphalement l'adjudange Pasrel. Pour votre service et la plus grande Gloire du Très-Haut !

En descendant de la voiture des *carabinieri*, 007 reprit instantanément son air timide et effacé de collégien bonasse.

– N'oubliez pas que je suis votre camarade Thibault, nous souffla-t-il à l'oreille. Je dois continuer mon enquête en toute discrétion. Ne m'adressez la parole qu'en cas d'extrême urgence, et uniquement en privé. C'est bien compris ?

– D'accord, James, répondis-je.

– Encore une chose : rentrez à la pension, Lucie et toi. Je reste un peu à l'arrière pour surveiller les parages, au cas où... Je vous rejoindrai dans cinq minutes : il ne faut pas que Kevin et Guillaume nous voient rentrer ensemble dans la chambre.

– Compris ! Qu'est-ce qu'on fait pour Lucie ?

Lucie n'avait pas décroché un mot durant tout le voyage. J'étais inquiet de la voir aussi pâle.

007 s'approcha d'elle et l'observa un instant.

– Elle est toujours en état de choc. Il faut qu'elle aille se coucher le plus vite possible. Nous aviserons demain.

Je n'étais pas rassuré en retournant à la pension avec une Lucie qui marchait comme une somnambule. Qu'allais-je raconter aux professeurs qui la verraient dans cet état ? Peut-être Lucie avait-elle besoin d'un remontant ou de voir un médecin. Je ne savais pas ce qu'il fallait faire...

À mon grand soulagement, il n'y avait que Morgane assise dans un fauteuil dans le hall d'entrée de la pension. Elle paraissait attendre quelqu'un.

– Morgane, tu me sauves ! dis-je avec soulagement.

La fille rosit de plaisir.

– Ah oui ? Et pourquoi je te sauve ?

Puis regardant fixement Lucie, elle ajouta :

– Mais, qu'est-ce qu'elle a, ta copine ?

Je n'avais pas eu le temps de chercher une explication plausible, et les garçons n'ayant pas le droit d'entrer dans le couloir des filles, j'avais impérativement besoin de Morgane pour aider Lucie à aller se coucher.

– Morgane, peux-tu conduire Lucie dans sa chambre ? Elle est...

Morgane sourit méchamment.

– Pompette, c'est ça ? Vous avez trop bu et Lucie ne tient pas l'alcool ?

Je fus tenté un instant de démentir l'explication de Morgane. C'était tellement ridicule... Mais je n'avais pas d'autre choix que de rentrer dans son jeu. À contrecœur, je pris un air contrit.

– Oui, c'est ça. On a bu trop de bière. Mais tu ne dis rien, hein Morgane ? Pas un mot aux profs et aux élèves ! D'accord ?

Morgane fit mine d'hésiter un instant. Je l'aurais tuée sur place lorsque je la vis prendre un air soucieux, comme si je l'obligeais à commettre un gros délit en mentant et que son honneur était en jeu.

– Je ne sais pas… C'est grave ce que tu me demandes-là…

– Oh, Morgane, je t'en prie… Aide-moi !

– Tss… si c'est pas malheureux de se mettre dans cet état… Mais, d'accord, je ne suis pas rancunière, je vais m'occuper de ta copine. C'est bien parce que c'est toi. Ce sera notre secret entre nous…

– Merci Morgane. Je te revaudrai ça !

– J'y compte bien ! répondit sèchement la fille en prenant Lucie par le bras.

Sa dernière phrase me fit froid dans le dos. J'avais dit cela sans trop réfléchir, soulagé d'avoir trouvé une solution pour Lucie. En les voyant monter toutes les deux dans l'ascenseur, je me demandais si je ne m'étais pas mis dans un sale pétrin avec Morgane…

Je montai rapidement à l'étage par l'escalier pour rejoindre ma chambre.

En ouvrant la porte, je fus surpris de la découvrir plongée dans le noir. Les autres garçons ne devaient pas encore être rentrés. À moins qu'ils ne fussent déjà endormis…

Au moment où je posai la main sur l'interrupteur, j'entendis remuer à côté de moi.

Il y avait quelqu'un dans la chambre.

Je n'eus pas le temps de réagir. Je reçus un formidable coup de poing en pleine figure.

Le nez explosé, je tombai à terre en poussant un cri rauque.

15.

Le ver

La lumière de la chambre s'alluma d'un seul coup et me blessa les yeux.

La première chose que j'aperçus fut le filet de sang qui coulait de mon nez comme d'un vieux robinet mal serré. Beurk… La deuxième était une grosse paire de *reebok* blanches postées dangereusement à quelques centimètres de mon nez tuméfié.

Je savais très bien à qui appartenaient ces chaussures.

Kevin.

– Gros tas pourri !

Mon cerveau embrumé mit un certain temps à comprendre que le « gros tas pourri » dont il était question, c'était moi ! Je tentai péniblement de relever la tête, mais restai stupidement à quatre pattes en me demandant pourquoi Kevin s'était mis à me frapper avec une telle violence. Voulait-il finir le travail commencé à la pyramide et que 007 avait empêché en transformant notre agresseur en un tas de cendres jaunes ? Alors, pourquoi n'allait-il pas jusqu'au bout de son acte ? Autrement, pour quel motif Kevin m'attendait-il dans le noir pour me faire ma fête ? Ça n'avait aucun sens…

– Lève-toi, espèce de salopard !

Je ne demandais pas mieux que de me lever, mais la journée avait été un tantinet fatigante et je n'avais plus beaucoup de ressort. Je fis tout de même un gros effort pour me remettre en position plus ou moins verticale, malgré la tête qui me tournait atrocement. Le sang qui continuait à couler de mon nez avait taché mon sweat-shirt blanc tout neuf. Un vrai désastre…

Je m'assis lourdement sur mon lit et regardai Kevin debout devant la porte de la chambre. Le garçon, le visage marqué par la contrariété, me lançait un regard noir. En tournant la tête, j'aperçus Guillaume faisant mine de se passionner pour sa P.S.P.

– Mais qu'est-ce que je t'ai fait ? finis-je par articuler tant bien que mal en tamponnant mon nez avec un mouchoir.

– Qu'est-ce que tu m'as fait ?! hurla Kevin. Tu oses encore faire l'innocent devant moi ?

Je haussai les épaules pour lui signifier mon incompréhension.

– Tu le sais très bien ce que tu m'as fait, espèce de mal bat des yeux !

– Non, je t'assure, je ne sais rien…

– Faux-jeton ! Je sais parfaitement que tu as passé la soirée avec Morgane !

– Avec Morgane ?

Kevin se tourna vers Guillaume, rouge comme la crête d'un coq :

– Retiens-moi ou je vais le tuer, cet enfoiré de bicolore !

– Oh, la ferme, vous deux ! Je veux dormir, moi ! grommela Guillaume sans lâcher des yeux l'écran de son jeu électronique. J'ai rien à voir avec cette histoire, moi. C'est pas mes oignons !

Je tentai de me redresser, mais mes jambes étaient encore trop flageolantes.

– Kevin, je te promets que je ne sais rien. Je n'ai pas vu Morgane de la soirée ! Je te le jure !

Le garçon grinça des dents.

– Ça m'étonnerait ! Tu sais très bien que Morgane sort avec moi depuis longtemps ! Ça fait déjà plus d'un mois !

J'attendais cette première soirée à Rome et tu as tout foutu en l'air !

– Je te dis que je ne comprends rien !

– Tu veux que je te mette les points sur les i, c'est ça ? OK, je t'explique. J'avais invité Morgane avec cette grosse bécasse de Marie à prendre une glace en ville, mais je ne sais pas ce qui lui a pris, Morgane n'a pas arrêté de parler de toi ! De dire que tu étais comme ci, et puis comme ça... J'en avais tellement marre que je lui ai dis que si elle continuait à parler de toi, elle n'avait qu'à aller te rejoindre. Et là, elle m'a avoué que, justement, elle avait un rancart avec toi ce soir. Elle m'a planté comme un imbécile sur le trottoir et elle est partie. En prime, elle a jeté la glace que je lui avais payée dans une poubelle et elle m'a laissé en tête à tête avec sa copine, la grosse Marie pleine de boutons !

– Et tu l'as crue ?

– Qui ?

– Morgane !

– Évidemment que je l'ai crue. Depuis que je sors avec elle, elle ne me parle que de tes beaux yeux d'alien ! Ras-le-bol de tes yeux bicolores ! Et j'en ai marre que tu me piques toutes mes gonzesses ! D'abord Lucie, cette foldingue qui m'a mordu comme une sauvage la dernière fois que je lui ai demandé de sortir avec moi ; et maintenant Morgane qui me plaque le premier jour du voyage à Rome ! Super, les voyages en Italie ! T'as tout foutu en l'air !

Kevin me regarda de travers et ajouta d'une voix sinistre :

– Mais qu'est-ce qu'elles te trouvent, ces meufs ?

Je me gardai bien de répondre à sa question.

Ce que Kevin venait de me révéler avait provoqué un électrochoc suffisamment puissant pour que je retrouve toute ma lucidité. Morgane avait abandonné Kevin et sa copine Marie pour, soi-disant, me rejoindre ! À quel jeu jouait cette fille ? Où avait-elle passé la soirée ? Et avec qui était-elle ?

Un mauvais pressentiment me gagna et je sentis une boule d'angoisse se former dans mon estomac. J'avais laissé Lucie complètement sonnée et sans défense entre les mains de Morgane. Et si Morgane était...

Vous, les garçons, dès qu'une fille vous fait du gringue, vous perdez votre bon sens. Tout ce que je te dis, c'est de rester prudent, un point c'est tout !

Les paroles de Lucie résonnaient dans ma tête comme un glas sinistre.

Elle avait raison. Morgane ne me lâchait pas d'une semelle depuis des semaines, cherchant la moindre occasion pour s'asseoir à mes côtés en classe. À maintes reprises, elle m'avait observé du coin de l'œil, comme dans la salle d'eau de la pension où je l'avais surprise dans le reflet du miroir. Mais ce n'était pas tout : elle n'avait de cesse que de m'éloigner de Lucie en disant toute sorte de mal sur elle... Il fallait que je me rende à l'évidence : ses paroles enjôleuses m'avaient fait baisser la garde. Je m'étais laissé avoir par son sourire et ses mots réconfortants.

Je me levai d'un bond et dis à Kevin :

– Je vais régler tout de suite cette affaire. Je reviens dans un instant.

Au moment de sortir, Thibault entra dans la chambre. Il regarda avec des yeux ronds mon nez tuméfié et grimaça.

– Mais... qu'est-ce qui t'est arrivé, Jean-Baptiste ?

– C'est Kevin. Il est persuadé que j'ai passé la soirée avec Morgane. Elle l'a plaqué en début de soirée en prétextant venir me rejoindre. Je vais lui parler pour tirer cette affaire au clair !

Sans en avoir l'air, je venais d'informer l'enquêtange de ce qui venait d'arriver en laissant entendre mes doutes concernant Morgane. J'espérais qu'il comprendrait la situation et approuverait mon intervention. Mais 007 secoua la tête doucement.

– Ça peut attendre demain, tu ne crois pas ?

– Non, ça ne peut pas attendre !

Je sortis d'un bond de la chambre en espérant que l'enquêtange n'allait pas tarder à en faire autant pour assurer ma protection. J'étais rassuré de savoir que 007 était dans les parages.

En arrivant devant le couloir des filles, je tombai nez à nez sur Morgane en peignoir de bain.

– Tiens, tu viens déjà aux nouvelles ? dit-elle de sa voie pointue. Ou peut-être viens-tu régler ta dette envers moi ?

Morgane se mit à rire aux éclats en rejetant sa tête en arrière.

– Fais pas cette tronche-là : je plaisantais ! Qu'est-il arrivé à ton nez ? Tu as embrassé un autobus ?

– Laisse tomber. Comment va Lucie ?

Morgane me regarda de travers, un sourire ironique aux lèvres.

– Sois tranquille : j'ai mis ta copine dans son lit et je l'ai bordée comme un bébé. Elle dort déjà. Personne n'a remarqué dans quel état elle était…

Morgane passa lascivement la main dans ses cheveux et me lança un sourire charmeur.

– Surtout, ne t'en fais pas, mon chaton, me susurra-t-elle. Lucie est dans la même chambre que moi. Je veillerai sur elle toute la nuit…

Morgane me faisait penser au loup déguisé en mère-grand, dans l'histoire du « petit chaperon rouge ». Un frisson glissa le long de ma colonne vertébrale.

– Morgane, pourquoi as-tu dit à Kevin que tu avais un rancart avec moi ce soir ?

J'avais formulé cette question d'une voix sèche la plus ferme possible. Pendant un instant, une lueur de surprise éclaira son regard. Puis elle se mit à sourire de plus belle en s'approchant encore plus près de moi.

– Oh, tu sais, Kevin me gave, ces derniers temps. Il en fait trop. J'avais besoin de prendre du large avec lui…

– Pourquoi as-tu menti en disant que tu étais avec moi ? Où étais-tu ce soir ?

– Je n'ai pas vraiment menti. Je t'ai cherché toute la soirée. C'était bien mon intention d'être avec toi.

– Où étais-tu ?

– Toute seule. Je n'avais pas envie de sortir avec quelqu'un ce soir, sauf avec toi, mon amour.

Elle avait le visage à quelques centimètres du mien. Je sentais son haleine tiède et ses cheveux qui embaumaient l'abricot. J'avais le sentiment qu'un serpent s'enroulait autour de moi et qu'il allait m'enserrer jusqu'à l'étouffement. C'était à la fois délicieux et terrifiant. Je la repoussai brutalement.

– Ça suffit, Morgane ! Pousse-toi de là ! Je veux voir Lucie. Où est sa chambre ?

Morgane devint blanche, verte puis rouge comme une pivoine. Je vis ses lèvres trembler tout doucement, puis de plus en plus fortement. Elle poussa un gémissement aigu et se mit à pleurer en tombant lourdement assise sur le parquet du couloir.

Je ne savais pas comment réagir, comme d'habitude dans ces cas-là. J'étais tiraillé entre la pitié et l'agacement. Je devais absolument dire quelque chose et calmer son chagrin. J'exprimai d'une voix sourde la seule chose qui me vint en tête :

– Morgane, arrête de chialer. Tu vas réveiller tout le monde !

Mon intervention fut désastreuse ! Morgane, loin de se calmer, redoubla de sanglots. Je compris qu'il fallait que je m'éloigne d'elle urgemment si je ne voulais pas ajouter au problème un nouveau problème…

Trop tard, malheureusement. Au moment où j'allais laisser tomber Morgane et me mettre à la recherche de la chambre de Lucie, je sentis quelqu'un me tapoter l'épaule.

– Monsieur Carmes, que faites-vous là ? Et vous, mademoiselle Lafontaine ? Pourquoi pleurez-vous ? Relevez-vous tout de suite !

Monsieur Tardy, en robe de chambre verte, se tenait derrière moi, les sourcils relevés. C'était une vision d'horreur. Un nouveau cauchemar...

– Je... je voulais parler à... Morgane, bafouillai-je lamentablement.

Monsieur Tardy ne réagit pas tout de suite. Il resta silencieux un bon moment en fixant sur moi son regard soupçonneux. Seuls les sanglots puissants de Morgane résonnaient dans le couloir.

– Vos histoires de cœur n'intéressent personne, monsieur Carmes, finit par dire d'une voix glaciale le professeur d'histoire. Nous réglerons cette affaire demain. Vous ne perdez rien pour attendre, mon ami. Allez vous coucher ! Et vous aussi, mademoiselle Lafontaine, rejoignez votre chambre. Ayez l'obligeance, je vous prie, de nous épargner vos jérémiades. Vos camarades ont besoin de sommeil !

J'étais lessivé, cassé, anéanti. Je retournai vers ma chambre en traînant les pieds, le moral dans les baskets. Ma première journée à Rome avait été brillante : l'oncle Aldo, notre unique contact, était dans le coma à l'hôpital ; Lucie était en état de choc et aux mains d'une Morgane complètement hystérique et probablement dangereuse ; Kevin avait transformé mon nez en pastèque ; et pour couronner le tout, Tardy était persuadé que je draguais Morgane en pleine nuit. Il m'avait promis de ne pas en rester là...

Bravo, mon petit Jean-Baptiste : pas mal, en une journée. Très fort, très très fort...

Je poussai la porte de ma chambre, en espérant du fond du cœur que Kevin et Guillaume étaient profondément endormis. Je n'en pouvais plus. J'aurais donné mon empire pour me glisser dans un lit et oublier cette funeste journée…

Tu parles !

Comme je m'y attendais, 007 n'était pas dans la chambre. En revanche, je trouvai les deux autres garçons autour de mon sac de voyage renversé et vidé de son contenu. Kevin tenait triomphalement en main Jojo le clown que j'avais dissimulé discrètement au fond de mon sac de linge. Il me regardait les yeux brillants d'excitation, avec un sourire carnassier.

– Tiens, voilà notre petit Jean-Baptiste. C'est à toi cette horreur ? C'est ton doudou pour dormir ? Il s'appelle comment, ton doudou ?

Les deux garçons s'esclaffèrent grassement, très satisfaits de l'humiliation qu'ils étaient en train de m'infliger.

Je ne savais pas si c'était la honte qui l'emportait ou la peur de perdre l'unique objet qui permettait à mon ange gardien de communiquer avec moi en cas de danger. Une fois de plus, je ne sus comment réagir… J'étais pétrifié.

Kevin saisit le nez de Jojo le clown qui pendait au bout de sa ficelle et l'arracha d'un coup sec comme un enfant arrache une patte à une mouche. Puis il me jeta le bout de feutre rouge au visage.

– Souvenir, Jean-Baptiste !

La tête de Jojo le clown se tourna pathétiquement vers moi. Ni Kevin ni Guillaume ne le remarquèrent, trop absorbés qu'ils étaient à guetter ma réaction. Je vis Tutel le Clown ouvrir la bouche et articuler un mot. Ses yeux peints étaient devenus expressifs et soulignaient l'intensité du mot qu'il venait de prononcer. Ce mot que moi seul pouvais entendre était court. C'était un simple : NON !

Non à quoi ?

Kevin porta lentement Jojo le clown à sa bouche et, avec les dents, il déchira le vieux tissu usé. La bourre s'échappa du ventre du jouet dépecé et tomba lentement à ses pieds comme des flocons de neige.

– C'est pour ce que tu m'as fait ce soir en sortant avec Morgane, commenta Kevin d'une voix grinçante.

À ce moment-là, Guillaume voulut également participer à la mise en pièces de Jojo le clown. Il attrapa son bras et le détacha brusquement du tronc. Les deux garçons se mirent alors à rire de plus belle et se déchaînèrent sans aucune retenue. Ils détruisirent méthodiquement le vieux Jojo le clown de mon enfance avec la hargne de chiens enragés. Je voyais voler des bouts de tissu multicolores autour d'eux sans pouvoir rien y faire.

Je sentis la haine et la colère s'emparer de moi. Mon visage ruisselait de transpiration et mon cœur se mit à battre à plein régime. Malgré moi, mes poings se serrèrent et mes muscles se raidirent. Ma rancœur était irrépressible. Chaque mot prononcé par Kevin me pilonnait le cœur :

– Mon pauvre vieux… Comment tu vas faire pour dormir sans ton doudou ? Hein, Jean-Baptiste ? Comment tu vas faire ?

Je sentais que j'étais au bord de la crise, que j'allais craquer. Il fallait que Kevin se taise. S'il continuait à parler, j'allais le…

frapper…

« Le gros bébé n'a même pas sa maman pour le consoler… Il faudra qu'il aille pleurer dans les bras de Morgane, peut-être… »

…bousiller

« T'en fais pas, Jean-Baptiste, ton papa te rachètera un autre clown. Celui-là, il était vieux et moche. En plus, il puait… »

…tuer

Non ! Il ne faut pas…

NON ! Jean-Baptiste, NON !
NON !!

Je fonçai sur Kevin, les poings en avant. J'allais le massacrer, le réduire en bouillie. J'allais lui casser sa belle dentition blanche de pub pour dentifrice. Il n'allait plus se reconnaître dans la glace, le bouffon. C'est lui qui allait pleurer en voyant ce qui restait de lui...

En tombant à terre, je me fis terriblement mal aux coudes. Les rochers humides exhalaient une odeur de pourriture.

Des rochers ?

Mais il n'y avait pas de rochers dans la chambre...

Et où étaient passés Kevin et Guillaume ?

Je vis une grosse stalactite qui menaçait de tomber sur moi et de m'empaler.

Qu'est-ce que je faisais là ?

Je me relevai péniblement. J'étais complètement courbaturé. J'avais mal partout.

Des ombres glissèrent près de moi. Je sursautai.

J'aperçus sur les parois de la grotte des flambeaux accrochés à de vieux anneaux rouillés qui diffusaient une lumière vacillante, bien trop faible pour que l'on puisse distinguer les contours de la caverne aussi vaste qu'une cathédrale gothique. J'étais entouré d'une multitude de cierges rouges dont la cire chaude dégoulinait lentement sur le sol comme autant de coulées de sang. Devant moi, un énorme autel de marbre blanc zébré de traînées poisseuses se dressait orgueilleusement sur un petit monticule. De grosses mouches noires et grasses bourdonnaient tout autour, se régalant du festin offert à leur appétit insatiable. Un peu en hauteur, un fauteuil en cuir sombre trônait sur une petite estrade naturelle. De là, il était possible d'observer aisément le dessus de l'autel sur lequel il n'y avait rien d'autre qu'un sinistre crâne de cristal aux orbites vides...

Non. Elles n'étaient pas vides…

De gros yeux étaient enchâssés dans les orbites transparentes du crâne de cristal. Les globes oculaires aux fines veinures rouges me fixaient droit dans les yeux, happant mon regard aussi sûrement qu'un fakir hypnotisant sa proie. Je ne pouvais résister à cet attrait maléfique. Les pupilles dilatées étaient énormes, presque aussi grosses que l'iris de l'œil lui-même.

Une douleur me vrilla le crâne, juste au milieu du front. J'avais l'impression qu'un gros ver était entré dans mon cerveau et commençait à en forer les circonvolutions graisseuses. Une migraine invraisemblable me saisit, à la limite du supportable. Mon cerveau n'allait plus résister très longtemps à cette pression et ne tarderait pas à gicler par mes yeux, ma bouche et mon nez pour aller s'éclater sur l'autel de marbre qui me faisait face.

– Pitié, murmurai-je.

Une voix que je connaissais, mais que je ne parvenais pas à identifier tant je souffrais, emplit mes oreilles.

– Il réclame votre pitié, Maître…

J'entendis un rire sonore emplir les voûtes de la grotte. Je me mis à pleurer.

– Pénètre sa mémoire, ordonna l'Adversaire, et arrache tous les souvenirs que tu y trouveras. Je veux tout savoir. Tout !

Le ver creusa mon cerveau encore plus profondément. Je hurlai de douleur.

– Son ange gardien n'a plus de moyen de communiquer directement avec lui. J'y ai veillé, Maître !

– Excellent. Quoi encore ?

– Il connaît l'identité humaine de l'enquêtange Coctel, mais il ne sait toujours pas qui est l'espion que vous avez placé à ses côtés. Il a peur de moi, Maître. Il sait que je le surveille constamment. Il soupçonne plusieurs de ses proches.

– Va plus loin !

Le ver creusa encore plus profondément sa galerie.

– Il aime beaucoup cette fille Lucie et il est très inquiet pour elle. Il se sent démuni.

– Continue.

– Il aime bien aussi une autre fille, Morgane, mais il craint beaucoup qu'elle ne soit votre complice, Maître. Il est très perturbé.

Le ver avança, avança…

– Il se demande si sa mère va bientôt mourir de son cancer. Il n'ose pas se poser la question, mais il pleure la nuit dans son lit quand il y pense. Il se demande aussi si son père, qui a les yeux gris, est vraiment son père. Il veut savoir si maître Verreux lui a menti ou non…

– Pauvre enfant…

– Maître, le garçon ne pense pas qu'il soit capable de retrouver la quatrième clé. Il n'a pas osé l'avouer au frère Athanase et encore moins aux Archanges – que soit maudite cette race ignoble ! Je vois beaucoup de peur au fond du garçon. Beaucoup de peur…

– Quelle est sa plus grande peur ?

Le ver avança encore plus profondément. Il était parvenu presque au centre de mon cerveau. J'avais dépassé le niveau de la douleur. J'avais seulement la bouche grande ouverte, incapable de crier, comme si j'étais devenu une masse granitique et qu'il ne restait rien d'humain en moi.

– Sa plus grande peur, Maître, dit lentement l'espion, c'est de réaliser que le mal l'attire et le fascine. Sa plus grande peur, c'est de vous ressembler, Maître, au point de vouloir lui-même vous donner la quatrième clé !

Un éclat de rire sonore emplit la caverne. Le rire était si puissant, si aigu, que des rochers vacillèrent du plafond et se mirent à tomber avec fracas autour de moi.

Je reçus un premier éclat de pierre sur la joue gauche, puis un autre sur la joue droite et je…

16.

La carte bancaire

… repris connaissance.

– Donne-lui encore une gifle ! dit Guillaume. Il est en train de sortir des vapes… Continue !

J'ouvris les yeux mais les refermai vivement. La lumière m'agressait. J'avais juste eu le temps d'apercevoir le visage de Thibault penché sur moi et les deux autres garçons, Kevin et Guillaume, qui me regardaient avec inquiétude.

– Que lui est-il arrivé ? demanda sèchement Thibault, de sa voix de fausset.

– J'en sais trop rien, répondit Kevin avec mauvaise grâce. Il nous a sauté dessus comme un pitbull quand il a vu qu'on avait trouvé le clown dans ses affaires, et il est tombé raide à nos pieds, pâle comme un mort…

– Évanoui, crut bon de préciser Guillaume.

– Tu crois que c'est grave ? demanda Kevin à Thibault qui continuait à tapoter mon visage. Il faudrait peut-être réveiller un prof pour lui dire…

– Je ne crois pas que cela soit nécessaire. Il retrouve ses couleurs. Apportez-moi une serviette mouillée. Vite !

La fraîcheur du linge humide m'aida à reprendre totalement connaissance. Je me relevai en titubant comme si je pesais soudainement une tonne et m'assis sur mon lit.

– C'était pas la peine de tourner de l'œil pour un simple jouet ! grommela Kevin. Et puis, c'est de ta faute, après tout : tu n'avais pas à me provoquer avec Morgane !

J'étais las, très las. Je n'avais aucune envie de me défendre, encore moins de reprendre notre discussion. Je me déshabillai sans rien dire et enfilai mon pyjama comme un automate. J'étais trop fatigué pour ranger mes affaires qui traînaient par terre et ramasser les débris éparpillés de Jojo le clown. Je n'avais qu'une envie : dormir... Thibault, qui avait repris son attitude de collégien timide et solitaire, alla se coucher très vite. Guillaume et Kevin l'imitèrent, dans un silence pesant.

Quelques minutes plus tard, la lumière était éteinte. Il ne fallut pas très longtemps pour que la respiration de mes camarades se fasse de plus en plus profonde, et atteigne la limite du ronflement. Kevin et Guillaume s'étaient endormis du sommeil du juste, l'âme en paix, ne regrettant probablement rien de ce qu'ils venaient de me faire subir.

De mon côté, malgré mon épuisement, je mis plus longtemps à trouver le sommeil. Mon nez me faisait souffrir. J'en étais réduit à bouger la tête le moins possible. Mais il y avait pire. Le souvenir de cette grotte me terrifiait. J'avais peur de m'endormir et de retourner en rêve dans cette caverne. Cette perspective m'était insupportable...

Je me sentais seul. J'aurais eu besoin de la présence réconfortante de Lucie, de la force tranquille de Philippe, ou bien encore de la sagesse souriante du frère Athanase. Mais c'est seul que je devais faire face à mes peurs. Je n'avais pas d'autre choix.

Jamais je n'avais ressenti la présence de l'Adversaire comme ce soir. Cette fois, ce que j'avais vécu ne ressemblait plus à un simple cauchemar. C'était comme si j'avais glissé d'un seul coup dans une autre réalité. J'étais convaincu que le crâne de cristal était tout près de moi à présent, plus près de moi que jamais. Pas simplement psychiquement, mais aussi matériellement. Je pressentais que son efficacité était amplifiée par sa proximité géographique. Le traître était à Rome, j'en étais persuadé, peut-être bien dans cet hôtel, si ce n'est même dans cette chambre...

Qui était-il ? Kevin ? Guillaume ? Morgane ? Jonathan ? Ou bien encore monsieur Tardy ? Ou madame Lobeau ? Ou le chauffeur du bus ? Ou quelqu'un d'encore plus discret ? Ce pouvait être n'importe qui, mais plus probablement quelqu'un de proche. Quelqu'un d'insoupçonnable...

Tout était confus dans mon esprit, effrayant, déstabilisant.

Je ne sais pas comment je réussis à dormir cette nuit-là...

Le lendemain matin, je trouvai Lucie en train de prendre son petit déjeuner dans la salle à manger de la pension. Je ressentis un immense soulagement en la voyant boire son chocolat. Elle était seule, les yeux perdus dans le vague.

– Comment vas-tu ? lui demandai-je à voix basse en installant mon plateau à côté d'elle.

– J'ai connu de meilleurs moments, répondit-elle d'une voix blanche.

Lucie avait les traits tirés et les yeux pâles. Je voyais bien qu'elle n'était pas encore vraiment remise de son choc. Elle tenta de m'adresser un sourire qui lui réclama visiblement un gros effort.

– Pourquoi ton nez est-il gonflé comme ça ?, demanda-t-elle en louchant sur mon pauvre appendice nasal qui avait pris une affreuse couleur prune.

– Kevin. Je t'expliquerai.

Lucie baissa la tête et dit d'une voix sourde :

– Tu m'en veux, n'est-ce pas ?

Je ne comprenais pas.

– Pourquoi je t'en voudrais ?

– D'avoir craqué hier soir quand on a tiré sur l'oncle Aldo...

– Mais non, voyons. Je comprends très bien.

– Je suis désolée, mais c'était tellement affreux. Je ne l'ai pas supporté !

– C'est vrai : c'était affreux.

Lucie avala une gorgée de son chocolat chaud. Je sentais qu'elle guettait ma réaction. Voyant que je ne disais rien, elle ajouta à voix basse :

– Jean-Baptiste, je ne t'apporte aucune aide. Au contraire, je t'empêche de mener à bien ta mission.

Je regardai Lucie, interloqué.

– Mais pourquoi me dis-tu cela ?

– Parce que je ne te sers à rien. Je suis un boulet pour toi. Je te demande pardon.

Je n'en revenais pas. Lucie, si forte d'habitude, était complètement effondrée. C'était la première fois que je la voyais dans cet état. J'étais franchement inquiet et regrettais de n'avoir pas réagi la veille en la faisant examiner par un médecin.

– Lucie, tu as subi un gros choc : il faut absolument que tu te reposes…

Lucie se mit à pleurer silencieusement. Je ne savais que dire. Je ne comprenais pas sa réaction et surtout pas la raison pour laquelle elle se dévalorisait ainsi devant moi.

– Je n'ai pas besoin de me reposer, dit-elle enfin.Ça va aller…

– Tu es sûre ?

– Oui, je suis sûre.

– Bon. Je vais réfléchir à notre situation, finis-je par dire avec embarras. Nous en reparlerons ce soir, n'est-ce pas ?

– D'accord.

Au moment où nous nous rassemblions pour aller visiter la « Rome baroque », thème de la journée, monsieur Tardy s'approcha de moi avec un petit sourire en coin.

– Ah, voici notre Don Juan local. À voir l'état de votre nez, je crains que vous n'ayez froissé un rival…

Je ne répondis rien et attendis patiemment qu'il me crache le morceau.

– Avec mes collègues, continua imperturbablement le professeur d'histoire, nous avons pensé qu'une privation de quartier libre pourrait assagir vos pulsions nocturnes. Qu'en pensez-vous, monsieur Carmes ? Rassurez-vous, mademoiselle Lafontaine restera avec vous à la pension… Et comme je suis sujet à l'insomnie, je me disais que j'aurais grand plaisir à lire un petit travail écrit que vous pourriez réaliser pendant ce temps-là. Le sujet est le suivant : « Grandeur et décadence de l'Empire romain ». Avec tout ce que je vous ai dit hier pendant notre visite, je pense que vous avez matière à m'en remplir quatre bonnes pages…

– Quatre pages ?

– Ou plus, si vous estimez être capable d'en rédiger davantage. Mais permettez-moi d'en douter, monsieur Carmes…

Toute la journée, j'avais trouvé la ville de Rome particulièrement sinistre. Ce n'était pas objectif, bien entendu, parce que toutes les églises, fontaines et bâtiments baroques que nous visitions étaient des splendeurs… Enfin, des splendeurs pour ceux qui aiment les sculptures chargées, les colonnes torses et les peintures en trompe-l'œil. Ou pour ceux qui, contrairement à moi, n'avaient pas de problème particulier à gérer et pouvaient jouir en toute quiétude de la *dolce vita* romaine…

Lucie traînait comme une âme en peine à l'arrière du groupe, sans même prendre la moindre photo. Je marchais à côté d'elle, mais nous restions silencieux l'un et l'autre.

Quant à Morgane, elle ne m'adressait pas la parole et évitait de croiser mon regard, à l'inverse de Kevin et de Guillaume qui ricanaient en me jetant des coups d'œil en coin.

Jonathan non plus ne me lâchait pas les baskets. Je compris que l'histoire de Jojo le clown avait fait le tour de la pension au petit déjeuner. Le gros rouquin et sa bande avaient trouvé dans un magasin d'affreux nez rouges en plastique dont ils s'étaient affublés avec une délectation sadique. Toute la journée, Jonathan était revenu à la charge pour m'obliger à m'en coller un sur le nez.

– Eh, bicolore, on sait que tu aimes bien les clowns. Un de perdu, dix de retrouvés !

Les événements de la veille me préoccupaient davantage que ces provocations. Plusieurs fois au cours de la journée, j'avais été tenté de téléphoner à l'hôpital Gemelli pour avoir des nouvelles de l'oncle Aldo. Mais ne parlant pas l'italien et ne connaissant pas le nom du prêtre – je n'étais même pas sûr qu'Aldo soit son vrai prénom –, j'avais renoncé à appeler l'hôpital.

007 refusait de communiquer lorsque nous étions en groupe et ne paraissait d'ailleurs pas en savoir plus long que moi. Je le sentais tendu et il ne s'éloignait jamais très longtemps de nous, à l'affût tel un chien de chasse.

Pendant la pause-déjeuner, j'essayai de parler avec Lucie, mais elle était toujours aussi déprimée. Elle finit par me communiquer sa morosité. Je décidai de joindre son parrain au téléphone, mais, là encore, je fis chou blanc malgré les appels répétés. J'en conclus que Philippe était probablement parti en voyage loin de Tiraguello.

La poisse continuait.

En désespoir de cause, au bord du soir, je téléphonai à l'abbaye Saint-Placide. Au moins, le frère Athanase, lui, avait toutes les chances d'être là. En entendant la voix grave et puissante du moine au téléphone, je ressentis un profond soulagement. C'était le premier rayon de soleil de cette journée déprimante. Le frère Athanase commença par me poser quelques questions anodines sur le voyage en bus. Et au moment où je m'apprêtais à lui déballer mon histoire, il me coupa la parole et dit d'une voix paisible :

– Je dois te laisser, Jean-Baptiste : c'est l'heure de l'office des Vêpres. Si tu as des problèmes d'argent, sers-toi de ta carte bleue.

J'hallucinais. S'imaginait-il un seul instant que je m'amusais à lui téléphoner de Rome pour raconter mon voyage en bus et lui faire part d'un problème d'argent de poche – à un moine, qui plus est ! -, alors que nous nous débattions dans des affaires graves comme l'attentat contre sa sentinelle de la Porte des Anges, l'état de Lucie, la destruction de Jojo le clown, le vol de mes pensées par l'Adversaire, le statu quo de notre enquête ? Je n'avais pas eu le temps d'en placer une que le frère Athanase avait déjà raccroché...

Un début de panique commença à m'envahir. Tout le monde m'abandonnait et me laissait seul dans ce marasme. J'en voulais à Lucie, à 007, à Philippe et encore plus au frère Athanase. Si l'enfer existait, je pense que j'étais en train d'y goûter...

Après le dîner, tous les élèves s'échappèrent de la pension pour profiter de leur seconde soirée de quartier libre. Morgane s'enferma dans sa chambre avec un air grognon pour rédiger la punition de monsieur Tardy.

De mon côté, j'avais écrit le devoir tout au long de la journée grâce au guide vert de Lucie que j'avais généreusement pompé. J'avais autre chose à faire pendant mes soirées que de gratter pour occuper les longues nuits d'insomnie de mon prof d'histoire. Je rejoignis Lucie qui était sur la terrasse de l'hôtel. Nous avions prévu de nous y retrouver pour parler loin des oreilles indiscrètes. 007 était resté dans la cour intérieure pour veiller sur notre sécurité.

Je retrouvai Lucie assise sur un fauteuil de plastique blanc, à côté d'un bac de fleurs rouges. La terrasse offrait un panorama magnifique sur le quartier historique de Rome. Le coucher de soleil caressait une mer de tuiles rondes recouvrant des maisons de tailles et de hauteurs différentes. Une délicate teinte rose colorait tous les édifices de la ville, en particulier le *Vittoriano*, ce gigantesque monument aux morts que les Romains appellent ironiquement la « machine à écrire » en raison de sa ressemblance avec cet objet. Partout, des clochers s'élevaient dans le ciel, révélant un nombre d'églises tout à fait étonnant. Au loin, un dôme dominait les autres par sa taille et sa majesté : celui de la fameuse basilique Saint-Pierre, la plus grande église du monde, où résident les papes depuis des siècles.

Je m'assis à côté de Lucie et posai la main sur son bras avec douceur.

– Ça va ?

– Pas terrible, répondit-elle avec un petit sourire triste.

– Qu'est-ce qui ne va pas exactement ?

Lucie haussa les épaules et détourna la tête. Un début d'agacement me saisit malgré moi. Tout en parlant d'une voix la plus douce possible, je ne pus m'empêcher de la secouer un peu.

– Je comprends que ce soit traumatisant de voir quelqu'un se faire tirer dessus devant nous, mais l'oncle Aldo n'est pas mort. Et nous-mêmes, nous avons été bien protégés par 007 qui a… neutralisé notre agresseur à temps. Nous n'avons même pas été blessés !

– Je sais…

– Il faut faire face, Lucie ! Nous n'avons que quelques jours devant nous pour retrouver la quatrième clé. Si, par malheur, nous n'y arrivons pas, l'Adversaire finira par la retrouver et le monde sera en grand danger !

– Je sais…

– Alors quoi ?

– Je te l'ai dit : je ne sers à rien et je t'empêche de mener à bien ta mission. C'est ta mission, pas la mienne. Je suis plus un obstacle qu'une aide.

Je fus tenté d'élever la voix pour la raisonner.

– Lucie, arrête de dire que tu ne sers à rien. C'est toujours toi qui m'as soutenu, c'est toujours toi qui m'as remonté le moral quand je n'allais pas bien. Nous avons vécu ensemble des aventures complètement dingues en voyageant dans le temps, en affrontant des sorciers hyperdangereux, en luttant contre des démons, j'en passe et des meilleures. J'aurais été incapable de vivre tout cela sans toi et encore plus de réussir la mission d'Euthyque…

– Alors, pourquoi ce matin n'as-tu rien répondu quand je t'ai dit que j'étais un boulet ?

J'étais interloqué.

– Quoi ? Qu'est-ce que je n'ai pas dit ? Je ne comprends pas…

Lucie soupira.

– Tu n'as rien répondu au petit déjeuner lorsque je t'ai dit que je ne servais à rien et que j'étais un boulet pour toi.

Je la regardai avec surprise.

– Que veux-tu dire ? Tu es sûre que je n'ai rien dit ?

– Absolument ! Tu m'as dit d'aller me reposer…

– C'est curieux, je ne m'en souviens pas… C'est loin le petit déjeuner ! Bon, d'accord, je n'ai rien dit parce que… parce que c'est évident, voilà tout ! C'est une chose que je t'ai déjà dite ! Je ne voyais pas l'intérêt de revenir là-dessus… Je pensais que tu t'en souvenais !

– Mais c'est aujourd'hui que j'avais besoin de l'entendre !

– Mais puisque je te l'ai déjà dit !

– Oui, mais j'ai besoin que tu me le répètes, surtout dans des moments comme ceux-là. J'ai besoin de te l'entendre dire.

Elle était décidément bien compliquée. Je trouvais ridicule de lui exprimer une telle évidence. Le plus important n'était-il pas de mener à bien notre enquête ? Je soupirai intérieurement et lui dis ce qu'elle voulait entendre. Je sentais que nous n'avancerions pas tant que je ne l'aurais pas rassurée.

– Non, Lucie, tu n'es pas un boulet. Et j'ai besoin de toi pour mener à bien la mission et accomplir la prophétie.

Lucie sembla soulagée. Ses traits se détendirent pour la première fois de la journée.

– Merci, dit-elle sobrement. C'était important pour moi que tu me le confirmes.

– Eh bien c'est fait ! répondis-je avec un bon sourire.

J'avais hâte de passer à autre chose et de réfléchir avec elle à la situation dans laquelle nous nous trouvions. Je lui parlai des coups de fil infructueux de la journée et surtout de la réaction étrange du frère Athanase.

Lucie fronça les sourcils et dit d'une voix convaincue :

– Je pense que cette carte bancaire doit servir à autre chose qu'à tirer de l'argent dans un distributeur de billets. Rappelle-toi la lettre de l'oncle Aldo : elle disait qu'il fallait l'utiliser en cas d'urgence. Or, nous sommes dans un cas d'urgence !

Je fis une moue dubitative.

– Je ne vois pas très bien à quoi une carte bancaire peut servir d'autre que de sortir de l'argent ou de donner l'état d'un compte en banque …

– Tu as toujours aussi peu d'imagination, Jean-Baptiste. Eh bien, essayons-la ! dit Lucie en se levant. Nous verrons bien ce qui se passera !

– Il faut trouver un distributeur du *Banco dello Spirito*, si je me souviens bien. Tu sais où il y en a un, près d'ici ?

– Affirmatif, mon capitaine. Place de Venise. J'ai repéré cette banque pendant nos visites. C'est à quelques minutes d'ici !

– Malheureusement, il faudra que tu y ailles seule : je suis assigné à résidence pour avoir dragué Morgane en pleine nuit dans le couloir des filles, je te rappelle…

– C'est bien fait pour toi, sale pervers ! répliqua-t-elle mi-sérieuse, mi-amusée.

– Oh, ça va, madame La Vertu !

– En attendant, pas question que j'y aille seule. C'est à toi que cette carte a été confiée !

– Comment faire alors ? Il nous faudra attendre demain…

– Non, le temps nous est compté ! Il est juste vingt et une heures. Trouvons un prof et rendons-lui ta punition. Nous verrons bien s'il accepte de te laisser sortir…

– Les connaissant, ça m'étonnerait fort !

– Ne sois pas défaitiste ! Qui risque rien n'a rien ! Essayons d'en dénicher un qui ne soit pas allé prendre une *granita* de *caffè* à la *Tazza d'Oro*…

La Providence veillait sur nous, ce soir là. Nous avons trouvé le professeur le plus susceptible de répondre favorablement à notre demande : madame Lobeau. Après avoir jeté un coup d'œil à ma prose et engagé une courte négociation, notre professeur de Français nous autorisa à sortir de la pension.

– Évitez d'aller provoquer monsieur Tardy sous son nez, dit-elle simplement avec un petit sourire aux lèvres. Si j'étais vous, je n'irais pas du côté de la place du Panthéon…

Cela tombait bien. Il n'était pas du tout dans notre intention de nous rendre dans ce quartier. Nous avions autre chose de plus urgent à faire…

Il nous fallut un peu plus de cinq minutes pour atteindre la place de Venise, en plein cœur de Rome. Face au palais des Rois d'Italie, quelques grosses banques cossues étaient accolées les unes aux autres, dont celle que nous cherchions.

Il Banco dello Spirito faisait l'angle de la place. Sur chaque côté de la banque était disposé un distributeur de billets facile d'accès. L'un d'entre eux était disponible.

Quand je fus devant l'écran tactile du distributeur, je retirai la carte bancaire de la pochette que je portais sous mes vêtements et l'introduisis dans la fente marquée d'une lumière bleue clignotante.

– Nous y sommes. Tu sais comment ça fonctionne ces appareils ? demandai-je à Lucie.

– Oui, c'est très simple. J'ai déjà vu mon père l'utiliser devant moi. Il n'y a qu'à suivre les indications.

Une série de drapeaux nationaux apparurent à l'écran.

– Choisis ta langue, expliqua Lucie.

– C'est bon ! J'avais compris...

Un dessin représentant le clavier apparut alors accompagné de la phrase rédigée en français : « composez votre code maintenant ».

– Notre code ? Quel code ?

– Rappelle-toi la lettre de l'oncle Aldo : « Le code secret est composé de quatre chiffres, ceux de la plaque d'immatriculation d'une Fiat Panda rouge ».

– La voiture de Philippe ?

– Très certainement.

– Mais je ne m'en souviens plus ! Il faudrait appeler Philippe tout de suite. Oh, mais, au fait : ton parrain est injoignable aujourd'hui ! La tuile !

J'étais dépité. Je voyais Lucie me regarder avec un petit sourire, très satisfaite d'elle-même.

– Ce ne sera pas nécessaire…

Je l'interrogeai du regard.

– Je me souviens du numéro de la plaque d'immatriculation de mon parrain…

– Comment ça ? Je croyais que les filles ne s'intéressaient pas aux voitures !

– Toujours ces vieux clichés machistes ! Enfin, passons… Le numéro est le 2909.

Je n'en revenais pas. Lucie avait relevé le nez et s'amusait franchement à mes dépens.

– Ne fais pas cette tête là, voyons. Bon, c'est vrai, j'ai été un peu aidée. Mon parrain m'a expliqué que la plaque d'immatriculation de sa voiture correspondait à la date de la fête des Archanges : le 29 septembre. C'est pour cela qu'il ne change pas de voiture : il a envie de garder ces numéros. Maintenant, Jean-Baptiste, arrête de me regarder avec tes yeux de merlan frit et dépêche-toi de composer le code !

– À vos ordres !

Je m'exécutai : 2-9-0-9. Quelques secondes plus tard, un avis rassurant s'affichait sur l'écran : « code bon ».

Soudain, sans que rien ne le laisse prévoir, le distributeur s'éteignit et l'écran devint noir.

– Qu'est-ce qui se passe ? demanda Lucie. Qu'est-ce que tu as fait ?

– Mais je n'ai rien fait ! protestai-je énergiquement.

L'écran se ralluma tout seul, d'un seul coup. Il n'y avait plus qu'un fond lumineux entièrement bleu. Quelques mots apparurent au milieu de l'écran :

BIENVENUE SUR LA MESSAGERIE
ARCHANGE GABRIEL

17.

Les fils du vent

Le texte d'accueil de la « messagerie Archange Gabriel »
qui s'était inscrit sur l'écran du distributeur de billets céda
rapidement la place à un autre message :

ATTENTION !

VOUS ÊTES BRANCHÉS SUR UN SYSTÈME SÉCURISÉ DE
COMMUNICATION AVEC LE MONDE ANGÉLIQUE.
VEUILLEZ VOUS PRÉSENTER À L'AIDE DU CLAVIER
TACTILE QUI APPARAÎT EN BAS DE VOTRE ÉCRAN.
LA MESSAGERIE ARCHANGE GABRIEL VOUS
REMERCIE.

– Ça alors ! s'exclama Lucie avec enthousiasme. Cette
carte bancaire nous permet d'entrer en communication
avec les anges ! C'est... c'est fantastique !

– On n'arrête pas le progrès ! Bon, au travail ! Faisons
ce qu'ils nous demandent...

Je tapai laborieusement le clavier avec mon index et
écrivit mon nom et mon prénom. Cette saisie terminée, la
réponse ne se fit pas attendre. Les mots apparaissaient
spontanément comme s'il n'y avait pas eu besoin de temps
pour les rédiger. C'était logique, somme toute, pour un
texte provenant d'un monde où le temps n'existe pas.

```
Bonjour humain Jean-Baptiste Carmes.
À qui désirez-vous parler,
pour votre service
et la plus grande Gloire du Très-Haut ?
```

Lucie me glissa un nom à l'oreille. Je me tournai vers elle, dubitatif.

— Tu crois qu'il acceptera de nous parler ?

— Pourquoi pas ?

Je tapai :

```
À l'Archange Gabriel
```

Une fois de plus, la réponse fut immédiate :

```
Bonjour, mon cher Jean-Baptiste.
Bonjour, ma chère Lucie.
Je suis l'Archange Gabriel, pour votre service
et la plus grande Gloire du Très-Haut !
```

— Comment sait-il que je suis avec toi ? demanda Lucie.

— Sais pas... Bon, maintenant, qu'est-ce qu'on lui dit ?

— Pousse-toi et laisse-moi faire, sinon demain, on y est encore ! dit Lucie en prenant ma place.

Mon amie réfléchit un instant, puis, à mon grand étonnement, se mit à taper le clavier à toute vitesse avec ses dix doigts.

```
Ici Lucie.
Mes respects, votre Grandeur angélique.
Le contact (Aldo ?) du frère Athanase est à
l'hôpital et n'a pas eu le temps de
nous parler. Que devons-nous faire maintenant ?
```

Je trouvai son message trop bref et trop direct à mon goût. Lucie s'adressait à un Archange hyper-connu, tout de même ! Elle aurait pu mettre les formes… Heureusement, notre correspondant angélique ne sembla pas prendre ombrage du ton de Lucie et sa réponse fusa.

Prenez contact avec Padre Stefano.
Vous le trouverez à l'église del Gesù.
Padre Stefano est l'aumônier des gitans de Rome.
Il pourra certainement vous renseigner et vous aider à trouver
celui que vous cherchez.

Lucie semblait perplexe. Au bout de quelques secondes de réflexion, elle écrivit :

```
Parle-t-il français ?
Comment faut-il lui présenter notre demande ?
```

Réponse de l'Archange :

Padre Stefano parle français.
En ce qui concerne le prétexte,
dites-lui simplement que vous voulez saluer Béko Paslavicz.

Béko Paslavicz... Ce nom m'évoqua un vieux souvenir enfoui. Où donc avais-je entendu parler de ce Béko Paslavicz ? Lucie me regarda en écarquillant les yeux.

– Tu sais qui est ce Béko... Pastachic, toi ?

Je n'en savais rien. Était-il le « roi » des Gitans que nous étions censés rencontrer ? Instinctivement, je devinais que ce n'était pas le cas. Ce nom évoquait en moi quelque chose de connu, mais de fort, fort lointain... Je répétai mentalement plusieurs fois ce nom dans ma tête. Soudain, le voile se déchira. Ma mémoire exhuma un souvenir d'outre-tombe : je savais qui était ce Béko Paslavicz.

Béko était un jeune gitan qui avait fréquenté ma classe de CM 1. C'était un garçon frêle et réservé, aux yeux et aux cheveux noirs comme le jais. Il n'était resté que six mois à Tournon-sur-Vise, avant de reprendre la route vers le sud de la France. Cela faisait des années que je n'avais pas pensé à lui. J'avais fini par oublier cette amitié éphémère qui avait commencé à la fin d'une récréation au cours de laquelle j'étais intervenu pour empêcher Béko de se faire battre par quelques camarades de classe. Ceux-ci le trouvaient curieusement habillé et disaient qu'il sentait mauvais. Je me souvenais lui avoir porté secours, me sentant solidaire de ce marginal, moi qui étais mal dans ma peau et peu sociable. Nous avions alors neuf ans tous les deux. Cela faisait donc plus de six ans que je l'avais perdu de vue...

Retrouver son nom à Rome écrit sur cet écran de distributeur de billets était une expérience plutôt étrange. Non pas simplement parce que j'apprenais que Béko résidait dans cette ville, mais aussi parce que je réalisais que les Archanges étaient diablement bien renseignés sur notre compte...

– Réponds à l'Archange Gabriel que nous allons faire ce qu'il demande, dis-je à Lucie avec un air entendu... Et remercie-le poliment, s'il te plaît !

Mon amie me jeta un regard noir.

– Pour qui me prends-tu ?

Lucie remercia et salua l'Archange Gabriel. Avant de clore la communication, elle lui demanda encore des nouvelles de l'oncle Aldo. L'ange répondit :

Rassurez-vous, mes amis : l'oncle Aldo est bien soigné par le professange Skalpel à l'hôpital Gemelli. Il va se remettre rapidement de ses blessures et sera envoyé en convalescence à Bari, dans sa famille.

L'événement doit servir de leçon : l'Adversaire a placé des espions à sa solde un peu partout autour de vous. Le colonange Solanel m'a dit qu'il était probable que vos notes prises à la pizzeria sur la nappe en papier aient servi à l'un de ses espions pour connaître le lieu de rendez-vous avec votre contact. À l'avenir, ne laissez aucune trace écrite derrière vous.

– Oh, crotte de bique ! s'écria Lucie. Par notre faute, le pauvre oncle Aldo a manqué de se faire tuer ! C'est trop injuste !

Le message de l'Archange Gabriel continuait à s'inscrire sur l'écran.

Les communications téléphoniques sont également surveillées par l'Adversaire. Dorénavant, évitez de les utiliser.

En ce qui concerne celui qui te surveille, Jean-Baptiste,
l'Archange saint Michel pense qu'il s'agit certainement d'un
espion « dormant », ce qui signifie qu'il ne se
« réveillera » que lorsque tu seras tout près du but ou quand tu
auras retrouvé le quatrième clou. À ce moment-là et jusqu'à ce
que tu saches où cacher la clé, l'espion deviendra très dangereux. Pour l'instant, l'individu continue à échapper aux investiga-
tions de l'enquêtange Coctel malgré tous ses efforts.
Nos sécuritanges veillent sur toi de leur mieux, mais je te supplie de rester très vigilant.
Chers Lucie et Jean-Baptiste, je vous redis toute mon affection
et ma confiance. Que le Très-Haut vous garde et vous protège !
Pour votre service et la plus grande Gloire du Très-Haut !

À la suite de ce dernier message, l'écran retrouva sa
fonction première de banal distributeur de billets de banque et afficha :

VEUILLEZ INDIQUER LE MONTANT QUE VOUS DÉSIREZ
RETIRER OU APPUYER SUR LA TOUCHE ANNULATION.

Lucie appuya sur la touche rouge « annulation » et la
carte bleue s'éjecta de l'appareil.

– Tu aurais dû essayer de retirer de l'argent, dis-je avec
regret. On aurait pu aller s'offrir une glace sur le compte
des anges, tu ne crois pas ?

– Ce que tu peux être vénal ! soupira mon amie en me
rendant la précieuse carte bancaire.

– Je disais ça…

Derrière nous, un couple de touristes américains qui
attendaient patiemment leur tour pour tirer de l'argent au
guichet, nous jetèrent un regard suspicieux…

Il ne fut guère difficile de trouver l'église du *Gesù*. Nous
l'avions visitée le matin même et elle se situait à deux pas

du *Largo Argentina*. Si la façade de l'édifice était très solennelle et même sévère, l'intérieur de l'église stupéfiait par le contraste qu'elle offrait au visiteur. La décoration y était exubérante, mêlant les marbres verts et jaunes, les bronzes dorés, les peintures en trompe-l'œil, les statues tarabiscotées et une débauche de dorures…

J'avoue que ce style d'église, qui comblait d'aise monsieur Tardy, ne m'enchantait pas plus que cela. Je préférais nettement les bâtiments plus dépouillés, aux lignes pures et paisibles. Mais, pour l'heure, mes goûts artistiques n'avaient pas beaucoup d'importance et je m'étais débrouillé pour donner l'impression à mes professeurs d'être particulièrement fasciné par ce déluge d'œuvres d'art. La réalité était plus prosaïque : Lucie et moi avions besoin de rencontrer un prêtre attaché à cette paroisse, le Padre Stefano…

Sur notre demande, nos professeurs, surpris mais flattés de notre soudain intérêt pour l'art religieux, nous avaient facilement autorisés à retourner à l'église *del Gesù* en début d'après-midi, pendant la sieste.

À cette heure la plus chaude du jour, ce lieu de culte était pratiquement désert. Seule la chapelle à gauche du transept qui abritait le monumental tombeau de saint Ignace de Loyola, fondateur de l'ordre des jésuites auquel appartenait l'aumônier des gitans, accueillait quelques rares dévots plongés dans la prière.

Il nous fallut trouver un moyen pour joindre le Padre Stefano. L'église ne manquait pas de confessionnaux sur lesquels les prêtres avaient affiché de petites pancartes indiquant les langues dans lesquelles ils pouvaient confesser. L'un d'entre eux prétendait parler l'italien, le polonais, l'anglais et le français et il avait laissé la porte de son confessionnal ouverte. C'est à lui qu'il nous parut tout naturel de demander de l'aide. Le vieux jésuite aux cheveux blancs écouta notre requête en hochant la tête et sembla ravi d'abandonner un instant son poste pour aller chercher le Padre Stefano. Il nous dit simplement que nous avions de la chance d'être venus aujourd'hui, le Padre étant souvent absent. Il nous suffisait de l'attendre tranquillement devant le tombeau de saint Ignace.

Quelques minutes plus tard, un prêtre dégingandé s'approcha de nous à grands pas avec une démarche élastique. Il avait un petit corps perché sur une grande paire de jambes un peu arquées, comme s'il avait fait de l'équitation toute sa jeunesse. Le prêtre ouvrit ses bras en signe d'accueil, nous donna à chacun une petite bourrade sur l'épaule, puis dit à haute voix, sans s'embarrasser des personnes en prière devant le tombeau de saint Ignace :

– Bonjour les enfants ! Vous êtes français ? Vous venez de loin ? Vous voulez me parler ? C'est à quel sujet ?

Les questions du jésuite sortaient en rafale sans attendre nos réponses. L'homme parlait un français parfait, avec une légère pointe d'accent italien. Ses yeux pétillants de malice étaient engageants et il semblait très ouvert. Je lui répondis :

– Je suis à la recherche d'un gitan qui était dans ma classe quand j'étais petit, en France...

– Où ça ?

– À Tournon-sur-Vise.

– Je ne connais pas !

– On m'a dit que vous étiez leur aumônier et j'ai pensé que...

– Comment s'appelle-t-il ? coupa le Padre Stefano.

– L'aumônier ?

– Non, le gitan de ta classe...

– Euh... Il s'appelle Béko. Béko Paslavicz.

Le visage du jésuite s'illumina.

– Ah oui, Béko Paslavicz ! Ah, ah, ah ! Vous avez de la chance, parce que les gitans sont très nombreux à Rome et que je suis loin de les connaître tous. Lui, en revanche, je le connais. C'est un Rom !

– Un Rom ? Un Romain ?

– Non, pas un Romain ! Le nom Rom désigne une catégorie de gitans, comme il y a des Sintés, des Manouches, des Kaldérachs, des Lovaris.

– Où habite Béko ?

– Il demeure dans le camp de *Magliana Vecchia*, près d'un des dépôts de bus ATAC.

– C'est loin du centre ville ?

– Le camp se trouve dans la banlieue sud de Rome, à quelques kilomètres d'ici, en direction de l'aéroport *Leonardo da Vinci*.

Il se mit à rire en voyant nos mines déconfites.

– Je vois que cela ne vous réjouit pas…

– C'est que nous avons peu de temps, expliqua Lucie.

Le Padre Stefano secoua vivement ses mains et dit :

– *Macché*, je peux vous y conduire en voiture, si vous voulez. D'ailleurs, il est préférable d'être accompagné de quelqu'un qui connaît les gitans pour entrer dans un camp.

– Vous feriez cela ? C'est très gentil à vous !

Une chose me préoccupait.

– Dites-moi, mon Père : vous pensez que c'est dangereux d'aller dans un camp gitan ?

– Non, bien sûr, mais leur manière de vivre fait souvent peur à ceux qui ne les connaissent pas. Et les gitans eux-mêmes sont très méfiants quand ils voient un *gadjo* débarquer dans leur camp…

– Un « gadjo » ?

– C'est une expression qu'ils emploient pour parler de tous ceux qui n'appartiennent pas à leur peuple. Vous et moi, nous sommes des *gadjé*.

Lucie recentra la discussion.

– Pensez-vous pouvoir nous conduire au camp de Béko ce soir ? Nous sommes libres après le dîner, mais nous devons être rentrés pour vingt-deux heures à la pension.

– Je vais demander à mon supérieur. Venez avec moi.

Le jésuite traversa l'immense nef de l'église de sa démarche de félin et nous conduisit à la sacristie. C'était une immense pièce un peu sombre, toute en bois. Un sacristain rondouillard, assis à un bureau, leva brutalement le nez comme s'il avait été pris en faute et échangea quelques mots avec le Padre Stefano d'une voix pâteuse. Il décrocha le combiné d'un antique téléphone à cadran, composa le numéro d'une ligne intérieure et tendit le combiné au jésuite. Le Padre Stefano cria littéralement dans le téléphone :

– *Padre John ? Comé stai ?*

La conversation entre les deux religieux ne prit que quelques secondes. Le Padre Stefano nous adressa un large sourire en reposant le combiné téléphonique et dit d'un air satisfait :

– C'est d'accord pour ce soir. Rendez-vous à vingt heures devant les escaliers de l'église. OK ?

– OK ! Merci, mon Père !

Nous étions bien à l'heure au pied de l'église du *Gesù*, face au siège du Parti Populaire Italien qui arborait un grand drapeau blanc et rouge. Une minuscule Fiat Cinquecento blanche qui semblait sortie tout droit d'un vieux film italien des années soixante s'arrêta devant nous.

– Montez ! cria le Padre Stefano.

– Tu es sûre que l'on va tous tenir dans ce pot de yaourt ? demandai-je à Lucie avec inquiétude.

– À moins que tu ne tiennes à y aller à pied, je crois que nous n'avons pas le choix…

Décidément, que ce soit dans les rues, les bus ou les voitures, il fallait toujours être prêt à se serrer. Nous n'étions pas trois, mais quatre passagers, 007 ayant voulu absolument nous accompagner pour assurer notre sécurité. Le Padre Stefano ne semblait pas se formaliser de ce voyageur supplémentaire. Il nous enfourna dans son pot de yaourt en poussant la portière fermement et s'installa avec un grand sourire. Ses longues jambes repliées touchaient le volant...

– *Avanti* ! dit-il avec bonne humeur.

En voyant le jésuite à l'aise dans la circulation avec sa petite voiture passablement cabossée, je compris pourquoi les Romains prisaient ce genre de véhicules. La Cinquecento se faufilait partout.

Notre chauffeur passa un grand pont blanc qui enjambait le Tibre et nous montra une très jolie petite île au milieu du fleuve.

– L'île Tibérine. C'est ici que Rome a commencé son histoire, parce que cet îlot permettait de traverser plus facilement le Tibre.

– C'est quoi, ce bâtiment ?

– Un hôpital tenu par les frères de Saint-Jean-de-Dieu. Pendant l'Antiquité, les Romains y avaient construit un temple dédié à Esculape, le dieu de la médecine. Depuis, cette île a toujours eu une vocation médicale... Maintenant, nous allons entrer dans le *Trastevere*...

La fiat s'engouffra dans une artère très animée, bordée de grands érables au feuillage épais.

– *Trastevere* signifie « au-delà du Tibre », continua à commenter le Padre Stefano. Ce quartier ne faisait pas partie de la ville de Rome à l'origine. C'était un quartier pauvre et populaire peuplé de Juifs et de Syriens. C'est l'empereur Auguste, au début de notre ère, qui a fait du Trastevere la quatorzième région administrative de Rome. Les premiers chrétiens, qui étaient des Juifs, vivaient donc ici, au Trastevere...

La voiture continua sa progression à travers différents quartiers de banlieue aux lourds immeubles gris couverts de tags agressifs. Parfois, nous traversions des zones fortement urbanisées qui débouchaient étonnamment sur de grands terrains vagues bosselés où l'on voyait paître de maigres troupeaux de moutons. Puis la ville reprenait, avec ses constructions bancales ou inachevées, autour desquelles s'entassaient des bandes de jeunes désœuvrés, buvant force bière au goulot en écoutant de la musique à plein tube...

Plus nous avancions et plus la ville s'effilochait jusqu'à notre arrivée dans un quartier qui paraissait encore plus misérable que ceux que nous avions traversés auparavant. Magliana Vecchia s'accrochait à une grosse colline, dominant l'autoroute qui filait plein sud vers l'aéroport. À la sortie, le Padre Stefano quitta la chaussée pleine de trous et s'engagea sur une petite route au bout de laquelle nous n'apercevions qu'un vaste dépôt de bus entouré de fils barbelés.

– Mais... Il n'y a personne qui habite ici... dis-je, dépité.

– Tu te trompes, mon garçon : il y a bien un grand camp gitan à côté de ce parc. C'est là qu'habite ton ami Béko...

Le Padre Stefano n'alla pas jusqu'au dépôt de bus et bifurqua à gauche. Les roues de la Fiat surchargée patinèrent en gravissant le petit chemin escarpé et pierreux. Le prêtre arrêta son véhicule à l'entrée du camp et nous invita à descendre.

Nous étions loin de la Rome touristique. Le campement qui s'étalait devant nos yeux ressemblait à l'un de ces bidonvilles que l'on trouve dans des pays en voie de développement. Une bonne cinquantaine de caravanes déglinguées et de baraques en bois y dessinaient un paysage de désolation. Quelques feux trouaient çà et là l'obscurité de la nuit tombante, et une terrible odeur de pneus brûlés nous piquait les narines.

Je n'étais jamais entré dans un camp gitan, mais ceux que j'avais vus de loin, à Tournon, ne ressemblaient pas à celui-ci. Les caravanes et les voitures y étaient grosses et en bon état. Je n'avais pas imaginé que Béko pût vivre dans de telles conditions…

– C'est un camp très pauvre, se crut obligé de préciser le jésuite comme s'il s'excusait de nous emmener dans un tel lieu. À Rome, la grande majorité des gitans viennent des anciens pays de l'Est où ils étaient encore plus pauvres et ils se sont installés ici en espérant trouver une vie meilleure. Comme vous le voyez, ce n'est pas beaucoup mieux…

– De quoi vivent-ils ? demanda Lucie.

– Chapardages, mendicité, petits travaux de rempaillage de chaises… Pas de quoi pavoiser ! Auparavant, les nomades élevaient des chevaux et les revendaient, ce qui était compatible avec leur mode de vie. Ils travaillaient également dans des forges où ils fabriquaient des chaudrons. Tous ces métiers ont disparu aujourd'hui. Il leur est plus difficile de s'adapter aux contraintes du monde moderne. Et puis, les familles que vous voyez dans ce camp ne possèdent pas de papiers d'identité pour la plupart. C'est pourquoi elles voyagent à travers l'Europe : l'Espagne, la France, l'Italie… Les nomades ne peuvent pas rester au même endroit très longtemps… Dans la plupart des cas, ils fuient plus qu'ils ne voyagent pour leur plaisir. Ils se nomment entre eux « les fils du vent » !

Le prêtre soupira, les yeux perdus dans le vague.

– Venez, maintenant. Je vais vous conduire à la caravane de votre ami.

Nous étions mal à l'aise en traversant ce camp. C'était comme si nous étions en train de violer quelque chose de l'intimité de ces gens. Le Padre Stefano, qui avait l'habitude de venir là, avançait rapidement avec sa démarche caractéristique. Une foule d'enfants sales et dépenaillés se mirent à courir dans sa direction en poussant des cris de joie aigus.

— *Rachaï Stefano ! Misto rachaï Stefano !*

— C'est du romanés, nous expliqua-t-il. En langue tzigane, *rachaï* signifie prêtre...

Le Padre Stefano prit dans ses bras une petite fille au nez qui coulait, traça un signe de croix sur son front et continua à progresser malgré la grappe d'enfants qui s'accrochaient à son vêtement. Au fur et à mesure que nous avancions, le prêtre saluait systématiquement par son nom chaque personne que nous croisions, mais la plupart des gitans nous jetaient un regard inquiet avant de nous tourner le dos ostensiblement.

— Ne soyez pas étonnés, expliqua le Padre Stefano. Les Roms n'ont pas l'habitude de voir dans leur camp des *gadjé* qu'ils ne connaissent pas. Tant qu'ils ne sauront pas qui vous êtes et pourquoi vous êtes là, ils se méfieront et feront semblant de vous ignorer...

Nous nous dirigions vers un feu de camp autour duquel quelques hommes et quelques femmes se tenaient assis sur des chaises de bois. L'un d'entre eux jouait un air mélancolique à la guitare.

— Voici la famille Paslavicz, annonça notre guide. *Latchodives, djal michto !*

Les Paslavicz se levèrent et s'approchèrent lentement de nous. Leurs visages étaient fermés et leurs yeux interrogeaient du regard le Padre Stefano qui avait amené ces inconnus chez eux. Cette fois, le prêtre leur adressa la parole dans notre langue :

— Ce sont des jeunes Français. Ils viennent de Toulon-sur-Guigne...

— Tournon-sur-Vise, corrigeai-je.

— Vous avez traversé cette ville il y a quelques années, paraît-il...

Le grand adolescent qui jouait de la guitare un instant plus tôt lâcha son instrument et s'approcha de moi. Il me dévisagea un instant et dit d'une voix étranglée :

– Jean-Baptiste ? Tu es Jean-Baptiste ?

– Béko ?

Je reconnus difficilement le grand échalas que j'avais devant moi. Il avait toujours les cheveux et les yeux noirs, mais son visage bruni par le vent et le soleil s'était affiné. Béko avait énormément grandi.

Le jeune gitan me serra sur son cœur avec fermeté et me glissa à l'oreille :

– Pars d'ici, Jean-Baptiste ! Tout de suite !

18.

Latcho drom !

Béko me dévisagea de ses yeux de braise sans libérer
mes bras qu'il enserrait fermement. Je voyais son fin visage
ravagé par une peur terrible. Les muscles de sa mâchoire
étaient tendus, sa respiration haletante comme celle d'un
petit chien. Si je m'étais écouté, j'aurais fait demi-tour
immédiatement en prenant mes jambes à mon cou pour
retourner à la voiture du Padre Stefano. Mais personne
n'osait bouger. Un lourd silence figeait la scène comme
dans du marbre…

Un homme arborant une moustache aussi grosse que
son abdomen finit par s'approcher de Béko et lui demanda
d'une voix rauque :

— Tu le connais ? Qui sont ces *gadjé* ?

Béko desserra son étreinte et répondit à l'homme sans
me quitter des yeux :

— Oui, dada, je connais ce *gavalo*. Il s'appelle Jean-
Baptiste Carmes. J'étais avec lui à l'école quand nous étions
à Tournon-sur-Vise. Il m'a défendu quand des gadjé de sa
classe ont essayé de me frapper. Souviens-toi : je t'ai déjà
raconté cette histoire…

L'homme à la moustache grogna et me fixa de ses yeux
globuleux. Puis il me tendit la main et dit :

— Merci, garçon. Merci d'avoir défendu mon fils. *Misto
aves* !

— Il te souhaite la bienvenue, expliqua le Padre Stefano,
visiblement soulagé de la tournure des événements.

Je serrai la main du père de Béko et je sentis tout le monde se détendre d'un seul coup autour de moi.

Sauf Béko.

– Pourquoi réagis-tu comme ça ? demanda l'homme à la moustache. Pourquoi fais-tu cette tête ? Ce gadjo est un bon garçon !

Béko secoua la tête et tenta d'esquisser un sourire.

– Je suis heureux de te revoir, Jean-Baptiste.

Puis il vint me serrer la main, avec chaleur cette fois.

– Ça me fait vraiment plaisir !

Le Padre Stefano profita de l'occasion pour faire les présentations. Chacun des membres de la famille de Béko nous salua avec une gentillesse un peu intimidée. Il y avait sa mère, Yoya, une femme très grande et très fine, avec un fichu bleu sur la tête et des dents en or. Il y avait aussi Mirva, la grande sœur de Béko et son mari Azlan. Puis encore Zébulon, Marona, Naïss et Bourso, ses petits frères et sœurs. La grand-mère, Kinèche, une vieille femme ridée comme une pomme cuite au four et qui fumait la pipe, me jeta un regard froid et refusa de me serrer la main, ce qui irrita une nouvelle fois le père de Béko.

– Allons parler un peu plus loin, me dit mon ami en voyant la réaction de sa grand-mère. Nous serons plus tranquilles pour discuter…

Je ne demandais pas mieux que de m'éloigner de toute cette smala qui me faisait un peu peur. J'aperçus le regard inquiet de 007 qui s'apprêtait à me suivre. L'enquêtange se ravisa et resta sagement avec Lucie et le prêtre.

– Tu as beaucoup changé, dis-je à Béko. Tu es beaucoup plus grand que moi, maintenant. J'aurais eu du mal à te reconnaître si je t'avais croisé dans la rue.

Le jeune gitan qui marchait à mes côtés se mit à grimacer un pauvre sourire.

– C'est la vie au grand air qui nous fait pousser plus

vite, nous les Romanos. Comme la mauvaise herbe dans les champs…

Il y avait un voile de tristesse et de rancœur dans sa voix. Je me taisais, un peu gêné, ne sachant comment réagir. Voyant mon embarras, le jeune gitan changea de conversation.

– Pourquoi es-tu venu me voir, après toutes ces années ?

– Pourquoi m'as-tu dit de partir ? répliquai-je vertement. Tu n'es pas content de me voir ?

Béko s'arrêta et se tourna vers moi.

– Je suis désolé, Jean-Baptiste. Je ne voulais pas te blesser.

– Tu ne m'as pas blessé. Je suis étonné. Simplement étonné.

Le garçon ne répondit rien. Il s'assit sur une grosse pierre et m'invita à prendre place à ses côtés. De là où nous étions, nous apercevions sa famille assise autour du feu qui offrait du café à ses hôtes.

– Pourquoi es-tu venu me voir ? me demanda Béko une nouvelle fois.

Je ne savais pas comment aborder la vraie raison de ma venue dans son camp. Je cherchais la meilleure manière d'introduire le sujet, mais je ne trouvais pas. Je lui dis simplement :

– J'ai besoin de toi, Béko.

Le garçon me jeta un regard surpris.

– Besoin de moi ?

Je déglutis péniblement et décidai de me jeter à l'eau.

– C'est à propos d'une vieille légende de ton peuple… Celle du quatrième clou de la crucifixion du Christ, le clou volé par une gitane.

Béko s'empourpra.

– Le clou volé ? Qui t'a raconté cette histoire ?

– C'est un peu long à expliquer…

Beko fronça les sourcils.

– Tous les gitans connaissent cette légende, mais je ne vois pas en quoi elle intéresse un gadjo et surtout, quel rapport elle a avec toi !

– Je dois rencontrer celui que vous appelez le « Roi des Gitans ». Il faut que je parle avec lui. C'est très important !

Béko secoua la tête, complètement décontenancé.

– Mais nous n'avons pas de roi, qu'est-ce que tu racontes ! Je ne comprends rien à cette histoire ! Tu débarques dans mon camp, après toutes ces années, pour une légende que mon peuple raconte aux enfants, à la veillée…

– Je t'en prie, Béko. Au nom de notre ancienne amitié, je te supplie de m'aider à trouver cet homme… ce roi, et à ne pas me poser de questions !

Le garçon baissa la tête et maugréa :

– J'ai une dette d'honneur vis-à-vis de toi, Jean-Baptiste. Je ne l'oublie pas. Je veux bien essayer de t'aider, mais il faut que tu m'expliques…

– Pas de questions ! répétai-je fermement.

Béko soupira profondément.

– Il y a des choses qu'un gitan ne doit jamais révéler à un gadjo, même à un ami qui l'a défendu quand on le frappait.

Le garçon se tut pour observer ma réaction. Comme je ne réagissais pas, il continua :

– Qu'est-ce qui te fait croire que je le connais ?

– Rien, je l'avoue. Je sais que c'est peut-être une légende, mais je n'ai pas d'autre piste que celle là. Béko, tu es le seul gitan que je connaisse et j'espère que tu pourras m'aider, c'est tout ! C'est vraiment important !

Béko détourna le regard ; il semblait en proie à une violente émotion.

– Jean-Baptiste, je crois que toute cette affaire est dangereuse. Il faut que tu laisses tomber et que tu t'en ailles !

– Qu'est-ce qui te fait dire cela ?

– Si je t'ai dit de partir tout à l'heure, c'est que j'avais mes raisons...

Le jeune gitan resta un instant silencieux avant de reprendre à voix basse :

– La nuit dernière, j'ai rêvé du *Beng* !

– Du *Beng* ?

Béko traça un rapide signe de croix sur lui.

– C'est comme cela que nous appelons le diable...

– Le diable ?!

Béko se leva brutalement et tourna son visage vers le ciel étoilé.

– Tu étais dans mon rêve, dit-il. Cela faisait des années que cela ne m'était pas arrivé. Alors quand je t'ai vu, tout à l'heure, j'ai eu très peur...

J'avais la gorge serrée.

– Raconte-moi !

Le jeune gitan se rassit et reprit la parole d'une voix tremblante.

– Pour nous, les gitans, le Beng prend l'apparence d'un gros crapaud, ou d'une sorte de dragon. La nuit dernière, je l'ai aperçu dans mon rêve...

Béko frissonna.

– Continue.

– Nous étions dans la cour de récréation de l'école primaire de Tournon. Je voyais deux garçons qui en frappaient un autre, à genoux, qui semblait souffrir terriblement... L'un des garçons tenait un grand poignard en main.

À mon tour, je ne pus réprimer un frisson.

– Je voulais m'approcher du pauvre garçon à genoux que je voyais de dos pour le défendre et le délivrer, mais le plus grand des agresseurs m'en empêcha... Il s'est tourné vers moi. Il m'a regardé, avec ses yeux rouges, et il riait. Alors, l'autre garçon s'est penché sur celui qui était à genoux et, avec le poignard, il a…

La voix de Béko se cassa. Il se racla la gorge et reprit son récit.

– Il a arraché un œil et puis l'autre et les a lancés à mes pieds. Il y avait un œil vert et l'autre marron…

Je déglutis.

– J'ai tout de suite compris qu'il s'agissait de toi. Quand j'ai crié ton nom, le Beng s'est tourné vers moi et il m'a dit : « Qui es-tu ? »

– Tu as répondu ? demandai-je avec angoisse.

– Non ! Je voulais simplement t'aider, te protéger comme tu l'avais fait quand j'étais petit, régler ma dette d'honneur. Mais je n'y suis pas arrivé. Je n'ai rien pu faire. Le garçon aux yeux rouges s'est approché de moi et m'a attrapé dans ses bras. Il me serrait de toutes ses forces. J'en avais le souffle coupé. Alors, sa tête s'est transformée en crapaud… C'était le Beng ! La tête de crapaud est devenue toute transparente. Mais sa langue fourchue sortait de sa gueule et elle est entrée dans ma bouche. Elle était comme…

– Un ver qui fouille dans la tête, c'est cela ?

Béko me regarda, avec surprise.

– Oui, on pourrait dire les choses de cette manière… J'ai crié et je me suis réveillé !

Pendant une bonne minute, nous sommes restés en silence, tremblant de tous nos membres. Ainsi, l'Adversaire avait retrouvé la trace de Béko. Comment avait-il appris son existence ? Lucie et moi n'avions parlé de Béko à personne, sauf à 007 et au jésuite qui nous accompagnait. Le crâne de cristal avait-il réussi à me voler mes pensées ? Avais-je parlé à voix haute dans mon sommeil et mentionné le nom du gitan ? C'était terrifiant. L'Adversaire me suivait à la trace et j'avais mis Béko en danger…

– Ton rêve n'est pas innocent, dis-je d'une voix étranglée. Ce n'est pas un hasard. Tu comprends pourquoi il est nécessaire que je rencontre le Roi des Gitans et que je lui parle ! C'est une question de vie ou de mort. Mais je t'en prie : ne me pose aucune question, pour ta propre sécurité... Plus tard, peut-être, je t'expliquerai.

— C'est inutile ! répliqua le jeune garçon. Je n'ai pas besoin de savoir. Seulement, certains gitans risquent de sentir que le Beng est sur toi, comme ma grand-mère tout à l'heure, et ils refuseront de t'aider. Ils auront peur...

— Et toi, Béko, as-tu peur de moi ?

Le garçon ne répondit pas tout de suite.

— Non, j'ai peur pour toi.

— Aide-moi à trouver votre roi et à lui parler ! insistai-je. C'est très urgent.

Béko soupira.

— D'accord. Je vais essayer.

Je n'en croyais pas mes oreilles.

— Ce roi existe réellement, n'est-ce pas ?

Béko hésita encore un instant avant de me répondre, puis il dit à voix basse :

— Oui, il existe. Mais ce n'est pas vraiment un roi. C'est plutôt ce que l'on appelle chez nous un *kako*, un « oncle », une sorte de chef, un sage que l'on consulte pour différentes choses... Ici, à Rome, il y a un kako qu'on nomme le « Roi des Gitans ». Sa famille a toujours habité dans cette ville. On raconte qu'il descend d'un compagnon de saint Pierre au moment où l'Apôtre était venu de Jérusalem...

Enfin, je touchais au but. Ce que me racontait Béko confirmait les informations données par le frère Athanase. Je tenais le bon bout. Je savais que je devais rencontrer cet homme pour qu'il me livre la cachette du quatrième clou, ce secret transmis de génération en génération, de roi en roi... J'avais envie d'exploser de joie.

— Comment s'appelle le Roi des Gitans ? demandai-je d'une voix tremblante d'excitation. Où habite-t-il ?

Béko tempéra mon ardeur.

– Ce n'est pas si simple, Jean-Baptiste. Je n'ai pas le droit de te le dire comme ça. Le Roi des Gitans ne doit pas être connu des gadjé et je pense qu'il refusera de te parler !

– Il le faut, pourtant !

Le jeune gitan réfléchit un instant.

– Il faut d'abord que je lui parle et que j'arrive à le convaincre de te rencontrer. Ce ne sera pas facile, je le crains. Il faudrait lui donner une preuve de ce que tu es et lui expliquer la raison de votre rencontre…

Une idée jaillit dans mon esprit.

– Je sais, Béko, ce qu'il faut lui dire. Dis-lui que je porte la marque de la « malédiction du forgeron »…

Le jeune gitan se mit à blêmir. Ses lèvres tremblèrent en demandant :

– La… la malédiction du forgeron ? Comment as-tu entendu parler de cela ?

Je lui racontai l'épisode de la gitane qui avait lu mon avenir dans la paume de ma main, à Tournon.

Le sang s'était retiré du visage de Béko. Il était pâle comme un mort.

– Montre-moi ta main, demanda-t-il avec angoisse. Je sais parfaitement que les lignes de la main ne sont que des sottises que les femmes utilisent pour soutirer un peu d'argent à des gadjé crédules, mais je sais aussi qu'il existe une marque qui ressemble à la lettre hébraïque *samekh*, avec un *lamed* à l'intérieur. C'est un signe que porte uniquement celui qui a un rapport avec le clou maudit…

Je lui tendis la main. Béko regarda attentivement le creux entre mon pouce et l'index et poussa un cri.

– La marque est là ! murmura-t-il en me désignant du doigt quelques plis de la peau qui formaient une sorte de cercle aplati avec un grand S à l'intérieur.

Béko me jeta un regard apeuré et je craignis un instant

qu'il ne se mette à fuir en courant comme la diseuse de bonne aventure.

– Voilà la preuve dont tu as besoin, dis-je en retirant vivement ma main de la sienne. Cela te suffit ?

– Oui, ça me suffit. Je ne pensais pas un jour voir cette marque maudite… Je vais aller voir le Roi des Gitans demain pour lui dire que tu veux parler avec lui.

– Merci Béko. Comment feras-tu pour me prévenir et me donner le lieu de rendez-vous ?

– Il est préférable que tu ne reviennes pas ici, Jean-Baptiste. Où résides-tu à Rome ?

– À la *Pensione Medicis*, près du *Largo Argentina*.

Béko réfléchit un instant.

– Il y a une gitane de notre camp qui mendie, assise par terre, près de l'arrêt du bus 64. C'est un bon endroit pour mendier, il y a toujours beaucoup de touristes, car c'est le bus qui va à la place Saint-Pierre. Demain après-midi, tu donneras un euro à cette femme en disant : *Latcho drom*. Ça signifie : « bon voyage », en romanés. Elle comprendra et te donnera discrètement un message de ma part. D'accord ?

– D'accord !

– Retiens bien cette parole : *Latcho drom* !

– *Latcho drom* !

– C'est bien. Maintenant, il est temps de rejoindre les autres et que vous partiez.

Lucie était en grande conversation avec la mère de Béko, tandis que le prêtre qui avait deux enfants sur ses genoux plaisantait avec le gros moustachu. 007 ne disait rien, fidèle à son personnage de collégien taciturne et sirotait une tasse de café noir en soufflant copieusement dessus pour le refroidir.

Après avoir salué toute la famille, je serrai la main de mon ami. Je voyais des larmes perler au coin de ses yeux noirs. Il paraissait très ému, peut-être aussi très triste, comme s'il regardait pour la dernière fois un ami condamné à mourir prochainement...

– Bonne chance ! me dit-il tout bas. Sois très prudent !

– Toi aussi ! Merci de ton aide.

– *Latcho drom*, Jean-Baptiste !

– *Latcho drom*, Béko !

J'espérais de tout cœur que nos retrouvailles n'allaient pas se transformer en tragédie pour lui. Je sentais le poids énorme de ma responsabilité, comme si le « mauvais œil » dont parlaient les gitans et qui reposait sur moi depuis le début de cette aventure allait empoisonner la vie de tous ceux qui m'approcheraient de près ou de loin. C'était un sentiment terriblement déprimant. En quittant mon vieil ami, je me sentis plus seul que jamais...

J'entendis encore dans mon dos la voix aigre de la grand-mère, tandis que nous nous éloignions de la famille Paslavicz pour rejoindre la voiture du prêtre. La vieille femme parlait avec une voix grinçante. En me retournant furtivement, je vis qu'elle désignait l'un d'entre nous de sa main calleuse.

À mon grand étonnement, ce n'était pas moi qu'elle montrait du doigt à son petit fils, mais 007.

La vieille gitane avait probablement senti que ce garçon n'était pas un être humain comme les autres... La vieille sorcière à la pipe de bruyère avait flairé le subterfuge, sans comprendre que c'était un ange qui se cachait derrière les grosses lunettes de myope du soi-disant Thibault...

19.

La bouche de la Vérité

La mendiante était habillée tout en noir, assise à même le trottoir, au pied du panneau du bus 64. Elle tendait fébrilement une main décharnée vers le flot de passants indifférents, essayant de piéger dans ses yeux suppliants un regard imprudent, qui se laisserait prendre au filet lucratif de la culpabilité...

Je m'approchai d'elle, me penchai et déposai un euro dans le petit bol de plastique vide posé devant elle.

– *Grazie*, me dit-elle en me montrant complaisamment ses dents gâtées.

– *Latcho drom* ! répondis-je à voix basse.

La mendiante me regarda un long moment avec ses yeux larmoyants et farfouilla nerveusement son vêtement. Elle sortit une image pieuse passablement écornée qu'elle me tendit en disant :

– *Dio ti benedica, ragazzo mio...*

J'empochai la petite image sans même la regarder et retournai à la pension.

Lucie m'attendait dans le hall de l'hôtel, assise sur un des gros fauteuils démodés, reliquat du mauvais goût des années soixante-dix.

– Alors ? me demanda-t-elle avec impatience.

– Alors, voilà ce que m'a donné le mendiante.

C'était une représentation naïve de saint Antoine de Padoue portant l'enfant Jésus dans ses bras. Un dessin très kitch. Au revers de la carte, une prière en italien était imprimée. Mais ce qui nous intéressait était inscrit en bas, au crayon de papier :

Boccà della verità. Ce soir, 8 heures.

– *Bocca della verità* ? Qu'est-ce que c'est ?

Lucie attrapa son guide vert de Rome et dit précipitamment :

– Ça me dit quelque chose… Ah, voilà… *Bocca della verità* : deux étoiles au Guide Michelin… pas mal… Attends, je lis un peu : « Avis aux fieffés menteurs, cet itinéraire n'est pas pour vous ! Vous risquez d'y perdre une main ! Mais si vous n'avez en revanche qu'une ou deux peccadilles sur la conscience, vous pourrez vous soumettre sans crainte au verdict du plus vieux détecteur de mensonges au monde… »

– Tu plaisantes ? Mais qu'est-ce que c'est que ce machin ?

– Ce machin, comme tu l'appelles, est un énorme médaillon en pierre qui est sculpté en forme de visage, avec une bouche ouverte. A priori, c'est la figuration d'une divinité marine. Une légende romaine raconte que lorsqu'on glisse ses doigts dans cette bouche et que l'on a un mensonge sur la conscience, la bouche de la vérité dévore la main du menteur…

– Très drôle, ton histoire !

Lucie me jeta un coup d'œil avec un petit sourire amusé.

– Pourquoi, Jean-Baptiste ? Tu as peur de perdre ta main ?

– Comment as-tu deviné ?

– Ne fais pas le malin, Jean-Baptiste ! J'ai justement quelques questions précises à te poser. On verra bien si la légende dit vrai… En attendant, d'après le guide vert, le médaillon a été déposé sous le porche d'une église, *Santa Maria in Cosmedin*. Ce n'est pas loin de l'île Tibérine, à dix minutes d'ici.

Une grosse paire de mains aux doigts boudinés surgirent de l'autre côté de mon fauteuil et arrachèrent l'image pieuse que je tenais en main.

– Montre-moi, ça, bicolore ! s'exclama la voix suraiguë de Jonathan.

Le gros rouquin siffla d'admiration :

– Oh, que c'est beau ! Vraiment magnifique. Je ne savais pas que tu faisais dans la bondieuserie à présent !

Je me levai et me tournai vers Jonathan, les joues rouges d'indignation.

– Rends-moi ça tout de suite !

– Mais pas de problème, ma biche : viens le chercher toi-même, ton trésor…

La bande de Jonathan rejoignit son chef en ricanant bêtement, trop heureuse d'avoir un peu de distraction à se mettre sous la dent. Jonathan tenait l'image à bout de bras, à deux mètres de moi, à la hauteur de mes yeux.

– Eh, mes amis… Il y a un message écrit dessus à la main : « *bocca della Verità, ce soir, 8h00* ». T'as un rendez-vous avec quelqu'un, bicolore ? C'est Morgane qui t'a écrit ça, je parie ! Tout à fait son style, à cette blondasse !

Puis se tournant vers Lucie, le rouquin s'esclaffa grassement.

– Désolé, ma poulette, mais je crois que ton alien de copain a un rancart avec une autre meuf ce soir…

Je bondis en avant vers Jonathan, mais pas assez rapidement. Tel un toréador évitant les cornes d'un taureau, le garçon se déroba sur le côté avec une étonnante souplesse pour quelqu'un de son embonpoint. Je m'aplatis lourdement à ses pieds en me cognant douloureusement les coudes sur le marbre.

– Ollé ! crièrent en chœur les copains du rouquin.

Jonathan hurla de rire en se tenant les côtes, mais n'essaya pas de me frapper. Puis, se tournant vers sa petite bande d'admirateurs, il dit entre deux hoquets :

- Venez, les gars, allons rendre cette belle image à Morgane. Et si ce n'est pas elle, trouvons la douce qui a fixé le rancart au bicolore ce soir…

– À moins que ce ne soit un mec ! répliqua un garçon malingre de sa voix discordante d'adolescent en train de muer.

La bande éclata d'un rire encore plus gras et s'éloigna de nous pour se mettre à la recherche de Morgane.

Lucie m'aida à me relever, les larmes aux yeux.

– C'est une catastrophe ! Tout le monde va savoir que allons à l'église *Santa Maria in Cosmedin*… et il est trop tard pour changer de lieu de rendez-vous d'ici ce soir !

– Nous ne savons même pas le nom du Roi des gitans ! dis-je en époussetant nerveusement mes bras couverts de poussière. Et plus grave que tout, à l'heure qu'il est, l'espion de l'Adversaire doit déjà être au courant ! J'en ai marre ! Plus que marre !

Lucie me prit par les épaules et me regarda droit dans les yeux.

– Jean-Baptiste, ce n'est pas le moment de craquer… Nous touchons au but. Ce soir, nous saurons où est caché le quatrième clou. Il faut consentir à un dernier effort !

– Un dernier effort ? Excuse-moi, mais j'en doute ! On va encore assister à un beau carnage…

Lucie secoua la tête. Je lisais une farouche détermination dans ses yeux.

– Nous allons demander à 007 d'assurer notre protection. Il faut également que l'Archange saint Michel nous envoie une armée de sécuritanges. Cette fois, nous avons l'avantage de savoir que l'Adversaire connaît le lieu de rendez-vous. Nous allons demander une surveillance maximale autour de l'église.

Je n'étais pas rassuré pour autant. Mais avions-nous d'autre choix que d'aller à ce rendez-vous ? Il ne restait que trois jours avant la fin de notre séjour à Rome et il nous fallait encore retrouver ce clou… Je sentais que ça n'allait pas être une mince affaire, une fois de plus !

007 vint à notre rencontre, le visage contrarié :

– Jonathan est en train de dire à tout le monde que vous serez ce soir à la *Bocca della Verità* !

– Nous le savons, James ! répliquai-je avec agacement.

– Il ne faut pas y aller : c'est beaucoup trop dangereux !

Lucie regarda l'enquêtange de travers.

– Nous n'avons aucune possibilité de remettre à plus tard cette rencontre. C'est déjà un miracle que cet homme accepte de nous parler ! Il faut que vous nous protégiez, James ! Demandez du renfort à saint Michel.

007 leva les bras au ciel :

– Ma chère Miss Mond, sans vouloir vous déplaire, je vous rappelle que mon rôle consiste à démasquer l'espion qui est à vos côtés. Et pour l'instant, je ne maîtrise pas la situation. Je ne sais pas encore qui il est…

– Parfait ! Dans ce cas, notre dispositif fera sortir le loup du bois : vous aurez beaucoup plus de chance de le démasquer s'il prend le risque de nous attaquer…

– Si nous mettons trop de forces autour de nous, nous provoquerons l'Adversaire qui lancera une attaque qui pourrait se révéler dangereuse pour vos personnes, insista l'enquêtange. Votre protection est notre priorité absolue !

– Prenons le risque ! dis-je d'une voix qui avait du mal à cacher mon inquiétude.

L'enquêtange me regarda avec froideur et m'adressa la parole comme à un enfant écervelé :

– Sir Jean-Baptiste, l'Adversaire et ses sbires sont fourbes. Leurs esprits vicieux et malades sont capables d'imaginer des choses qui ne nous viendraient même pas à l'idée, à nous les anges ! C'est pour cela que l'Adversaire est dangereux… Il est… imprévisible !

– Eh bien, justement, nous ne sommes pas des anges,

nous les hommes. Nous avons quelque chose en nous d'un peu vicieux, comme vous dites.

– Les traces du péché originel, je sais ! soupira 007.

– Justement, nous sommes peut-être plus capables que vous, les anges, de nous mettre à la place de l'Adversaire ! C'est notre force par rapport à vous !

– Et votre faiblesse! répliqua lugubrement l'enquêtange. C'est précisément ce que l'Adversaire attend des hommes pour leur polluer l'âme…

– Lucie, si tu étais une espionne, que ferais-tu ? demandai-je sans tenir compte de l'intervention de l'enquêtange. Comment agirais-tu ce soir ?

Mon amie réfléchit en se grattant la tempe avec son index et dit d'une voix posée :

– Je crois que je n'agirais pas encore… Le but ultime de ma mission est d'empêcher l'élu de trouver le clou, ou de trouver un moyen pour que l'Adversaire s'en empare avant qu'il ne soit caché. Or, je sais que seul l'élu a les moyens de connaître la vérité… parce qu'il est le seul à porter sur lui la marque de la malédiction du forgeron. Donc, je n'empêcherais pas le Roi des Gitans de lui parler, bien au contraire, mais je ferais tout pour espionner la rencontre sans me faire voir…

– Comment procéderais-tu pour écouter la conversation ?

– Je ne sais pas… Je me cacherais à proximité du lieu de rencontre, ou je poserais des micros, par exemple.

– Il faut donc que l'homme parle dans un endroit totalement sécurisé pour contrer l'espion.

– Effectivement, je ne vois pas d'autre solution…

Se tournant vers l'enquêtange qui nous regardait avec un air sévère, Lucie lui demanda :

– James, vous n'auriez pas dans votre équipement d'inspecteur Gadget un détecteur de micros… ou un objet pour repérer les individus cachés, comme un capteur de chaleur : on voit ça souvent dans les films américains.

L'enquêtange roula des yeux ronds derrière ses grosses lunettes de myope.

– Oh, miss Mond, vous savez, les nettoyanges n'apprécient pas ce genre de choses…

– À d'autres ! répliqua mon amie avec un large sourire complice. On vous connaît depuis vos dernières missions : on ne vous appelle pas James Bond pour rien !

L'enquêtange lissa machinalement sa chevelure, retrouvant comme par enchantement ses manies d'espion *playboy* de Sa Très Gracieuse Majesté.

– Ma chère, je n'apprécie pas vos méthodes. Je crois qu'il serait plus sage de repousser la rencontre…

– James, je vous en prie ! minauda Lucie Nous avons vraiment besoin de votre savoir-faire, de votre talent. Pourquoi croyez-vous qu'on ait réclamé votre protection au Conseil des Archanges ?

007 hocha la tête et dit à voix basse :

– Si vous me prenez par les sentiments Miss Mond… Je suis là pour vous aider. Je vous ai dit ce que j'en pensais. Je ne suis pas d'accord avec vous, mais je vais vous aider. Seulement, pas un mot au…

– … colonange Solanel et aux nettoyanges ! Nous connaissons la chanson ! Merci, James ! Merci beaucoup !

– Et maintenant, réfléchissons à la meilleure manière de procéder pour parler à ce roi, en toute sécurité. Voici ce que je vous propose…

Pendant que 007 nous donnait ses consignes, tous les élèves emplirent le hall d'entrée de l'hôtel pour entamer la dernière visite de la journée. Une fois les choses décidées, il fut convenu entre nous que nous éviterions de communiquer jusqu'au soir…

L'église *Santa Maria in Cosmedin* était coincée entre le Tibre et le grand cirque Maxime, à quelques pas du Capitole. Elle était différente de celles que nous avions visitées jusque-là. Construit en briques rouges, le bâtiment était surmonté d'un campanile élancé et droit comme un i, percé de nombreuses fenêtres aux fines arcades réparties sur six niveaux.

L'endroit était tout à fait plaisant avec ses pins parasols et ses lauriers roses et blancs. Si nous avions eu davantage l'esprit à la flânerie, Lucie et moi aurions volontiers fait un tour du quartier. Malheureusement, un autre impératif nous attendait dans cette église : un rendez-vous avec le Roi des Gitans. Et cette rencontre promettait d'être difficile…

En pénétrant sous le porche fermé par une grande grille, nous aperçûmes sur le côté gauche le grand disque de pierre représentant la face lunaire de la divinité croqueuse de menteurs. Elle nous regardait de ses grands yeux sculptés, la bouche ouverte comme si elle voulait nous parler. Mais la « bouche de la Vérité » restait muette…

Il n'y avait personne. L'église était fermée à clé ; les visites et les offices étaient terminés pour la journée. De fait, le lieu était vraiment tranquille pour une rencontre discrète. La présence de grilles épaisses offrait une réelle sécurité. L'obscurité du porche permettait d'observer la place à loisir, sans être vu de l'extérieur. Le seul témoin de notre présence était ce médaillon de pierre, mais là encore, nous étions rassurés : la divinité ne parlerait pas !

Malgré tout, nous avions prévu d'assurer notre protection. La difficulté principale venait de notre ignorance sur la manière dont se présenterait le Roi des Gitans. Nous ne savions pas s'il viendrait seul ou accompagné, à pied, en voiture, à cheval ou avec une caravane. C'est la raison pour laquelle nous avions prévu plusieurs scénarios. Mais le plus important était de sécuriser au maximum le porche de l'église, quitte à aller ailleurs si cela s'avérait nécessaire.

007 sortit un paquet de chewing-gums de sa poche-revolver et balaya toute la surface du porche avec le rayon rouge qui s'en échappait. Au bout de quelques minutes, il rempocha l'objet et dit d'une voix satisfaite :

— Il n'y a pas de micros dissimulés.

Lucie s'approcha de lui et demanda :

— Vous ne détectez pas non plus de présence humaine cachée quelque part ?

— Non. Ni humaine, ni angélique. Pas à proximité...

— Comment pouvez-vous en être aussi sûr ? Vous n'avez rien fait pour vérifier ! dis-je avec agacement.

L'enquêtange sourit, retira sa grosse paire de lunettes qu'il me tendit.

— Vous avez tort, sir Jean-Baptiste. Les verres de ces lunettes sont traités pour détecter la présence d'humains ou d'anges, même cachés derrières des objets matériels épais !

— Vraiment ?

— Vraiment ! Essayez et vous verrez ! C'est un modèle très proche du diamant V.R.A.I., un modèle expérimental mais très efficace.

Je posai les grosses lunettes de bigleux sur mon nez et ne vit rien d'autre, effectivement, que Lucie qui pouffait dans son coin.

— Tu es magnifique, Jean-Baptiste ! Tu devrais les garder, elles te vont très bien !

— Répète ce que tu viens de dire en mettant ta main dans la bouche de la Vérité, si tu oses !

007 s'approcha de moi et exerça une petite torsion à la barre gauche de ses hideuses montures.

— Et maintenant, que voyez-vous ?

D'un seul coup, je vis Lucie et 007 en rouge fluo, sans plus rien distinguer du décor qui les entourait. L'impression était étonnante : ces lunettes effaçaient tous les éléments naturels pour ne laisser apparaître dans le champ de vision que les êtres vivants...

– À présent, sir Jean-Baptiste, veuillez regarder la place. Je tournai la tête et poussai un cri de surprise. Je voyais déambuler avec une netteté incroyable chaque passant dans la rue, mais aussi chaque animal, chaque rat ou chaque oiseau. Tout était visible, mais il suffisait de se concentrer sur un être vivant en particulier pour ne plus voir que celui-ci, sans que rien d'autre ne vienne perturber la vision. C'était comme une caméra qui opérerait un réglage de netteté sur un personnage, par le seul moyen de la pensée.

Le plus drôle à voir, c'était toutes ces personnes en position assise, les unes derrière les autres, les bras en avant pour la plupart, et qui semblaient glisser sur la chaussée. Je compris que je voyais les automobilistes à travers leurs véhicules, qui avaient miraculeusement disparu…

– C'est… C'est fantastique ! murmurai-je.

– Prêt pour la grande vision du monde angélique en supplément ?

Je sentis 007 qui tournait délicatement l'autre barre de lunette. Ma vision de la place s'élargit instantanément comme si j'étais passé en cinémascope. En plus de tous les êtres corporels que je continuais à voir, des dizaines d'anges voletaient maintenant au dessus des humains. Il y en avait des grands et des petits, certains magnifiques et d'autres… monstrueux… Je poussai un grand cri cette fois et retirai les lunettes tant j'étais impressionné !

– Euh… Excusez-moi, humain Jean-Baptiste ! grommela l'enquêtange en reprenant sa paire de lunettes. Vous n'êtes pas tout à fait préparé à contempler le monde ainsi. Je n'aurais pas dû vous autoriser à faire cette expérience ! Pardonnez-moi !

J'étais terrifié. Jamais je ne m'étais douté de cette présence angélique autour de nous. Mais, surtout, je ne pensais pas qu'il y avait autant de… démons qui planaient au-dessus de nos têtes !

– Ça va ? me demanda Lucie, un peu inquiète de me voir dans cet état.

– Ça va, ça va… Un peu surpris, c'est tout.

D'une voix embarrassée, l'enquêtange expliqua à mon amie les raisons de mon trouble.

– Je peux voir aussi ? demanda Lucie, intriguée.

– Uniquement les êtres corporels, miss Mond. Je ne voudrais pas…

Lucie chaussa les lunettes et s'extasia de ce qu'elle contemplait.

– C'est trop génial ! cria-t-elle. On peut tout voir ! C'est même super indiscret comme truc… James, comment pouvez-vous ?

– Je suis un ange, je vous le rappelle, miss Mond. Mon observation est purement professionnelle…

– Oh ! Je vois des drôles de types qui essayent de se cacher derrière quelque chose et qui regardent dans notre direction. Attendez que je règle la netteté. Mais… C'est… c'est Jonathan et sa bande qui nous espionnent !

– Pas pour longtemps ! assura 007 d'une voix mystérieuse.

– Comment ça, pas pour longtemps ? dis-je interloqué.

– Non, pas longtemps. J'ai prévu une parade pour les éloigner d'ici…

– Une parade ?

L'enquêtange dévissa son petit doigt gauche et déplia une antenne télescopique. L'ongle de l'auriculaire s'alluma et l'enquêtange le porta devant sa bouche.

– Ange Maquerel ? À vous de jouer !

Lucie se mit à sourire.

Ça y est : j'ai compris. Je vois une jolie fille s'approcher de Jonathan et de sa bande, une cigarette à la main. Je crois qu'elle vient leur demander du feu… C'est bien votre ange Maquerel, n'est-ce pas, James ?

– Un rôle et un nom de composition, précisa l'enquêtange.

– Ça y est, elle s'éloigne, continua Lucie. Je vois que nos

copains hésitent un peu. Ils la regardent… Quelle agui-cheuse, cet ange Maquerel ! Ça y est : ils ont décidé de la suivre : nous sommes débarrassés !

– Ils risquent d'avoir une sacrée surprise, dit 007 en souriant. L'ange Maquerel va tout doucement les conduire vers une église où un prêtre les attend pour leur proposer de les confesser…

– Pas très orthodoxe comme méthode, dit Lucie en fronçant les sourcils.

– Parfois, ça marche…

Lucie ouvrit la bouche mais n'eut pas le temps d'ajouter un mot.

Une grosse voiture blanche venait de se garer devant les grilles du porche de l'église. Au même moment, les cloches du campanile retentirent huit fois de suite. Le Roi des Gitans était arrivé.

Le chauffeur sortit de la limousine, retira sa casquette et ouvrit une longue portière.

Un homme sortit de la voiture avec souplesse et jeta un regard perçant vers nous. Il portait un élégant costume bleu marine très bien coupé, avec des boutons dorés. Son visage osseux était bronzé et mettait en valeur son épaisse chevelure blanche qui ondulait avec distinction.

– *Grazie*, Enzo ! dit l'homme d'une voix profonde. *Aspettami.*

L'homme pénétra dans le porche à pas mesurés. On entendait le claquement de ses chaussures de cuir sur les dalles de pierre de l'église.

Quand il fut devant nous, il inclina la tête et se présenta sobrement dans un français parfait.

– Je suis le comte Marchesi. J'ai le privilège de porter également le titre de « Roi des Gitans ».

Lucie me jeta un long regard. Je savais qu'elle pensait la même chose que moi : l'homme qui se tenait devant nous ressemblait à tout, sauf à un gitan…

20.

La bague

Le comte Marchesi souriait en nous jaugeant de son regard hautain. Je me sentis immédiatement mal à l'aise comme si toute ma personne reflétait impitoyablement mon origine modeste et donnait à cet homme l'occasion de me mépriser. J'avais envie de m'excuser et de lui dire qu'il y avait erreur, mais je n'osais pas ouvrir la bouche.

J'étais terriblement intimidé.

– Béko Paslavicz est venu me voir ce matin, dit le comte Marchesi en articulant chaque syllabe. Il m'a supplié de vous parler... Que puis-je pour vous, mes amis ?

J'imaginais mal le gitan crasseux en présence de cet homme raffiné, issu d'un monde tellement éloigné du sien. Je l'imaginais encore moins obtenir une rencontre avec nous. Il y avait quelque chose d'illogique dans cette histoire... Cet homme ne pouvait pas être celui qu'il prétendait être !

Lucie devait penser exactement la même chose que moi puisqu'elle lui demanda de manière abrupte :

– Vous... vous êtes vraiment le Roi des Gitans ?

L'homme se mit à rire avec distinction.

– Vous vous attendiez à rencontrer un homme plus... comment dire ? ... typé ? Je ne me trompe pas, mademoiselle ?

– Pour ne rien vous cacher, oui ! répondit Lucie en rosissant.

L'homme approuva de la tête et dit d'une voix calme :

– Et si vous commenciez par vous présenter, tous les trois. Il serait préférable que je sache à qui je m'adresse…

Les présentations furent rapidement effectuées. Le Roi des Gitans serra la main de chacun d'entre nous et se tourna finalement vers moi.

– Alors, vous êtes Jean-Baptiste Carmes ? C'est bien vous qui portez la marque de la « malédiction du forgeron » ?

– Oui, c'est moi.

Je m'en voulais d'être aussi empoté. C'était comme si la simple présence de cet homme avait fait remonter à la surface mon ancienne timidité et que je me prenais les pieds dans le tapis sans réussir à me rattraper à quoi que ce soit…

Le comte Marchesi posait sur moi un long regard que je ne parvenais pas à interpréter. Je jetai un coup d'œil à 007 à qui j'avais demandé de veiller sur ma sécurité. Discrètement, il cligna des yeux, comme pour dire qu'il n'avait senti aucun piège particulier. Lucie se tourna vers lui et dit d'une petite voix :

– Thibault, je pense qu'il est temps…

L'enquêtange se redressa et répondit :

– Bien sûr, bien sûr !

Nous avions décidé de rester sous le porche pour parler et 007 devait rester à l'extérieur pour surveiller notre entretien à l'aide de ses petits gadgets d'agent secret. L'enquêtange s'excusa auprès du comte Marchesi et sortit du porche furtivement. Lucie se tourna de nouveau vers le Roi des Gitans et demanda avec toupet :

– Comte Marchesi, faut-il vous appeler comte ou Votre Majesté ?

L'homme se mit à rire.

– Comme vous êtes habile, chère amie, pour me reposer la question à laquelle je n'ai pas encore répondu ! Je comprends parfaitement votre surprise, mes enfants. Vous trouvez que je n'ai pas… la tête de l'emploi, c'est ça ?

La familiarité du ton avec lequel il abordait le sujet qui nous préoccupait détendit l'atmosphère d'un cran.

– J'ai hérité effectivement ce titre très ancien et très vénérable de « Roi des Gitans » de ma famille… Inutile de vous dire que je ne fais pas état de ce quartier de noblesse à tous les repas mondains auxquels j'assiste…

L'homme se mit à rire de nouveau en se frottant machinalement les mains.

– Pour les fils du vent, je représente une sorte de sage, de juge, de *kako*.

– Un parrain, en somme ? demanda Lucie les yeux brillants.

– Vous m'offensez, mademoiselle ! Je ne suis pas un maffieux, si c'est ce que vous voulez dire ! Je n'ai rien à voir avec cette détestable organisation de la « main noire ». Pour votre gouverne, sachez que j'exerce l'honorable profession de conservateur du Musée des Arts et Traditions populaires de Rome. Ce titre de « Roi des Gitans », que j'ai hérité de ma famille, je vous le rappelle, n'a qu'un statut symbolique et moral. Il m'oblige à aider les fils du vent lorsqu'ils le souhaitent et uniquement à leur demande. Et c'est bien volontiers que je me prête à ce rôle de conseiller, en souvenir de mon ancêtre, même si je ne peux personnellement pas faire grand-chose pour eux. Politiquement et financièrement, j'entends…

– Pourquoi le Roi des gitans doit-il rester inconnu ? Pourquoi ce secret ?

Le comte Marchesi se tourna vers Lucie et la regarda droit dans les yeux.

– Parce que les gitans aiment les secrets, les histoires, les légendes. Mais surtout, parce qu'ils se méfient des gadjé…

– Mais vous en êtes un !

– Effectivement, je suis un gadjo. Mais pas pour les gitans. Pour eux, je suis leur roi. Parce que je descends du roi Miklos.

J'ouvris enfin la bouche et dis d'une voix forte :

– C'est donc vrai ! Vous êtes un descendant du roi Miklos ? Celui qui possédait le quatrième clou ?

Le comte Marchesi sourit avec indulgence.

– Peut-être, c'est possible.

– Comment ça, c'est possible ? demanda Lucie avec surprise.

– Comment le savoir ? Il est vrai que ma famille est romaine depuis des siècles. Peut-être même depuis l'Antiquité, allez savoir... Mais tout cela est tellement ancien... Quant à savoir si mon ancêtre était le fameux roi Miklos, je crains que cela n'appartienne davantage à la légende qu'à la réalité...

J'étais interloqué. Je voyais Lucie la bouche ouverte, ne sachant comment réagir.

– Je ne comprends pas, dis-je d'une voix étranglée. Pourquoi les gitans sont-ils si convaincus que vous êtes l'un des leurs, le descendant du roi Miklos ?

– À cause de ceci... répondit le comte en présentant la bague qu'il portait au doigt.

C'était une sorte de grosse chevalière en or. En s'approchant pour mieux l'observer, Lucie ne put s'empêcher de pousser une exclamation.

Il y avait une grosse clé grossièrement gravée dans le chaton de la bague. Mais plus fort encore, la partie arrondie qui servait à tenir la clé avait la forme... de la tête d'un gros clou. D'un clou qui ressemblait à ceux qui avaient servi à crucifier Jésus. Il n'y avait pas de doute sur le sens de cette représentation...

– Nous nous transmettons cette bague de père en fils depuis des générations, expliqua le comte Marchesi. C'est un bien de famille très précieux. Le titre de Roi des Gitans se transmet avec cette bague, parce que ceux-ci sont persuadés qu'elle a appartenu à Miklos, qui était un compagnon de saint Pierre...

– Un compagnon de saint Pierre ?

– Oui, vous voyez cette clé : elle est le symbole du chef des Apôtres à qui Jésus a donné les clés du Royaume des Cieux, selon les Saintes Écritures. Certains prétendent que les compagnons de l'Apôtre Pierre portaient tous une bague comme celle-ci pour se reconnaître entre eux. Mais il y a encore autre chose : comme vous pouvez le constater, cette clé se termine en forme de clou. Un gros clou…

– Le quatrième clou ? Le clou volé au Golgotha que la gitane avait remis au Roi Miklos ? C'est ça ?

– C'est ce que dit la légende.

Je regardai le comte Marchesi en fronçant les sourcils.

– Vous n'avez pas l'air très convaincu ?

Le Roi des Gitans hocha la tête.

– En effet. Au risque de vous décevoir, je dirais que cette histoire ne tient pas debout, malheureusement…

– Et pourquoi ?

Le comte Marchesi soupira.

– Prenons les choses dans l'ordre, si vous voulez bien. Premièrement, si nous considérons l'origine du peuple tzigane, les études qui ont été faites, en particulier à partir des recherches linguistiques et historiques, tendraient à prouver que le peuple gitan descendrait d'une des tribus népalaises et birmanes, les *Gouds*, appelés aussi *Sind'Hi, Sinti* ou *Sindi Luri*. En gros, ils seraient originaires de l'est de l'Inde. Pour une raison que l'on ignore, ces Gouds se sont mis à migrer vers le XVe siècle de notre ère. Nous n'avons pas de traces de l'existence des gitans dans nos contrées avant cette date. Ce qui signifie que toutes les légendes bibliques que racontent les tziganes sur leur présence en Terre Sainte ne peut que relever de la pure affabulation…

– Peut-être, répliqua Lucie avec force. Mais mon parrain Philippe, qui a beaucoup étudié l'histoire des religions, m'a expliqué qu'au temps du Christ, et même avant, il y avait beaucoup de gens qui venaient d'Orient pour se rendre en Égypte et qui passaient par la Palestine. Comme les Rois mages de l'Évangile, par exemple. Certains étaient noirs de peau. Ils pouvaient s'agir parfois de nomades, de gens de passage... Pourquoi la gitane de la légende, et le Roi Miklos ne seraient-ils pas des leurs ?

– Tout ce que tu dis n'est pas dénué de fondements, concéda le comte Marchesi. C'est vrai que le mot gitan vient du mot « égyptien », *gipsy*, en anglais. Miklos était peut-être un oriental, ou un Égyptien, après tout. Mais il y a encore un autre détail qui me chiffonne...

Le Roi des Gitans se frotta de nouveau les mains les unes sur les autres avant de continuer.

– Le deuxième élément qui ne colle pas est le suivant. Si Miklos était un contemporain de Pierre et l'un de ses compagnons, comme les gitans l'affirment, Miklos ne pouvait pas porter une bague figurant une clé. C'est bien après la mort du chef des Apôtres que ce symbole lui a été attribué... Cela ne tient pas debout, vous comprenez ?

Cette fois, Lucie ne dit rien. Mais je savais qu'elle pensait la même chose que moi. La clé gravée sur la bague n'était peut-être pas le symbole de saint Pierre comme le comte et même les gitans le croyaient... Cette clé en forme de clou pouvait revêtir un autre sens, un sens caché... Il pouvait s'agir d'une représentation symbolique de la clé de la Porte des Anges ! Le roi Miklos était probablement un ancêtre des Gardiens de la Porte, un gardien ayant la lourde charge de cacher une clé maudite et dangereuse pour l'humanité...

Je décidai de rompre le silence et posai une autre question :

– Vous croyez pourtant à la malédiction du forgeron ? Vous avez tout de même accepté de venir nous parler...

Le comte hocha la tête.

– Effectivement, j'ai été troublé par ce que m'a raconté le jeune Béko, ce matin. Les gitans m'ont toujours parlé de cette marque maudite, de ces deux lettres hébraïques, le *samekh* et le *lamed* enlacés. Je pensais que cette malédiction du forgeron était aussi une légende. Quand Béko m'a assuré qu'il avait vu quelqu'un qui la portait, j'ai voulu la voir de mes propres yeux. Puis-je la regarder, Jean-Baptiste ?

Je lui présentai ma main. Le Roi des Gitans sortit une fine paire de lunettes de la poche de son veston, la posa sur son nez et regarda attentivement les plis entre mon pouce et mon index.

– Étrange !

Puis me lâchant la main, il plongea son regard scrutateur dans le mien.

– Béko ne s'est donc pas trompé.

Puis, relevant la tête, il demanda soudainement :

– Que voulez-vous savoir, Jean-Baptiste ?

Enfin, nous y étions. Le Roi des Gitans était là, devant moi, prêt à répondre à mes questions. J'avais la bouche sèche et l'estomac noué. J'étais tellement impressionné que j'hésitai un moment avant de lui poser la question que je retournais dans ma tête depuis des semaines.

– Que savez-vous du quatrième clou que possédait votre ancêtre ?

– Pourquoi vous intéressez-vous à ce clou ?

Je fus pris de court. Ce fut Lucie qui répondit à ma place. Elle choisit d'être directe, comme à son habitude.

– Je suis désolé. Jean-Baptiste ne répondra pas à cette question.

– Comment ça ?

– Comprenez-nous ! Cette marque est la seule réponse que nous puissions vous donner.

Je craignais que le comte Marchesi ne prenne ombrage de la réponse sèche de mon amie. Je sentais qu'il n'avait pas l'habitude qu'on lui tienne tête. Pendant un instant, je fus persuadé qu'il allait nous planter là et partir, furieux, sans nous donner d'explications. Le Roi des Gitans regarda Lucie droit dans les yeux et serra les lèvres. Lucie soutint son regard sans ciller…

– Très bien, finit par dire le comte. Je respecte votre discrétion. D'ailleurs, je doute que ce que je vais vous dire puisse vous être utile…

J'étais soulagé. Le Roi des Gitans n'avait pas pris la mouche et acceptait de livrer son secret. L'homme prit une forte inspiration et se frotta de nouveau les mains vigoureusement.

– Ce n'est qu'une légende. N'accordez pas trop de crédit à cette vieille histoire !

– S'il vous plaît, comte ! supplia Lucie. Dites-nous ce que vous savez !

– Entendu, entendu !

L'homme se concentra un instant et se mit à parler avec lenteur.

– L'histoire que ma famille se transmet de génération en génération à propos de cette bague et du Roi des Gitans n'est pas très longue à raconter. Vous en connaissez déjà l'essentiel. Le roi Miklos aurait reçu d'une gitane un clou qu'elle aurait volé le jour de la crucifixion du Christ. C'est à la suite de cet événement, que mon ancêtre se serait converti au christianisme et aurait accompagné l'Apôtre Pierre à Rome. Nous ignorons ce qu'il aurait fait de ce clou.

Tout cela, nous le savions.

– C'est tout ?

– Oui, ou presque. On raconte simplement que le roi Miklos serait mort pendant le grand incendie de Rome, en 64. Catastrophe dont l'empereur Néron a rendu les chrétiens responsables, justifiant une terrible persécution en représailles. Cette même année 64, beaucoup de chrétiens ont été martyrisés, parmi lesquels l'Apôtre Pierre, crucifié la tête en bas dans le grand stade de courses de chars, sur la colline du Vatican…

– Le roi Miklos est mort avec lui ?

– Non, je vous l'ai dit. Il aurait péri dans les flammes du grand incendie.

– Mais... le clou ? Qu'est-il devenu ?

– Si ce clou a bel et bien existé, il a probablement fondu dans le grand incendie…

J'étais atterré. Lucie réagit vivement :

– Le roi Miklos avait peut-être déjà caché le clou quelque part. Rien ne nous dit qu'il le portait sur lui pendant l'incendie ! Vous êtes sûr qu'il n'a pas révélé le secret de sa cachette à l'un de ses proches avant de mourir… à son fils, par exemple ?

– Pas à ma connaissance, je suis désolé ! L'histoire raconte qu'un homme a retrouvé le corps de mon ancêtre et qu'il est venu rapporter cette fameuse bague à son fils. La bague que je porte au doigt…

– Connaît-on l'identité de cet homme ?

– Non. C'était un étranger, paraît-il. Un Grec, je crois.

– Un Grec ? N'a-t-il rien dit du clou volé ?

– Non, pas que je sache.

– Réfléchissez bien, je vous en prie ! insista Lucie. C'est important !

– Ah si, il y a un dernier détail. Une date a été notée à l'intérieur de la bague.

Le comte Marchesi retira la grosse chevalière de son doigt et me la tendit.

À l'intérieur, je lus une inscription grossièrement gravée :

NOCTE AD IX CALEND SEXTIL VIIICLVIII AUC

– Nuit du neuvième jour avant les calendes du mois d'août. Année 858 AUC, « *ab urbe condita* », c'est-à-dire « depuis la fondation de la ville », expliqua patiemment le comte Marchesi. Selon notre calendrier actuel, il s'agit de la nuit du 24 juillet 64, c'est-à-dire la cinquième nuit du fameux incendie. Il est probable que cette date gravée dans ma bague est celle de la mort de mon ancêtre. Mais ce n'est qu'une hypothèse.

Je rendis la bague à son propriétaire qui la remit à son doigt.

– Je suis désolé de ne pas pouvoir vous en dire plus. Cette histoire semble vous tenir vraiment à cœur, mes enfants ! Vous pensiez devenir célèbres en mettant la main sur cette relique ? N'espérez pas retrouver ce quatrième clou ! Ce n'est qu'une légende, rien de plus !

Un grand silence plana au-dessus de nos têtes. Nous étions déçus par cet entretien avec le Roi des Gitans. Il ne nous avait rien appris de très nouveau et de réellement intéressant. Le tuyau donné par le frère Athanase était percé. Il fallait repartir à zéro dans notre enquête. Et il ne nous restait que trois jours de présence à Rome…

Lucie sourit faiblement et dit :

– Merci de votre aide, Votre Majesté !

Le comte Marchesi ouvrit les bras et secoua la tête :

– Oh, ne m'appelez pas ainsi, mademoiselle ! Vous ne feriez qu'alimenter un peu plus un orgueil qui n'a que trop tendance à s'enfler tout seul ! Si vous me le permettez, jeunes gens, je vais maintenant prendre congé de vous…

Le Roi des Gitans nous salua très courtoisement et retourna à la voiture qui l'attendait derrière les grilles du porche. Son chauffeur s'expulsa littéralement du véhicule pour lui ouvrir la portière arrière, la casquette à la main.

Le comte Marchesi nous adressa un dernier signe et monta dans sa belle limousine blanche. Lucie et moi contemplions pensivement le véhicule du Roi des Gitans s'éloigner, sans oser croiser nos regards…

Nous étions effondrés, assis à même les dalles du porche de l'église, quand 007 vint nous rejoindre. Il observa nos visages tendus et dit avec douceur :

– Ne vous découragez pas ! Il y a certainement une solution au problème !

– Oui, mais laquelle ? demanda Lucie avec agacement. Qu'avons-nous appris ce soir ? Que le quatrième clou volé n'est qu'une légende et qu'il n'a probablement jamais existé...

– Oui, mais là, c'est une erreur ! répliquai-je fermement. Tu oublies que les Archanges ont confirmé son existence. Et puis, ce n'est pas la première fois que l'on découvrirait qu'une légende repose sur un fond historique...

– Nous avons encore appris que le roi Miklos est mort pendant l'incendie de Rome, la nuit du 24 juillet 64 et que si, par miracle, le clou n'a pas fondu avec lui, on ne sait pas, de toute façon, s'il a révélé à qui que ce soit ce qu'il en a fait !

– Et s'il avait parlé à ce Grec qui a rapporté la bague à sa famille...

– L'ennui, c'est que nous ne connaissons pas son nom. Des Grecs, il devait y en avoir des milliers à Rome à cette époque...

– Et même si on le retrouvait, rien ne dit que Miklos lui ait bien transmis son secret avant de mourir ! Car, dans ce cas, pourquoi n'en aurait-il pas parlé à sa famille au moment où il leur a remis la bague ?

– Bref, nous pédalons dans la choucroute ! Je veux bien croire qu'il y a une solution au problème, mais je ne vois pas laquelle ! Que nous conseillez-vous de faire, James ?

007 nous regarda de ses gros yeux ronds de myope.

– Vous pourriez retourner sur place pour retrouver Miklos...

– Comment ça ? Que voulez-vous dire ?

– Puisque vous connaissez la date exacte de la mort de Miklos dans l'incendie de Rome, pourquoi ne pas essayer de le retrouver et de l'interroger ?

– Mais... ce n'est pas possible !

– Bien sûr que si, c'est possible, en passant par la Porte des Anges ! Vous l'avez déjà fait, cher Jean-Baptiste, pour retrouver Lucie qui avait été enlevée et enfermée chez le magicien Paracelse...

– Mais les Archanges n'accepteront jamais !

– Qu'en savez-vous ? Vous ne croyez pas que la situation actuelle est aussi préoccupante que celle où vous avez aidé Euthyque à transmettre son message à l'Apôtre Paul ?

L'enquêtange avait raison. Il était fort probable que le Conseil des Archanges allait accepter une fois de plus que nous passions la Porte des Anges. L'enjeu était trop immense !

Lucie fit une moue dubitative.

– Admettons que nous obtenions l'autorisation de nous rendre dans la Rome antique à la recherche de Miklos, encore faudrait-il avoir une clé en notre possession et savoir où il y a une Porte des Anges à Rome...

007 regarda mon amie avec un air contrit.

– Je croyais que vous aviez compris, miss Mond...

– Quoi donc ?

– Mais qu'il existe une clé, ici, à Rome !

– Oui, je sais, mais nous la cherchons, et pour l'instant...

– Non, je ne vous parle pas de la clé perdue, mais d'une autre.

– Je ne comprends pas !

– Vous savez bien qu'il y a trois clous : le premier est gardé par le frère Athanase, le second par l'Archange Michel et le troisième...

– Vous parlez du clou qu'Euthyque a caché dans la doublure du manteau de saint Paul ? Le clou qu'il avait perdu dans mon jardin ?

– Exactement. Souvenez-vous ce que le jeune Mysien vous a dit...

264

Lucie se concentra un instant.

– Il a dit que ce manteau oublié chez Karpos avait été offert à Paul par l'Apôtre Pierre et que celui-ci avait récupéré le clou dissimulé dans la poche quand Timothée l'avait rapporté à Jérusalem. Enfin, quelque chose comme ça...

– C'est tout à fait exact, Miss Mond.

– Ce qui signifie que saint Pierre avait ce troisième clou en sa possession, ainsi que tous ses...

Les yeux de Lucie brillèrent.

– Continuez, chère amie, dit 007 avec un petit sourire aux lèvres.

– ... que tous ses successeurs, c'est-à-dire tous les papes ! Donc, le pape actuel possède le clou de saint Pierre, c'est bien ça ?

– Exactement, miss Mond !

Je me mis à rire.

– Attendez une seconde : vous ne pensez quand même pas que nous allons frapper au bureau du pape Benoît XVI au Vatican pour lui dire : « Bonjour monsieur le Saint-Père : pourriez-vous, s'il vous plaît, nous passer votre clé de la Porte des Anges. Nous en avons un besoin urgent ! »...

– Il y a peut-être d'autres manières de demander les choses...

– Je ne vois pas très bien lesquelles.

– Décidément, tu n'as aucune imagination, Jean-Baptiste ! s'emporta Lucie. 007 a raison. Il faut tenter notre chance. Nous savons que le roi Miklos est mort dans l'incendie, la nuit du 24 juillet 64 très précisément. Il y a fort à parier que c'est à ce moment-là, avant de mourir, qu'il a livré son secret.

J'étais de plus en plus agacé par l'enthousiasme de Lucie.

– Quand bien même on nous autoriserait à passer la Porte des Anges, quand bien même le Pape nous prêterait sa clé, quand bien même on retrouverait Miklos au milieu des flammes, et quand bien même il accepterait de nous livrer son secret… – ce qui tiendrait somme toute du miracle –, tout cela prendrait un temps fou ! Et notre disparition ne passerait pas inaperçue auprès de nos profs…

– C'est pour cela que nous devons approcher Miklos le plus près possible du moment de son décès… la nuit du 24 juillet 64 !

– Mais… il nous faudra un bon bout de temps pour le retrouver, ma vieille ! Rome n'est pas une petite ville, même à cette époque ! En plein incendie, qui plus est !

– Le seul moment où nous pourrons nous esquiver plusieurs heures sans nous faire remarquer, c'est… la nuit !

– La nuit ? Et tu penses que Kevin et Guillaume ne verront rien si je quitte la chambre, comme ça ?

– Pas si je m'occupe d'eux ! intervint 007. Je pourrais mettre quelques gouttes de somnifère dans leur *pasta* du soir…

– Excellent ! s'exclama Lucie en battant des mains. Très bonne idée !

– Je resterai à la pension pour les surveiller pendant votre absence, ajouta l'enquêtange. Ne craignez rien !

– Oh ! Vous ne nous accompagnerez pas, James ? demanda Lucie avec un air désolé.

– Non, je serai plus utile dans la Rome contemporaine. Il est préférable que j'assure vos arrières… L'espion risque de réagir !

– C'est vrai, vous avez raison ! concéda mon amie en baissant la tête tristement. Bon ! Bougeons-nous un peu ! Nous avons une demi-heure devant nous avant notre retour à l'hôtel. Allons au guichet du *Banco dello Spirito* et exposons notre idée au Conseil des Archanges. Nous verrons bien ce qu'ils diront !

J'étais convaincu qu'elle avait raison, mais je n'étais pas très enthousiaste. Je gardais un souvenir mitigé de mon voyage dans le temps... Les choses risquaient d'être plus difficiles qu'elles en avaient l'air. Si Miklos était mort pendant l'incendie et que nous allions le rejoindre, quelle garantie avions-nous de ne pas subir le même sort que lui ? Je n'avais aucune envie de mourir plus de deux mille ans avant le jour de ma mort !

Mais je savais aussi qu'il ne nous restait plus que deux jours à passer à Rome.

Deux jours pour sauver l'humanité du désastre !

21.

Le graffiti

Le Conseil des Archanges avait accepté notre proposition complètement folle.

Lucie était ravie.

Moi, beaucoup moins.

J'étais déjà bien fatigué de ces quatre jours passés à Rome et cette fois, la coupe était pleine. Vraiment, je ne me sentais ni le courage ni la force d'aller affronter le plus grand incendie du monde antique. Je rechignais.

Au petit déjeuner, sans en avoir l'air, j'interrogeai monsieur Tardy sur cette page d'histoire. Le professeur se laissa aller à décrire l'événement avec force détails, sans se rendre compte que plus il s'emballait, et plus je blêmissais…

L'incendie, qui avait commencé vers minuit, la nuit du 18 juillet 64, avait duré six jours et sept nuits. Le feu avait pris dans un quartier de la colline du Palatin, là où des boutiquiers avaient entreposé quantité de marchandises et de matières inflammables. Le vent avait été si fort cette nuit-là que le feu avait gagné rapidement la structure en bois du *Circus Maximus* tout proche, ainsi que les innombrables maisons en bois qui s'entassaient les unes sur les autres. Tacite avait précisé que les sept milles pompiers engagés dans la lutte contre le feu n'avaient pas réussi à empêcher les flammes de se propager dans presque toute la ville.

Tardy s'enflammait en racontant comment l'empereur Néron était revenu de sa résidence d'Antium à toute vitesse et, admirant de son palais la ville de Rome en feu, avait été enthousiasmé par la beauté du spectacle des flammes. L'empereur avait alors revêtu son costume de théâtre et, avec sa harpe, s'était mis à composer des vers. C'était ce même Néron qui, quelques jours plus tard, avait ordonné l'arrestation de centaines de chrétiens accusés d'être à l'origine de l'incendie… chrétiens qu'il donnera en pâture aux lions, qu'il crucifiera sauvagement sur la colline du Vatican ou qu'il fera enduire de poix pour servir de torches vivantes la nuit, dans son jardin…

Vraiment charmant… Voilà dans quel monde insensé Lucie avait eu la bonne idée de nous envoyer pour chercher Miklos !

Restait la question de la clé de la Porte des Anges. Par l'entremise de sa messagerie, l'Archange Gabriel nous avait confirmé que nous pourrions utiliser le clou du pape. Je me voyais déjà aller le chercher moi-même dans le bureau du successeur de Pierre, faire un brin de causette en privé avec le célèbre homme en blanc, tout en prenant le thé. Malheureusement, l'Archange Gabriel avait douché mon enthousiasme. Il nous avait fait comprendre que les choses allaient se faire de manière plus discrète…

Toute la matinée s'écoula sans que rien ne se produise. Lucie et moi comptions les heures, à l'affût du moindre mouvement. Mais personne ne semblait se soucier de nous. Les élèves commençaient à parler du retour et l'ambiance était davantage à l'achat des derniers souvenirs qu'aux ultimes visites prévues par nos professeurs.

– Ce n'est pas normal ! grogna Lucie en gigotant. Allons consulter la messagerie pour savoir ce qui se passe !

– Du calme ! répondis-je sagement. L'Archange nous a dit qu'il s'occupait de tout ! Laisse-lui un peu de temps !

– Du temps ?! Mais tu te rends compte qu'il ne nous reste plus qu'une nuit à passer à Rome ! Comment peux-tu rester là à te prélasser tranquillement dans ce fauteuil ?

– Ne t'en fais pas : on va avoir des nouvelles !

– Mais je n'en peux plus d'attendre ! geignit mon amie en se rongeant les ongles.

Le long calvaire prit fin à l'heure du déjeuner, quand madame Lobeau me tendit une enveloppe marquée aux armes du Vatican.

– Un ecclésiastique est venu apporter cette lettre pour toi. Il m'a dit que c'était urgent.

Elle me lança un regard en coin avec un petit sourire amusé.

– C'est peut-être le Pape qui t'écrit ? Avec un peu de chance, il t'invite à prendre le thé avec lui, qui sait ?

– Ça m'étonnerait, répondis-je rouge comme une pivoine. Ce sont des... des renseignements que j'avais demandés sur... Hum ! Sur la vie au Vatican...

– Ah ? Des renseignements ? Tu aimerais devenir prêtre ?

– Euh ! Oui, c'est ça ! Je veux devenir prêtre. Mais il ne faut pas le dire...

Madame Lobeau posa son index sur les lèvres et dit à voix basse :

– Promis ! Je ne dirai rien.

La prof de français s'éloigna rapidement en se dandinant, trop heureuse du scoop qu'elle venait d'obtenir en parlant avec moi. Je pus enfin ouvrir la lettre qui m'était adressée. Pour ce qui était de la discrétion, le Pape pouvait aller se rhabiller...

Mais ce n'était pas le Pape qui m'avait écrit. Je n'avais devant les yeux qu'un mot au style lapidaire, rédigé à la machine sur un papier à en-tête.

Cher monsieur Carmes,

Vous êtes prié de vous rendre dans les meilleurs délais à la Porte de bronze de la Préfecture, place Saint-Pierre, et de demander le commandant Magnani, commandant de la Garde Suisse.

Merci de vous munir d'une pièce d'identité.

Je vous prie d'agréer, monsieur Carmes, mes salutations les meilleures.

Capitaine Flamang

Nous avions presque couru jusqu'à la place Saint-Pierre, refusant de prendre le bus trop bondé à cette heure de la journée. À force de visiter la basilique, ses jardins, son musée et tout le tralala, nous connaissions par cœur le chemin de la pension jusqu'à la place Saint-Pierre. Il nous fallut à peine vingt minutes pour passer la frontière symbolique de l'État du Vatican, marquée par quelques pierres blanches.

En pénétrant sur l'immense place ronde qui accueillait les pèlerins entre les deux grands bras de la colonnade du Bernin, nous étions exténués et trempés de sueur.

– Où est cette porte de bronze ? demandai-je en me pliant en deux pour reprendre mon souffle.

– À droite, sous la colonnade. C'est l'entrée principale pour accéder aux appartements du pape et à la Secrétairerie d'État.

Je la regardai de travers.

– Tu en sais, des choses…

– Je me renseigne, moi, monsieur ! Ce n'est pas comme vous, les garçons, qui foncez toujours tête la première sans réfléchir ou qui vous reposez sur les filles pour s'occuper de tout à votre place !

Lucie n'écouta pas mon concert de protestations et coupa la place pour atteindre un dédale de barrières blanches qui servaient à canaliser les foules, en particulier lors des audiences publiques du Pape le mercredi matin.

Quelques minutes plus tard, nous étions au pied d'un grand escalier de marbre qui menait à l'immense porte de bronze grande ouverte. De chaque côté du chambranle, deux gardes suisses qui se faisaient face surveillaient l'entrée, hallebarde en main. Ils étaient magnifiques avec leur costume bouffant à rayures orange, rouges et bleues, et leur grand béret vissé sur la tête. Quelques touristes qui prenaient des photos au pied de l'escalier nous regardèrent avec envie monter vers ce lieu mystérieux. À peine étions-nous parvenus en haut des marches que l'un des gardes nous barra le chemin.

– Halte !

Un officier tout de bleu vêtu se leva d'un bureau qui se trouvait à quelques mètres de la porte, dans le grand hall d'entrée tout en longueur. À pas lents, il s'approcha de nous. Il nous adressa un salut militaire et demanda sèchement :

– *Si* ?

Je lui tendis la lettre du capitaine Flamang qu'il lut, impassible. Puis il me dit avec un accent germanique :

– Vos papiers, s'il vous plaît.

Je lui présentai ma carte d'identité qu'il regarda un long moment. Puis il me la rendit en hochant la tête. Lucie tendit à son tour son passeport, mais le Garde Suisse secoua la tête.

– Inutile, mademoiselle. Vous attendez ici !

– Mais… j'accompagne Jean-Baptiste.

– Désolé, mademoiselle. Suivez-moi, monsieur Carmes.

J'avoue avoir souri intérieurement en voyant la figure décomposée puis furieuse de Lucie qui redescendait les marches en bougonnant. Le garde avança d'un pas décidé dans le hall et tourna à droite.

– Par ici, monsieur Carmes !

Je le suivis et montai un large escalier de marbre. Parvenu au premier étage, le soldat franchit une porte qui donnait sur un couloir entièrement décoré de magnifiques fresques. Par les hautes fenêtres qui jalonnaient le couloir, j'aperçus une cour intérieure où étaient garées quelques voitures.

Mais le garde suisse ne me laissa pas le loisir d'admirer les lieux et poursuivit sa progression d'un pas décidé. Il me conduisit dans l'aile droite du bâtiment, salua mécaniquement un autre garde qui était posté à l'angle des deux couloirs et m'introduisit dans une pièce dont la porte était ouverte.

Le parloir n'était pas très grand. Quelques fauteuils y entouraient un joli guéridon en marqueterie et sur les murs tapissés en rouge grenat trônaient de grands tableaux religieux assez sombres.

– Prenez place, s'il vous plaît. Le commandant Magnani va venir vous voir dans un instant.

Le garde suisse se retira en fermant soigneusement la porte derrière lui.

L'attente me parut longue, même si elle ne dura en réalité que quelques minutes. Il faut dire que l'ambiance feutrée du Vatican avait de quoi impressionner n'importe quel visiteur. Je n'osais ni m'asseoir, ni bouger…

Un garde suisse plus âgé, arborant quelques médailles sur la poitrine, entra dans la pièce.

– Bonjour ! me dit-il en m'adressant un large sourire. Je suis le commandant Magnani. Honoré de faire votre connaissance.

– Moi aussi, mon Commandant… dis-je d'une petite voix timide.

– Asseyez-vous, je vous prie.

Je compris au premier coup d'œil que j'avais affaire à un officier haut gradé, peut-être même à celui qui commandait l'ensemble de la Garde suisse du Vatican. Son allure fière et sa prestance naturelle trahissaient une grande expérience. Étrangement, je me sentais relativement à l'aise avec cet homme au regard métallique et franc comme une hallebarde.

Le soldat posa une petite boîte oblongue sur le guéridon. Un cachet de cire rouge marqué du sceau papal scellait les volets de bois qui permettaient d'ouvrir le coffret.

– Le Saint Père m'a chargé de vous remettre cet objet. Il attend de vous que vous me le rapportiez en main propre avant votre départ de Rome. C'est tout.

– Mais… il ne vous… Je veux dire, le Saint Père ne vous a pas dit où je devais…

– Pardonnez-moi, jeune homme, mais j'ignore ce qu'il y a dans cette boîte. J'exécute simplement l'ordre du Saint Père. En revanche, je dois encore vous dire que quelqu'un vous attend au pied de l'obélisque de la place Saint-Pierre.

– Quelqu'un ?

– Je pense que cette personne sera à même de répondre aux questions que vous vous posez.

– Mais comment vais-je savoir de qui il s'agit ? Il y a du monde, sur la place Saint-Pierre…

– Je l'ignore. Mais je pense que cette personne vous reconnaîtra. Maintenant, si vous le voulez bien, je vais vous raccompagner à la porte de bronze. N'oubliez pas de prendre la boîte…

– Merci, mon Commandant.

L'officier m'accompagna en me posant quelques questions sur mon voyage à Rome et sur ce que j'avais apprécié au cours de mes visites. Parvenu au bureau de garde, il me salua une dernière fois et tourna les talons.

Au bas des marches de la porte de bronze, je retrouvai Lucie assise sur un gros socle en marbre blanc. Elle bondit à ma rencontre dès qu'elle m'aperçut.

– Alors ?

– Je l'ai…

– Super ! Et tu sais où est la Porte…

– Je ne sais pas…

– Comment ça, tu ne sais pas ? Tu n'as pas demandé ?

– Le commandant Magnani ne savait même pas ce qu'il me donnait. Alors, tu penses bien qu'il ne m'a rien dit à propos de la Porte des Anges...

– Zut alors ! Que va-t-on faire ?

– Aller à l'obélisque de la place...

– À l'obélisque ? Pour quoi faire ?

– Pour trouver quelqu'un qui nous attend !

Nous avions rejoint le centre de la place Saint-Pierre où s'élevait l'immense obélisque égyptien. Quelques personnes étaient assises par terre, cherchant un peu d'ombre pour se rafraîchir. Une cohorte de touristes japonais suivait au pas de course leur guide qui tenait à bout de bras une antenne avec un ruban jaune.

Il n'y avait pas grand monde au pied de l'obélisque. Sauf un homme que l'on voyait de dos. Sa silhouette trapue me rappelait quelqu'un. Lucie fut la première à le reconnaître.

– Parrain ? cria-t-elle. C'est toi ?

Philippe se retourna et nous adressa un large sourire.

– Ah, voilà ma filleule préférée ! Et ce bon vieux Jean-Baptiste !

Le parrain de Lucie était rayonnant de joie. Il embrassa sa filleule avec tendresse et me donna un petit coup de poing affectueux sur l'épaule.

– Venez ! dit-il. Je vous offre quelque chose à boire.

Philippe nous entraîna vers la longue *via della Concilliazione* qui reliait la place Saint-Pierre au château Saint-Ange, et nous fit entrer dans un petit bar qui sentait le café fraîchement torréfié.

– Je savais qu'ici il y avait des tables et des chaises. C'est rare dans ce pays : les consommateurs ont l'habitude de prendre leur café debout, au comptoir... Ainsi, nous serons plus tranquilles pour parler !

Philippe commanda quelques consommations dans un italien alerte, apporta les boissons à table sur un plateau en plastique et nous regarda avec un petit sourire énigmatique.

– Alors ? Comment allez-vous ?

Lucie attaqua la première :

– Mais, qu'est-ce que tu fais ici, parrain ? Ça fait long-temps que tu es là ?

Philippe avala une gorgée de son cappuccino crémeux avant de répondre.

– Je suis arrivé à Rome il y a quelques jours.

– Comment ça ? Et tu n'es pas venu nous voir !

– Non, je ne devais pas me montrer. C'est le frère Atha-nase qui m'a envoyé ici, quand la sentinelle de la Porte des Anges a été abattue. Je devais la remplacer et rester à la dis-position du Gardien de la Porte, pour le cas où l'on aurait besoin de moi.

– Tu es donc au courant de ce qui s'est passé ?

– Oui. L'enquêtange Coctel me tient régulièrement informé des événements.

Lucie bondit sur sa chaise.

– 007 sait que tu es là ? Il ne nous a rien dit !

– C'est bien normal. Il ne fait que son travail !

– Oui, mais quand même… Nous lui faisons confiance et il nous cache des choses !

– La mission de l'enquêtange est de vous aider dans votre tâche et de trouver l'espion à la solde de l'Adversaire.

– Oui, mais quand même…

Philippe termina son cappuccino et essuya avec une serviette en papier la moustache de mousse qui s'était for-mée sous son nez.

– Le frère Athanase m'a chargé de vous conduire à une Porte des Anges.

– Je m'en doutais un peu, dis-je. C'est loin d'ici ?

– En réalité, il y a plusieurs portes à Rome. Mais celle que je vais vous montrer est la plus commode pour remplir votre mission.

– Tu nous accompagneras ? demanda Lucie, les yeux brillants d'espoir.

– Non, Lucie. Je dois me borner à vous conduire à la Porte des Anges et à attendre votre retour.

– Oh zut ! Il y a déjà 007 qui nous lâche…

– Lucie, il ne faut pas que tu prennes les choses de travers. Chacun est à sa place dans cette histoire. Je te rappelle que, d'après la prophétie, Jean-Baptiste est le seul qui soit capable de retrouver ce que tu sais… Lucie, tu peux l'aider dans sa mission, la faciliter, mais pas le remplacer. Même si tu es plus habile et plus courageuse que lui…

– Ah tu vois ! dit-elle en se tournant vers moi. Ce n'est pas moi qui le dis…

– Je plaisantais. En revanche, Jean-Baptiste ne sera capable de mener à bien sa tâche que si chacun est parfaitement ajusté à ce que l'on attend de lui.

– Je sais, je sais… Bon, alors, le grand saut, c'est pour ce soir ?

– C'est pour ce soir. Mais attention ! L'Adversaire va probablement se déchaîner pour vous empêcher d'y arriver… Le danger va croissant !

Et me regardant d'un air grave, Philippe ajouta :

– Souviens-toi, Jean-Baptiste, de tout ce que le frère Athanase et moi-même t'avons appris. Méfie-toi de ton orgueil, de ta peur, de ta colère… En toutes circonstances, tu dois rester dans la paix et la confiance. Ne laisse pas les ténèbres t'envahir ! Toi seul devras mener le combat final contre l'Adversaire ! Toi seul…

Je déglutis péniblement. Le moins que l'on puisse dire, c'est qu'il me mettait la pression. J'avais déjà entendu mieux comme encouragement…

C'était notre dernière nuit à Rome.

Mes camarades de chambrée s'étaient endormis plus

rapidement que d'habitude. Je savais que 007 n'était pas étranger au calme qui régnait dans la pension. Je m'habillai rapidement dans le noir et sortis de la chambre le plus discrètement possible. Ma montre lumineuse indiquait qu'il était vingt-trois heures. Je devais être rentré pour six heures trente au plus tard à la pension. Nous avions un peu plus de sept heures devant nous pour passer la Porte des Anges, nous préparer à notre mission dans le monde angélique, nous rendre en l'an 64, retrouver le Roi Miklos, le faire parler, et revenir avec le quatrième clou dans la poche...

No problem !

Dans le hall, 007 nous attendait avec son passe-partout en main, celui qu'il m'avait prêté quelques mois auparavant pour entrer dans la maison du mage Paracelse. Lucie, habillée d'un survêtement de couleur sombre, était déjà prête et piaffait d'impatience.

– Dépêche-toi, Jean-Baptiste !

– Tout va bien, il n'y a pas le feu !

– Non, pas encore, mais ça ne va pas tarder !

Je réfrénai un frisson en pensant à l'incendie que nous allions devoir affronter cette nuit. Je ne me sentais pas encore tout à fait prêt moralement ...

007 ouvrit la porte d'entrée de la pension, jeta un coup d'œil rapide dans la rue et murmura :

– Vous pouvez sortir. La voie est libre !

– Merci, James ! répondit Lucie en se glissant dehors.

Au moment où j'allais sortir, l'enquêtange me retint par le bras et dit à voix basse :

– Ne vous inquiétez pas, sir Jean-Baptiste : tout ira bien !

Je ne répondis rien. J'avais l'estomac noué par l'angoisse.

Un peu plus loin dans la rue, Philippe nous attendait debout près d'une Fiat Punto immatriculée à Rome.

– Par ici ! dit-il. Grimpez dans cette voiture !

– Question voiture, tu as monté de gamme ! plaisanta Lucie en s'installant à côté de son parrain.

– C'est le grand luxe ! renchérit-il en lui adressant un clin d'œil. Vous êtes prêts ? On peut y aller ?

– *Morituri te salutant* ! grommelai-je en me calant sur le siège arrière.

– Quel optimisme débordant ! s'indigna Lucie. Tu as une vraie tête de vainqueur, ça fait peur…

Philippe démarra la voiture et se mit à rouler à une allure modérée. La circulation était encore bien dense pour une heure aussi tardive.

– Où allons-nous ? demanda Lucie à son parrain.

– À la prison.

– Pardon ?

– À la prison Mamertine, près du Forum romain…

– Oh, je me souviens : nous l'avons visitée le premier jour : c'est la prison de Pierre et de Paul, c'est bien ça ?

– Exactement. C'est la plus vieille geôle de Rome, creusée directement dans la colline du Capitole. La prison Mamertine a accueilli de nobles prisonniers : Jugurtha, Vercingétorix, sans parler des Apôtres Pierre et Paul… Mais ça, ce sera un peu après votre propre passage dans la Rome antique !

– Mais pourquoi nous faire passer par une prison ? C'est une idée bizarre ! Nous allons être enfermés dedans et nous ne pourrons jamais en sortir…

– Rassure-toi, Lucie : quand vous passerez la Porte des Anges, la prison sera vide à cause de l'incendie. Les grilles seront grandes ouvertes…

– Ah bon…

– Nous voici arrivés !

Il nous avait fallu à peine trois minutes pour aller de la pension Medicis à l'endroit où l'on pouvait garer la voiture.

Je jetai un coup d'œil à ma montre : il était onze heures et treize minutes. Encore deux minutes de marche pour gravir le Capitole, et nous serions à la prison…

À peine essoufflés par le petit raidillon que nous venions de gravir, nous étions devant l'antique geôle romaine avec sa façade en pierre bosselée, derrière un porche en pierres blanches. Une petite église portant le nom de *San Pietro in carcere*, « Saint Pierre en prison », avait été construite directement sur la prison elle-même.

Philippe ouvrit la grille du porche d'entrée à l'aide d'une grosse clé qu'il sortit d'un petit sac de toile. Une liste macabre donnait le nom des martyrs chrétiens qui étaient passés à cet endroit. Nous étions déjà dans l'ambiance avant même d'avoir passé la Porte des Anges…

– Entrez vite ! ordonna le parrain de Lucie.

Il verrouilla soigneusement la grille derrière lui et extirpa une lampe torche de son sac.

– Suivez-moi !

Il descendit un étroit escalier de pierre.

– La prison est composée de deux pièces superposées, expliqua le parrain. Nous irons dans la cellule du bas…

La première pièce, de forme trapézoïdale, était sombre et sinistre.

– Attention : le petit escalier qui mène à l'autre cellule est un peu raide, ajouta Philippe.

La pièce du dessous était encore plus petite que l'autre. Les gros blocs de tufs disposés en voûte contribuaient à donner une impression d'étouffement. Je ressentis un début de claustrophobie.

Au fond de la cellule, Philippe éclaira avec sa lampe de poche une colonne de marbre pourvue de crochets de fer rouillés.

– C'est à cet endroit que saint Pierre et ses compagnons martyrs ont été enchaînés. Et c'est là aussi que se trouve la Porte des Anges…

Philippe s'abaissa et éclaira une série de vieux graffitis sur le mur de la cellule. Il s'attarda sur l'un d'entre eux représentant un cœur grossièrement dessiné, avec une fente profonde en son milieu.

– Le cœur percé de Jésus, souffla Lucie.

– Exactement ! confirma Philippe. La serrure de la Porte des Anges...

Pendant un instant, nous fûmes plongés dans le silence en regardant le mystérieux graffiti qu'un condamné à mort avait tracé avant de mourir à cause de sa foi. Un dessin qui permettait d'ouvrir une porte de lumière dans l'obscurité de la prison...

– Jean-Baptiste : il est temps de sortir la clé.

Je tirai de ma poche le coffret du pape dans lequel était rangé le clou de la crucifixion. Je brisai le sceau de cire et ouvris les deux battants de bois. À l'intérieur de la boîte, il y avait un rouleau de toile de lin maintenu serré par un autre cachet de cire aux armes papales. Je brisai le cachet et déroulai le vieux tissu épais. Le gros clou noir apparut dans le faisceau de la lampe.

– Maintenant, Jean-Baptiste, tu peux ouvrir la Porte ! murmura Philippe.

Je saisis délicatement le clou entre mes doigts et approchai la pointe de la fente tracée au milieu du cœur. Le clou s'enfonça sans difficulté dans la pierre et une porte lumineuse se dessina brusquement dans l'épais mur de la prison.

La Porte des Anges venait de s'ouvrir...

Philippe se tourna vers Lucie et moi et dit sentencieusement :

– Je vous attends ici. Que le Très-Haut vous garde et vous protège !

Il était vingt-trois heures trente. Dans moins de sept heures, nous devions être de retour.

Lucie pénétra la première dans la Porte. Je ne tardai pas à la suivre...

22.

La répétition

L'ange Tutel se tenait derrière la seconde porte, celle qui menait au monde angélique. Il m'accueillit avec un sourire radieux, comme à son habitude.

– Bonjour, Jean-Baptiste ! Comme je suis heureux de te retrouver ! Pour ton service et la plus grande Gloire du Très-Haut !

Mon ange gardien n'avait plus l'apparence de mon vieux Jojo le clown grandeur nature – ce qui n'était pas pour me déplaire. Il ressemblait à présent à un jeune de mon âge, à l'exception de la paire...

Mais non ! L'ange Tutel n'avait même plus sa paire d'ailes dans le dos !

– Mais qu'est-ce qui t'arrive ? Où sont... tes ailes ?

Mon ange gardien se mit à sourire.

– Je n'ai pas changé ! Tu me découvres simplement avec un regard neuf.

Lucie se mit à rire.

– J'ai l'impression que ton imagination devient moins conventionnelle, Jean-Baptiste ! Les lunettes de 007 t'ont peut-être fait du bien, finalement. Tu vois davantage les choses telles qu'elles sont en réalité...

Un autre ange qui était caché derrière Tutel s'approcha de nous.

– Bonjour, Lucie. Je suis l'ange Étinssel, ton ange gardien. Pour ton service et la plus grande Gloire du Très-Haut !

C'était un beau bout d'ange aux traits délicats, qui manifestait une surprenante vitalité.

Lucie semblait intimidée de rencontrer son ange gardien en chair et en os, si je puis dire. Ils s'embrassèrent et échangèrent quelques civilités d'usage.

L'angomobile nous attendait avec l'ange Atirdel qui tenait sa corde d'argent. Là encore, surprise ! Ce n'était plus un bobsleigh, mais une superbe Ferrari rouge décapotable, comme celle que j'avais vue passer sur la place de Venise.

– Ah, le cygne nous attend ! s'extasia Lucie. En route !

J'évitai de contrarier Lucie en lui disant ce que je pensais de son cygne. Je voyais bien que la description que nous pouvions faire du monde angélique était très révélatrice de notre propre monde intérieur. Nos visions étaient finalement très personnelles et très intimes. Je pensais plus sage de les garder pour soi.

La traversée du lac gelé se déroula à grande vitesse, comme d'habitude. Je connaissais bien maintenant le chemin jusqu'au S.O.S., le Service des Opérations Spéciales. Je faisais le vieil habitué, jouant l'aventurier un peu blasé. Mais, au fond, je n'arrivais pas à me libérer d'une sourde inquiétude…

À la gare des trains aériens, l'adjudange Pasrel nous reçut avec sa gouaille habituelle. Avec force courbettes, il s'occupa de nous installer sur l'une des petites plateformes rondes, tout en évoquant les bons souvenirs de sa conduite à travers la ville de Rome. Puis, après avoir bouclé nos ceintures de sécurité, il nous expédia vers le S.O.S.

Comme je m'y attendais, le colonange Solanel guettait notre arrivée. Après nous avoir longuement salués, le Sécuritange nous accompagna jusqu'à son bureau dans l'enceinte du fameux Service des Opérations Spéciales.

La pièce était dépouillée, très différente de ce que l'on pouvait trouver sur terre dans une administration de ce genre. Les murs de forme arrondie étaient composés de cette matière blanche omniprésente dans le monde angélique. Quelques sièges en forme d'œufs y entouraient une table basse couverte de touches lumineuses. J'avais l'impression de me trouver dans une grosse bulle de savon.

– Prenez place, humaine Oros et humain Carmes ! dit le colonange en s'asseyant lui-même sur l'un des sièges. Il me revient l'honneur de vous préparer une fois de plus à votre nouvelle mission ! Pour votre service et la plus grande Gloire du Très-Haut !

– Merci, mon colonange !

– Je vous en prie. Cette mission comporte un aspect particulier dont je dois vous faire part avant de procéder à la première partie du Programme. Il s'agit de l'aspect psychologique.

– L'aspect psychologique ? demandai-je, éberlué.

Le colonange frotta vigoureusement ses mains l'une sur l'autre. Cela m'évoqua le tic du comte Marchesi.

– En effet. Vous allez traverser une ville ravagée par l'incendie le plus important de son histoire. Tout ce que vous verrez sera impressionnant, à la limite du soutenable. Or, il ne faudra pas réagir.

– Comment ça, ne pas réagir ? demanda Lucie, intriguée.

– Je m'explique. Rome compte plus d'un million d'habitants en cette année 64 et une partie de la population va mourir dans cet effroyable incendie. Vous risquez de voir périr des hommes, des femmes et des enfants. Vous serez très tentés de leur porter assistance. Et pourtant, il ne faudra surtout rien faire ! Toute intervention de votre part pourrait provoquer de redoutables MCI !

Les MCI, les « modifications aux conséquences illimitées », étaient ce que les anges craignaient le plus au cours des opérations qui se déroulaient dans le passé. Toute intervention d'un voyageur temporel à une époque qui n'était pas la sienne pouvait provoquer une chaîne de conséquences terribles sur le futur. Lorsque nous menions ce genre d'opération, les anges nous incitaient donc à éviter de parler à quiconque, à ne pas déplacer indûment des objets et, surtout, à ne pas attirer l'attention sur soi... Avec consternation, je compris que, même si nous avions les moyens de secourir de pauvres victimes, il nous faudrait accepter de les laisser mourir. Si nous sauvions ne fût-ce qu'une seule personne des flammes du brasier, le passé ne serait plus exactement le même et tout ce que ferait ce survivant dans le reste de sa vie provoquerait de tels bouleversements dans l'histoire humaine que nous ne serions pas sûrs de retrouver le même monde en revenant dans la Rome du XXIe siècle...

– Pour que puissiez mieux vous rendre compte de la difficulté de la tâche, je vais vous demander de mettre ce casque sur la tête.

Le colonange nous tendit à chacun une sorte de casque de moto très léger de couleur blanche, muni d'une lourde visière opaque qui tombait devant les yeux. Une fois ce drôle d'objet posé sur la tête, le revêtement intérieur se mit à gonfler et enserra parfaitement la moitié supérieure du crâne.

Pendant un instant, je fus plongé dans le noir absolu. J'avais perdu contact avec la réalité. Puis la voix du colonange qui semblait venir de nulle part résonna à mes oreilles.

– Êtes-vous prêts, humains Carmes et Oros ? C'est parti ! Pour votre service et la plus grande Gloire du Très-Haut !

J'eus l'impression qu'on venait soudainement d'allumer la lumière. Je voyais une rue pavée très étroite dans laquelle se croisaient des dizaines de personnes affolées, gesticulant et poussant de grands cris. La rue était livrée aux flammes d'un gigantesque incendie, léchant les vieux bâtiments en bois, dévorant les charpentes et les façades comme si elles n'étaient que de vulgaires broussailles sèches. Des poutres enflammées tombaient lourdement sur la chaussée en éclaboussant la rue d'une pluie d'étincelles rougeoyantes. Certains brandons tombaient sur des passants, embrasant leurs cheveux et leurs vêtements. Réduits à l'état de torches vivantes, ces hommes et ces femmes se roulaient par terre en hurlant de douleur. Le feu ronflait férocement et un vent malsain chargé d'une fumée âcre emplissait la ruelle sinistrée.

Soudain, une femme, les vêtements en feu, courut droit sur moi en me tendant un nourrisson à la peau noircie. Son regard désespéré croisa le mien un instant. Elle se mit à trébucher sur la chaussée et tomba lourdement à mes pieds.

– Prends mon enfant ! hurla-t-elle en me tendant à bout de bras le bébé qui hurlait de peur. Sauve-le !

Dans un geste réflexe, je tendis les mains pour saisir l'enfant. Une sirène se mit alors à retentir dans mes oreilles. La scène se figea sous mes yeux et une croix rouge barra la femme et l'enfant. Des mots en lettres capitales apparurent sur l'image de la rue en feu :

MCI DANGER !

– Retirez votre casque ! commanda d'une voix ferme le colonange Solanel.

Je retrouvai Lucie, le casque en main et les cheveux en bataille. À voir ses yeux écarquillés de frayeur, je compris qu'elle venait de faire la même expérience et qu'elle avait eu le même réflexe que moi.

– Vous comprenez mieux le type de difficultés que cette mission vous réserve et surtout les chocs psychologiques que vous risquez de subir à la vue de cette catastrophe. Les images de cet incendie vont imprégner votre mémoire très longtemps et provoquer en vous des angoisses et autres dérangements mentaux…

Lucie approuva de la tête sans rien dire. J'acquiesçai à mon tour.

– C'est la raison pour laquelle nous souhaitons vous épargner cette terrible expérience traumatisante, continua le colonange. Nous avons donc prévu une opération qui soit la plus brève possible. Voilà comment les choses vont se dérouler : vous franchirez la Porte des Anges à 20h 30, heure locale. Cette soirée est favorable à votre mission parce que l'incendie était presque maîtrisé à cette heure-là, à l'exception de quelques foyers récalcitrants assez éloignés de la prison Mamertine. Tous les Romains commençaient d'ailleurs à se réjouir de cette victoire. Pas très longtemps, malheureusement. À 22h 12, le feu a repris de plus belle. Et la lutte a duré encore trois nuits et trois jours, comme vous le savez certainement.

– Oui, mon professeur d'histoire me l'a expliqué ! dis-je en me grattant machinalement la tête.

– Très bien. Sachez qu'entre 21h et 22h 12, l'humain Miklos se trouvait en compagnie de l'Apôtre Pierre dans un quartier appelé *Trastevere…*

– Je me souviens ! intervint Lucie en levant le doigt comme si elle écoutait un cours. Le Padre Stefano nous a dit que les premiers chrétiens habitaient dans ce quartier, au milieu des juifs !

– Exactement. La majorité des chrétiens étaient eux-mêmes des juifs qui vivaient avec leurs frères de race dans ce quartier au-delà du Tibre. Vous avez raison, humaine Lucie !

Mon amie se rengorgea.

– À 21h, continua le colonange, l'humain Miklos assistait avec quelques compagnons à la fraction du pain présidée par l'Apôtre Pierre dans la maison de Bartholomé. La fraction du pain était un office religieux, une Messe si vous voulez, où l'on chantait des psaumes et où l'on partageait le pain comme Jésus l'avait enseigné lors de son dernier repas, la Sainte Cène. L'office n'était pas terminé lorsque quelqu'un est entré en catastrophe dans la maison de Bartholomé pour dire que le feu avait repris dans le cœur de la ville. C'est à ce moment-là que Miklos et quelques autres sont partis de l'autre côté du Tibre pour prêter main forte à la population. Malheureusement, on sait que Miklos paiera de sa vie ce choix courageux...

Le colonange se tut un instant avant de reprendre la parole d'une voix raffermie.

– Nous vous proposons donc de parler à Miklos pendant l'office de la fraction du pain. Votre rencontre, à ce moment précis, ne provoquera qu'un modeste MCL, une « modification aux conséquences limitées ». En revanche, il faut absolument qu'à 22h 12, Miklos entende le messager qui viendra faire son annonce dans la maison de Bartholomé. Vous devrez aussi le laisser partir, ne pas chercher à le retenir, même si vous savez, vous, que l'issue sera fatale... Puis vous retournerez par le même chemin qu'à l'aller à la prison de Mamertine où vous passerez la Porte des Anges. Normalement, si vous tenez bien les horaires, vous ne devriez pas rencontrer de difficultés majeures sur votre chemin. Durée totale de l'opération : deux heures et douze minutes. Trente minutes pour aller de la prison à la maison de Bartholomé, une heure douze pour parler avec Miklos et encore trente minutes pour revenir à la prison Mamertine. Retour à la pension Médicis prévu à 2h du matin environ, heure locale. Des questions ?

– Euh... Une question, mon colonange ! Comment allons-nous convaincre Miklos de nous révéler son secret, puisqu'il ne sait pas qu'il va mourir la nuit même. Il refusera de nous dire où il a caché le clou, c'est sûr !

Le colonange me regarda droit dans les yeux.

– Vous avez une grosse heure pour le convaincre, humain Jean-Baptiste. Notre rôle consiste à vous aider à entrer en contact avec l'humain Miklos. Le reste vous appartient. C'est à vous de trouver ce qu'il faut lui dire.

– Et si nous échouons ?

– Alors il vous faudra suivre le plan B. Mais cette option est beaucoup moins satisfaisante.

– Le plan B ?

– Le plan B consiste à suivre discrètement l'humain Miklos dans sa lutte contre l'incendie jusqu'au moment où il sera blessé mortellement. Accident prévu à 1h 22 du matin. Soit, pour vous, quatre heures et cinquante deux minutes après avoir passé la Porte des Anges. Décès de l'humain Miklos à 1h 37. Vous auriez donc quinze minutes pour parler une dernière fois avec lui et obtenir les informations dont vous avez besoin. Ajoutez trente minutes pour rejoindre la prison Mamertine et vous avez une durée totale de cinq heures et trente sept minutes, pour le cas où vous suivriez le plan B. En outre, vous reviendriez avec des traumatismes psychologiques qui nécessiteraient l'intervention du professange Skalpel pour effacer de votre mémoire tout de ce que vous auriez vu pendant cette opération délicate.

– Ah ? Et comment ferions-nous pour retrouver le clou si notre mémoire est effacée ?

– Ce que Miklos vous révélerait au cours de son agonie serait consigné à votre retour dans le monde angélique et restitué ensuite sous forme écrite.

– Bof ! À tout prendre, le plan A me plaît mieux !

– Je partage votre opinion, humain Jean-Baptiste ! Encore des questions ?

Lucie me jeta un coup d'œil et dit d'une voix hésitante :

– Non, il ne me semble pas !

– Moi non plus, ajoutai-je. Je n'ai plus de questions.

– Alors, nous allons passer au Programme ! Suivez-moi ! Pour votre service et la plus grande Gloire du Très-Haut !

Le colonange nous amena devant la grande porte cintrée sur laquelle était écrit : **PROGRAMME**. Après l'avoir franchie, l'ange nous conduisit, à travers le couloir très éclairé, à la porte numéro 1.

– Entrez, s'il vous plaît.

Je retrouvai cette curieuse pièce toute blanche, sans aucun relief, qui servait de grande salle de cinéma en 3 D, reproduisant à l'identique les lieux traversés sur la terre pendant les missions. Le colonange sortit une télécommande de la poche de sa tunique et dit sentencieusement :

– Je vous rappelle le principe de cet exercice : de la précision, toujours de la précision, encore...

– ... de la précision ! terminai-je avec un petit sourire aux lèvres.

Lucie, qui ne connaissait pas cette salle, me regarda avec effarement. Elle n'avait pas l'expérience de ce « Programme » qui consistait à répéter en *live* les déplacements que nous allions être appelés à faire au cours de notre mission.

– Vous allez découvrir l'itinéraire à suivre pour vous rendre de la prison Mamertine à la maison de Bartholomé, expliqua le colonange Solanel. Il faudra apprendre cet itinéraire dans les deux sens : l'aller et le retour. Êtes-vous prêts ?

– Affirmatif, mon capitaine ! répondit Lucie sans se rendre compte qu'elle utilisait notre code commun.

Le colonange la regarda de travers pendant un instant, mais n'essaya pas de la corriger. Puis il appuya sur une touche de sa télécommande.

Nous étions dans un espace très sombre. Je reconnus immédiatement la sinistre cellule de la prison Mamertine avec sa colonne de marbre et ses crochets de fer. La suie avait noirci considérablement les murs épais. De grosses chaînes traînaient dans un grand désordre sur les dalles luisant d'humidité. Sans doute, quelqu'un avait-il libéré les prisonniers précipitamment. À moins que l'on ait retiré les corps des hommes enchaînés, morts d'asphyxie ou des conséquences de l'incendie...

– Regardez le point rouge devant vous, dit tranquillement le colonange, et suivez-le. Il vous guidera tout au
long de ce Programme jusqu'à la maison de Bartholomé.
Mémorisez bien l'itinéraire que vous allez emprunter.
Allez-y, maintenant !

En sortant de la prison, nous fûmes d'abord surpris en
découvrant la taille des temples qui se dressaient devant
nous. Nous étions à flanc de colline et le Forum s'étendait
à nos pieds dans toute sa splendeur. Ce spectacle nous
coupa le souffle. Découvrir tous ces édifices dans leur
beauté originelle était surprenant. Nous avions l'impression d'être subitement projetés dans un vieux péplum des
années cinquante à la reconstitution particulièrement réaliste.

Mais cette première impression céda rapidement place
à une seconde, nettement moins agréable : la désolation !
Ces magnifiques constructions étaient défigurées par de
grandes balafres de suie. Certains temples n'avaient plus de
toit et d'autres menaçaient de s'effondrer. La fumée était
omniprésente. Le ciel avait pris une terrible couleur de
plomb qui masquait un soleil anémique. Rome avait revêtu
un vêtement de deuil...

Lucie se mit à tousser furieusement et posa sa main sur
la bouche. Une terrifiante odeur de brûlé nous agressait.
Nos yeux se mirent à pleurer.

– Il vous faudra un certain temps pour vous habituer à
cet air saturé de gaz carbonique, prévint le colonange
Solanel. Mais ne perdez pas votre temps et suivez le point
rouge.

Notre « guide » nous entraîna sur les pentes raides de la
colline du Capitole, avant de nous conduire par la *via sacra*
dans un quartier complètement ravagé par l'incendie. Les
venelles étouffantes étaient bondées. Partout, des charret-
tes couvertes d'objets hétéroclites, de volailles et de
cochons rassemblés en hâte, se dirigeaient vers le Tibre
tout proche. Chacun essayait de fuir le désastre avec le peu

qu'il avait réussi à sauver. Des hommes hagards fouillaient les décombres fumantes, en sortant des corps noircis et méconnaissables. D'autres s'enfuyaient en courant avec le fruit de leur pillage...

La panique était telle que personne ne prêtait attention à nous. Nous posions un regard désolé sur cet affligeant spectacle, mais nous savions que nous ne devions pas trop nous y attarder. Nous avions une mission à accomplir qui nécessitait de nous concentrer sur notre itinéraire, en tenant le moins compte possible de ce qui nous entourait. Notre santé mentale en dépendait...

Sur les bords du Tibre, un embouteillage monstre bloquait les quatre ponts qui enjambaient le fleuve en passant par l'île Tiburtine. Le point rouge contourna la file d'attente et se dirigea vers les berges aux herbes jaunies. Quelques personnes tentaient de traverser plus rapidement le cours d'eau en montant sur toutes les barques disponibles. Des passeurs aux longues perches de bois assuraient continuellement une navette entre les deux rives. Un tronc d'arbre sur lequel était assis un vieil homme au visage boucané s'approcha de nous. Trois enfants se juchèrent rapidement à califourchon sur la pirogue, s'accrochant de leur mieux à l'écorce pourrie pour ne pas tomber. Le point rouge nous invita à nous asseoir derrière eux. Lucie me jeta un regard inquiet, mais je haussai les épaules. Il fallait monter, nous n'avions pas le choix. Notre installation maladroite sur cette embarcation de fortune faillit nous faire tous tomber à l'eau.

– Attention ! dit notre passeur.

Il stabilisa le tronc, grogna encore quelques mots et se mit à pagayer avec une sombre énergie. La force du courant faisait dériver le frêle esquif mais les efforts que l'homme déployait n'étaient pas vains. Son savoir-faire permit d'avancer à un rythme assez rapide vers la rive opposée.

En une minute, nous avions traversé le fleuve.

Nous étions à peine remis de notre équipée que le point rouge s'éloigna vers le Transtevere.

Il s'agissait encore d'un quartier populeux. L'incendie avait heureusement épargné les pauvres maisons de briques séchées et de bois. Des milliers de réfugiés s'entassaient dans les rues à même le sol. Quelques hommes portant de longs châles de prière blancs rayés de noir discutaient entre eux avec animation en regardant, inquiets, cette population couchée devant leurs portes. Nous traversions le quartier juif : nous étions près du but.

Le point rouge s'arrêta enfin devant une grosse maison. Une mosaïque d'étoiles juives en ornait le seuil.

– Vous êtes devant la maison de Bartholomé, affirma le colonange. C'est là que vous trouverez Miklos. Maintenant, humains Carmes et Oros, vous allez faire le chemin inverse pour apprendre l'itinéraire du retour !

L'exercice fut répété trois fois de suite dans les deux sens. J'avais les bronches en feu et je ne voyais plus clair. Mais heureusement le colonange était satisfait de notre apprentissage. Appuyant sur une touche de sa télécommande, il fit disparaître le décor. Toutes les sensations désagréables s'évanouirent en même temps. Nous étions de nouveau dans la grande pièce blanche.

– Parfait ! dit l'ange avec un air satisfait. Nous allons maintenant rejoindre le professange Skalpel.

– Nous n'allons pas dans les autres salles ? demandai-je avec surprise.

– Non, c'est inutile. Votre mission se résume à parler à Miklos et uniquement à lui, puis à revenir le plus vite possible pour les raisons déjà évoquées. Le plus important était donc de vous aider à le localiser et à le rejoindre dans les meilleures conditions…

– Ah ? Très bien. Et pourquoi devons-nous rencontrer l'ange Skalpel ?

– Le professange va procéder à « l'échange lexical » dont vous avez besoin. Pardonnez-moi de vous le dire, mais nous pensons que votre niveau actuel de latin n'est pas suffisant…

– Je vous rappelle que nous ne sommes qu'en Troisième ! protesta Lucie.

– S'il s'agit de dire *morituri te salutant*, on en sait bien assez, du latin ! marmonnai-je sombrement.

– Je ne vous fais aucun reproche, bien sûr. Mais nous ajouterons également d'autres langues qui pourraient vous être utiles, en particulier le grec et l'araméen ! De plus, le professange vous implantera dans le nez un petit filtre pour vous protéger des fumées toxiques et posera sur vos yeux des lentilles apaisantes…

– Mais… Nous allons ressembler à des extraterrestres !

– Rassurez-vous : l'appareillage sera invisible ! Enfin, nous terminerons votre préparation en compagnie de l'ange Dentel qui vous a préparé quelques costumes et accessoires d'époque. Quand tout cela sera terminé, vous serez prêts à passer la Porte des Anges ! Encore des questions ?

– Oui, une question, mon colonange, dis-je avec un air soucieux : que devons-nous faire si l'Adversaire s'attaque à nous pendant la mission ? Il cherchera probablement à nous supprimer avant que nous apprenions le secret de Miklos !

– À *vous* supprimer, humain Jean-Baptiste : c'est vous, l'élu de la prophétie ! Plus vous vous approcherez de votre but, et plus l'Adversaire cherchera à vous faire périr ou, au minimum, à vous menacer. À moins qu'il souhaite que vous trouviez vous-même la clé et qu'il vous tue après. Mais rassurez-vous ! Vous aurez à vos côtés toute une légion de sécuritanges qui veilleront sur vous !

Je restai silencieux, la gorge nouée. Lucie s'approcha de moi et dit :

– Je ne t'abandonnerai pas non plus, Jean-Baptiste ! Je me battrai jusqu'au bout à tes côtés !

Je grimaçai un pauvre sourire. Au fond de moi, je ne parvenais pas à me libérer de l'angoisse qui me rongeait les entrailles. Je ne pouvais pas expliquer à Lucie quelle était ma peur la plus profonde. Elle aurait été probablement très surprise d'apprendre que j'avais finalement moins peur de l'Adversaire que *de moi-même*... Le souvenir douloureux de ma trahison dans la maison de Paracelse m'accablait toujours autant. Le crâne de cristal avait mis au jour une faiblesse terrible dont je n'avais pas eu conscience jusqu'alors, mais qui, l'expérience me l'avait montrée, était du domaine du possible : et si, moi, je trahissais ?

23.

La morsure

Cette fois, ce n'était plus une répétition. Nous étions entrés dans notre mission pour de bon.

Avant de sortir de la prison Mamertine, je pris le temps de dissimuler soigneusement la clé de la Porte des Anges sous une dalle dans un coin de la cellule. Le colonange m'avait conseillé de ne pas la porter sur moi, ce qui me semblait sage au regard de ma mauvaise expérience chez le docteur Faust...

– Allons-y ! dis-je en essuyant mes mains pleines de terre sur la tunique de laine écrue que m'avait confiée l'ange fourrier. Essayons de ne pas perdre de temps !

Il n'y avait aucune différence entre l'expérience que nous avions faite pendant le Programme et la réalité. En dévalant la colline du Capitole, en remontant la *Via sacra* et en traversant le quartier sinistré par l'incendie, nous retrouvions très exactement tous les détails de notre parcours tels que nous les avions déjà mémorisés. Tout se déroulait comme prévu, sans anicroche, et nous étions dans les temps. Personne ne s'intéressait à nous. C'est en arrivant à proximité du Tibre que les choses se gâtèrent...

Nous devions attendre quelques instants avant de grimper sur le tronc d'arbre. Au milieu de fleuve, le passeur au visage buriné déployait de gros efforts pour diriger son embarcation malgré la force du courant.

Distraitement, je regardai la foule qui se massait à l'entrée de l'unique pont qui enjambait le Tibre. Soudain, mon regard fut attiré par un détail auquel je n'avais pas prêté attention pendant mon entrainement : un petit chien jappait en tournant sur lui-même, le regard affolé. Son pelage se consumait lentement, formant une sinistre croûte noire et rouge qui fumait…

La vision de ce pauvre animal promis à une mort lente me brisa le cœur. C'était insoutenable ! Je savais bien que je ne devais pas intervenir, mais je ne pouvais pas supporter de voir ce chiot innocent souffrir le martyre. Il suffisait pourtant de le plonger dans l'eau pour le sauver, mais personne ne paraissait se soucier de son sort. Pire encore : un homme ventru lui donna un violent coup de pied pour l'écarter de son passage !

C'en était trop ! Si une intervention auprès d'un être humain risquait de provoquer une MCI, je voulais quand même faire quelque chose de bien avant de quitter cet enfer de désolation, un geste dont je sois sûr qu'il n'aurait aucune conséquence fâcheuse pour l'avenir…

Je fis quelques pas en direction du petit chien quand je ressentis une très vive douleur au pied.

– Qu'est-ce que c'est ? Quelque chose m'a piqué ou mordu…

Lucie se mit à crier :

– Là ! Un scorpion ! Tu as été piqué par un scorpion !

– Quoi ? Qu'est-ce que tu dis ?!

J'aperçus l'animal à la queue dirigée vers le haut et courbée vers l'avant se sauver à toute vitesse vers les hautes herbes de la berge. Je m'affaissai lourdement par terre.

Lucie paniqua. Elle retira ma sandale et regarda la vilaine piqûre qui commençait à rougir. La douleur était violente et aiguë. Je me mis à pleurer silencieusement, incapable de me maîtriser.

Lucie tenta d'aspirer le venin, mais elle était tellement nerveuse qu'elle ne fit qu'empirer les choses. Elle cracha par terre un jet de bave rose. Mon pied avait déjà gonflé considérablement.

– Comment tu te sens ? me demanda-t-elle, le souffle court.

– J'ai mal ! Très mal !

Lucie secoua la tête en cherchant de l'aide autour d'elle. Mais tous ceux qui nous entouraient ne prêtaient aucune attention à nous. Ils nous bousculaient sans ménagement, ne pensant qu'à fuir le plus vite possible hors de cette ville fantôme dans laquelle ils avaient vu tant de proches et de voisins disparaître dans le brasier.

– Laisse tomber, Lucie ! Je vais mourir ! dis-je d'une voix faible.

Ma voix était devenue presque inaudible. Lucie se redressa, les yeux pleins de larmes.

– Mais non, tu ne vas pas mourir !

– Je me sens partir... Lucie… Aide-moi !

La douleur était trop insupportable… Je sentais que mon corps allait me lâcher. L'image déformée du visage de Lucie était déjà piquée de nombreux points blancs et j'entendais un long sifflement aigu dans mes oreilles.

Je plongeai dans un grand trou noir…

Boum ! Je sentis tout mon corps traversé par un gros choc.

Le dernier décrochage avec ce qui restait de ma vie, certainement…

On dit généralement que lorsque nous mourons, l'histoire de notre vie défile à toute vitesse devant nos yeux. Je ne savais pas si j'étais mort, ou simplement mourant, mais j'entendis une voix qui disait : « Ta mère, cette pauvre fille, n'a jamais eu de caractère… »

Je me souvenais de cette phrase. C'était tante Agathe qui l'avait prononcée. Tante Agathe qui sentait l'eau de Cologne…

Ce n'était pas vrai ! Ma mère s'était toujours battue. Pour m'élever toute seule. Pour lutter contre le can… contre la maladie… Tante Agathe n'avait pas le droit de dire ça !

Et puis d'abord : quand avait-elle connu ma mère ? Et pourquoi disait-elle cela sur maman ? Pourquoi lui en voulait-elle comme ça ?

Maman.

J'étais mort sans avoir eu le temps de lui dire au revoir.

J'avais eu peur qu'elle ne meure bientôt, et finalement, c'est moi qui partais le premier.

Je suis loin, maman. Tu ne retrouveras jamais mon corps, parce que je suis mort il y a deux mille ans.

Nous n'avons jamais été aussi loin l'un de l'autre, maman. Même quand j'avais cru que tu ne m'aimais pas, quand j'avais imaginé que je n'étais pas ton fils.

Que je pensais être le fils de personne…

Ou le fils de tout le monde, de tous ceux qui avaient des yeux verts ou des yeux marron.

Je ne te l'avais jamais dit, maman, mais voilà ce que je ressentais. C'est pour ça que j'avais tant de mal à te parler.

J'aurais bien voulu te l'avouer, pour t'entendre simplement rire et répliquer que ce n'était pas vrai. Pour que tu fronces les sourcils et puisses protester en disant : « Mais qui t'a mis cette idée dans la tête ? J'ai assez d'ennuis comme ça ! »

Ton expression favorite…

Mais tu ne me le diras jamais, parce que je suis mort.

C'est trop tard…

C'est terrible de mourir sans y être préparé.

Sans avoir eu le temps de dire à ses proches qu'on les aime, parce que l'on pense qu'on a toujours bien le temps de le faire…

Boum ! Encore un choc !

C'est comme papa. Je ne lui ai jamais dit que je l'aimais.

Pourquoi ?

Je ne sais pas.

Il est peut-être arrivé trop tard dans ma vie. J'avais appris à vivre avec un fantôme et cela me suffisait, finalement.

Ce qui est le plus difficile à supporter dans ma mort, c'est qu'elle donne un goût d'inachevé à ma vie… J'ai trop de regrets dans le cœur. Pourquoi la mort arrive-t-elle si vite ? Ce n'est pas le moment, je suis trop jeune.

En plus, je n'ai pas fini ma mission…

Frère Athanase va être déçu. Philippe aussi.

Et puis, si je ne retrouve pas la quatrième clé, l'humanité souffrira et la lumière s'assombrira…

Et puis zut ! Encore un échec !

Jean-Baptiste, le champion du monde des losers !

Non ! Je dois aller jusqu'au bout. Ce n'est pas possible ! Ce n'est pas juste ! Je dois vivre encore un peu…

Boum ! Un nouveau choc.

— Jean-Baptiste ! Jean-Baptiste ! Tu m'entends ?

Lucie. C'était sa voix.

Lucie était ce qui m'était arrivé de mieux dans ma vie.

Lucie la fidèle, Lucie la courageuse.

Elle ne se serait jamais laissé avoir par l'épée Azoth, ça, c'est certain ! Elle n'aurait pas trahi comme je l'ai fait ! Elle n'aurait jamais donné le clou de la Porte des Anges au docteur Faust et n'aurait pas abandonné Euthyque…

— Jean-Baptiste, tu m'entends ? Réponds-moi !

Oui, je t'entends, Lucie. Mais je ne peux pas te répondre : je suis mort !

Je battais des paupières, les yeux me piquaient atrocement.

— Voilà l'humain Jean-Baptiste qui reprend ses esprits…

J'étais vaseux comme si j'avais dormi trop longtemps…

— Réveillez-vous, humain Carmes ! Ne vous assoupissez pas !

En ouvrant les yeux plus franchement cette fois, je vis un centurion romain en uniforme qui me regardait sans esquisser le moindre sourire. Son visage était émacié, tout en longueur. Sur le casque de fer, on reconnaissait la fameuse crête rouge des soldats de l'armée romaine.

Un visage tout en longueur, une crête sur la tête...

– Professange Skalpel ! murmurai-je faiblement.

– Comment m'avez-vous reconnu ? demanda l'ange avec un air contrarié. Je ne porte pourtant pas mes lunettes !

Lucie, toute tremblante dans sa tunique blanche, se pencha sur moi et me posa la main sur l'épaule.

– Jean-Baptiste, tu m'as flanqué une de ces frousses !

– Moi aussi, je me suis flanqué une de ces frousses... Je ne suis donc pas mort ? Où suis-je ?

– Nous sommes dans une cave de l'île de Tiburtine. Rassure-toi, tout va bien ! Tu es guéri, maintenant !

– Qu'est-ce qui s'est passé ?

– Quand tu es tombé dans le coma, j'ai crié et des légionnaires romains sont arrivés tout de suite...

– Des sécuritanges ?

– Exactement ! Ils se sont débrouillés pour te porter jusqu'ici à travers la foule. Même avec leurs épées, ils ont eu du mal à se frayer un passage. Mais tu étais en train de mourir. Il n'y avait pas une minute à perdre. Cette cave était vide et les sécuritanges nous ont enfermés ici. Puis le professange est arrivé quelques minutes plus tard, ainsi que des nettoyanges...

Je regardai deux soldats au visage concentré qui surveil-laient la porte de la cave. À voir leurs yeux sans cesse en mouvement, je compris qu'ils devaient être les nettoyanges dont parlait Lucie.

– Pourquoi sont-ils là ? demandai-je en me redressant sur les coudes.

– Pour surveiller le matériel médical que le professange a apporté avec lui.

L'ange Skalpel tenait un gros glaive en main dont le pommeau était relié par une sorte de câble à sa cuirasse.

– J'ai été contraint de ranimer votre cœur avec une décharge électrique, dit-il en montrant la lame de son épée.

Je compris d'où venaient les chocs que j'avais confusément ressentis. Mon cœur s'était arrêté de battre pendant un petit moment. J'avais vraiment frôlé la mort...

– Je vous ai fait également une piqûre d'antidote au venin, poursuivit le professange. Pour votre service et la plus grande Gloire du Très-Haut !

– Tu l'as échappé belle ! dit Lucie avec un soupir de soulagement. Encore quelques minutes et tu y passais.

– Je voulais aller mettre ce chien dans l'eau...

Je n'eus pas le temps de finir ma phrase. Je fus coupé par des gens qui hurlaient et se mettaient à courir.

– Qu'est-ce qui se passe ? demanda Lucie.

L'un des nettoyanges entrebâilla la porte de la cave et jeta un coup d'œil à l'extérieur. La nuit était tombée sur la ville de Rome.

– Ils disent que le feu est reparti ! rapporta placidement l'ange.

Lucie bondit sur ses pieds.

– Le feu ? Mais... quelle heure est-il ?

Le professange Skalpel saisit une pièce de monnaie dans un sac de cuir qui pendait à sa ceinture. Il ouvrit le sesterce en deux comme on le ferait avec une montre à gousset, regarda un instant l'affichage électronique et dit :

– Il est vingt-deux heures huit, heure locale, humaine Oros. Pour votre service et la plus grande Gloire du Très-Haut !

– Catastrophe ! cria Lucie. Miklos va apprendre la nouvelle et quitter la maison de Bartholomé dans… quatre minutes !

– Mais… je suis resté si longtemps dans le coma ? demandai-je avec effarement.

– Plus d'une heure ! répondit le professange Skalpel, comme à regret. À force d'être réparé, votre revêtement physique va finir par vraiment s'abîmer ! Une chair d'une si bonne qualité, si c'est pas malheureux ! À l'avenir, soyez donc plus prudent, humain Carmes !

– C'est quand même pas ma faute !

Lucie m'aida à me relever et me poussa littéralement dehors.

– Vite ! dit-elle. On va essayer de trouver Miklos ! On a encore une chance de l'intercepter sur la route !

Un centurion qui ne devait pas dépasser un mètre vingt montait la garde à l'extérieur de la cave.

– Je suis l'adjudange Pasrel ! dit-il à voix basse. J'ai la mission de vous escorter jusqu'à la maison où se trouve l'Apôtre Pierre ! Suivez-moi ! Pour votre service et la plus grande Gloire du Très-Haut !

Décidément, Pasrel était l'ange préposé à nos déplacements d'urgence à Rome. Malheureusement, il n'avait pas droit à la voiture cette fois-ci. Il fonçait à toute allure dans le quartier du Trastevere, se faufilant partout et faisant des moulinets au-dessus de sa tête avec son glaive pour se tailler un passage dans cette foule compacte, et nous le suivions de notre mieux ! Au milieu des Romains, nous paraissions déjà grands, mais auprès du minuscule adjudange, le contraste était tel que cela frisait le ridicule. Heureusement, la population, sous le choc de la reprise de l'incendie, ne prenait pas garde au curieux équipage que nous formions.

Il nous fallut quelques minutes pour nous retrouver devant la façade de la grosse maison aux étoiles de David. L'adjudange Pasrel s'inclina profondément devant nous et nous souhaita bonne chance. Puis il tourna les talons et s'enfonça dans les rues sombres du quartier juif.

La porte de la maison de Bartholomé était entrouverte. Elle donnait directement dans une grande salle éclairée par des flambeaux accrochés aux murs. Des hommes et des femmes discutaient entre eux à voix basse ou rangeaient de grands rouleaux de parchemin. Au centre de la pièce, une table couverte de coupes et de plats : visiblement, l'office de la fraction du pain venait juste de se terminer.

Quelques personnes au visage grave entouraient un homme assez trapu qui retint notre attention. Il portait une belle barbe grise et une longue tunique hébraïque à rayures. Nous apercevant, il nous adressa un petit signe.

– Entrez, mes amis. Ne restez pas sur le seuil !

Il s'approcha de nous d'un pas tranquille.

– Soyez les bienvenus. Entrez !

– Merci beaucoup, répondit Lucie.

– Je suis Simon, fils de Yonas. Que la paix soit avec vous !

– Et avec votre esprit ! Je m'appelle Lucie.

– Tu es grecque ?

– Non, gauloise…

– Gauloise ?

Lucie se surprit elle-même en affirmant qu'elle était gauloise. Elle se mordit la lèvre et changea de sujet.

– Nous sommes à la recherche de Miklos.

– Notre frère Miklos ?

– Où est-il ? demandai-je en scrutant tous les hommes présents dans l'assemblée.

Notre interlocuteur me regarda bien en face et dit lentement :

– Ne serais-tu pas le petit frère du jeune Euthyque ? Tu as les mêmes yeux que lui !

– Euthyque ? Vous connaissez Euthyque ?

– Bien sûr !

C'est alors qu'un jeune homme s'approcha de nous.

– J'ai entendu que vous prononciez mon nom...

Le garçon avait un œil vert et l'autre marron.

– Lucie ? Jean-Baptiste ? Mais... Que faites-vous ici ?

24.

Miklos

Euthyque était debout devant nous, bien reconnaissable tout de même. Il n'était plus l'adolescent de quinze ans que nous avions connu, mais un jeune adulte aux larges épaules. Il portait une courte barbe bien taillée, comme presque tous les hommes de son âge. Il nous dévorait du regard, totalement décontenancé par notre arrivée inopinée dans cette maison.

– Tu connais ces jeunes gens ? lui demanda Simon de sa voix profonde.

– Oui, Pierre. Je les ai rencontrés il y a quelques années, chez moi, à Troas ! Ils ont aidé notre frère Paul à un moment difficile…

– Pierre ? s'étonna Lucie. Vous êtes l'Apôtre Pierre, c'est bien ça ?

– C'est bien ainsi que me nommait notre Seigneur, confirma-t-il.

Euthyque lut dans notre regard un certain affolement. Cette situation était devenue tellement incroyable que nous ne savions plus comment réagir. Se retrouver face au premier pape de l'histoire, devant l'apôtre que le Christ lui-même avait choisi comme chef de son Église, cela avait de quoi vous perturber un peu !…

– Pierre, je crois que mes amis ont besoin de me parler, dit enfin Euthyque. Puis-je m'entretenir avec eux ?

L'Apôtre sourit et cligna des yeux.

– Bien sûr, Euthyque. Je te laisse avec tes amis. Je crois que tu devrais commencer par leur offrir une coupe d'eau bien fraîche. Ils me paraissent épuisés !

L'Apôtre adressa à chacun de nous une parole de bénédiction, posa sa main sur notre tête et rejoignit ses compagnons, qui avaient fini de ranger la salle.

Une fois dans la rue, Euthyque nous entraîna sous un abri couvert de tuiles rondes. À voix basse, le jeune Grec demanda :

– Que se passe-t-il ?

Je lui saisis le bras et dit :

– Euthyque, c'est un peu long à t'expliquer, mais nous devons retrouver Miklos d'urgence. C'est en rapport avec la Porte des Anges !

– Je m'en doutais un peu, figurez-vous ! Miklos est parti combattre l'incendie avec quelques frères… Peut-être avez-vous appris que le feu vient de…

– Oui, nous savons. Par où est-il allé ?

– Je m'apprêtais à le rejoindre comme je le lui avais promis. Il est parti chez Tigelin, un préfet du prétoire, dans le quartier Émilien. C'est dans cette IXᵉ région que le feu a repris, paraît-il ! Je vous emmène. Vous m'expliquerez la raison de votre présence en chemin.

Tant bien que mal, j'appris à Euthyque tout ce qui nous était arrivé depuis que nous nous étions quittés quelques mois auparavant (quelques mois pour nous, car pour Euthyque, sept années s'étaient écoulées). Je lui parlai de la prophétie de la quatrième clé et de tout ce que nous avions entrepris pour la retrouver. Euthyque hocha la tête et dit :

– Miklos m'a parlé du clou volé. Je l'ai interrogé lorsque j'ai vu qu'il portait une bague sur laquelle était gravée la clé de la Porte des Anges !

Lucie explosa de joie.

– Figure-toi que cette bague existe toujours à notre époque, au XXIe siècle ! Le descendant de Miklos la porte encore au doigt…

– C'est fabuleux ! Cette bague a donc traversé le temps…

– Ainsi que le titre de roi des Égyptiens…

– Roi des Égyptiens ?

– Tiens, c'est drôle ! Je sens que ce n'est pas ce mot-là que j'aurais dû employer, mais je n'arrive pas à me souvenir du terme exact…

– C'est normal ! répliquai-je. Nous parlons en grec ancien et le nom de ce peuple n'est pas encore connu à l'époque où nous sommes… Il n'est pas dans le lexique que nous a implanté le professange…

Puis me tournant vers Euthyque, je lui demandai :

– Parle-nous de Miklos, s'il te plaît.

– À Jérusalem, Miklos n'était pas vraiment un roi, mais le chef d'un clan. Son métier consistait à travailler le métal et à ferrer les chevaux des soldats romains.

– Miklos est juif ?

– Non. Il est arrivé d'Orient il y a bien longtemps. Il avait accompagné des mages de son pays qui suivaient une étrange étoile et il était resté à Jérusalem.

– Que t'a-t-il dit à propos du clou ?

– Miklos m'a raconté qu'une femme de sa race avait dérobé le quatrième clou qui devait servir à la crucifixion de notre Seigneur, mais qu'elle n'avait pas voulu le garder pour elle. Elle avait tout expliqué à Miklos : le vol du clou, la mort du Nazaréen et la rumeur qui prétendait qu'il était ressuscité des morts. Miklos a été très étonné de toute cette histoire et il est allé écouter Pierre et les autres disciples. Finalement, il est converti à la foi des Apôtres.

– Il leur a montré le clou ? demanda Lucie.

– Au début, Miklos ne voulait pas parler aux Apôtres de ce quatrième clou. Il sentait bien que cet objet était maléfique, mais, en même temps, il n'osait pas s'en débarrasser. Il a fini par s'en ouvrir à Pierre. L'Apôtre lui a expliqué que ce clou permettait d'ouvrir une porte entre notre monde et celui des anges. Il lui a dit qu'il devait garder ce clou et le protéger, parce que l'Adversaire ferait tout pour s'en emparer, mais que tant qu'il resterait à proximité des Apôtres, l'Adversaire ne pourrait rien contre lui. C'est pour cela qu'il a accompagné l'Apôtre Pierre à Rome...

– Mais, t'a-t-il dit ce qu'il a fait du clou ?

– Non, il n'a pas voulu me le dire...

– Dommage! Il faut retrouver Miklos très vite !

– Mais... pourquoi maintenant ? Pourquoi ne pas attendre qu'il rentre à la maison ?

– Parce qu'il... va mourir ce soir ! avoua Lucie.

– Comment ? Miklos va mourir ?

– Je suis désolé, Euthyque. Nous espérons qu'il nous révélera son secret avant de rendre son dernier soupir...

Euthyque ne répondit pas. Il semblait bouleversé par la nouvelle que nous venions de lui apprendre.

Le Champ de Mars était en feu. Le groupe d'immeubles d'où était reparti l'incendie n'était plus qu'un tas de cendres fumantes. Autour de nous, nous n'entendions que lamentations et pleurs de détresse. Il y avait beaucoup de monde à cet endroit, mais Miklos demeurait introuvable.

Euthyque finit par trouver un homme du nom de Prokhore qui connaissait Miklos et qui l'avait vu partir vers le quartier du Palatin.

– Allons-y ! cria Euthyque. Suivez-moi !

Les minutes qui suivirent cette cavalcade vers le Palatin se passèrent dans la confusion et la peur. Nous courions à travers des ruelles brûlantes, entrant dans des maisons enfumées, et en ressortant le plus vite possible pour éviter les poutres enflammées qui tombaient de toutes parts. Les cris et les hurlements fusaient de partout. Des gens se jetaient par les fenêtres des maisons parfois hautes de cinq ou six étages. Des vigiles du feu, ridiculement mal équipés tentaient de sauver ce qui pouvait l'être encore. Heureusement, presque toute la population avait fui le quartier depuis longtemps. Seuls restaient des irréductibles qui ne voulaient pas quitter leur domicile, ou des personnes trop faibles ou trop malades pour avancer rapidement. Les plus nombreux étaient ces charognards humains, voleurs aux visages masqués d'une toile trempée d'eau, qui envahissaient les maisons sous prétexte de porter secours et repartaient les mains pleines. Euthyque les invectivait au passage, mais ils n'y prêtaient aucune attention.

Euthyque se démenait de son mieux, déployant une énergie incroyable. Il demandait à tous ceux qu'il croisait s'ils avaient aperçu Miklos quelque part. Nous suivions ses traces, que nous perdions, puis retrouvions régulièrement. Miklos s'enfonçait de plus en plus profondément dans la fournaise et nous étions de moins en moins persuadés de le retrouver vivant… et de rentrer nous-mêmes sains et saufs de cette aventure… Nous étions couverts d'une suie collante, nos cheveux et nos poils étaient roussis. Je reconnaissais à peine mes compagnons sous leurs traits noircis où se lisait la fatigue.

Dans une rue, quelques léopards suivis de zèbres affolés, la crinière en feu, galopaient çà et là, se heurtant aux fuyards. Plus loin, deux crocodiles menaçaient de leurs grandes mâchoires ceux qui s'approchaient un peu trop.

– Les bêtes du Vivarium se sont échappées de leurs cages ! hurla Euthyque. Passons ailleurs !

La course folle continua. Nous suffoquions. Les arbres s'enflammaient d'un seul coup comme des bouffées de gaz. Nous assistions à un spectacle de fin du monde…

Au moment où, exténués, nous allions renoncer, un homme qui portait une blessure à la jambe dit à Euthyque :

– Oui, je connais Miklos. Je l'ai vu il y a cinq minutes, pas très loin d'ici. À proximité de l'étang.

– Allons-y ! dit Euthyque. Il est près de la résidence de l'empereur !

– Néron ?

– Oui, vous connaissez ?

– Un peu. Son nom a traversé les siècles…

– Ça ne m'étonne pas. Je crois qu'il est… fou !

Nous restions silencieux, ne nous sentant pas autorisés à en dire plus. Nous pensions à tous les chrétiens que Néron allait faire massacrer quelques mois plus tard sous prétexte de venger les Romains qui avaient tant souffert de l'incendie… Soudain, un frisson me saisit de la tête aux pieds : Euthyque allait-il subir le même sort que l'Apôtre Pierre ? Allait-il être compté, lui aussi, au rang des martyrs ? Fallait-il le prévenir pour qu'il ait le temps de fuir la folie de l'empereur de Rome ? J'étais tiraillé entre le devoir de silence et celui de l'amitié…

Revigorés par l'information que l'homme nous avait donnée, nous avancions d'un pas plus rapide vers un étang marécageux coincé entre les collines du Palatin et de l'Esquilin.

– Oh ! C'est à cet endroit que Néron va faire construire le Colisée après l'incendie, me souffla Lucie discrètement à l'oreille. Je me souviens que monsieur Tardy nous en a parlé !

Autour de l'étang, les maisons étaient beaucoup plus misérables. Sans que l'on en comprenne bien la raison, de nombreux centurions couraient dans ce quartier en portant des torches allumées. Ils ne semblaient pas affolés par l'incendie qui redoublait de force, bien au contraire. Dans les rues, la confusion était totale.

Un homme visiblement mal en point s'approcha d'Euthyque et dit d'une voix hachée :

– Euthyque… Pars vite… d'ici ! Nos frères… Jacob et… Alexandre… ont péri… dans le feu !

– Comment ? hurla Euthyque avec désespoir. Ils sont morts ? Où se trouve Miklos ?

– Dans la maison rouge, là-bas, au coin de la rue. Mais il ne faut pas y aller parce que…

Nous n'écoutions plus l'homme qui s'agrippait frénétiquement à la tunique d'Euthyque. Miklos était encore vivant et il était à quelques mètres de nous ! Nous parvenions enfin au terme de notre recherche ; nous n'avions pas une minute à perdre.

La maison rouge était vide. Dans la pièce principale, tout le mobilier était renversé dans le plus grand désordre. Des amphores brisées, des sacs de blé éventrés traînaient tristement par terre sur les grandes dalles usées. Des pillards étaient probablement passés par là en raflant ce qui avait un tant soit peu de valeur.

– Miklos n'est plus là ! gémit Euthyque.

– Attends ! dis-je en m'approchant d'une porte ouverte au fond de la pièce. J'entends quelqu'un parler…

Des éclats de voix parvenaient jusqu'à nous. La porte donnait sur un long corridor. Je jetai un coup d'œil en me dissimulant derrière le chambranle à moitié consumé. Au bout du couloir, face à un escalier de bois qui menait à l'étage, j'aperçus un homme relativement âgé qui faisait face à deux soldats romains. L'un d'eux le menaçait avec son glaive.

– C'est Miklos ! murmura discrètement Euthyque qui m'avait suivi.

Miklos était noir de peau. Il portait des cheveux ras et une barbe grise. De gros anneaux de fer pendaient aux lobes de ses oreilles. Il ne semblait guère impressionné par l'épée qui était pointée sur sa puissante poitrine nue. D'une voix forte, il interpellait les soldats :

– Je vous ai vus mettre le feu dans la maison de Florin… Ne le niez pas ! Pourquoi faites-vous ça ?

Les soldats ricanèrent.

– Vous êtes pires que les charognards qui viennent voler et brûler les maisons abandonnées… Je vous dénoncerai à l'empereur et il vous fera punir sévèrement !

Les centurions se mirent à rire franchement.

– N'as-tu pas pensé que nous obéissions aux ordres de César lui-même ?

– Menteurs ! Fourbes ! Comment osez-vous ?

C'est alors qu'un centurion descendit lentement le vieil escalier en bois. Il tenait un flambeau en main.

– Que se passe-t-il ? Qui traites-tu de menteur ?

Il s'approcha de Miklos avec arrogance et le regarda droit dans les yeux.

– Ces hommes disent la vérité. César a donné l'ordre de rallumer l'incendie de Rome. L'empereur se réjouit de nettoyer par le feu ces vieilles maisons qui enlaidissent sa ville et blessent son regard d'artiste...

Miklos poussa un cri de désespoir.

– Cela ne fait rien à César de voir mourir tant de gens ?

– Que sont quelques vies au regard de l'œuvre que notre empereur bien-aimé entreprend pour servir la grandeur de Rome ? Si les dieux ont permis cet incendie, il revient à Néron de terminer ce qui a été commencé !

Miklos serra la mâchoire et ne dit rien.

– Son projet est grandiose, à l'image de son génie, continua le centurion : Néron veut relier sa résidence impériale du Palatin, la Domus Tiberiana qui est bien trop petite et laide, aux jardins que Mécène lui a donnés sur l'Esquilin. Entre les deux, il y avait ces vieilles maisons qu'il m'a chargé de faire disparaître… Demain, tout sera nettoyé, et le Palatin et l'Esquilin verront surgir des cendres de l'ancienne Rome un palais et des jardins grandioses... La Maison d'Or...

– Il est fou !

– Non, tu ne comprends pas ! Du chaos, César fera surgir l'harmonie et la beauté. Le monde entier admirera la grandeur de Rome, elle chantera sa beauté pendant les siècles à venir !

– Vanité ! grommela Miklos. Vanité des vanités !

– Tu es trop rustre pour comprendre quelque chose à la grandeur de Rome ! répliqua sèchement le centurion. Tu n'es qu'un barbare !

Puis se tournant vers le soldat qui tenait le glaive, il ordonna :

– Finissons-en ! Tue-le !

Le soldat enfonça son épée dans la poitrine de Miklos jusqu'à la garde. Les yeux du vieil homme s'agrandirent sous l'effet de la douleur. Il resta stoïquement debout un long moment et finit par s'effondrer lourdement sur le sol...

Euthyque, qui était accroupi entre Lucie et moi, se redressa d'un bond, le visage rouge de fureur. Pendant un instant, je craignis le pire. Heureusement, je m'accrochai à son bras et réussis à l'empêcher de foncer tête baissée vers les soldats.

– Ne bouge surtout pas ! murmurai-je au jeune Grec. Ils vont te tuer toi aussi !

– Laisse-moi ! Il faut que j'aille secourir Miklos...

À son tour, Lucie appuya de toutes ses forces sur les épaules d'Euthyque pour l'empêcher de bouger. Elle le regarda droit dans les yeux et dit :

– Euthyque, arrête ! C'est inutile ! Tu ne peux rien faire pour lui...Miklos va mourir dans un quart d'heure... Je suis désolé...

– Ce n'est pas possible ! Laissez-moi partir !

– À quoi servirait ta mort ? Crois-tu que Miklos en serait sauvé pour autant ?

– Non, mais…

– Tu dois encore faire quelque chose pour lui. Quelque chose d'important. Et pour cela, il faut que tu restes vivant !

Euthyque regarda le centurion qui mettait le feu à l'escalier de bois et à différentes étoffes qu'il jetait autour de lui. Miklos gisait dans une mare de sang.

Euthyque finit par se calmer et demanda à Lucie :

– Qu'est-ce que je dois faire pour lui ?

– Tu connais sa famille ?

– Son fils est venu avec lui à Rome…

– Tu vas lui apporter la bague de son père…

Euthyque resta un instant silencieux et hocha la tête sans rien dire.

– D'accord !

Les soldats étaient sortis. La maison était déjà pleine de fumée.

– Il est temps de lui parler, dit gravement Euthyque en regardant le corps de Miklos. Dans quelques minutes, cette maison sera en flammes et ce sera trop tard…

À pas mesurés, le cœur battant, je m'approchai du mourant et me mis à genoux à côté de lui.

– Miklos ? Vous m'entendez ?

L'homme à la peau noire respirait difficilement. Il ouvrit les yeux et me regarda fixement sans rien dire.

Euthyque s'approcha de lui à son tour et dit avec des sanglots dans la voix :

– Miklos ! C'est Euthyque !

– Euthyque ? répondit l'homme d'une voix faible.

Du sang se mit à couler de sa bouche.

– Miklos ! Mon ami est venu de loin pour te parler. Tu peux lui faire confiance !

– Qui es-tu ? me demanda Miklos d'une voix de plus en plus vacillante. Es-tu le frère d'Euthyque ? Tu as les mêmes yeux que lui...

– Non, je suis son ami. Je m'appelle Jean-Baptiste. Je suis celui qui doit... garder la quatrième clé de la Porte des Anges ! Le clou volé...

Une lueur de surprise éclaira les yeux du blessé.

– Le clou volé ? Oh, Seigneur Tout-Puissant...

Je m'approchai du visage de Miklos et demandai d'une voix étranglée :

– Où avez-vous caché ce clou ?

Miklos ferma les yeux et ne répondit pas. Je n'osai pas reposer la question. Je savais que dans quelques minutes la mort l'emporterait définitivement. Il fallait absolument le convaincre de me révéler son secret.

– Ce clou est maudit... dit-il enfin dans un souffle.

Euthyque posa sa main sous la nuque de Miklos et releva la tête de l'homme blessé. Tout en pleurant, il dit :

– Ecoute, frère ! Ce garçon a été choisi par le Très-Haut pour protéger la quatrième clé, celle de l'Adversaire ! Il faut que tu lui dises où tu as caché ce clou maudit !

Miklos ouvrit les yeux et prononça d'une voix rauque :

– Je ne l'ai pas caché...

– Où est-il ? demandai-je, le cœur battant à plein régime.

– Je n'ai pas gardé le clou... Je l'ai donné...

– À qui ?

– À ma fille.

– Votre fille ?

– Elle s'appelle Sarah...

– Sarah ?

– Oui, ma fille Sarah. Je ne me sentais pas capable de garder ce clou avec moi... Il me détruisait... C'était ma femme qui avait volé le clou... Elle avait fini par en perdre la raison... Je sentais que je prenais le même chemin... C'était terrible...

Les yeux de l'homme s'embuèrent.

– Sarah m'a proposé de garder le clou maudit... Elle était plus forte que moi... Personne n'a su... Pas même sa mère... pas même mon propre fils...

– Où est Sarah ? Est-elle à Rome ?

– Non. Elle est restée à Jérusalem... Mais après la lapidation de notre frère diacre Étienne, il y a vingt ans, il y a eu une grande persécution contre les disciples du Nazaréen. Alors Sarah est partie pour la Gaule...

– La Gaule ?

– Elle est partie en bateau avec Marie Salomé, la mère de Jacques, Marie Jacobé, Marie Madeleine, Lazare et ses sœurs... Je n'ai plus de nouvelles de Sarah depuis fort longtemps... Je ne sais pas ce qu'elle est devenue...

Nous écoutions la voix de Miklos qui baissait de plus en plus. Le feu et la fumée étaient devenus insupportables. Il fallait que l'on quitte les lieux le plus vite possible. Miklos empoigna une dernière fois Euthyque, nous regarda et dit d'une voix paisible :

– Le clou est en Gaule. Sarah le protège...

Puis Miklos grimaça un sourire et, les yeux levés, il dit :

– Entre tes mains, Seigneur, je remets mon esprit...

Un voile passa dans son regard et il s'effondra. Miklos venait de mourir...

Euthyque lui ferma les paupières et lui embrassa les mains avec beaucoup de tendresse.

Soudain, une grosse poutre enflammée tomba à peine à un mètre de nous. Malgré l'appareillage que le professange nous avait installé pour nous protéger contre la fumée, nous avions les yeux et la gorge tout irrités. Euthyque toussait à en rendre l'âme ; finalement, il tomba évanoui par terre.

Je le pris sur mon dos et traversai en courant le nuage

de fumée qui nous menait à la porte. Lucie était restée à l'arrière, près du corps de Miklos.

– Lucie ! Dépêche-toi !

– J'arrive !

Au moment même où elle franchissait le portail d'entrée, la maison s'écroula dans un bruit sourd.

– Sauvons-nous ! hurlai-je, complètement terrifié.

Nous étions trempés de sueur dans ce brasier géant. Je portais Euthyque sur le dos et courais derrière Lucie à travers les ruelles embrasées. Je me souvenais de la route d'Assos où c'était lui qui me portait. Il était bien plus solide que moi. Je peinais lamentablement, mais la peur de mourir carbonisé décuplait mes forces.

Soudain, deux hommes accoururent vers nous. Curieusement, ils ne paraissaient gênés ni par la fumée ni par la chaleur épouvantable.

– Laissez-nous porter Euthyque et suivez-nous ! Pour votre service et la plus grande Gloire du Très-Haut !

Des sécuritanges ! Si nous n'avions pas été si pressés, je les aurais embrassés. Ils prirent les devants et nous conduisirent dans le dédale de rues qui montaient sur une colline.

Tout à coup, se dressa devant nous un immense immeuble à la façade austère. Devant les murs épais de la demeure, une ceinture de soldats en armes protégeait une demi-douzaine de palanquins sur lesquels étaient étendus des jeunes gens et jeunes filles, bâillant sous le masque d'argile verte qui protégeait leurs visages juvéniles contre la fumée et le vent.

Avachi sur un palanquin plus grand que les autres couvert de coussins aux franges dorées, un homme grassouillet aux cheveux roux jouait de la lyre en regardant le rougeoiement du ciel de Rome. Nous n'entendions pas son chant, trop faible pour être audible là où nous nous tenions, mais nous devinions qui était le chanteur...

– L'empereur Néron ! murmura Euthyque qui venait de reprendre connaissance.

La garde contenait de plus en plus difficilement la foule compacte des miséreux en colère qui insultaient l'empereur et essayaient de lui jeter des pierres. Les soldats faisaient sonner leurs cuirasses en les frappant de leurs glaives pour impressionner ceux qui étaient prêts à se jeter à corps perdu contre la garde prétorienne. Néron et sa petite cour alanguie entrouvraient des paupières rêveuses pour dévisager cette masse mouvante qui grondait à leurs pieds... Ils paraissaient totalement indifférents au sort de tous ces hommes et de ces femmes que l'incendie avait rendus fous de souffrance et de peur. Je frissonnai malgré la chaleur.

L'un des sécuritanges qui nous conduisaient se tourna vers nous et dit :

– Ne restons pas ici ! C'est dangereux. Il est temps pour vous de partir !

– Bonne idée ! répondis-je avec un soupir. Nous vous suivons !

Il nous fallut encore un certain temps pour rejoindre la vieille prison Mamertine. Des volutes de fumée s'élevaient de toutes parts et nous devions escalader des gravas fumants. Nos sandales étaient presque consumées et j'avais les plantes des pieds douloureuses.

Ce fut un réel soulagement de retrouver la prison intacte, les grilles toujours ouvertes. Je pénétrai dans la cellule plongée dans l'obscurité et avançai à tâtons en longeant les murs de pierre. La clé de la Porte des Anges était à sa place, sous la dalle.

Euthyque qui portait un flambeau nous regardait sans rien dire, les yeux brillants.

– Tu devrais venir avec nous ! dit Lucie d'une voix étranglée.

– Non, ma place est ici, avec mes frères.

– Nous ne devrions pas te le dire, mais Néron va accuser les chrétiens d'avoir allumé l'incendie et beaucoup seront mis à mort !

Euthyque hocha la tête.

– Je m'en doute. Nous sommes déjà détestés. Ce ne sera pas difficile pour César de retourner la population contre nous !

– Alors, si tu sais, tu pourrais…

– Raison de plus pour rester ici ! Je n'ai pas peur de la mort. Je suis déjà mort une fois, rappelez-vous ! C'est ici que je dois témoigner de ma foi en Notre Seigneur ! Je ne suis pas un lâche. Je suis prêt.

– Oui, mais…

– Mes amis ! J'appartiens à cette époque. C'est ici que je dois rester. C'est mon histoire. À vous de vivre la vôtre dans votre temps. Chacun doit être à sa place.

Nous savions qu'Euthyque avait raison. Lucie se mit à pleurer silencieusement.

– Il faut que vous partiez, maintenant !

Lucie s'approcha de lui, lui ouvrit la main, et posa sur sa paume la bague en or de Miklos.

– Grave la date de la mort de Miklos à l'intérieur de cet anneau et porte-le à son fils.

Euthyque se mit à sourire.

– Je te le promets. Tout sera fait comme il se doit.

– Merci, Euthyque !

Lucie l'embrassa et, à mon tour, je serrai dans les bras celui qui restera mon frère pour l'éternité.

Puis j'ouvris la Porte des Anges en posant la pointe du clou dans la petite fissure du rocher. Il n'y avait pas encore de graffitis autour de cette fente. Pendant un instant, j'imaginai Euthyque dessinant avec une pierre le cœur de ce Jésus pour lequel il allait probablement donner sa vie quelques jours plus tard dans l'arène de Néron.

À mon tour, je ne parvins pas à contenir mes larmes.

Avant de passer la Porte des Anges, je me tournai une dernière fois vers mon ami.

– Euthyque, je compte sur toi pour ne pas oublier de graver la date dans la bague de Miklos.

– Non, je n'oublierai pas !

– Je sais ! Il y a deux mille ans, j'ai trouvé ton message ! Tu n'as pas oublié !

Et je plongeai tête la première dans la porte lumineuse.

25.

Sarah la Kali

– Ça sent le cramé ! protesta Kevin en sortant de son lit.

Je m'enfouis sous mes draps. J'avais beau être passé par les mains du professange Skalpel, ma peau était tellement imprégnée par l'odeur de l'incendie qu'il n'avait pas réussi à éliminer complètement le délicat fumet de cochon brûlé qui s'en exhalait. En revanche, l'ange médecin avait « réparé » mes cheveux et mes sourcils qui formaient d'affreuses croûtes grillées sur mon visage et avait « gommé » de nombreuses traces de brûlures. Lucie, qui avait subi le même traitement que moi, aurait souhaité profiter de l'occasion pour changer la couleur de ses cheveux qu'elle avait toujours détestée. Mais le professange s'y était opposé catégoriquement.

À ma grande satisfaction, l'ange Skalpel n'avait pas effacé de notre mémoire les événements que nous venions de vivre, à l'exception de quelques images vraiment traumatisantes. En revanche, il avait corrigé quelques désordres psychiques que la mission avait provoqués en nous, ce qui était possible dans la mesure où les chocs étaient très récents. Puis nous étions revenus dans la Rome du XXIe siècle.

Il était six heures du matin quand nous avions traversé la Porte des Anges dans le sens du retour. Philippe nous attendait en se rongeant les ongles, malade d'inquiétude, assis au fond de la cellule, les yeux rivés sur sa montre. Son visage tendu s'était apaisé d'un seul coup en nous voyant revenir. Il avait laissé échapper un long soupir de soulagement.

– Tout va bien ? avait-il demandé anxieusement.

– Ça va ! avais-je répondu d'une voix fatiguée.

Philippe nous avait raccompagnés à toute allure à la pension Médicis afin que nous rejoignions notre lit avant le réveil de nos camarades de classe. J'avais pu lui raconter en deux mots ce que nous avions appris de la bouche de Miklos. Au moment où nous allions le quitter, Philippe nous avait laissé entendre qu'il pensait savoir où était allée la fille du Roi des Gitans, la fameuse Sarah, lorsqu'elle était partie en Gaule. Il avait promis de nous en dire plus lorsque nous serions de retour à Tournon-sur-Vise.

La dernière journée à Rome se passa dans la fièvre du départ. Tous les élèves et même les professeurs étaient particulièrement énervés. Il fallait ranger nos affaires, envoyer les dernières cartes postales, remplir les fiches d'évaluation des connaissances. Tout se faisait dans la précipitation et le désordre.

Lucie et moi étions totalement épuisés. Mon amie s'était parfumée à l'excès pour masquer la désagréable odeur de brûlé, pendant que de mon côté, je m'étais copieusement aspergé d'un déodorant de mauvaise qualité emprunté à Kevin. Nos camarades évitaient de nous approcher à moins de deux mètres, nous traitant de malades, persuadés que nous avions fait exprès de nous « cocoter » pour rendre le voyage en bus désagréable pour tous.

Monsieur Tardy avait une autre explication : il attribuait à un excès d'alcool notre état comateux et pensait que si nous empestions la lavande et le lilas, ça n'était dû qu'à une pitoyable tentative de masquer des effluves coupables. Les yeux exorbités de colère, le professeur d'histoire nous menaça des pires sanctions dès notre retour en France. Mais nous étions tellement léthargiques que nous ne cherchions même pas à nous défendre…

En début d'après-midi, je rapportai au Vatican le clou dans son coffret de bois, le remettant en main propre au

Commandant de la Garde Suisse. L'officier ne me posa aucune question et me donna en échange un petit chapelet noir « de la part du Saint Père », me dit-il.

Enfin, vers vingt heures, après un dernier repas à la pension Médicis pris dans un brouhaha assourdissant, nous avons pris place dans l'autobus et nous sommes installés sur les banquettes. Après avoir compté et recompté les élèves qui ne cessaient de changer de place, madame Lobeau donna le feu vert du départ et le bus s'ébranla en direction de l'autoroute. Avant même qu'il ait eu le temps de sortir de Rome, j'étais déjà profondément endormi…

Ma mère m'attendait à la descente du bus.

Elle affichait un bon sourire et m'aida gentiment à mettre mon sac de voyage dans le coffre de la voiture.

– Tu as l'air fatigué ! me dit-elle en me jetant un coup d'œil de travers.

– Je n'en ai pas seulement l'air…

Je passai toute la journée à dormir.

Lucie me téléphona le dimanche après-midi pour m'annoncer que Philippe nous attendait dans son manoir de Tiraguello vers dix-sept heures. Ma mère accepta de mauvaise grâce de me laisser partir, me reprochant de ne pas avoir appelé mon père depuis mon retour de Rome.

– C'est lui qui a payé ton voyage. Tu pourrais au moins le remercier et lui donner de tes nouvelles. C'est la moindre des choses !

– Ouais ! Je lui téléphonerai…

À vrai dire, je lui en voulais encore d'avoir envoyé sa sœur Agathe à la maison pendant que ma mère était à l'hôpital. Cette grosse bonne femme s'était montrée irascible pendant tout son séjour à Tournon et j'avais eu du mal à supporter ses remarques malgré mes efforts répétés.

Et puis, je n'arrivais pas vraiment à parler avec mon père. La plupart du temps, nous ne savions pas quoi nous dire. Je voyais bien qu'il n'avait pas l'habitude de discuter avec des jeunes de mon âge. Tantôt il me traitait comme un enfant de sept ans, tantôt il s'adressait à moi comme si j'étais son égal et que je vivais les mêmes choses que lui. Ce n'était pas simple du tout !

En revanche, j'avais toujours autant de plaisir à rencontrer le parrain de Lucie.

Philippe nous accueillit chez lui avec bonne humeur. Après nous avoir invités à nous asseoir dans ses fauteuils défoncés, il nous tendit un grand verre de coca bien frais.

– Alors ? demanda Lucie avec son impatience coutumière. Qu'est-ce que tu sais de Sarah, la fille de Miklos ?

Philippe esquissa un sourire mystérieux et ne répondit pas tout de suite. Il se leva et alla chercher un livre dans sa gigantesque bibliothèque. Puis il nous montra la couverture de l'ouvrage : *Histoire des gens du voyage. Gitans, Tziganes et Manouches, entre légendes et réalité.*

– Sarah était donc bien une gitane ? demandai-je avec curiosité.

– Plus que ça ! répondit le parrain de Lucie. Sarah est la sainte patronne des gitans !

Il ouvrit le gros ouvrage et nous montra la photo d'une statue de bois couverte d'épais manteaux bouffants. La petite tête couronnée qui émergeait d'un fatras de tissus brillants avait un doux visage aux traits juvéniles. Ce visage noir n'était pas sans nous rappeler celui de Miklos, le compagnon de l'Apôtre Pierre...

– Laissez-moi vous raconter l'histoire de Sarah ! dit Philippe en s'asseyant. Après la mort d'Étienne, à Jérusalem, un certain nombre de chrétiens ont fui la persécution d'Hérode Agrippa. Un bateau est parti de Terre

Sainte vers l'an 44 avec à son bord, Marie Jacobé, la cousine de la Vierge Marie, Marie Salomé, la mère de l'Apôtre Jacques, ainsi que Marie-Madeleine, Lazare et ses deux sœurs Marthe et Marie. Il y avait aussi avec eux une jeune fille à la peau noire : une certaine Sarah...

– La fille de Miklos !

– Exactement. La tradition raconte que la barque est arrivée en Gaule. En Camargue pour être très précis. Il y avait sur la côte un camp romain : « l'oppidum Râ ». Après avoir mis le pied en Gaule, chacun des disciples du Christ est parti de son côté pour évangéliser la région, à l'exception de Marie Jacobé et de Marie Salomé, trop âgées pour entreprendre un long voyage, ainsi que Sarah...

Philippe se tut un instant et tourna la page de son livre.

– Marie Jacobé et Marie Salomé, qui étaient toutes les deux présentes lors de la crucifixion du Christ, ont prêché sur la côte où elles avaient débarqué et elles ont été très écoutées par les pêcheurs qui y vivaient. La légende raconte que les Saintes femmes ont fait surgir une source d'eau douce miraculeuse dans le village où elles habitaient. Puis elles sont mortes à quelques mois d'intervalle. Sarah, qui était restée avec elles, est décédée un peu plus tard. Les habitants ont construit à l'endroit de la source une chapelle et ont enseveli les trois corps près de l'oratoire. Le village existe toujours : il s'appelle les Saintes-Maries-de-la-Mer...

– C'est là que se trouve le corps de Sarah ?

– En effet. En 1448, le roi René, comte de Provence, a ordonné de faire des fouilles dans l'église et on a retrouvé les ossements sous l'autel. Il a accordé une grande importance à ces reliques. Il a fait construire une châsse en bois magnifiquement décorée pour les y mettre et il a fait bâtir une église à la place de l'ancienne chapelle. La population des Saintes-Maries se considérait comme la gardienne des précieuses reliques, ce qui a entraîné des troubles au cours de l'histoire. Depuis toujours, et jusqu'à la Révolution française, les reliques ont fait l'objet de tentatives de vol ou de destruction, au point qu'une garde spéciale a été mise en place pour protéger le reliquaire. Quant à l'église, elle a été bâtie comme une forteresse pour défendre les Saintes. Heureusement, la population a tenu bon et les reliques sont intactes. On le doit aussi beaucoup aux gitans qui ont toujours été très actifs dans le culte rendu à Sarah la Kali.

– Sarah la Kali ?

– Kali signifie noire ou gitane, dans leur langue.

– Il y avait probablement autre chose que quelques ossements pour attirer les voleurs et les brigands aux Saintes-Maries-de-la-Mer ! dis-je avec un air entendu.

– Il y a des chances. Personnellement, j'ai la conviction que si cette église-forteresse a suscité tant de convoitises, c'est qu'elle abrite la quatrième clé…

– Si j'ai bien compris, les gitans défendent Sarah et son secret : le clou volé, qui doit toujours rester là-bas !

– À mon avis, très peu de gitans imaginent l'existence de ce clou aux Saintes-Maries-de-la-Mer. Mais je suis persuadé que certains d'entre eux savent pertinemment de quoi il retourne…

– Qu'est-ce qui te fait dire ça ? demanda Lucie.

– Le fait que le marquis Folco de Baroncelli, qui est un personnage encore fort respecté dans ce village et dont la tombe est toujours très visitée, avait consacré sa vie à la défense de la tradition camarguaise, mais aussi au développement du culte de Sarah. Il faut savoir que Sarah n'a jamais été reconnue comme une sainte par l'Église catholique !

– Ah bon ? Et pourquoi ?

– Mystère ! Et pourtant, en 1935, le marquis a réussi à obtenir de l'Église l'autorisation de faire la procession officielle de Sarah dans les rues de la ville avec celle des Saintes femmes, de vraies saintes cette fois. C'est un fait unique dans l'histoire : Sarah porte le titre de sainte, elle est escortée par des prêtres dans les rues du village, elle est reconnue patronne du peuple gitan, tout cela sans jamais avoir été canonisée ! Avouez que le marquis avait dû trouver de bien bons arguments pour obtenir une telle faveur de l'Église !

– C'est clair !

– Un dernier détail intéressant : le marquis a fondé la « nation gardianne » pour défendre les traditions du pays, une sorte de milice à cheval. Ce sont eux qui escortent la statue de « Sarah la Kali » quand elle sort en procession dans les rues des Saintes-Maries.

– Et quand ont lieu ces processions dans la ville ? demanda Lucie.

– Lors du grand pèlerinage des gitans, le 24 mai de chaque année !

– Mais… C'est très bientôt !

– Samedi prochain, pour être exact. Il y a fort à parier que celui ou ceux qui savent où est caché le quatrième clou seront à la procession de Sarah la Kali…

Lucie bondit sur ses pieds.

– Il faut y aller !

– Je crois bien que oui ! répondit Philippe avec conviction.

Pour obtenir plus facilement l'autorisation de me rendre aux Saintes-Maries-de-la-Mer, le week-end suivant, je décidai de passer par mon père qui m'avait invité à dîner. Je lui racontai mon voyage à Rome et comment j'avais revu Béko, mon ancien camarade de classe gitan.

– En parlant de Béko : j'ai appris que samedi prochain se déroulait le grand pèlerinage aux Saintes-Maries-de-la-Mer !

– Oh oui, j'en ai entendu parler ! C'est tout à fait passionnant, paraît-il ! Les gitans sortent les statues de l'église
du village et les portent dans la mer. Ils jouent de la guitare
et chantent toute la nuit. C'est un spectacle tout à fait pit-
toresque…

Je ne m'attendais pas à ce que mon père me facilite ainsi
la tâche…

– Ben, justement, Lucie et moi, on aimerait bien aller
voir…

J'avais tendu une perche. Mon père ne dit rien pendant
une fraction de seconde, puis réagit avec un enthousiasme
que je ne lui connaissais pas.

– D'accord ! Je vous emmène aux Saintes-Maries,
samedi prochain…

J'ouvris la bouche, surpris par sa réaction.

– C'est que… bafouillai-je. Philippe, tu sais, le parrain
de Lucie, se proposait de nous emmener…

– Vous n'allez pas encore déranger ce pauvre homme !
Je vais vous emmener moi-même !

– Mais…

– Je rêvais d'aller voir le pèlerinage gitan, je t'assure !
Cela me fait vraiment plaisir de vous emmener. J'en parle-
rai à ta mère : je suis sûr qu'elle acceptera que tu y ailles…

Je ne savais pas comment me dépatouiller de cette
situation.

– Mais Philippe…

– Écoute, Jean-Baptiste, nous avons tellement peu
d'occasion de faire des choses ensemble ! Laisse-moi le
plaisir de me conduire en père, pour une fois…

Il me regardait avec une insistance suppliante et je ne sus
comment répondre. Il m'adressa un grand sourire et dit :

– C'est décidé ! Je vais retenir un hôtel. Je m'occupe de
tout !

À peine rentré chez moi, je téléphonai à Philippe pour

lui faire part de la catastrophe. Mais le parrain de Lucie ne semblait pas démonté par la nouvelle que je lui annonçais.

– Laisse faire ton père ! Il doit être si heureux de faire ce voyage avec toi...

– Oui, peut-être, mais comment vais-je faire pour chercher le clou avec lui sur le dos ?

– Tu trouveras bien ! Ne t'inquiète pas ! Lucie et toi, vous ne manquez pas de ressources !

– Mais je comptais sur vous pour m'aider !

– Là, tu te trompes. Je t'ai dit tout ce que je savais, et c'est toi que la prophétie désigne pour retrouver cette quatrième clé. Pas moi ! Je suis heureux que tu puisses aller aux Saintes-Maries-de-la-Mer. C'est ça le plus important, tu ne crois pas ?

J'appelai Lucie dans la foulée. Elle semblait plus inquiète que son parrain. De son côté, elle n'avait pas encore obtenu la permission de partir : « Tu reviens à peine de Rome que tu veux déjà t'en aller ! » s'étaient plaints ses parents.

À peine raccroché, mon téléphone portable se mit à sonner.

– Allo ?

Un silence. Puis une voix posée répondit

– Bonsoir Jean-Baptiste. Ici maître Verreux...

Je fus tenté de raccrocher, mais l'avocat dut le sentir et s'empressa d'ajouter :

– Écoutez-moi, Jean-Baptiste. J'ai quelque chose d'important à vous dire.

– Quoi ? demandai-je sèchement.

– Vous ne m'avez pas appelé ces derniers temps... J'attendais votre appel !

– Pour quoi faire ?

– Parce que je veux vous protéger...

– C'est inutile...

– Détrompez-vous ! Je vous l'ai dit… Monsieur Natas a mis à vos côtés quelqu'un de dangereux…

– Vous me l'avez déjà dit !

– Mais vous n'en avez pas tenu compte !

– Écoutez ! Je ne…

– Votre père n'est pas votre père ! me coupa l'avocat.

– Ça suffit !

– Pensez à ses yeux gris… Il n'est pas votre père, je vous le répète ! Je l'ai entendu de la bouche même de monsieur Natas…

Je sentis une boule à l'estomac.

– Avez-vous gardé mes coordonnées, Jean-Baptiste ?

– Vous n'êtes pas encore en prison ? demandai-je méchamment.

Un silence pesant ponctua ma question.

– Non, pas encore. Je peux encore vous aider, mais pas pour très longtemps. Méfiez vous de votre père, Jean-Baptiste ! Méfiez-vous de lui !

26.

La tour d'or

Après Arles, la nationale qui s'enfonçait dans la Camargue bouchonnait terriblement. Une file interminable de caravanes pare-choc contre pare-choc rendait la circulation vraiment difficile. Il était presque impossible de doubler sur l'unique route qui menait aux Saintes-Maries-de-la-Mer, et nous devions accepter de terminer les derniers quarante kilomètres à la vitesse d'un cheval au pas.

Heureusement, le paysage était magnifique, avec les grandes étendues de joncs à perte de vue, les chevaux blancs qui couraient librement autour des mas, les oiseaux aquatiques, qui abondaient le long des grandes étendues d'eau, les troupeaux de flamants roses flegmatiques qui restaient sagement groupés autour des petits étangs.

Mon père avait dû beaucoup se documenter avant de partir car il n'arrêtait pas de nous gratifier de savants commentaires sur l'histoire de la Camargue, sa faune, sa flore et ses habitants. Il était d'une humeur joyeuse et volubile.

Mais Lucie et moi avions la tête ailleurs. Nous pensions que la fameuse clé de la Porte des Anges se trouvait quelque part dans le village des Saintes-Maries, et ce 24 mai était le grand jour du pèlerinage gitan où la statue de sainte Sarah était promenée à travers le village. Comment trouver ce clou au milieu d'une telle foule ? Autant chercher une aiguille dans une botte de foin ! Et pourtant, je sentais que le dernier maillon était tout proche. Quelqu'un devait nous conduire à la cachette… Une personne ou un indice… Allez savoir !

Finalement, les parents de Lucie avaient fini par accepter de laisser leur fille partir en Camargue grâce à l'intervention patiente et tenace de son parrain, ainsi qu'a celle de mon père, tout aussi insistante. Cette décision n'avait pas été facile à obtenir, mais nous n'avions jamais perdu espoir.

Mon père avait accepté de prendre également Thibault, ce qui me rassurait car il n'était pas question que 007 nous laisse seuls à ce moment crucial de notre aventure. L'étau se resserrait chaque jour davantage, et nous avions plus que jamais besoin de son aide.

Une fois de plus, des sécuritanges déguisés en gitans et en simples touristes allaient patrouiller dans la ville toute la journée, prêts à intervenir à la première alerte. Chacun d'entre nous s'attendait à une ultime tentative de l'Adversaire contre moi pour m'empêcher de mettre la main sur la clé de la Porte des Anges. Cette perspective n'était pas particulièrement réjouissante. Je savais qu'il ne s'embarrasserait d'aucun scrupule pour m'éliminer… Tout pouvait arriver en cette terrible journée !

Curieusement, je me sentais plutôt détendu, compte tenu de ce qui m'attendait. La semaine précédente avait été particulièrement paisible. Mais je ne me faisais pas d'illusion, c'était probablement le calme qui précède la tempête.

En revanche, l'appel de l'avocat m'avait taraudé le cœur et l'esprit. Je n'en avais pas parlé à Lucie, car il me semblait inutile de jeter le trouble chez elle. J'avais eu beau me raisonner et me dire que maître Verreux n'avait pas d'autre objectif que de me déstabiliser, je n'avais jamais autant soupçonné mon père d'être le traître. Son insistance à m'accompagner aux Saintes-Maries-de-la-Mer m'avait tout-à-coup semblée bien suspecte. Après tout, je ne connaissais rien de l'histoire de cet homme qui avait surgi brutalement dans ma vie à part l'existence de son horrible sœur qui m'avait pourri la semaine que j'avais passée avec elle. Mon père me faisait peur... J'avais demandé à 007 de le surveiller tout particulièrement pendant cette journée de pèlerinage.

Nous étions partis très tôt le samedi matin. Il ne fut pas possible d'entrer dans le village en voiture. Mon père gara son véhicule sur l'un des grands parkings à l'entrée de la commune, au milieu des caravanes et autres camping-cars. Nous devions faire le reste à pied.

L'hôtel Mimosa, perdu au fond d'une ruelle étroite, était bruyant et bondé, mais nous étions heureux de pouvoir poser nos valises quelque part. Nous avions eu de la chance : en début de semaine, quelques chambres avaient pu être réservées grâce à un miraculeux désistement de dernière minute. Lucie et mon père avaient chacun leur propre chambre, tandis que 007 et moi-même occupions une chambre à deux lits.

– Dépêchons-nous !, dit joyeusement mon père en nous rejoignant dans le hall d'entrée de l'hôtel. Nous allons manquer la « descente des châsses » qui ouvre le pèlerinage. Ce serait dommage !

D'un pas rapide, il se fraya un chemin à travers la foule dense des gitans qui se rendaient tranquillement vers l'église du village, guitares et tambourins en main. Des touristes prenaient en photo les pèlerins ravis de poser pour l'occasion devant leurs bannières brodées. L'ambiance était vraiment à la fête. Les Tziganes venus de la France entière et même d'au-delà des frontières avaient revêtu leurs plus beaux habits, en particulier les femmes qui portaient des robes longues et colorées. De nombreux enfants couraient dans tous les sens en s'interpellant joyeusement. Il était vraiment difficile d'échapper à l'euphorie générale.

En arrivant devant l'église des Saintes-Maries, au cœur du vieux village, je ne pus réprimer un mouvement de surprise. Elle était énorme, disproportionnée par rapport à la taille du bourg. Pourvu de créneaux, de meurtrières, de mâchicoulis et d'un impressionnant chemin de ronde, cet imposant vaisseau de pierre rosée ressemblait davantage à un petit château fort qu'à un simple lieu de culte. Les humbles demeures blanches de pécheurs étaient blotties peureusement autour de cette forteresse imprenable et l'on se demandait quel trésor cette église défendait pour se doter d'un tel équipement.

Évidemment, Lucie et moi nous en pressentions la raison. Nous devinions pourquoi cette église avait été attaquée si souvent au cours de son histoire. Elle protégeait jalousement le plus paradoxal des trésors : un simple clou… Mais les pèlerins qui venaient en masse depuis des siècles aux Saintes-Maries-de-la-Mer ignoraient que, quelque part ici, se trouvait l'un des objets les plus mystérieux de l'univers. Les gitans venaient y vénérer les reliques des Saintes venues de Palestine il y a presque deux mille ans, sans se douter que la relique la plus précieuse n'était pas celle qu'ils imaginaient…

En entrant dans la nef archibondée, j'assistai à un curieux spectacle.

Deux grandes châsses accolées l'une à l'autre étaient descendues d'une chapelle haute située au dessus de la voûte du chœur. Les grands coffrets de bois étaient peints, avec le nom des deux Marie. Sur le côté de la première châsse était représentée la scène où Marie Jacobé et Marie Salomé débarquaient pour la première fois sur le sol de Gaule par un beau soleil couchant.

La foule des pèlerins chantait et battait des mains, les prêtres en aube blanche levaient joyeusement les bras pour accueillir, tel un don du Ciel, les coffrets qui descendaient lentement à l'aide d'un treuil.

Une fois déposées devant l'autel et débarrassées des deux lanières qui les enserraient, les châsses furent ouvertes par un prêtre. L'enthousiasme gagna les pèlerins, à un point tel que je fus presque piétiné par des gitans qui voulaient à tout prix s'approcher de l'autel. Puis, les prêtres présentèrent les reliques à la vénération des pèlerins.

À moitié étourdi, je m'extirpai de l'église pour reprendre ma respiration.

— Je ne sais pas comment on va retrouver le clou dans cette cohue ! me glissa à l'oreille Lucie qui venait de me rejoindre.

— Moi non plus ! répondis-je en me massant nerveusement les tempes.

Devant le parvis de l'église se tenaient des gardians assis fièrement sur leurs chevaux. Ils étaient vêtus d'un costume noir, portaient une sorte de chapeau de cow-boy sur la tête et tenaient en main une curieuse lance à deux pointes. Ils semblaient attendre fébrilement quelque chose...

Soudain, la foule frémit. Quatre gitans sortirent de l'église, portant un brancard sur lequel trônait une statue au visage sombre, couverte de manteaux rutilants.

La foule se mit à applaudir et à crier : « Vive Sainte Sarah ! Vive Sainte Sarah ! »

La statue de la mystérieuse fille de Miklos venait d'apparaître devant moi. Je fus saisi d'une grande émotion en la voyant pour la première fois.

La procession se mit en marche à travers la ville. Les chants, les accords de guitare débridés, les danses flamenco improvisées sur les trottoirs, les pleurs, les vivats, tout contribuait à créer une ambiance survoltée autour du brancard qui avançait lentement vers la plage. On portait les enfants pour qu'ils embrassent le visage de bois ; les vieilles femmes, les yeux mouillés, envoyaient des baisers vers leur sainte. Partout, des bannières étaient brandies et des fleurs étaient jetées sur le passage de la statue.

– C'est formidable, tu ne trouves pas ? me cria mon père, les yeux brillants. Quelle ambiance !

Le brancard traversa les rues étroites du village et finit par arriver sur la grève. Les porteurs continuèrent à avancer jusqu'au rivage, suivis par la foule. Ils entrèrent dans la mer et ne s'arrêtèrent que lorsqu'ils eurent l'eau à mi-cuisse. Les prêtres en aube blanche les suivirent, sans paraître gênés par leur accoutrement. Alors, toute la foule entonna un cantique en langue provençale.

Une femme me tendit un petit feuillet sur lequel le chant était traduit en français.

Sainte Sarah la brune,
Ô reine des Gitans !
Depuis combien de lunes
Venons-nous chaque année.

Tu es la sagesse
Qui éloigne nos nations
De la voie tortueuse
Des civilisations.

Car tu es, sainte Sarah,
Depuis toujours comme aujourd'hui,
La tour d'or qui enferme
Notre secret d'orgueil...

Tu es l'étoile qui brille
Pour nous montrer le chemin
Et de notre patrie,
Tu connais, seule, les limites...

Et le chant continuait ainsi sur plusieurs autres strophes.

Je remarquai qu'il était signé du mystérieux marquis de Baroncelli, l'homme qui avait obtenu la reconnaissance de Sarah comme sainte patronne du peuple gitan... Y avait-il un sens caché à comprendre dans ce chant populaire que les gitans semblaient si bien connaître ?

Une fois la dernière strophe terminée, les hourras fusèrent de toutes parts. Les quatre porteurs tournèrent alors lentement le brancard dans l'eau et revinrent vers la plage.

Quand la statue passa devant moi, je dévisageai les quatre hommes qui la portaient et je sursautai.

– Tu as vu ? demandai-je à Lucie.

– Quoi donc ?

– Le gitan qui porte le brancard, à l'arrière, celui qui a une grosse moustache...

– Eh bien quoi ?

– Regarde son biceps ! Il y a un tatouage ! Un clou qui se transforme en clé...

– Oh, mais tu as raison ! Ça alors !

– Suivons-le ! Il faut absolument lui parler !

La procession reprit le même chemin qu'à l'aller, mais plus lentement cette fois, s'arrêtant fréquemment pour laisser libre cours aux manifestations de joie des pèlerins.

Je bouillais d'impatience, suivant le plus près possible le brancard pour ne pas perdre de vue l'homme au tatouage. Je ne voyais plus Lucie et mon père, noyés dans la foule. En revanche, 007 ne me lâchait pas d'une semelle.

Il fallut une bonne demi-heure pour revenir au point de départ. Les porteurs finirent par descendre la statue avec mille précautions dans la crypte sous le chœur de l'église.

La crypte était bien trop petite pour accueillir tous ceux qui voulaient descendre, et je pris le parti d'en surveiller l'entrée plutôt que de suivre la masse des pèlerins qui s'engouffrait dans l'escalier de pierre. Inévitablement, le gitan au tatouage allait sortir à un moment ou à un autre... Je devais simplement m'armer de patience.

Je n'eus pas longtemps à attendre. Je reconnus la grosse moustache noire du porteur qui sortait de la crypte. Je pris ma respiration et me dirigeai vers lui. Je ne savais pas exactement ce que j'allais lui dire, mais il n'était pas question de le laisser filer.

Je lui barrai un peu grossièrement le chemin et lui demandai :

– Monsieur, puis-je vous parler cinq minutes ?

L'homme me regarda avec surprise, fit une grimace et me demanda d'une voix impatiente :

– Qu'est-ce que vous me voulez ?

– Je voudrais vous parler de votre tatouage sur le bras… Celui du clou qui se transforme en clé.

Le gitan me foudroya du regard et dit d'une voix sèche :

– Et en quoi cela vous intéresse ?

– Je sais qu'il s'agit du clou volé le jour de la crucifixion du Christ, ce clou que sainte Sarah a rapporté secrètement avec elle de Jérusalem. Et dont vous devez avoir la garde, si je ne m'abuse…

Je m'étonnais moi-même de lui dire tout cela avec autant d'assurance. Le gitan sembla accuser le coup. Il secoua la tête et dit :

– Cette histoire ne regarde pas les gadjé…

– Sauf si ce gadjo porte sur lui le signe de la malédiction du forgeron ! répliquai-je vertement.

L'homme me regarda avec des yeux ronds. Je tendis ma main et lui désignai la fameuse marque entre le pouce et l'index. Le gitan s'empourpra et murmura :

– La malédiction du forgeron…

– Exactement : la malédiction du forgeron… Monsieur, j'ai besoin de savoir où se trouve ce quatrième clou.

L'homme à la moustache continua à me foudroyer du regard.

– Mais je n'en sais rien, moi !

Je serrai les dents un instant.

– Alors, pourquoi portez-vous ce tatouage sur le bras ?

– Laissez-moi tranquille !

– Écoutez-moi ! La marque que je porte sur ma main me rattache personnellement à sainte Sarah et à ce clou qu'elle a rapporté ici, aux Saintes-Maries-de-la-Mer. Je ne suis pas n'importe quel gadjo !

Le gitan me regarda fixement sans rien dire. Il semblait ébranlé par ce que je venais de lui dire. Au bout de quelques instants, il prit une longue inspiration et dit :

– Je porte le tatouage de la « garde de sainte Sarah ».

– La « garde de sainte Sarah » ?

– C'est un groupe de quatre hommes de notre peuple que le marquis de Baroncelli a chargés de veiller tout particulièrement sur ses reliques.

Encore ce curieux marquis…

– C'est mon père qui m'a transmis sa charge avant de mourir. C'est une fonction honorifique, pour nous, les gens du voyage. Chaque année, l'un de nous quatre a l'honneur de porter avec d'autres gitans la statue de Sarah la Kali dans la mer...

– Et le clou ?

– Je ne sais pas. Vous connaissez la légende du quatrième clou. On dit que Sarah était la gitane qui avait volé le clou du Christ... C'est peut-être pour ça que le marquis a choisi ce symbole pour sa « garde de sainte Sarah »…

Décidément, ce marquis en savait plus long qu'il voulait bien le laisser entendre…

– Votre père ne vous a pas dit où se trouvait ce clou avant de passer sa charge ?

– Non : je ne sais rien ! Il n'y a aucune preuve que Sarah ait possédé ce clou. C'est une légende !

Je voyais que l'homme était sincère. Une fois de plus, je faisais chou blanc…

Une idée me traversa l'esprit.

– Vous êtes sûr que le clou n'est pas dans le reliquaire, avec les ossements des Saintes ?

– Le reliquaire de la chapelle Saint-Michel ?

– La chapelle Saint-Michel ?

– Oui, la chapelle haute : c'est comme ça qu'elle s'appelle. C'est là où se trouvent les coffrets que l'on a descendus tout à l'heure…

Ce lieu était donc consacré à saint Michel, l'Archange qui lutte contre l'Adversaire, le chef des sécuritanges… Tout devenait lumineux : je comprenais pourquoi l'Adversaire ne pouvait rien faire. J'étais maintenant vraiment persuadé que le clou se trouvait quelque part dans les châsses, à quelques mètres de nous.

Le gitan regarda les reliquaires ouverts devant l'autel où se pressait une foule considérable et secoua la tête en signe de dénégation.

– Non, il n'y a pas de clou avec les ossements…Ça se saurait !

– Le clou est peut-être caché dans le reliquaire lui-même… Il y a peut-être un double fond… Ou une cachette secrète !

– Vous avez trop d'imagination, jeune homme ! Les châsses sont ouvertes chaque année et elles sont régulièrement nettoyées de fond en comble. S'il y avait quelque chose de caché à l'intérieur, cela fait longtemps que quelqu'un l'aurait trouvé.

Je n'étais pas convaincu par ce qu'il me disait, mais je me sentais moins sûr de moi.

– Et puis pourquoi voulez-vous que le clou soit dans les châsses des Saintes femmes ?, ajouta l'homme à la moustache. C'est Sarah, notre patronne. L'histoire du clou n'a rien à voir avec les deux Saintes…

– Vous voulez dire qu'il n'y a pas les ossements de Sarah dans le reliquaire ?

– Sarah n'est pas dans la chapelle haute. Sarah est dans la crypte : c'est là qu'il y a sa statue…

Ce détail changeait tout. La crypte était directement sous l'autel qui lui-même était sous la chapelle Saint-Michel.

Le moustachu posa la main sur mon épaule et dit d'une voix ironique :

— Vous voulez un conseil, mon ami ? Allez plutôt prier sainte Sarah, cela vous sera plus utile que de perdre votre temps avec cette légende de clou volé !

Une lueur d'amusement éclaira son regard. Il dit encore :

— Peut-être que Sarah vous dira dans la prière ce qu'elle a fait du clou… Mais dépêchez-vous, parce que demain soir, quand le pèlerinage sera fini, Sarah part à Paris.

Je le dévisageai, interloqué.

— Que voulez-vous dire ?

— Je veux dire qu'elle part à Paris pour être restaurée… Le bois de la statue commence à s'abîmer et il faut faire quelques réparations. Depuis qu'elle a été taillée, elle n'est jamais sortie de sa crypte… sauf les 24 du mois de mai. C'est un comble pour la patronne des gens du voyage, vous ne trouvez pas ?

Le gitan me tapota l'épaule et me quitta rapidement en m'adressant un clin d'œil appuyé.

Je n'en revenais pas.

La statue de Sarah allait quitter sa chapelle.

Elle sortirait de ce lieu saint et ne serait plus sous la protection de Saint-Michel et de la garde de Sainte-Sarah…

Et si… Et si…

Je sortis de ma poche le papier froissé sur lequel était écrit le cantique que nous avions chanté tout à l'heure dans la mer. Je lus de nouveau les couplets rédigés par le Marquis, avec un autre regard.

Sainte Sarah la brune,
Ô reine des Gitans…

Reine des Gitans ? Ce n'était pas le roi des Gitans qui possédait le clou volé… mais bien la reine. Le marquis le savait et il jouait sur les mots.

Tu es la forte sagesse
Qui éloigne nos nations
De la voie tortueuse
Des civilisations…

La force de la sagesse de Sarah. La force de celle qui a gardé le clou maudit. Sarah qui protège l'humanité de la voie tortueuse de l'Adversaire, le Prince du monde, qui veut l'entraîner sur un chemin de perdition…

Car tu es, sainte Sarah,
Depuis toujours comme aujourd'hui,
La tour d'or qui enferme
Notre secret d'orgueil…

Je sursautai… Le couplet était limpide… Sarah, couverte de manteaux brillants, était cette tour d'or qui enfermait en son sein un grand secret… Le secret d'orgueil ne pouvait être que la quatrième clé ! Le clou était caché à *l'intérieur* de la statue elle-même !

D'un seul coup, je compris ce qui allait se passer si je n'agissais pas : le restaurateur de la statue découvrirait le clou dans une fente du bois, la cachette serait dévoilée et l'Adversaire aurait ainsi l'opportunité de s'emparer de la quatrième clé de la Porte des Anges.

La voilà, la fameuse faille que l'Adversaire attendait pour mettre la main sur le clou.… Je réalisai que j'étais bien celui que la prophétie désignait. Le texte me revint à la mémoire :

Priez que le clou maudit
jamais ne tombe aux mains de l'Ennemi.
Priez que le clou caché
à temps soit retrouvé,
par un jeune preux sans grade ni blason,
œil vert et œil marron.

Si l'Ennemi le premier trouve la clé,
si l'enfant de sa quête se laisse détourner,
alors l'humanité souffrira,
et toute lumière s'assombrira.
Mais l'enfant combattra,
le clou, l'enfant le protégera,
et lui seul le cachera...

Je savais où était caché le clou.
Je devais le récupérer le plus vite possible.
Demain, il serait trop tard...

27.

Le secret d'orgueil

Je retrouvai Lucie et mon père sur le parvis de l'église. Ils semblaient soulagés de m'apercevoir dans la cohue des pèlerins et m'adressèrent des grands signes de la main.

– Par ici, Jean-Baptiste !

Non sans mal, je les rejoignis.

– Qu'est-ce que tu as, Jean-Baptiste ? s'inquiéta mon père. Tu es tout pâle…

– Ce n'est rien. Juste un petit coup de fatigue…

– Ah bon ! Il est temps de retourner à l'hôtel pour dîner, de toute façon. Nous profiterons de la soirée pour nous promener dans les rues. J'espère que tu te sentiras plus en forme. Ça va être chaud, ce soir !

– Il y a des chances ! répondis-je à voix basse.

– En route ! Où est donc passé votre copain Thibault ?

007 avait disparu depuis un bon moment. Je ne savais pas du tout où il était passé.

– Il m'a dit qu'il retournait directement à l'hôtel, dit Lucie en rosissant. Lui aussi était un peu fatigué…

Je sentais que Lucie avait menti et qu'elle ne savait pas plus que moi où était passé l'enquêtange. Mon père ne remarqua pas son trouble. Il hocha la tête et dit :

– Allons-y.

007 nous attendait effectivement dans la salle à manger de l'hôtel. Prétextant tous deux que nous avions besoin de

nous laver les mains avant de passer à table, Thibault et moi rejoignîmes les toilettes pour pouvoir nous parler.

– Où étiez-vous, James ?

L'enquêtange se lava les mains sans me regarder. Il semblait soucieux.

– Quand je vous ai vu entrer dans l'église, je vous savais en sécurité, sir Jean-Baptiste. J'en ai donc profité pour observer discrètement votre père et Lucie pendant ce temps-là…

– Lucie ?

L'enquêtange s'essuya les mains et continua à parler d'une voix égale.

– Comprenez-moi bien, mon ami. Ma mission consiste à trouver l'espion que l'Adversaire a placé à vos côtés. Je ne dois donc avoir aucun a priori. L'Adversaire doit vous empêcher à tout prix de vous emparer de ce clou avant lui. Vous pensez bien que l'espion n'est pas loin de vous actuellement et qu'il vous surveille continuellement…

– Et les deux personnes les plus proches de moi sont Lucie et mon père. C'est bien ça ?

– Exactement ! Mais il se peut aussi que l'espion soit venu aux Saintes-Maries par ses propres moyens. Je surveille continuellement la foule pour voir si Morgane, ou Jonathan, ou Kevin, ou l'un de vos professeurs, ou toute personne connue qui vous entourait ces derniers mois ne se trouve pas dans les parages… Les sécuritanges sont aussi à l'affût depuis ce matin !

– Et ?

– Et rien, voilà le problème !

– Donc, vous suspectez d'autant plus mon père et Lucie…

– Je ne suspecte personne, sir Jean-Baptiste. Je surveille et je cherche.

– Et l'Adversaire ? Avez-vous senti sa présence ?

– Voilà la question qui me trouble le plus. Aucun sécuritange n'a senti la présence d'un démon dans la ville aujourd'hui.

– Qu'est-ce que cela signifie ?

– Soit l'Adversaire n'est pas inquiet parce que le clou ne se trouve pas ici, soit il se fait discret pour laisser agir l'espion plus facilement.

– Et vous, personnellement, vous en pensez quoi ?

– J'aimerais que le clou ne soit pas ici ! Mais j'ai des raisons de croire que la deuxième hypothèse est la bonne. Et dans ce cas, l'Adversaire laisse agir l'espion parce qu'il est sûr de son succès. Il est tout proche de vous et il ne peut pas manquer sa cible... Et là, logiquement, seules deux personnes sont assurées de réussir. L'espion ne peut être que Jean-Pierre Marcellin ou Lucie Oros... Voilà mes conclusions, sir Jean-Baptiste.

Je ne pouvais pas imaginer que Lucie était l'espionne de l'Adversaire. Cette hypothèse était ridicule. Restait mon père...

– Vous les avez donc surveillés discrètement... Qu'avez-vous vu ?

– Je suis allé à l'hôtel pour fouiller leurs bagages.

007 se tut et baissa la tête. Mon estomac se serra. Une bouffée d'angoisse me monta à la gorge.

– Vous avez trouvé quelque chose ?

007 sortit de sa poche un objet effilé qu'il posa sur l'évier. C'était un poignard, très long et très fin, au manche en ivoire.

Je crus m'évanouir.

Le poignard de souffrance. Celui de mes rêves...

Pendant un long moment, je regardai l'objet avec horreur, comme si c'était un serpent venimeux qui allait bondir pour me mordre la main.

– Dans quel bagage avez-vous trouvé ce poignard ?

– Je ne peux pas vous le dire, ce ne serait pas prudent. Le traître sentirait tout de suite que vous l'avez repéré. Il pourrait être encore plus dangereux. Si je vous dis cela maintenant, c'est parce que j'ai trouvé autre chose dans ce bagage...

Il sortit de sa poche une petite fiole qu'il posa à côté du poignard.

– Qu'est-ce que c'est ?

– Du poison. Indétectable. Il provoque une rupture d'anévrisme dans les cinq minutes qui suivent son ingestion.

J'encaissai ce deuxième choc.

– Je pense que votre dîner est empoisonné, sir Jean-Baptiste. Comme vous pouvez le voir, la fiole est à moitié vide...

J'avais le tournis. Je voulais fuir de cet endroit le plus vite possible. Ou me réveiller de ce cauchemar...

– Que dois-je faire ? demandai-je.

– Il faut prétendre que vous êtes malade et que vous voulez aller vous coucher tout de suite. Surtout, il ne faut pas manger ni boire ce soir !

– Mais il ne va pas désarmer pour autant. Il viendra m'assassiner dans la chambre...

– Non, rassurez-vous. L'espion ne prendra pas le risque d'attirer l'attention sur lui avec un meurtre spectaculaire. Il faut que votre disparition paraisse naturelle. Mais la meilleure parade à une tentative d'homicide, c'est de faire croire au traître que vous ne pensez pas que le clou est ici, aux Saintes-Maries-de-la-Mer. Ou bien que vous renoncez à le chercher parce que vous n'avez aucune piste sérieuse...

– Vous pensez qu'il ne m'agressera pas si je dis cela ?

– Non, évidemment. L'Adversaire n'aurait aucun intérêt à vous éliminer. Son but est de récupérer le clou avant vous. C'est tout !

– Que dois-je faire ?

– Avant de monter dans votre chambre, vous direz une phrase qui laissera entendre à Lucie que vous renoncez à chercher le clou...

– Mais... comment faire ? Mon père n'est pas au courant de mes recherches ! Il ne va rien comprendre à cette histoire !

– Vous utiliserez des mots à la fois clairs et discrets. Si votre père est l'espion, il comprendra le message, même s'il est exprimé à mots couverts. S'il n'est pas le traître, il ne fera pas attention à ce que vous allez dire.

– Je vais faire de mon mieux...

– Et moi, je viendrai vous prévenir au moment où ils partiront se promener en ville et vous pourrez sortir de la chambre pour poursuivre vos recherches. Il vous reste peu de temps pour le trouver !

– Je sais où est caché le clou...

007 ouvrit grand les yeux.

– Vous savez ?

– Oui. Il est caché dans l'église. Mais si je ne veux pas me faire remarquer, il faut que je sois seul dans l'édifice.

007 approuva.

– J'ai compris. L'église ferme ses portes ce soir à 23h 30. Laissez-vous enfermer à l'intérieur. Je vous donnerai mon passe-partout. Il vous suffira de sortir de l'église une fois que vous aurez récupéré le clou et de rejoindre discrètement notre chambre. Rassurez-vous : je ne lâcherai ni Lucie ni votre père d'une semelle et je me débrouillerai pour protéger votre recherche de cette nuit...

Je n'avais pas besoin de faire beaucoup d'efforts pour donner à penser que j'étais malade. Je l'étais vraiment.

Quand je m'assis à la table, mon père me tâta le front du dos de sa main pour voir si j'avais de la fièvre.

– Je ne suis vraiment pas bien, dis-je d'une voix faible. J'ai dû attraper un chaud et froid sur la plage, tout à l'heure. Est-ce que je peux retourner dans ma chambre tout de suite ?

Mon père me jeta un regard désolé.

– Oh, c'est dommage ! Tu vas rater la fête tzigane de cette nuit…

– Oui, mais là, je ne peux pas !

Lucie semblait affolée, mais ne dit pas un mot.

– Quand on a de la fièvre, il faut bien boire, dit mon père en me versant de l'eau dans le verre qui était devant moi. Bois, ça va te faire du bien !

Je lui jetai un regard noir.

– Non. J'ai déjà bu au robinet dans la salle de bain. Je n'ai plus soif.

– Ah bon ? Et tu es sûr de ne pas vouloir manger un petit morceau pour reprendre des forces ? Il y a un bon bouillon…

– Non merci !

Mon père semblait décontenancé. Son insistance à me pousser à boire ou à manger l'accusait fatalement. J'étais tellement furieux contre lui que j'avais envie de lui renverser la soupière sur la tête.

– Je vais aller me coucher.

Mon père haussa les épaules avec résignation.

– Bonne nuit, Jean-Baptiste. J'espère que tu iras mieux demain…

– Certainement. De toute façon, ce que je cherchais ne se trouve pas ici.

Lucie et mon père me regardèrent bizarrement.

– Et qu'est-ce que tu cherchais ? demanda mon père, intrigué.

– Une relique de sainte Sarah. Mais il n'y a que les os des Saintes femmes. Rien qui ait appartenu à sainte Sarah !

Mon père secoua la tête.

– Oh, ce n'est pas grave. Tu sais, les reliques, on n'a jamais la preuve qu'elles soient vraiment authentiques…

– C'est vrai ! dis-je rapidement. Bonsoir à tous.

Lucie me jetait un regard horrifié. J'étais désolé de ne pas en dire plus, mais 007 me surveillait du coin de l'œil et m'avait demandé de ne surtout pas trop en dire.

Je remontai dans la chambre, tirai les rideaux et mis quelques coussins dans le lit pour faire croire qu'il était occupé. Au cas où mon père monterait dans la chambre...

Je rongeais mon frein depuis une heure quand la porte s'ouvrit. Je me planquai furtivement sous le lit. 007 empêcha quelqu'un qui était dans son dos de rentrer dans la chambre en lui disant à voix basse :

– Jean-Baptiste dort. On ne va pas le déranger, n'est-ce pas ?

La porte se referma avec précaution.

Deux minutes plus tard, 007 entra de nouveau dans la chambre et dit :

– J'ai remis le poignard et la fiole de poison là où je les ai trouvés. L'espion ne se doute de rien. Nous sortons en ville comme prévu pour écouter les concerts de flamenco. Je vous souhaite bonne chance, sir Jean-Baptiste !

– Merci, James ! répondis-je d'une voix sans timbre.

Rejoindre l'église sans me faire repérer fut un jeu d'enfant dans une foule aussi dense. J'entrai par une porte latérale dans la nef romane, aux pierres sombres. Elle était pleine de pèlerins qui chantaient ou priaient. Il était à peine vingt-deux heures. J'avais une heure trente à attendre avant la fermeture.

En faisant le tour de la nef, j'admirai dans une niche la sculpture des deux Marie peintes de couleurs vives et debout dans leur barque qui seraient portées en procession le lendemain matin. Certains pèlerins les touchaient dévotement de la main en marmonnant d'humbles prières inaudibles.

Toutefois, c'était à la crypte qu'il y avait le plus de monde. Beaucoup de gitans attendaient leur tour en haut de l'escalier pour descendre vénérer la statue de Sarah.

Je cherchai un endroit pour me cacher. J'avais repéré un coin plus sombre que les autres. Un spot cassé n'avait pas été remplacé. Il y avait là un vieil orgue. Personne ne prêtant attention à moi, je me glissai sous le clavier.

Je somnolais depuis un bon bout de temps quand j'entendis la voix d'un prêtre ou d'un sacristain qui demandait aux gens de s'en aller. Certains protestèrent pour la forme, mais la plupart sortirent de bonne grâce.

Comme je m'y attendais, l'homme qui fermait les portes ne s'attarda pas à inspecter tous les recoins de la chapelle. Il se contenta de jeter un rapide regard circulaire dans la nef avant de quitter les lieux.

Quelques minutes plus tard, les lumières étaient éteintes et l'église était totalement silencieuse.

À vrai dire, le silence était très relatif. J'entendais la musique rythmée qui provenait du parvis où s'était installé un orchestre, ainsi que le son plaintif des violons, au loin, un peu en arrière du chœur.

J'attendis encore dix minutes avant de sortir de ma cachette. L'église, plongée dans la pénombre, était déserte. Je descendis dans la crypte de sainte Sarah.

Elle était basse de plafond et terriblement noircie par la fumée des nombreuses bougies allumées. Il régnait une chaleur torride dans cet espace confiné. Une grande croix de bois était accrochée au mur, à côté d'une grosse boîte transparente dans laquelle on déposait les intentions de prière destinées à la sainte.

Sur un bloc de pierre, à hauteur d'homme, la statue de Sarah ne semblait pas incommodée par la température, malgré les abondants manteaux qui la recouvraient. Elle me regardait fixement de ses grands yeux peints et je me sentais intimidé en sa présence.

Je savais que depuis des siècles, Sarah attendait ma venue pour me livrer son terrible secret.

J'avais la gorge sèche.

Je m'approchai de la statue et fouillai d'abord les vête-ments. Comme je m'y attendais, il n'y avait rien de dissimulé dans les multiples plis de ces vêtures dorées. Le clou devait se trouver à l'intérieur de la statue. La tête ne se dévissait pas. Après un examen superficiel, je ne trouvai rien qui puisse m'indiquer où se trouvait le clou.

Je décidai de soulever la statue pour mieux observer son socle. Elle était plus lourde que je ne l'imaginais. Je la posai à plat sur le dos, en faisant attention de ne pas salir les amples manteaux de satin.

Au début, je ne remarquai rien de précis. Mais en observant de plus près la base de la statue, j'aperçus la marque d'une très ancienne découpe de forme circulaire.

Mon cœur bondit dans ma poitrine. J'étais convaincu que c'était à cet endroit que m'attendait le clou volé.

Je sortis de ma poche un canif qui avait servi au pique-nique et essayai de planter la pointe dans la fente. Le bois était dur et la lame dérapait sur sa surface. Je compris rapidement que je n'avais pas d'autre choix que de creuser le socle avec le couteau.

Pendant presque une demi-heure, je m'escrimai sur la rondelle de bois. Des esquilles tombaient à terre tandis que je transpirais à grosses gouttes.

Soudain, le cercle de bois se cassa en deux et tomba à mes pieds. Je ne m'étais pas trompé : il y avait une cavité secrète. Je fouillai l'intérieur et en extirpai délicatement un tissu roulé de couleur brune. Avec précaution, je le posai à terre, coupai les liens qui l'enserraient et le déroulai.

28.

Le dîner

La voiture de mon père filait sur l'autoroute du soleil à vive allure. Toute la matinée, nous avions suivi la procession de la barque des saintes Maries Jacobé et Salomé qui, comme la statue de Sarah la veille, avait été amenée dans la mer, puis remise à sa place initiale. La ferveur avait été aussi grande que pour Sarah, si ce n'est plus. J'étais resté un peu en arrière de la foule, prétextant que je ne me sentais pas encore très en forme. Je me méfiais de tous ceux qui s'approchaient trop près de moi et je restais continuellement sur mes gardes.

En fin de matinée, après avoir acheté quelques souvenirs dans les boutiques qui jouxtaient l'église-forteresse, nous étions repartis pour Tournon-sur-Vise avant le grand rush du départ des gitans.

Malgré la folle envie de parler qui me démangeait, je n'avais pas dit à Lucie ce que j'avais trouvé à l'intérieur de la statue de sainte Sarah. 007 m'avait demandé expressément de ne rien dire à personne, pas même à mon amie, me rappelant que ma sécurité et ma survie en dépendaient, même si jusque-là, je n'avais subi aucune attaque, aucune tentative d'agression.

Je me sentais mal. Je ne savais pas si cela venait de ce que 007 m'avait appris sur l'identité de l'espion – qui ne pouvait être que mon père, même si l'enquêtange ne me l'avait pas encore confirmé -, ou de ma découverte de la veille…

Lucie aussi était apathique, mais pas pour les mêmes raisons que moi. Elle était désespérée par ce qu'elle considérait comme un terrible échec. Quand je lui avais glissé à l'oreille que je n'avais rien trouvé d'intéressant pendant ces deux jours passés aux Saintes-Maries-de-la-Mer, elle avait horriblement grimacé. J'avais lu dans ses yeux une déception immense et… un reproche latent qui m'avait fait mal au ventre. Depuis, elle contemplait distraitement le paysage, ne cherchant à communiquer avec personne. Ce qui m'arrangeait bien…

À l'inverse, mon père était ravi de son passage en Camargue. Il n'arrêtait pas de disserter sur le mauvais accueil réservé aux gitans dans certaines villes – à Tournon en particulier – et sur le scandale de l'indifférence des États sur le génocide que ce peuple avait subi lors de la dernière guerre, dans les camps de la mort nazis.

Pour moi, la joie de mon père avait aussi une autre cause. Il était sûrement persuadé que j'avais abandonné ma recherche, certain d'avoir remporté la victoire sans avoir eu besoin d'utiliser les grands moyens pour m'éliminer… Il devait penser avec allégresse que, le soir même, la statue de Sarah serait à Paris et que son Maître allait enfin mettre la main sur la quatrième clé…

Plus mon « père » parlait, et plus il me dégoûtait…

007 continuait à jouer le garçon bigleux et amorphe, mais je savais que sa vigilance était extrême.

Il était presque vingt heures quand la voiture entra à Tournon-sur-Vise.

– Nous allons d'abord passer chez moi pour manger un morceau avant que je vous ramène chez vous, dit mon soi-disant père avec un large sourire. J'ai demandé à ma sœur Agathe de nous préparer un bon repas…

Tante Agathe ! Tous mes clignotants étaient au rouge. Je sentais l'arnaque à plein nez !

— J'aimerais bien rentrer tout de suite ! dis-je sèchement.

Mon père me jeta un regard oblique. Je perçus une lueur d'anxiété dans ses yeux gris.

— Jean-Baptiste, tu ne peux pas faire ça à ta tante... Elle ne comprendrait pas !

— Je suis fatigué ! Ramène-moi à la maison !

Je commençais à paniquer. Lucie me regarda, surprise, en fronçant les sourcils.

— Fais un effort, Jean-Baptiste ! répliqua durement mon père. C'est l'affaire d'une petite demi-heure, à peine...

Je voyais à ses yeux et au ton de sa voix qu'il avait peur de sa sœur, c'était évident.

Une pensée terrifiante me traversa la tête : si mon père était l'espion et s'il avait peur de sa sœur, c'est que tante Agathe exerçait un pouvoir terrible sur lui. Et il n'y avait qu'une explication logique à ce comportement : tante Agathe devait être... l'Adversaire !

Un terrible frisson me parcourut l'échine.

Cette froide évidence fit encore monter d'un cran l'angoisse qui me torturait. Je jetai un regard désespéré vers Lucie qui ne semblait pas comprendre ma réaction. 007 ne laissait rien apparaître sur son visage, mais je savais qu'il avait flairé le danger et qu'il était sur ses gardes. Je me raccrochais à lui comme à une bouée de sauvetage. Que devais-je faire ? Je ne pouvais pas me jeter hors de la voiture qui roulait, c'était trop dangereux. Ni assommer mon père qui était au volant : nous irions droit dans le décor au risque de tous y passer ! J'étais désemparé...

D'un seul coup, je considérai les derniers événements que je venais de vivre sous un angle totalement différent. Une nouvelle perception de la réalité s'imposa à mon esprit. Je croyais avoir remporté la victoire contre l'Adversaire, mais je me trompais lourdement. Il *savait* que j'avais trouvé le clou… Il m'avait laissé faire… Il ne m'avait pas éliminé parce qu'il voulait que je trouve le clou… Voilà pourquoi je n'avais subi aucune agression de sa part aux Saintes-Maries-de-la-Mer ! L'Adversaire me guettait dans l'ombre et attendait son heure, comme une araignée qui surveille patiemment la mouche prise dans sa toile avant de la dévorer…

À Rome, le crâne de cristal avait exploré les recoins obscurs de mon âme. Les paroles du traître me revinrent en mémoire : *Sa plus grande peur, Maître, c'est de réaliser que le mal l'attire et le fascine. Sa plus grande peur, c'est de vous ressembler, Maître, au point de vouloir lui-même vous donner la quatrième clé !*

Cette peur était réelle. Elle était fondée. J'avais déjà trahi, pour une simple épée magique. L'Adversaire connaissait cette faille au fond de moi et comptait bien l'utiliser pour récupérer le clou maudit…

Je n'avais jamais osé avouer, et surtout pas à Lucie, ce que j'avais fait dans la salle à manger du docteur Faust. J'avais abandonné Euthyque aux mains de ses ravisseurs, trahi la confiance du frère Athanase en donnant la clé de la Porte des Anges aux mages, abandonné Lucie à son sort sans me soucier d'elle. J'avais échangé le clou contre une épée démoniaque qui me donnait des pouvoirs. J'avais sacrifié mes amis pour l'ambition qu'elle avait réveillée en moi.

Et l'histoire allait se répéter…

Je ne m'étais jamais excusé de ce que j'avais fait chez le docteur Faust. Je n'avais jamais demandé pardon à personne. Je n'avais jamais raconté, même à ceux qui m'aimaient et qui pouvaient le comprendre, que j'avais cédé au mal… et que j'avais aimé céder au mal. J'avais honte de moi. Je me sentais coupable. *Souviens-toi, Jean-Baptiste, de tout ce que le frère Athanase et moi-même t'avons appris…* m'avait dit Philippe. *Méfie-toi de ton orgueil, de ta peur, de ta colère… En toutes circonstances, tu dois rester dans la paix et la confiance. Ne laisse pas les ténèbres t'envahir… Toi seul devras mener le combat final contre l'Adversaire… Toi seul…*

Philippe et le frère Athanase avaient été trop confiants dans mes capacités. Ils s'étaient laissé aveugler par ma bonne mine. Ils pensaient que j'étais prêt, mais ils se trompaient. Je n'étais pas l'élu !

J'étais un instrument dans les mains de l'Adversaire…

En imagination, je me voyais donner le clou maudit que j'avais au fond de la poche à tante Agathe, *alias* l'Adversaire.

En échange de ma vie…

J'étais un lâche, je le savais.

Et j'étais attiré par le mal.

Ca aussi, je le savais.

Comment avais-je pu croire un instant que j'étais un *élu*, moi le fils de personne, le sale bâtard, abandonné à sa naissance. J'avais trop de rancœur en moi. J'avais un tel désir de revanche !

L'orgueil.

Oui, je rêvais de me venger de la vie. Maître Verreux me l'avait fait comprendre la première fois qu'il m'avait vu, quand il était venu chez moi, à Tournon-sur-Vise, avec ses somptueuses propositions. Je me souvenais encore de ses paroles : *Jean-Baptiste, vous n'avez pas eu de chance dans votre vie. Vous êtes un garçon brillant, tenace, intelligent. Mais vous n'aurez jamais d'avenir si quelqu'un ne vous donne pas un coup de pouce, vous ne croyez pas ? Écoutez-moi, Jean-Baptiste. Vous n'avez pas de père. Il vous a abandonnés, vous et votre mère. Monsieur Natas le sait. Il en est profondément désolé. C'est un vieil homme. Il vous aime. Il sera pour vous le père que vous auriez mérité d'avoir… Alors, que décidez-vous ?*

Il avait touché du doigt ma blessure. Et c'était pour cela que l'Adversaire pensait que j'allais lui obéir… Parce que la vie ne m'avait pas fait de cadeau et que j'avais une revanche à prendre. Je possédais une monnaie d'échange extraordinaire : la quatrième clé de la Porte des Anges… Cette clé pouvait m'ouvrir bien des portes, des portes que je n'avais jamais pensé pouvoir ouvrir un jour… Tout dépendait maintenant de ce que j'allais faire de ce clou… Et je n'en savais rien… Rien du tout !

Mon père gara sa voiture devant sa maison proprette. Je sortis lentement du véhicule, tenté de fuir en courant. Mais que ferait Lucie ? Et surtout, que lui ferait l'Adversaire si je m'enfuyais ?

Je me sentais de plus en plus mal.

J'avais envie de vomir.

L'énorme tante Agathe nous ouvrit la porte. Un relent d'eau de Cologne qui cachait mal des odeurs de transpiration m'agressa les narines.

– Ah ! Enfin, vous voilà ! Le gratin est trop cuit à force de vous attendre…

Lucie venait d'entrer dans la maison sans se poser de questions. J'étais sur le seuil et hésitai un instant, mais je ne pouvais rien faire d'autre que d'entrer à mon tour. J'avais été trop indécis. Je subissais mon destin…

Tante Agathe salua froidement Lucie et m'embrassa sans aucune chaleur.

Ma nausée s'amplifia encore.

Mon oncle Jules sautillait derrière elle comme un jeune chien. Il me serra la main avec entrain.

– Jean-Baptiste ! Comme je suis heureux de te revoir ! J'ai une bonne surprise pour toi !

– Ah ?

Ce fut le seul mot que je parvins à extirper de ma bouche.

– Tu ne devines pas ?

Je secouai la tête.

– Un album de timbres tout neuf pour commencer ta collection ! Je vais te donner tous les timbres que j'ai en double. Presque trois cents… Tu es content ?

– Très content ! répondis-je d'une voix terne.

Tante Agathe dirigea les opérations et nous poussa fermement dans la salle à manger.

La table était dressée avec soin. Malgré l'alléchante odeur du gratin qui trônait au milieu de la table, je me sentais incapable de manger. J'avais l'estomac totalement noué ! Je m'attendais à ce que tante Agathe se transforme d'une seconde à l'autre en monstre aux yeux rouges, mais rien ne se produisit. J'avais l'impression d'être plongé dans le conte de Grimm où la sorcière engraisse les enfants prisonniers avec des mets délicieux pour mieux les manger ensuite...

Mon père se mit à table joyeusement et se servit une grosse portion de gratin. Il fit passer le plat sur sa gauche et invita Lucie et 007 à se servir. Tante Agathe surveillait chacun de nos mouvements avec ses yeux d'oiseau de proie.

– C'est tout ce que vous prenez ? demanda-t-elle avec mauvaise humeur. Vous n'aimez pas ?

– Si, beaucoup, madame ! répondit poliment Lucie en baissant la tête.

– Et vous, jeune homme ?

007 approuva du chef.

– Moi aussi, j'aime bien !

Tante Agathe le fixa du regard, férocement.

– Vous n'avez pas l'air... Vous n'avez jamais pensé à porter des lentilles de contact plutôt que cette horrible monture d'écailles ? demanda-t-elle à brûle-pourpoint.

007 leva son visage et fixa Tante Agathe. Pendant un instant, je crus voir des étincelles jaillir de leurs yeux. Ma « tante » ne supportait visiblement pas la présence du jeune garçon dans cette maison. La rencontre entre l'ange déchu et l'enquêtange se révélait explosive...

– Non, madame, répondit enfin 007 d'une petite voix sèche.

– Vous devriez y penser, jeune homme !

Un grand froid s'abattit sur la salle à manger. Au bout de quelques pesantes secondes où l'on n'entendait plus que le tintement des couverts en inox, l'oncle Jules prit la parole d'une voix enjouée :

– Alors, Jean-Pierre. Raconte-nous votre week-end en Camargue !

Mon père sauta sur l'occasion pour briser la glace et se mit à raconter avec enthousiasme notre périple aux Saintes-Maries-de-la-Mer. Je sentais qu'il forçait un peu sa nature pour avoir l'air joyeux et décontracté. Soudain, la voix haut-perchée de tante Agathe coupa le récit de mon père.

– Jean-Baptiste, TU N'AS RIEN AVALÉ !

Je fus tellement surpris que ma fourchette me tomba des mains.

– Je… suis un peu malade, tante Agathe !

– C'est vrai ! confirma mon père. Jean-Baptiste a attrapé froid sur la plage et…

– TU PARLES ! glapit tante Agathe. Il n'aime pas mon gratin !

Je me sentais à deux doigts de craquer nerveusement. Je répondis d'une voix que j'espérais être la plus ferme possible :

– Je vous ai dit que je n'avais pas faim !

Tante Agathe devint rouge comme une pivoine.

– Pas d'insolence, mon garçon !

Puis se tournant vers mon père :

– Eh bien, tu ne réagis pas ? C'est bien toi, le père, paraît-il ! Tu acceptes que je me laisse insulter sans rien dire ?

Mon père devint cramoisi.

– Mais… Gatha… Jean-Baptiste ne t'a pas insultée ! dit-il avec une voix de petit garçon timide.

Tante Agathe explosa de fureur.

– C'EST INCROYABLE ! TU ES AUSSI STUPIDE ET LÂCHE QUE CETTE IDIOTE DE LAURENCE !

À mon tour, je me levai de table et me mis à hurler :

– ARRÊTEZ DE PARLER COMME CELA DE MA MÈRE !

Tante Agathe me regarda férocement.

– Je parle de ta mère comme je veux. Je la connais, moi, ta mère. C'est une écervelée ! Voilà pourquoi mon frère ne l'a jamais épousée !

– CE N'EST PAS VRAI ! VOUS DITES N'IMPORTE QUOI !

– Qu'est-ce que tu en sais ? Tu devrais pourtant le savoir, toi, son enfant, qu'elle a abandonné à la naissance...

Je restai interdit. Mon père réagit au quart de tour.

– Ça suffit Agathe ! Tais-toi !

Tante Agathe se tourna vers son frère et répliqua d'une voix ironique :

– Ah, je vois... Laurence n'a jamais dit à Jean-Baptiste qu'elle ne voulait pas le garder à la naissance... Il ne sait donc rien !

– Agathe, pour l'amour du Ciel, tais-toi !

Ma tante se tourna vers moi avec un sourire mauvais.

– Ta mère ne t'a jamais dit qu'elle avait accouché sous X ? Et qu'elle ne t'avait récupéré que deux mois plus tard ?

C'était plus que je ne pouvais le supporter. Je hurlai de plus belle :

– MENTEUSE ! VOUS DITES N'IMPORTE QUOI !

Et m'adressant à mon père :

– DIS-LUI QU'ELLE MENT !

Mon père me regarda en ouvrant et en fermant la bouche convulsivement. Il ne prononça pas un mot...

– QUOI ? POURQUOI NE DIS-TU RIEN ?

Ils me regardaient tous, sauf mon oncle Jules qui baissait la tête avec embarras. Le regard affolé de mon père et son silence me plongèrent dans l'accablement. Et si c'était vrai ?

Mais non ! C'était une ruse de l'Adversaire et de son complice ! Ils cherchaient à me faire craquer pour récupérer le clou. Je n'allais pas leur donner ce plaisir... Pas de cette manière ! Pas en salissant ma mère ! J'allais me battre !

Je sortis de ma poche le clou maudit et le tendit devant moi.

– C'est ça que vous voulez, n'est-ce pas ?

La réaction des uns et des autres me troubla au plus haut point.

Tante Agathe ne prêtait pas un regard au clou et me regardait avec commisération en fronçant les sourcils.

Mon père avait baissé la tête à son tour. Il était rouge de confusion.

L'oncle Jules me grimaçait un doux sourire.

007 était tendu comme un arc.

Lucie avait poussé un cri d'exclamation.

Personne n'avait bougé à la vue du clou.

Tante Agathe et mon père n'avaient pas réagi.

Ils ne pouvaient pas être des anges déchus.

Ils étaient bien ce qu'ils prétendaient être.

Ce qu'avait dit la tante Agathe était donc vrai.

Ma mère n'avait pas voulu de moi à la naissance.

Je hurlai. Je me frappai violemment le front avec mon poing à plusieurs reprises. J'entendis ma tante dire :

– Il est aussi fou que cet abruti de Roger ! Je t'avais dit, Jean-Pierre, que c'est une famille de tarés !

Trop, c'était trop. Je sautai sur elle et lui donnai une énorme claque. À son tour, ma tante se mit à glapir et à me rouer de coups de poing. J'attrapai son affreux chignon bleu fossilisé et le tirai de toutes mes forces. Elle rugit et tomba à genoux lourdement.

– Au secours ! cria-t-elle. À l'aide !

Mon père et l'oncle Jules bondirent sur nous et tentèrent de nous séparer. Mais j'avais largement le dessus. La rage décuplait mes forces. Je me retins de lui donner un coup de genou dans le visage. Mon père me poussa fermement en arrière et je tombai sur la table, renversant les verres et les assiettes au passage. Le reste du gratin s'écrasa mollement sur le carrelage.

Je me redressai et fonçai vers la porte de la salle à manger.

– Attends, Jean-Baptiste ! cria Lucie dans mon dos.

Je traversai le vestibule et sortis dehors. Je me mis à courir le plus vite que je pouvais. Je pleurais et serrais les poings. Le clou que je n'avais pas lâché me faisait mal. J'avais l'impression qu'il était devenu incandescent et qu'il allait me traverser la paume de la main.

– Attends-moi, Jean-Baptiste !

Lucie et 007 couraient derrière moi. J'accélérai la foulée. La portière d'une voiture garée s'ouvrit brutalement. Je l'évitai de justesse. Je jurai.

– Jean-Baptiste ! Arrête ! hurlait de nouveau Lucie.

Tournant la tête un instant en arrière pour voir si je parvenais à les distancer, je bousculai violemment un homme qui marchait sur le trottoir et culbutai à terre.

– Regardez devant vous quand vous courez !

Je me relevai d'un bond. J'avais lâché le clou.

Je fouillai du regard autour de moi.

– C'est ça que vous cherchez ? demanda l'homme en me tendant le clou.

– Oui. Merci.

L'homme avait une tête de gitan. Décidément, j'étais cerné !

Je récupérai le clou et le mit dans ma poche. Lucie et 007 m'avaient presque rattrapé. Je me remis à courir.

La course poursuite dura encore une dizaine de minutes. J'entrai dans un square sombre. Je savais que les arbres étaient vieux et larges, qu'il serait facile de se cacher derrière. Ou dans les branches.

Mais, au moment où je voulais traverser une pelouse, je me pris le pied dans une bordure de béton et m'affalai de tout mon long.

Je n'en pouvais plus. Je renonçai à me relever…

Quelques secondes plus tard, Lucie et 007 m'avaient rejoint.

Pendant une bonne minute, chacun essaya de retrouver son souffle. J'étais assis par terre, la tête entre les mains. Lucie, pliée en deux, haletait comme une vieille forge. 007, qui ne semblait pas incommodé le moins du monde, essuyait tranquillement ses verres de lunettes avec un pan de sa chemise.

Lucie s'approcha de moi et posa une main sur mon épaule.

– Jean-Baptiste ! dit-elle d'une voix douce. Je suis si désolée…

Je ne répondis pas.

– Ne juge pas trop vite ta maman… Elle avait certainement ses raisons à l'époque…

– Tu savais ? demandai-je entre deux hoquets.

– Non, pas du tout ! affirma-t-elle avec force.

J'étais au bord de la nausée.

Lucie s'assit à côté de moi et passa son bras autour de mes épaules.

– Jean-Baptiste, c'est le présent qui compte !

– Mais le présent dépend du passé. Et on m'a toujours menti !

– Ta maman ne t'a pas menti : elle ne t'a pas tout dit, c'est différent.

– Pourquoi ? Pourquoi m'a-t-elle abandonné à la naissance ? Pourquoi ne m'a-t-elle rien dit ?

– Je ne sais pas…

– C'est pour ça que j'ai cru un moment, quand j'étais petit, qu'elle ne m'aimait pas… J'avais senti cet abandon sans le savoir vraiment…

De nouveau, un long silence.

– Jean-Baptiste, que comptes-tu en faire ?

– Qu'est-ce que tu veux dire ?

– De la quatrième clé ?

Je soupirai.

– Je n'en sais rien. Depuis que je l'ai trouvée, tout est devenu horrible !

– Pourquoi ne m'as-tu rien dit ?

– Demande à James ! répondis-je en désignant l'enquêtange du nez.

– Question de sécurité, Miss Mond ! répliqua sèchement 007.

– Je ne vois pas en quoi m'en parler pouvait mettre en cause la sécurité de Jean-Baptiste, James !

007 serra les dents et ne dit pas un mot. Lucie le regarda bizarrement. Puis elle se tourna vers moi et dit avec détermination :

– Jean-Baptiste, il faut que tu te débarrasses de ce clou le plus vite possible ! Il est trop lourd à porter. Il te fait trop mal ! Et puis, toute cette histoire n'est pas claire…

– Je sais, répondis-je d'une voix lasse.

Je posai ma tête sur son épaule. Elle me serra dans ses bras avec une tendresse maternelle. Je souffrais tellement intérieurement que je m'abandonnai complètement. Je pleurai sans honte, comme un enfant. Je ressentais un tel réconfort dans ses bras fermes et doux à la fois. Je compris à ce moment là que Lucie était plus qu'une amie…

Je ne sais pas combien de temps nous sommes restés en silence. Je recouvrais la paix peu à peu. D'une voix plaintive, je finis par dire :

– Lucie ! Je n'y arriverai jamais !

– Mais si, tu y arriveras !

– Mais je ne comprends rien à l'énigme que je dois résoudre pour cacher le clou ! Je suis perdu…

– Tu dois croire en toi, Jean-Baptiste. Je suis persuadée que tu as les moyens de trouver la solution.

– Je ne sais pas…

– Réfléchis bien ! La prophétie ne peut pas se tromper.
Tu as la réponse à cette question quelque part en toi.

– Lucie. Il faut que tu m'aides ! Tout seul, je n'y arriverai pas !

007 se mit à rugir :

– Taisez-vous, Jean-Baptiste ! Vous ne devez rien
dire…

– Laissez-moi tranquille, James ! répliquai-je avec agacement. Lucie, il faut que je t'explique. Quand j'ai retrouvé
le clou dans la statue, il était enveloppé dans un tissu sur
lequel il y avait quelques mots : « Quand Sarah aura terminé sa garde, seule la montagne de la lumière parviendra
à protéger le clou maudit du perfide Ennemi. » Lucie, je
dois… je dois trouver une montagne de lumière !

007 émit un grognement de mécontentement. Lucie
me regardait la bouche ouverte, les yeux ronds.

– Jean-Baptiste… Je sais ! dit-elle d'une voix aiguë.

À mon tour, j'ouvris la bouche de surprise. 007 s'inter-
posa entre nous.

– Prenez garde, Jean-Baptiste ! Ne vous laissez pas
séduire… Rappelez-vous ce que j'ai trouvé dans les bagages !

Je me relevai, le cœur battant.

– Ce n'est pas possible ! Non, ce n'est pas vrai !

– Si, malheureusement !

Lucie secoua la tête avec véhémence.

– De quoi parle-t-il ? Jean-Baptiste, ne l'écoute pas ! Je
sais ce que tu dois faire du clou : tu dois me le donner ! Je
suis la montagne de lumière ! C'est de moi qu'il s'agit !

007 sortit de sa poche son paquet de cigarettes truqué
et le dirigea vers mon amie en me criant :

– Sauvez-vous, Jean-Baptiste ! Elle n'est pas Lucie !
C'est dans sa valise que j'ai trouvé le poignard et la fiole de
poison !

29.

La pyramide du Soleil

Lucie regardait l'enquêtange, les yeux écarquillés de surprise.

– Que dites-vous, James ? Qu'est-ce que c'est que cette histoire de poignard et de poison ?

– Ne bougez pas ou je vous transforme en un tas de cendres jaunes !

007 lui barrait le chemin avec son arme. Lucie regardait avec consternation le paquet de cigarettes dirigé vers elle.

– Jean-Baptiste, je t'en supplie ! Il faut que tu m'écoutes !

J'étais tétanisé sur place. Mon cerveau refusait de fonctionner. Je me sentais en état de choc.

– Je vous ai à l'œil depuis l'agression d'Aldo à Rome, continua l'enquêtange en ne lâchant pas Lucie du regard. Il était impossible que nos ennemis soient si rapidement informés du lieu de rendez-vous… sauf par l'un de vous deux, bien entendu. Il n'était pas difficile de deviner lequel avait trahi !

Lucie secoua la tête.

– Ce n'est pas possible ! Dites-moi que je rêve…

– Pas mal joué, votre numéro de séduction, tout à l'heure ! Vous aviez presque réussi à récupérer le clou. Mais vous m'avez sous-estimé, mon amie ! Je ne vous aurais jamais laissé faire !

Lucie explosa de colère.

– C'est vous, le traître ! Je vois clair dans votre jeu, maintenant !

Puis se tournant vers moi :

– Jean-Baptiste, il faut que tu me donnes le clou ! Il sait que je suis la montagne de lumière ! Il ne pourra rien faire contre moi si je possède le clou. Même s'il me supprime, le clou disparaîtra avec moi !

L'enquêtange se mit à crier :

– Jean-Baptiste, ne lui donnez surtout pas la clé ! Sauvez-vous avant qu'elle ne vous oblige à la lui donner ! SAUVEZ-VOUS !

J'étais effondré. Je ne savais plus qui croire et que croire. L'ordre de 007 me tira de mon engourdissement. Sans très bien savoir pourquoi, je fis demi-tour et me mis à courir.

Je courais droit devant moi, sans savoir où aller. Il n'était pas question de rentrer chez moi : j'étais certain que mon père avait appelé ma mère pour lui raconter l'esclandre que j'avais provoqué chez lui. Je ne me sentais pas la force de me justifier auprès d'elle, ni de l'entendre m'expliquer la raison pour laquelle elle avait accouché sous X. C'était au-delà de mes forces. Il fallait que je me débarrasse de ce clou maudit qui me détruisait intérieurement et que je fasse le point. J'avais l'impression que le mal m'environnait, que tous ceux qui m'entouraient me mentaient… Rien n'était vrai ! Il n'y avait que du mensonge… Mensonge sur mensonge…

Je courais.

Je courais.

Je courais.

J'allais au hasard devant moi, évitant le centre ville et privilégiant les rues sombres et peu fréquentées. À bout de souffle, je finis par m'effondrer derrière un abri de bus, dans une ruelle qui sentait la friture rance. Mon cœur s'était emballé. Je me mis à vomir de la bile.

Quelqu'un me tapota l'épaule délicatement.

– Sir Jean-Baptiste ? Comment allez-vous ?

– James ?

Je relevai la tête et aperçus l'enquêtange qui me regardait avec inquiétude. Il s'assit à côté de moi.

– Comment avez-vous fait pour me retrouver ? lui demandai-je d'une voix lasse.

– Vous souvenez-vous du petit implant que le professange Skalpel vous a posé dans le cœur ? Il me sert toujours pour vous localiser à tout moment...

– Qu'avez-vous fait de Lucie ?

– Elle n'était pas Lucie ! Je l'ai neutralisée.

Je mis un certain temps à assimiler l'information qu'il venait de me donner.

– Où est Lucie, alors ?

– Je ne sais pas précisément, mais j'ai ma petite idée. Pour l'instant, il faut absolument s'occuper du clou. L'espion étant démasqué, l'Adversaire va tout faire pour récupérer la clé, par tous les moyens. Il va se déchaîner ! Sa fureur risque d'être terrible ! Quand la quatrième clé sera à l'abri, nous nous occuperons de retrouver la vraie miss Mond !

– Mais je ne sais pas où est cette montagne de lumière, James ! Pourquoi Lucie a-t-elle dit que c'était elle ?

– Je crois qu'elle était prise au dépourvu. Elle voulait profiter de votre état de faiblesse et de l'ascendant qu'elle avait sur vous pour vous forcer à lui remettre ce clou...

– Je ne comprends plus rien ! Ça n'a aucun sens ! James, que dois-je faire pour trouver cette montagne de lumière ?

– Faites un effort de mémoire, Jean-Baptiste ! N'avez-vous pas rêvé d'une montagne ces derniers jours ?

– Non. J'ai rêvé d'une grotte qui n'avait rien de lumineux.

– Avez-vous lu un livre ou un article qui pourrait vous mettre sur la voie ?

Je fouillai ma mémoire, mais rien ne me venait à l'esprit.

– Non !

– Avez-vous vu un film ou une émission de télévision qui vous ont marqué ?

– Non, vraiment rien… Attendez ! Une émission de télévision… Si, je me souviens de ce reportage sur les sacrifices humains chez les Aztèques, le jour où j'ai rencontré la diseuse de bonne aventure… J'avais ressenti un fort malaise en voyant le grand prêtre du soleil qui plongeait un poignard dans la poitrine de sa victime et qui en dévorait le cœur. Mais je ne vois pas le rapport !

007 exulta.

– Il y en a un, pourtant ! La pyramide symbolisait pour les Aztèques une montagne sacrée…

Je claquai des doigts.

– Vous avez raison, James. Le reportage disait que ces temples étaient associés au culte du soleil. Des montagnes de lumière, en somme…

– Si cette émission a eu un effet sur vous, il y a de fortes chances qu'il y ait un lien avec le temple que vous avez vu à la télévision. Vous souvenez-vous de son nom ?

– Non. Vaguement…

– Ne serait-ce pas la pyramide du soleil de Teotihuacàn ?

– Ce nom me dit quelque chose. Oui, je crois bien que c'est de celle-là qu'il s'agit. Pourquoi avez-vous pensé à ce temple en particulier ?

– Parce qu'il y a une Porte des Anges à cet endroit ! Et aussi parce que les archéologues ont trouvé le moyen d'entrer à l'intérieur de cette pyramide. Je pense que c'est là que vous devez cacher la quatrième clé !

Je me redressai. Ce que me disait l'enquêtange me revigorait. Je sentais qu'il n'y avait pas de hasard et qu'il avait probablement raison. Je touchais au but.

– Comment aller dans ce temple ? C'est loin, l'Amérique centrale !

– Pas si vous utilisez votre clé de la Porte des Anges ! Cette nuit-même, tout peut être réglé !

– Il faudrait aller dans la chapelle de Philippe…

Je me mis debout. Je sentais le clou maudit au fond de

la poche. La perspective de m'en débarrasser rapidement me donnait de nouvelles forces. D'abord, en terminer avec la prophétie. Ensuite, rechercher Lucie et faire cesser ce cauchemar...

– James, je suis prêt. Allons cacher le clou dans la montagne de lumière !

007 sourit.

– Tout sera bientôt terminé, Jean-Baptiste. Ne perdons pas trop de temps !

Il nous fallut à peine une demi-heure pour atteindre le domaine de Tiraguello.

Le bâtiment était plongé dans la nuit. 007 déverrouilla le cadenas de la grille en un éclair grâce à son passe-partout.

– Entrons ! dit-il à voix basse.

Il n'y avait aucune lumière aux fenêtres du manoir. On entendait les chiens Raph, Michou et Gaby aboyer dans leur chenil, derrière la maison.

– Philippe n'est pas là, dit simplement 007.

Une fois de plus, le parrain de Lucie n'était pas chez lui. J'en éprouvais un certain soulagement. Je ne me sentais pas le courage de lui expliquer ce qui s'était passé et pourquoi j'allais traverser la Porte des Anges. Sans compter que je me demandais qui il était réellement, en fin de compte. Que faisait-il de ses journées ? Il apparaissait et disparaissait mystérieusement. Derrière le côté affable du personnage se cachait un homme étrange qui ne parlait jamais de lui. Ni de ce qu'il faisait...

007 pénétra dans le parc et se dirigea d'un pas décidé vers la vieille chapelle qui jouxtait le manoir. Il déverrouilla la grosse porte de bois et sortit une minuscule lampe torche de sa poche. Je le suivis à l'intérieur du bâtiment religieux.

Devant le chemin de croix en plâtre représentant Jésus crucifié, je sortis le clou noir et enfonçai la pointe dans le

375

cœur percé du Christ. Une porte lumineuse se dessina immédiatement dans le mur.

— Suivez-moi ! dit 007 en traversant la Porte des Anges.

J'hésitai un instant.

Et si c'était un piège ?

En sortant de la Porte des Anges, je fus ébloui par le soleil puissant qui brillait dans un ciel chargé de gros nuages blancs. Le décalage horaire me surprit. La nuit était déjà tombée depuis bien longtemps en France, alors qu'au Mexique, ce n'était encore que l'après-midi.

Le panorama qui s'étendait devant nous était grandiose. Une véritable ville-fantôme de pierres grises s'étalait au milieu d'une plaine plate et sèche. Au loin, on apercevait une chaîne de montagnes bleues aux formes douces, voilée d'une gaze de brume de chaleur.

Nous étions sortis d'un temple par une porte dérobée. Une longue route traçait un sillon parfaitement rectiligne parmi les ruines reconstituées. Sur la gauche, à un bon kilomètre de distance, se dressait une énorme pyramide, non pas haute et pointue comme celles que l'on trouve en Égypte, mais large et ramassée comme un gros pâté de sable.

— La pyramide du Soleil, susurra 007 avec une crainte respectueuse.

Quelques rares visiteurs flânaient entre les différentes plates-formes qui longeaient l'allée centrale. Je reconnus les images du documentaire et me souvins que ces dizaines d'autels qui se faisaient face servaient aux nombreux sacrifices humains…

— C'est magnifique, vous ne trouvez pas, sir Jean-Baptiste ? s'exclama avec enthousiasme l'enquêtange. La Porte des Anges se trouve dans cette pyramide de la Lune où nous sommes. Elle est plus petite que celle du Soleil, comme vous pouvez le constater. Il y a encore un troisième temple, un peu plus loin, dédié au dieu Quetzalcoalt, le fameux serpent à plumes. Il y a donc trois pyramides sur ce site, qui sont disposées comme celles de Gizeh, en Égypte !

J'étais impressionné par ce que je voyais. Pourtant un sentiment de peur me gagna sans que j'en comprenne vraiment la raison. Ce n'était pas simplement la grandeur des ruines qui me perturbait, mais une atmosphère de violence et de perversion que je sentais planer sur ces lieux.

– Sir Jean-Baptiste, suivez-moi : je vais vous montrer le passage pour entrer à l'intérieur de la pyramide du Soleil…

Le large sentier qui traversait la cité de Teotihuacàn s'appelait « l'Allée des morts ». Il portait bien son nom : l'ambiance y était effectivement morbide. Tout était sec, aride, et la chaleur étouffante n'encourageait pas à s'aventurer très longtemps sur ce chemin. J'avais soif et je ne voyais aucun point d'eau à proximité. L'herbe rase était roussie par un soleil impitoyable. J'avais l'impression de me diriger droit vers l'enfer…

Une route perpendiculaire à l'allée des morts coupait cet axe principal et menait directement à la pyramide du Soleil.

– Par ici ! dit 007. Nous y sommes presque !

Plus nous approchions de cette pyramide, plus elle me paraissait gigantesque et écrasante. C'était une véritable montagne couverte d'un minerai qui réfléchissait la lumière. Un peu avant d'arriver à la base de l'antique temple aztèque, un surprenant monument sur lequel était sculptée une tête de mort entourée de rayons solaires nous attendait. L'image de ce crâne me rappelait celui de mon cauchemar… Mon malaise s'amplifia encore.…

– C'est ici que se trouve l'entrée secrète de la pyramide, expliqua l'enquêtange. Les archéologues ont découvert presque par hasard ce passage en fouillant dans les parages. Ils ont mis au jour un tunnel qui ne devait être connu que des grands prêtres. Vous voyez cette porte interdite au public en dessous de la sculpture ? C'est par là que nous allons entrer.

À l'aide de son passe-partout, 007 déverrouilla en un clin d'œil la porte de fer blindée et m'invita à entrer. Mais je n'avais aucune intention de faire un pas de plus.

– Qu'avez-vous, sir Jean-Baptiste ?

– Je ne sens pas cet endroit ! répondis-je la gorge serrée. J'ai la migraine : ce n'est pas bon signe !

– C'est la chaleur et l'altitude. Votre corps n'a pas eu le temps de s'acclimater. Il ne vous reste qu'un dernier effort à faire, mon ami. Vous entrez, vous cachez le clou dans la pyramide et vous ressortez. Ce sera vite fait !

– Vous êtes sûr que c'est bien ici que je dois cacher la clé ? insistai-je. J'ai l'impression que...

– Faites-moi confiance, Jean-Baptiste !

Le doux sourire de l'enquêtange me rassura un instant. Je devais lui faire confiance. Plus vite ma mission serait remplie et plus vite je retournerais à Tournon-sur-Vise.

– OK. J'entre et je sors...

Je pénétrai avec précaution dans le petit tunnel bas de plafond qui s'enfonçait sous terre en direction de la pyramide du soleil. 007 m'éclairait le chemin.

Le tunnel taillé dans la roche descendait en pente douce sur cent mètres environ. La progression était lente et laborieuse. On manquait d'air. Mon regard fut attiré par de curieux dessins de sacrifices et de têtes de mort qui jalonnaient la progression vers l'intérieur de la pyramide. Rien de bien rassurant !

Soudain, le tunnel déboucha dans une très grande galerie. Contrairement à ce que j'attendais, elle ne montait pas dans la pyramide, mais descendait vers un lieu vaste et faiblement éclairé.

Quelques flambeaux accrochés à de vieux anneaux rouillés diffusaient une lumière vacillante, bien trop faible pour que l'on puisse distinguer les contours de la caverne, aussi vaste qu'une cathédrale gothique. La voûte était hérissée d'une forêt de stalactites qui ressemblaient aux dents d'un animal vorace. D'énormes rochers aux arêtes coupantes étaient amassés dans un chaos indescriptible, ruisselant d'une eau noire et grasse.

Je me mis à pousser un cri de frayeur. Je n'entrais pas à l'intérieur de la pyramide du Soleil : je m'enfonçais dans une grotte !

Et je connaissais cette grotte : c'était celle de mon cauchemar !

– Sortons ! criai-je en me tournant vers l'enquêtange. Il ne faut pas rester ici une seconde de plus ! Nous sommes dans le repaire de...

Ma phrase mourut dans ma gorge lorsque je vis le regard de 007. Ses yeux brillaient d'un éclat mauvais.

– Tu veux dire dans le repaire du Maître, Jean-Baptiste ? C'est bien ça ? Quelle perspicacité, mon ami !

L'enquêtange déboutonna sa chemise lentement en m'adressant un sourire cruel, puis il ouvrit une sorte de trappe située au niveau de sa poitrine. Un crâne de cristal niché dans une sorte de coffret de chair humaine me regarda fixement de ses orbites vides.

Je tombai assis par terre.

– Vous ? 007 ? C'était vous, l'espion ?

– En effet, dit-il posément en retirant le crâne de cristal de sa cachette.

– Comment est-ce possible ? Vous êtes pourtant un ange !

007 ne répondit pas et me regarda avec mépris.

– Je ne comprends plus rien ! Je pensais que les anges avaient choisi leur camp une fois pour toutes, dès leur création. C'est vous qui m'avez dit qu'un démon ne pouvait jamais entrer dans le monde angélique ! Comment avez-vous fait ?

– Tu n'as pas tout compris, mon garçon. Nous sommes toujours dans le temps de la création. Comme de nouveaux hommes sont créés chaque jour, de nouveaux anges le sont également. Et cela jusqu'à la fin des temps. Pour ma part, j'ai été créé pour remplir une mission comme enquêtange. Et les enquêtanges travaillent toujours sur la terre. Cette mission consistait à t'aider toi, Jean-Baptiste !

– Vous voulez dire que vous... n'existiez pas avant que je vous rencontre la première fois ?

– Exactement. J'ai été créé sur cette terre et je ne suis jamais entré dans le monde angélique. C'est la raison pour laquelle j'ai demandé à rester à ton service, car si j'étais allé dans le monde angélique, les anges – que soit maudite cette race ignoble ! – auraient vu que j'étais un esprit libre !

– Vous voulez dire : rebelle ?

– Non, pas rebelle, mais libre ! Libre de ne pas être asservi à ce Très-Haut qui vous considère, vous les humains avec vos corps lourds et vos passions grossières, comme le sommet de sa création ! Quelle stupidité ! Quelle injustice ! Nous, les purs esprits, nous vous sommes tellement infiniment supérieurs ! Jamais je n'accepterai l'humiliation d'être réduit à être un vulgaire serviteur d'un être corporel !

007 s'énervait de plus en plus en parlant. Ses paroles étaient grinçantes et je sentais une rancœur terrible émaner de toute sa personne. Il tremblait de rage.

– James... Je vous aimais et je vous respectais... Pourquoi ? Pourquoi avoir trahi ?

007 se mit à me cracher au visage, et il cracha encore plusieurs fois par terre. Je voyais qu'il faisait un effort terrible sur lui-même pour ne pas se jeter sur moi et me rouer de coups. J'étais terrifié par la haine qui se dégageait de lui.

– Maintenant, ça suffit les questions, sale humain ! finit-il par dire. Descends : le Maître t'attend !

Il me poussa violemment dans le dos pour m'obliger à

avancer vers un escalier aux marches grossières et inégales taillées directement dans la roche.

J'avançais comme un automate. J'étais dans un état second. La grotte s'enfonçait profondément dans les entrailles de la terre. Elle était loin d'être vide. Des ombres mystérieuses et menaçantes glissaient tout autour de nous. J'entendais des chuchotements et des rires étouffés. Les adeptes de l'Adversaire cachés derrière les rochers s'approchaient de nous, poussés par une curiosité malsaine. Mais ils n'osaient pas se montrer de trop près et je ne parvenais pas à les voir clairement.

Tout au fond de la caverne, l'escalier débouchait sur un vaste périmètre plat de forme rectangulaire.

Un sanctuaire.

Une multitude de cierges rouges dont la cire chaude dégoulinait lentement sur le sol comme autant de coulées de sang éclairaient un énorme autel de marbre, zébré de traînées poisseuses. Des mouches noires et grasses bourdonnaient tout autour, se régalant du festin offert à leur insatiable appétit. 007 posa avec précaution le crâne de cristal et s'inclina profondément, face contre terre.

Un immense éclat de rire qui venait du dessus de ma tête me fit sursauter. Je levai les yeux et vis une sorte de promontoire sur lequel se tenaient trois personnages. Parmi eux, je reconnus immédiatement Astaroth et Belphégor, debout de chaque côté du siège central. L'homme assis au milieu était revêtu d'un ample vêtement couleur de boue qui recouvrait l'intégralité de son corps. Son visage juvénile aux traits fins aurait été magnifique s'il n'avait été gâché par deux yeux rouges flamboyants.

L'Adversaire.

– C'est gentil, Jean-Baptiste, de m'apporter toi-même la quatrième clé.

Je m'effondrai en hurlant. Mon cerveau n'était plus que de la lave en fusion. La voix qui me parvenait exerçait une telle pression sur mes tympans que j'avais l'impression d'avoir les oreilles collées à une énorme enceinte d'un concert rock.

– J'attendais ce moment avec impatience, continua l'Adversaire. Je n'ai que trop attendu. DONNE-MOI LA CLÉ !

– NON ! NON ! NON !

– Allons, allons, mon garçon ! dit-il d'une voix faussement ennuyée. Tu as déjà donné la clé de la Porte des Anges à l'un de mes serviteurs. Tu ne t'en souviens plus ?

Derrière moi, 007 se mit à rire méchamment et dit :

– Lorsque j'ai raconté cette anecdote à ta copine Lucie et à son parrain, ils ont fait une drôle de tête !

Je me redressai et me tournai vers l'enquêtange.

– QUOI ? Vous leur avez raconté cette histoire ?

– Bien sûr, puisque tu n'as pas eu le courage d'assumer tes actes ! C'était mon rôle d'enquêtange de dire ce que je savais : je me devais de dire la vérité, même si elle n'était pas belle !

– S… !

– Je pense que tu comprends mieux maintenant la raison pour laquelle les Archanges – que soit maudite cette race ignoble ! – ont accepté si facilement de t'adjoindre Lucie. La confiance en toi était un peu… émoussée, si tu vois ce que je veux dire !

– Vous m'avez humilié devant mes amis ! Vous n'aviez pas le droit !

– La vérité est toujours humiliante. C'est pour cela que tout le monde l'exige des autres, mais que personne ne la supporte pour soi-même.

Je me levai et, dans un sursaut, regardai crânement en direction de l'Adversaire, évitant de croiser ses yeux.

– Jamais je ne vous donnerai cette clé ! Je vous hais ! Je vous hais !

L'Adversaire se mit à sourire férocement et répondit d'une voix calme :

– Aimer, haïr… il y a si peu de différence entre les deux. On passe de l'un à l'autre tellement facilement ! Regarde tes parents : ils s'aimaient follement, puis ils se sont haïs du jour au lendemain… Hais-moi : c'est le plus court chemin qui mène à l'amour !

– Jamais je ne vous aimerai ! Vous mentez !

– Ah, ça y est ! La grande accusation ! Le mensonge… Et toi, tu ne mens pas, peut-être ? Dis-moi en quoi je suis si différent de toi ! J'ai trahi le Très-Haut, tu as trahi tes amis : où est la différence ?

– Arrêtez de me parler de cette histoire ! Quand j'ai donné la clé à Faust, je n'étais pas maître de moi. C'était l'épée Azoth qui…

– … te fascinait, n'est-ce pas ? Mais tu ne l'as pas rejetée, cette épée. Au contraire, tu as aimé le pouvoir qu'elle te donnait ! Avoue-le !

– Ce n'est pas vrai ! dis-je faiblement.

– Tu vois que tu mens !

L'Adversaire éclata d'un rire sardonique. Je m'effondrai sur moi-même, complètement anéanti par ses paroles perfides. Je ne voulais plus écouter, mais c'était impossible. La voix venait autant de l'extérieur que de l'intérieur de ma tête…

– Cette épée comblait tes désirs secrets, continua l'ange des Ténèbres. Quelle revanche sur la vie, pour un bâtard que son père voulait faire disparaître d'un coup de scalpel anonyme, donné par un médecin ayant prêté le serment d'*Hypocrite* de sauver la vie en toutes occasions ! Ah, ah ! Quelle revanche pour cet enfant de la discorde rejeté par sa propre mère qui n'avait pas hésité à donner son enfant à peine né à une autre maman… Jean-Baptiste, dis-moi : tu le savais, tout cela ? Ils te l'avaient dit ? Non ? Ils prétendent t'aimer, mais ils te mentent ! Des mensonges, tou-

jours des mensonges… Ta vie est truffée de mensonges !
Alors, pour une fois, ne te mens pas à toi-même !

Je ne bougeais pas. Je pleurais.

L'Adversaire s'avança au bord du promontoire et dit
d'une voix acide :

— Moi aussi, j'ai une revanche à prendre : tu m'as humilié, sale cafard ! Je veux que tu connaisses le goût de l'humiliation ! Œil pour œil, dent pour dent. C'est juste, non ?
Je veux que ce soit toi qui me donnes la quatrième clé, la
clé de ma victoire sur ce monde !

— NON !

— Oh, que si ! Et tu sais pourquoi tu vas me donner
cette clé ? Parce que nous ne pouvons que nous comprendre, moi et toi ! Nous avons subi une terrible injustice ! Toi,
par la vie qui ne t'a pas fait de cadeaux et par ceux qui prétendaient t'aimer alors qu'ils te mentaient ouvertement ;
moi, par le Très-Haut qui a préféré l'homme ignorant et
grossier à *moi*, qui étais son ange le plus proche, celui qui
portait la lumière et la connaissance… Tu vas me donner la
clé parce que tu veux, comme moi, que justice soit faite ! Je
peux te rendre ton honneur ! Je peux te donner la place qui
te revient. Ensemble, avec cette clé, nous rétablirons la justice dans ce monde ! DONNE-MOI LA CLÉ !

— JAMAIS !

L'Adversaire secoua la tête.

— Dommage ! Tu préfères rester dans la fange de la
médiocrité ! Je te méprise, sale cafard ! Mais tu vas quand
même me donner cette clé. Je veux que tu te damnes. Et tu
sais à cause de quoi ? À cause de l'amour !

— VOUS MENTEZ ! JE NE VOUS AIME PAS !

— Je sais que tu me hais, mais tu aimes Lucie…

Je restai silencieux, de plus en plus terrifié.

— Que voulez-vous dire ?

— Je veux simplement te dire que ton amour va être
l'instrument de ma vengeance…

007 sortit lentement de sa poche le fin et long poignard au manche en ivoire.

– Je crois que tu m'as compris ! dit férocement l'Adversaire. Si tu ne me donnes pas le clou, Bolduc se fera un plaisir d'utiliser cet objet sur ton amie et de la découper, morceau après morceau ! Je n'ai qu'un ordre à donner et j'envoie mon fidèle Bolduc à Tournon-sur-Vise. Que décides-tu ?

– James, non ! dis-je d'une voix suppliante. Ne faites pas ça !

Le démon Bolduc secoua la tête. Je ne lisais aucun remords derrière ses grosses lunettes de myope, mais plutôt une jouissance sadique épouvantable.

– Ce poignard double la souffrance de sa victime et empêche le sang de se coaguler. Un bijou !

Puis, approchant son visage du mien, il me susurra à l'oreille :

– J'aurais bien aimé que tu goûtes sa lame dans l'impasse où tu as rencontré maître Verreux... Dommage qu'un chien gris, un sale sécuritange, m'ait empêché d'aller jusqu'au bout ! Je n'en pouvais plus de te voir te pavaner et m'utiliser comme un simple boy ! Je voulais que tu meures, tu comprends ? Mais je vais me rattraper aujourd'hui ! Le Maître m'a promis que je te sacrifierai moi-même sur cet autel... Tu vas mourir lamentablement, je le crains !

Bolduc tourna peureusement le regard vers l'Adversaire, craignant que l'aveu de sa désobéissance ait été entendu.

– Que décides-tu ? demanda de nouveau l'Adversaire. Donne-moi la clé ou Lucie mourra dans de terribles souffrances !

Des centaines d'adeptes aux visages grimaçants s'étaient rapprochés du sanctuaire. Ils se mirent à scander :

– DU SANG ! DU SANG ! DU SANG...

Leur mélopée haineuse emplit les immenses voûtes de la caverne et dura un long moment. L'Ange des Ténèbres alla se rasseoir sur le siège, entre Astharoth et Belphégor qui n'avaient pas prononcé un mot, mais qui scrutaient fiévreusement de leurs yeux mauvais la foule des adeptes, cherchant à repérer ceux d'entre eux qui ne manifestaient pas leur adhésion totale aux paroles du Maître.

Je sortis le clou de ma poche et le tendis vers le promontoire où se tenait l'Adversaire.

– Ça suffit ! Vous avez gagné ! Prenez ce clou ! Mais ne tuez pas Lucie !

Un sourire carnassier illumina le visage de l'ange rebelle. En lui donnant librement le clou, je comprenais que j'allais lui livrer mon âme également. Je me sacrifiais pour sauver Lucie, mais je me damnais pour l'éternité.

– Je ne m'attendais pas à un résultat aussi rapide !, dit l'Adversaire avec une grimace de dégoût. Décidément, tu es bien faible, mon garçon ! Vous autres, saisissez-vous de lui ! dit-il à quelques adeptes restés dans l'ombre. Bolduc, sacrifie-moi ce vermisseau et donne-moi son cœur à manger !

Quatre hommes qui portaient une cagoule rouge sur la tête me saisirent fermement les bras et les jambes. Je me mis à crier, au bord de l'évanouissement. Je vivais un cauchemar. La foule se mit à scanda avec plus de violence :

– DU SANG ! À MORT ! DU SANG !

Au moment où on allait me poser sur l'autel de marbre, des cris fusèrent un peu plus haut dans la grotte.

– De quoi s'agit-il ? grogna l'Adversaire. Que se passe-t-il ?

Je vis une ombre descendre les marches de pierre qui menaient au sanctuaire. La foule des adeptes s'écartait à son passage, se fendant comme les eaux de la mer Rouge dans *Les Dix Commandements*. Un moine revêtu d'un long habit noir s'approcha de l'autel de marbre.

Un lourd silence s'abattit sur la foule.

– Je viens chercher Jean-Baptiste ! dit le frère Athanase d'une voix posée. Et reprendre ma clé au passage !

30.

L'affrontement

Le frère Athanase était venu seul. Il ne semblait pas impressionné par ce qu'il voyait. Son visage était serein et n'exprimait aucune surprise, aucune colère. Seulement, une grande détermination, une grande force.

En passant près de moi, il me jeta un coup d'œil rapide et m'adressa un geste d'encouragement.

– Lâchez ce garçon ! commanda-t-il d'une voix forte.

Instantanément, les quatre hommes obéirent craintivement.

Malgré l'état d'hébétude dans laquelle j'étais plongé, la réaction des adeptes m'étonna. Ils semblaient paralysés de peur et incapables de réagir. Je me demandais d'où venait cette autorité naturelle du frère Athanase. Avec un soupir de soulagement, je me blottis par terre en position du fœtus.

Le religieux s'approcha tranquillement du promontoire où se tenait l'Adversaire et le regarda en face. Celui-ci amorça un léger mouvement de recul qu'il maîtrisa immédiatement, mais son visage devint aussi rouge que ses yeux enflammés.

– Pourquoi dis-tu que tu viens chercher ta clé, moine ! éructa-t-il d'une voix rauque. Tu sais que ce clou m'appartient depuis toujours !

L'Adversaire semblait ne plus s'intéresser à moi et n'avait retenu que la seconde partie de la parole du Gardien de la Porte des Anges. À ma grande surprise, le frère

Athanase se mit à rire. C'était un rire d'enfant, comme s'il venait de faire une bonne blague de potache et qu'il la trouvait irrésistible.

– Mais non ! Cette clé est bien la mienne ! La mienne !

Puis se tournant vers moi, il me dit :

– Montre-lui encore le clou, Jean-Baptiste ! Ne crains rien ! Fais ce que je te dis !

Je tendis de nouveau vers l'Adversaire le gros clou noir que je n'avais pas lâché. L'ange rebelle ouvrit des yeux démesurés.

– Tu vois bien que ce clou ne devient pas incandescent en ta présence... Ressens la force que cette relique dégage... la force de l'Amour et du Pardon... Ce clou a été baigné par le sang du Christ...

L'Adversaire se mit à rugir comme un lion blessé.

– Comment as-tu fait, curé ?

– Oh ! Rien d'extraordinaire, répondit-il avec un air satisfait. Il est très commode de pouvoir compter sur des amis gitans. Certains sont d'excellents pickpockets, ce qui peut se révéler utile, à l'occasion...

Je me souvenais de cet homme que j'avais bousculé dans la rue. Le clou était tombé à terre et il me l'avait rendu. Je compris que c'était à ce moment-là que la substitution avait eu lieu...

– Et il était très important que l'espion que tu avais placé aux côtés de Jean-Baptiste ne se doute de rien ! continua-t-il en désignant le démon Bolduc. Après, il ne me restait plus qu'à le suivre à la trace !

– Comment as-tu deviné que j'étais l'espion ?, fulmina 007.

– Oh ! Je le dois à la perspicacité de Philippe, mon fidèle collaborateur. Il avait remarqué depuis longtemps ton incapacité à dire : « Pour votre service et la plus grande Gloire du Très-Haut », comme tout bon ange qui se respecte. Il avait compris le jeu trouble qui était le tien. J'avais chargé Philippe d'assurer ta surveillance à Rome, aux Saintes-Maries-de-la-Mer et à Tournon-sur-Vise. Il ne t'a pas lâché d'une semelle, crois-moi bien ! Nous savions que tu allais entraîner Jean-Baptiste dans un piège en utilisant la quatrième clé pour passer la Porte des Anges de la chapelle de Tiraguello. Tu aurais dû être plus attentif, Bolduc. Nous étions tous deux cachés dans le chœur de l'église quand tu es passé tout à l'heure ! Mais tu étais tellement excité à l'idée de livrer le pauvre Jean-Baptiste à ton maître, que tu en as perdu toute prudence...

Bolduc se mit à trépigner et à hurler :

– Sale rat ! Suppôt du Très-Haut !

Puis se prosternant devant l'Adversaire, il se mit à geindre :

– Pardon, Maître ! Pardon ! Pardon !

Il n'aperçut pas dans son dos le crâne de cristal posé sur l'autel qui pivotait sur lui-même et se tournait vers lui. Le crâne s'élança brusquement vers le démon avec la force d'un boulet de canon et traversa le corps de l'ex-Thibault de part en part. Bolduc éclata en des milliers de morceaux qui se répandirent dans tout le sanctuaire. Je recrachai avec horreur une bouillie de chairs grasses et d'os broyés.

L'Adversaire avait rattrapé le crâne de cristal entre ses doigts fins et crochus avec la dextérité d'un goal qui récupère un ballon de foot. Il hurla comme un loup avant de le relancer.

– Attention Jean-Baptiste ! cria le frère Athanase.

Je roulai sur moi-même pour éviter le choc. Le crâne explosa à son tour sur la roche juste à côté de moi. Des éclats de verre m'écorchèrent le visage et les mains. Heureusement, dans un mouvement-réflexe, j'avais protégé mes yeux. Le sang frais qui coulait de mon visage tuméfié attira aussitôt les grosses mouches.

C'est à ce moment précis qu'une énorme paire d'ailes de chauve-souris se déploya dans le dos de l'Adversaire. Sa tunique se déchira en deux et tomba à ses pieds. Son corps, couvert de poils luisants comme le pelage d'un bouc, se mit à enfler démesurément. Son visage perdit toute sa beauté et se transforma en une grosse tête d'aigle au bec crochu. L'animal monstrueux, mi-bête, mi-oiseau de proie, se lança du promontoire vers le frère Athanase en poussant un cri strident qui perçait les tympans.

Avec horreur, je vis les serres de l'Adversaire attraper le frère Athanase et l'emporter en volant à quelques mètres de hauteur. Le moine se débattit furieusement en grognant. Il ressemblait à une poupée de chiffon prête à être mise en pièces. Malgré moi, je repensai à Jojo le clown que Kevin et Guillaume avaient massacré sous mes yeux, persuadé que le frère Athanase allait subir le même sort... Mais le moine n'avait pas l'intention de se laisser faire. Il donnait de vigoureux coups de pieds dans le bas-ventre de l'animal monstrueux, tout en ahanant sous le coup de l'effort. À force de remuer, il réussit à dégager ses avant-bras et, avec une violence inouïe, enfonça ses deux index dans les yeux jaunes et méchants de la tête d'aigle.

L'Adversaire vociféra et tournoya sur lui-même comme une toupie et s'écrasa avec fracas sur le sol. Les adeptes poussèrent ensemble un cri de frayeur en s'écartant rapidement. Aucun d'eux n'osait intervenir dans l'affrontement terrible qui se déroulait sous leurs yeux. Ils regardaient avec horreur la scène du combat, prêts à fuir si l'avantage tournait en faveur du frère Athanase...

Le moine et l'Adversaire roulèrent ensemble sur les dalles usées de la grotte en renversant les bougies à moitié consumées. Soudain, sans que rien ne le laisse prévoir, le corps repoussant de l'Adversaire se mit à rétrécir et à s'allonger considérablement. En quelques secondes, l'ange rebelle avait pris l'apparence d'un énorme python qui enserra le moine dans ses anneaux puissants. Le frère Athanase semblait complètement écrasé par sa force. Le python se mit à siffler en ouvrant une gueule énorme et redressa sa tête plate, prêt à mordre de ses deux crocs recourbés. Mais le frère attrapa le cou huileux du serpent entre ses grosses mains de paysan et serra de toutes ses forces en le tirant vigoureusement en arrière.

Le serpent réagit en envoyant un jet de venin jaune sur le visage du moine, qui recracha le terrible poison sans cesser de maintenir une seconde sa pression. La lutte semblait inégale, et pourtant le python finit par céder. À moitié étouffé par l'étau que formaient les mains puissantes du religieux, il desserra peu à peu ses anneaux. Le frère Athanase profita de cette faiblesse passagère pour se libérer de l'étreinte mortelle du reptile. En se dégageant, il asséna un formidable coup de poing sous la gueule du monstre qui se referma dans un sinistre claquement. Le serpent resta plaqué par terre un court instant, puis il secoua sa lourde tête de droite à gauche, avant de se redresser en ondulant dangereusement, prêt à revenir à la charge.

Le moine s'était remis debout et regarda avec agacement son habit en partie déchiré.

– Comment vais-je expliquer ça à mon Père Abbé ? grommela-t-il entre ses dents.

L'Adversaire changea de tactique. Cette fois, il se transforma en un frelon gigantesque dont on voyait le dard aussi gros qu'une aiguille à tricoter. L'insecte géant plana un instant au dessus du sol puis fonça en direction du frère Athanase dans un bruit d'hélicoptère. Le moine se baissa avec une souplesse étonnante pour un homme de son âge afin d'éviter la pointe mortelle qui cherchait à l'embrocher. Il saisit au passage un gros cierge qui était encore allumé et en dirigea la flamme sous le ventre du monstrueux insecte. Une fumée blanche dégageant une odeur âcre de brûlé emplit l'atmosphère déjà lourde de la grotte. L'animal battit frénétiquement des ailes, tourbillonna dans une danse de derviche tourneur et se jeta à terre avant de frotter vigoureusement son abdomen sur la pierre pour éteindre l'incendie en cours.

Le frère Athanase s'approcha de l'Adversaire et lui ordonna d'une voix ferme :

– Sors d'ici ! Tout de suite ! *Vade retro* !

Le frelon se replia sur lui-même et l'Adversaire reprit son apparence humaine. Son corps était couvert d'un pelage épais, à l'exception de son visage et de ses mains.

– Je veux MA CLÉ ! hurla-t-il. Cette clé est à moi ! Tu ne pourras pas m'empêcher de la reprendre !

Le moine se mit tranquillement à genoux, dans une attitude de prière. Au bout de quelques instants, il dit d'une voix calme :

– Trop tard ! La prophétie s'est réalisée.

– Tu mens ! Le garçon n'a pas trouvé la montagne de lumière !

– Ne renverse pas les rôles : c'est toi, le Prince du mensonge. Un moine ne ment pas, tu devrais le savoir !

– Tu veux me tromper ! Ce garçon n'a pas eu le temps de mener à bien sa mission !

– Je te concède que Jean-Baptiste n'est pas allé jusqu'au bout de sa mission... techniquement ! Et pourtant, malgré tout, le clou est arrivé à destination ! Tu ne peux plus le récupérer : il est de nouveau sous bonne garde !

J'étais aussi étonné que l'Adversaire. Je savais que le frère Athanase ne mentait pas. Je me souvenais que Lucie avait dit qu'elle était la « montagne de lumière »... Et je ne comprenais toujours pas. Se pouvait-il que le gitan pickpocket ait déposé le quatrième clou dans une poche de mon amie en passant ? Tout cela me semblait tellement improbable...

L'Adversaire poussa un cri d'animal blessé. Il ramassa le poignard de souffrance que le démon Bolduc avait abandonné sur l'autel et se jeta sur le frère Athanase qui évita de justesse la lame en se jetant sur le côté. L'Adversaire revint à la charge et taillada sa joue. Le moine hurla. Ce n'était qu'une simple éraflure, mais le sang se mit à couler abondamment. L'Adversaire se releva sur ses jambes qui ressemblaient à des pattes de cerf et se lança de nouveau sur sa victime qui venait de se redresser péniblement.

Le frère Athanase empoigna l'Adversaire, mais je vis que ses forces commençaient à l'abandonner. Il était pâle comme un mort et titubait dangereusement. La douleur que le poignard de souffrance avait occasionnée était sans doute trop vive : il allait s'effondrer sous le poids de l'Adversaire dont les yeux rouges brillaient plus que jamais.

Les adeptes sentaient que le vent avait tourné et que la fin du moine était proche. Ils s'avancèrent prudemment du lieu du combat et se mirent à encourager l'ange rebelle. Je vis avec horreur que le frère Athanase était presque à terre. Tout semblait perdu...

J'étais terrifié. Il fallait que je fasse quelque chose. Je ne pouvais pas assister à ce combat sans bouger. Le moine était venu me délivrer, il risquait de se faire tuer, et moi, je restais immobile, sans rien oser tenter...

Lâche.

Décidément, tu es bien faible ! m'avait dit l'Adversaire.

Sans réfléchir, je me levai et me jetai sur les deux lutteurs. J'enfonçai violemment la pointe du clou dans le dos velu de l'Adversaire.

Je n'avais pas prémédité ce geste. Je n'avais aucun plan en me lançant à l'assaut de l'ange des Ténèbres. J'avais agi dans un élan désespéré.

Le résultat dépassa mes attentes...

L'Adversaire se redressa d'un coup, laissant tomber le poignard à terre. Tout autour du clou, un brasier s'alluma et s'étendit sur le corps de l'ange rebelle qui poussa un cri effroyable.

— Vermine ! vociféra-t-il. Tu vas me le payer !

Il se retourna et me regarda avec un visage ravagé par la haine et la consternation. Ses yeux n'étaient plus rouges, mais vitreux, comme s'il était devenu aveugle. Ses longs cheveux blonds, qui avaient pris une couleur de cendres, s'enflammèrent.

Comme dans les effets spéciaux des films américains, son corps se réduisit en une fine poussière brillante et nauséabonde qui tomba par terre en formant un tas de cendres jaunes et fumantes.

Après un long silence, la foule des adeptes se mit à hurler de terreur et s'enfuit à toutes jambes vers l'entrée de la caverne. La débandade était totale. J'avais l'impression qu'une nuée de chauves-souris s'envolait hors de la grotte.

Quelques minutes plus tard, il ne restait plus que le frère Athanase et moi. Seul parvenait à nos oreilles le bruit des gouttes d'eau qui tombaient des stalactites avec la régularité d'un métronome…

Je me relevai et me dirigeai vers le moine assis par terre, un gros mouchoir trempé de sang plaqué sur sa joue blessée.

– Comment ça va ?

Le frère Athanase releva la tête et dit d'une voix enjouée :

– Tu vois pourquoi je n'ai pas besoin d'aller au cinéma pour vivre des émotions fortes ! J'ai tout ce qu'il faut pour me distraire !

Je le regardai bouche bée. Il se mit à rire en voyant ma tête stupéfaite et se releva tant bien que mal.

– Tout va bien Jean-Baptiste ! Mais ce n'est plus de mon âge, ces combats. Il est temps que je songe à trouver un successeur !

Puis me dévisageant avec des yeux brillants d'excitation :

– Géniale ton idée d'utiliser une relique pour attaquer l'Adversaire ! Je n'y avais pas pensé ! Je te félicite !

– Oh ! C'est tout ce que j'avais sous la main, répondis-je, modestement. Euh... Il... Il est mort ?

– Qui ? L'Adversaire ? Non, bien sûr : c'est un être immortel ! Mais il a encore perdu une grosse bataille cette nuit !

J'avais mille questions à poser, mais je ne savais par où commencer. Tout était encore confus dans mon esprit. Je vis le moine fouiller le tas de cendres jaunes qui commençait à disparaître pour récupérer le clou brûlant avec son mouchoir.

– Et si nous rentrions chez nous ? me demanda le frère Athanase avec un petit sourire aux lèvres. Si je me dépêche bien, je devrais être à l'heure pour l'office des Matines... Le temps que je change d'habit et que je pose du Steristrip sur ma coupure : je ne voudrais pas faire peur à mes frères en arrivant complètement débraillé à la chapelle. Ce n'est pas le genre de la maison, tu comprends...

Épilogue

Ma mère étouffa un cri de stupeur quand elle me vit rentrer à la maison à une heure tardive, la figure et les mains couvertes d'ecchymoses et de coupures. J'avais tellement hâte de retourner chez moi que j'avais supplié le frère Athanase de ne pas me faire passer par le monde angélique pour être soigné par le professange Skalpel. Comme mes blessures étaient superficielles, le religieux n'avait pas insisté…

– Qu'est-ce qui lui est arrivé ? demanda ma mère à Philippe qui m'avait raccompagné de chez lui en voiture.

– Un regrettable accident avec du verre, dit-il d'un air navré. Tout est de ma faute !

Ma mère le regarda avec un regard mécontent, mais évita de poser des questions. Elle paraissait tellement soulagée de me voir rentrer à la maison que cela devait lui suffire. J'étais persuadé que mon père lui avait téléphoné après ma fugue et qu'elle avait été folle d'inquiétude. Elle pansa mes blessures, me prépara une tisane et m'expédia au lit.

Cette nuit là, je ne rêvai ni de la grotte, ni du poignard, ni du crâne de cristal…

Je n'étais pas allé en classe ce lundi. Je me reposais sur mon lit, le corps couvert de pansements. Ma mère souhaitait que je garde la chambre quelques jours. Exceptionnellement, elle était revenue du travail à midi pour me préparer le déjeuner. En apportant le plateau repas dans ma chambre, elle s'assit sur le bord du lit et me regarda avec une tendresse voilée d'une ombre de gêne. Nous n'avions

LA PORTE DES ANGES

pas encore pris le temps de parler depuis mon retour à la maison.

– Je suis désolé de ce qu'Agathe t'a raconté, me dit-elle en évitant de croiser mon regard. Ton père en est très contrarié également.

– C'est vrai ce qu'elle a dit ?

Ma mère resta silencieuse un instant, puis approuva d'un signe de tête.

– Oui. Je voulais te le dire un jour. Certainement pas que tu l'apprennes de cette manière !

– Pourquoi ne voulais-tu pas me garder à ma naissance ?

Ma mère soupira.

– J'étais jeune quand nous nous sommes séparés, ton père et moi, et je n'avais pas d'emploi. Pendant ma grossesse, j'étais très déprimée et je ne voyais pas comment j'allais réussir à t'élever correctement, sans Jean-Pierre. Je voulais que tu puisses être heureux, dans une famille qui t'aime, à l'abri du besoin. C'est pour cela que j'avais pris la décision d'accoucher sous X, pour que tu puisses être adopté par un couple sans enfant...

Ma mère baissa la tête.

– Si je ne t'en ai jamais parlé, c'est que j'ai vécu là un moment horrible. Je ne t'ai pas vu à la maternité. J'avais trois mois pour confirmer mon choix ou pour te reprendre. Au bout d'un mois, j'ai craqué. Je n'ai pas supporté de te perdre ! Peut-être ai-je été égoïste...

– Égoïste ?

– Tu aurais certainement été plus heureux dans une bonne famille, avec un père et une mère...

Je me redressai dans le lit.

– Je suis heureux de vivre avec toi, maman !

Ma mère éclata en sanglots. Je sentis qu'elle venait de se décharger d'un lourd fardeau. Elle me prit longuement dans ses bras et me serra fort sur elle, sans dire un mot...

Au bord du soir, mon père vint me rendre une visite à son tour. Lui aussi paraissait embarrassé. Il déposa avec une jovialité feinte un paquet sur mon lit.

– Qu'est-ce que c'est ? demandai-je.

– Ouvre donc !

Je déballai le cadeau. C'était un coffret de DVD des films « *Stargate* ».

– Tu verras, c'est super ! dit-il avec enthousiasme. C'est l'histoire de personnes qui passent une porte qui les envoie sur d'autres planètes ! C'est vraiment passionnant ! Ça te changera les idées !

Je souris. À quand la série « *Angelgate* » ? Là, je pourrais donner des idées pour le scénario !

Mon père approcha mon fauteuil du lit et s'assit.

– Je voulais te parler de ma sœur Agathe.

Je me fermai d'un coup, comme une huître.

– Jean-Baptiste, je sais que tu lui en veux beaucoup et je te comprends très bien. Mais elle est ta tante et je me dois de te parler de ta famille paternelle et des raisons pour lesquelles Agathe se comporte comme ça vis-à-vis de toi.

– Ce n'est pas parce qu'elle est ma tante qu'elle a le droit d'insulter maman !, répliquai-je vertement.

– Tu as raison. Mais si je veux te parler de ma sœur, ce n'est pas pour lui trouver des excuses, c'est pour que tu comprennes mieux son état d'esprit…

Voyant que je ne réagissais pas, mon père crut comprendre que je l'invitais à parler.

– Agathe est née bien avant moi, en 1950. Nous avons seize ans de différence. Ma mère, qui s'appelait Huguette, est morte en me donnant la vie. Je ne l'ai donc jamais connue. Mon père, Yvan, était déjà très âgé et c'est Agathe qui est devenue ma mère de substitution et qui m'a élevé avec un dévouement incroyable. Elle avait une vingtaine d'années quand elle a connu un jeune homme qu'elle aimait beaucoup. Mais, je ne sais pas pourquoi, ils ont rompu leurs fiançailles. Elle a très mal supporté cet échec et elle a redoublé d'amour pour moi. Je suis devenu plus que jamais sa raison de vivre... À vingt-cinq ans, elle s'est mariée avec ton oncle Jules, mais ils n'ont jamais pu avoir d'enfants. Mon père était mort depuis quelques années et Agathe a continué à s'occuper de moi. J'avais neuf ans et ils me considéraient comme leur propre fils...

Mon père se racla la gorge, frotta machinalement son menton et reprit son récit.

– Quand j'ai rencontré ta mère, j'avais vingt-deux ans et Agathe en avait trente-huit. Lorsque je lui ai dit que je voulais me marier avec Laurence, Agathe l'a très mal pris. Elle me trouvait trop jeune. Elle avait beaucoup donné d'elle-même pour que je puisse faire de bonnes études et que je réussisse dans la vie. J'étais en Sciences Po et Agathe en était très fière... Elle me voyait déjà en haut de l'affiche ! Quand je lui ai dit que j'allais être père, elle a vu rouge. J'anéantissais tous ses rêves et ses espoirs. C'est elle qui m'a incité à rompre avec Laurence. Elle me disait que c'était ce que papa et maman auraient voulu !

– Et c'est Agathe qui t'a poussé à demander à maman d'avorter, je suppose ?

Mon père devint rouge écarlate.

– Oui. C'est exact.

Il se leva et marcha de long en large dans la chambre en évitant de me regarder.

– Je m'en suis beaucoup voulu de l'avoir écoutée et je me suis disputé avec ma sœur. Pour la punir, en quelque sorte, j'ai arrêté mes études et j'ai cherché un petit travail comme graphiste dans une entreprise. Agathe était anéantie. Nous ne nous sommes plus parlé pendant plusieurs années, jusqu'à ce que j'apprenne, par son mari qui me téléphonait en cachette, qu'elle était tombée dans une grave dépression...

Mon père se rassit lourdement.

– Il faut que tu me comprennes, Jean-Baptiste : Agathe était ma seule famille. Mes parents étaient morts et je n'avais pas d'autres frères et sœurs. Elle avait sacrifié une partie de sa vie pour me donner le meilleur d'elle-même… Je ne pouvais pas l'abandonner ! Ce n'était pas possible ! Alors je me suis réconcilié avec elle.

Mon père toussa encore. Je voyais que ce qu'il me disait lui coûtait beaucoup.

– Quand Agathe a appris que tu étais venu me voir, il y a quelques mois, et que j'avais repris contact avec Laurence, sa blessure s'est ravivée d'un seul coup. Et pourtant, je voyais bien qu'elle mourait d'envie de te connaître. Elle était tiraillée. J'ai donc profité de l'occasion où ta maman était à l'hôpital pour faire appel à ses services. Elle a accepté tout de suite de venir à Tournon-sur-Vise. Elle était ravie de faire ta connaissance, car, au fond, elle aussi se sentait coupable après ce qui s'était passé entre ta maman et moi. Malheureusement, en te voyant, elle n'a pas réussi à maîtriser son émotion. La vieille rancune a resurgi. Elle a été très dure envers toi et ta maman. C'est peut-être difficile à comprendre, Jean-Baptiste, mais Agathe n'est pas méchante, en fin de compte : c'est une femme qui souffre…

On frappa à la porte de ma chambre. J'étais soulagé de cette intrusion qui allait m'éviter de répondre. Tout ce qu'il m'avait raconté de lui et de sa famille m'avait profondément bouleversé et j'avais besoin de réfléchir.

– Entrez ! dis-je avec empressement.

J'aperçus le visage souriant de Lucie par la porte entre-bâillée.

– C'est moi. Oh, bonsoir mons… Jean-Pierre ! dit-elle gentiment en apercevant mon père.

– Bonsoir, Lucie.

Puis se tournant de nouveau vers moi, elle dit :

– Je suis accompagnée de Philippe. Ta maman m'a dit que l'on pouvait passer te dire un petit bonjour ! Mais je ne savais pas que tu étais occupé. Veux-tu que nous repassions un peu plus tard ?

– Non, c'est inutile, répondit mon père. J'allais justement partir.

– Ah ? Bon, alors, si ça ne dérange pas...

Avant de quitter la chambre, mon père me jeta un dernier coup d'œil et dit d'une voix encore marquée par l'émotion :

– Bonne nuit, mon fils !

– Bonne nuit... papa !

Il me gratifia d'un clin d'œil et me laissa avec mes amis.

Lucie et son parrain s'installèrent à côté de mon lit. Ils regardèrent ma collection de pansements et de bandages avec un petit sourire désolé.

– Tu as mal ? me demanda Lucie.

– Non. Ce ne sont que des coupures sans gravité.

– Tant mieux. J'ai appris tout ce qui s'est passé... C'est incroyable !

– J'avoue que je suis content que ce soit terminé. Ça devenait franchement glauque comme ambiance ! À la fin, je ne savais plus qui était qui, qui disait vrai et qui mentait...

Lucie approuva.

– Il n'y a pas que pour toi que c'était glauque...

– Alors, tu as le quatrième clou, maintenant ? demandai-je avec entrain. C'était donc toi, la « montagne de lumière » ?

Lucie écarta les mains avec un air modeste.

– Ben oui ! J'ai pris la succession de Sarah la Kali dans la garde du clou maudit.

– Comment as-tu compris qu'il s'agissait de toi ?

Philippe répondit lui-même à ma question :

– Si tu connaissais la langue grecque, mon cher Jean-Baptiste, tu aurais compris le sens du message. Oros signifie « montagne » et Lucie vient du mot « lumière ». Ce n'est pas un lieu qui protège la quatrième clé, mais une personne. Ce fut d'abord Sarah, la fille de Miklos, puis la « montagne de lumière », plus connue sous le nom de Lucie Oros...

Je sifflai d'admiration.

– Eh bien... Si je m'attendais à ça ! Bon courage, ma vieille !

Lucie confirma mes paroles :

– Si Sarah n'est pas devenue sainte, contrairement aux autres femmes qui l'accompagnaient de Palestine, c'est probablement parce que le clou maudit est difficile à porter... Il faut se protéger sans arrêt de son influence négative si l'on ne veut pas se laisser entraîner dans la tentation ou le désespoir...

– J'en sais quelque chose ! Mais toi, comment tu fais ? Où l'as-tu mis ?

Lucie baissa la tête.

– Je ne peux pas te le dire. Il faut que tu acceptes que je doive garder seule ce secret.

Je me rembrunis. Je ne lui avais jamais rien caché, moi. J'étais déçu de ce manque de confiance. Lucie sembla lire dans mes pensées. Elle ajouta avec un grand sourire :

– Ne t'inquiète pas ! Rien n'est changé entre nous. Simplement, il vaut mieux ne plus parler de ce clou et puis c'est tout ! Tiens, j'ai un petit mot pour toi de la part de Morgane.

Je saisis le bout de papier plié en quatre que me tendait Lucie et me mis à lire.

Cher Jean-Baptiste,
J'ai appris que tu t'étais blessé. J'espère quand même que tu resteras aussi beau gosse qu'avant. Je pense

bien à toi. Moi, ça va. Je sors avec Kevin, je crois que c'est mieux pour tout le monde. On va à la patinoire ensemble. C'est sympa.
Bonne chance avec Lucie. Ne te fais pas mordre par elle ! Bisous !

Morgane

P.S. Au fait, t'as appris pour Thibault ? Il a disparu et Allard n'arrive pas à joindre ses parents au téléphone Il dit que le numéro n'est plus attribué. C'est bizarre non ?

Je posai la lettre à côté de mon oreiller et dit d'une voix neutre :

– Elle parle de la disparition de Thibault… Enfin, de Bolduc ! Si je lui disais que je l'ai vu exploser en mille morceaux dans un temple mexicain hier soir, elle me prendrait vraiment pour un malade !

– J'ai encore du mal à réaliser que 007 était l'espion de l'Adversaire, fit pensivement Lucie. Il va me manquer. Il était si gentil, si drôle…

– Drôle, peut-être, mais pas très clair pour un ange !, rectifia Philippe. Si j'avais su qu'il cachait des choses aux sécuritanges et qu'il vous avait dit de ne rien dire, j'aurais compris plus vite que cet ange était trouble…

– Vous parlez de ses gadgets qu'il cachait sur lui ? D'accord, il nous avait dit de ne rien dire, mais c'était pour la bonne cause !

– La fin ne justifie pas les moyens ! répliqua fermement Philippe. Quand le colonange Solanel a reproché à 007 d'avoir utilisé un filin sans autorisation pour lier les magiciens dans l'église Saint-Thomas, il s'est braqué contre lui. L'enquêtange pensait avoir raison… Vous savez, l'orgueil ! C'est à ce moment-là que l'Adversaire l'a entraîné dans sa chute et que l'enquêtange a commencé son double jeu...

– Petits mensonges, grandes conséquences... commenta Lucie en fronçant les sourcils.

Philippe sortit de sa poche un morceau de journal et me le tendit.

– En parlant de gens troubles, j'ai des nouvelles de maître Verreux, dit-il avec un petit sourire. Il a été arrêté à son domicile samedi matin. À l'heure qu'il est, l'avocat est sous les verrous.

La photo qui accompagnait l'article était suffisamment explicite pour que je me dispense de le lire. On voyait maître Verreux baissant la tête piteusement entre deux gendarmes, les menottes aux poignets...

– C'était donc vrai, ce qu'il m'a raconté ?! Il ne m'avait pas menti lorsqu'il m'a parlé dans sa voiture. Je me demande encore s'il avait été envoyé par l'Adversaire pour que je me méfie de mon père, ou s'il avait été abusé par son client, le fameux Natas...

– Difficile à dire, dit le parrain de Lucie rêveusement. Laissons à ce pauvre homme le bénéfice du doute. Admettons qu'il ait été sincère dans sa démarche et qu'il ait vraiment cru les paroles mensongères de l'Adversaire concernant ton père...

– C'est horrible cette confusion entre la vérité et le mensonge !, m'insurgeai-je. On finit par se méfier de tout et de tout le monde. Même de vous, Philippe ! Je me suis posé des questions !

Le parrain de Lucie dodelina de la tête.

– Je comprends. Au fond, tu te demandes qui je suis vraiment, c'est cela ? Tu te poses des questions sur mon compte...

Lucie bondit sur la perche que son parrain était en train de tendre.

– C'est vrai ! Moi aussi, je me pose des questions. Je te connais depuis mon enfance, mais je ne sais pas qui tu es vraiment. Papa est toujours vague lorsqu'il parle de toi. Il dit que tu es un écrivain et que tu voyages beaucoup. Quand j'étais petite, je ne me posais pas de questions, mais maintenant…

– D'accord, d'accord ! coupa Philippe en levant les mains. J'ai compris. Il faut que je lève un pan du voile, c'est ça ?

– Tu n'es pas obligé…

– Je sais. Mais je crois que vous avez le droit de savoir des petites choses sur mon compte. C'est normal !

Philippe se cala dans le fauteuil.

– Voilà. Je suis un oblat de l'abbaye Saint-Placide…

– Tu es un moine ? ! s'exclama Lucie. Incroyable !

– Non, pas un moine, un oblat : c'est différent. Je vis dans le monde, mais je suis rattaché à l'abbaye Saint-Placide. Je suis une sorte de religieux hors du monastère, si tu veux. C'est la raison pour laquelle j'ai été choisi par le frère Athanase comme sentinelle de la Porte des Anges. J'appartiens au même ordre que lui. Comme il est moine et qu'il sort très peu du monastère, c'est moi qui le représente dans certaines occasions, pour remplir des missions qui concernent les relations entre les hommes et les anges…

– Tu es un agent secret des anges, alors…

Philippe se mit à rire. Cette appellation ne semblait pas lui déplaire.

– En quelque sorte… Je remplace de temps en temps une sentinelle qui est absente ou malade. Comme Don Aldo à Rome, par exemple, lorsqu'il a été blessé.

– Vous avez de ses nouvelles ?

– Oui, il va bien. Il est retourné au Vatican pour reprendre ses activités habituelles.

– Tu vis de quoi, parrain ? demanda Lucie.

– J'ai été longtemps professeur d'histoire des religions et j'écris aussi quelques livres. Cela me permet de ne pas attirer l'attention sur moi et de me concentrer davantage sur ce qui fait l'essentiel de mon activité : être une sentinelle de la Porte des Anges...

Chacun d'entre nous resta un moment silencieux.

– Si vous n'avez pas d'autres questions, fit le parrain de Philippe, nous allons te laisser te reposer, Jean-Baptiste. Nous aurons bien d'autres occasions de parler.

– Oh, mais vous ne me dérangez pas ! protestai-je vigoureusement.

Lucie se leva et posant sa main sur mon épaule, elle dit avec un doux sourire :

– Philippe a raison. Nous allons te laisser. Je vois que tu n'as pas encore fini de lire le bouquin que je t'ai offert à Noël dernier...

Le marque-page qui sortait de l'ouvrage sur l'histoire du cinéma au XXᵉ siècle qui traînait au pied de mon lit dévoilait avec impudeur que je n'avais toujours pas dépassé le chapitre 1. Lucie me sourit avec indulgence et je fis mine de paraître vraiment désolé.

– Quand tu iras mieux, le frère Athanase souhaiterait te voir, dit encore Philippe avant de quitter ma chambre. Il voudrait te remercier et parler avec toi...

– Ça tombe bien, moi aussi ! J'ai beaucoup de choses à lui demander.

Quand Lucie sortit de ma chambre, j'aperçus furtivement un voile de tristesse dans son regard. Pendant un instant, je me demandai si je lui avais dit quelque chose qui l'avait contrariée.

Un beau soleil de juillet illuminait le jardin parfaitement entretenu du cloître de l'abbaye Saint-Placide. Des parterres de fleurs délicates y entouraient une délicieuse petite fontaine. L'harmonie du cadre contribuait à donner à ce lieu un climat apaisant et protecteur. Je marchais à pas lents à côté du bénédictin en parlant à voix basse pour ne pas troubler la quiétude des moines plongés dans leur contemplation.

Cela faisait plus d'un mois que je n'avais pas revu le frère Athanase... depuis ce terrible combat qui l'avait opposé à l'Adversaire dans la grotte. J'étais ému de le retrouver, même si sa présence ravivait en moi de terribles souvenirs...

Le frère Athanase portait une grosse balafre sur la joue, qui semblait saigner encore de temps en temps.

– Je crains que cette blessure ne mette du temps à cicatriser, dit le Gardien de la Porte des Anges qui avait vu que je louchais sur sa joue. Évidemment, le frère infirmier n'y comprend rien et il teste toutes sortes de pommades et de crèmes cicatrisantes... sans grand succès, malheureusement ! Je suis devenu un vrai cobaye entre ses mains... Et toi, Jean-Baptiste, ça va mieux ?

– Oui, ça va mieux. Même s'il m'arrive régulièrement de penser à ce qui s'est passé dans cette grotte... C'était... C'était la chose la plus effrayante que j'aie jamais connue jusqu'à présent !

– Je comprends.

– J'ai bien cru que l'Adversaire allait réussir à vous tuer ! J'étais complètement désespéré ! Dites-moi : pourquoi êtes-vous venu seul dans cette grotte ? Où était l'Archange saint Michel ? Et les sécuritanges ? Pourquoi ne vous ont-ils pas aidé ?

– Je suis descendu seul dans cette grotte parce que je n'avais pas besoin des anges pour combattre l'Adversaire. Je suis moine, prêtre et Gardien de la Porte des Anges, ce qui est suffisant pour parvenir à chasser l'Adversaire !

– Un petit coup de pouce aurait quand même été le bienvenu !

– C'est moi qui ai demandé à être seul. Je n'avais qu'un mot à dire et les sécuritanges seraient venus à mon aide immédiatement. Mais je voulais venir te chercher moi-même.

– Pourquoi ?

Le frère Athanase posa un long regard sur moi.

– Parce que c'est moi qui t'ai envoyé chercher la quatrième clé et c'était donc à moi de venir te délivrer de ce lieu terrible où tu étais retenu prisonnier, de te tirer des griffes de l'Adversaire.

– Quand j'étais dans cette grotte et que j'ai compris que 007 avait trahi, j'ai vraiment pensé que tout le monde m'avait abandonné. Même vous !

– Et pourtant, j'ai toujours été près de toi, Jean-Baptiste. Je ne t'aurais jamais abandonné…

Un silence ponctua son affirmation.

– Je n'ai pas compris comment vous avez fait pour descendre dans cette grotte sans montrer le moindre signe de peur ou d'inquiétude…

– Cela fait tellement longtemps que je combats l'Adversaire que j'ai appris à ne plus avoir peur de lui. En réalité, c'est lui qui a peur de moi…

– Peur de vous ? Peur d'un homme ?

– Il a peur du prêtre que je suis, de ce que le Très-Haut réalise à travers moi.

– Dites, vous croyez que le combat est terminé ?

Le frère Athanase soupira.

– En ce qui concerne la menace du clou maudit, oui, l'aventure est terminée. La quatrième clé est de nouveau en sûreté et la prophétie est accomplie. *Deo gratias* !

– J'ai vraiment douté que la prophétie me concernait…

– Tu manques de confiance en toi, Jean-Baptiste !

– Comment avoir confiance en soi quand on ne peut pas faire confiance aux autres ? Je doutais de tout le monde : de mon père, de mes camarades de classe, de

Lucie, de Philippe même... C'était horrible. Je n'arrivais plus à distinguer ce qui était vrai de ce qui était faux, ceux qui m'aimaient de ceux qui me détestaient...

– C'est l'œuvre de l'Adversaire que de mêler le vrai et le faux. C'est pour cela qu'il est redoutable. Sa tactique consiste à glisser du mensonge dans la vérité, de l'obscurité dans la lumière. C'est le principe des grains empoisonnés que l'on utilise pour tuer les rats. La plupart des grains sont sains, mais il y en a quelques-uns qui sont mortels. L'animal ne se méfie pas et crac !

– Mais notre vie est comme ça... Mi-ange, mi-démon. C'est pour cela que je n'ai pas confiance en moi. Vous savez, depuis que j'ai trahi mes amis pour garder l'épée magique, je me méfie de moi-même autant que de l'Adversaire...

– Jean-Baptiste, nous sommes tous des êtres faibles. Moi le premier. Et pourtant, j'ai accepté d'être le Gardien de la Porte des Anges, malgré mes faiblesses et mon indignité.

– Vous, faible ? Non, ce n'est pas vrai ! Vous, vous êtes fort ! Vous ne vous laissez pas avoir par l'Adversaire ! Vous êtes un homme de Dieu !

– Un homme de Dieu n'est pas forcément un homme parfait, Jean-Baptiste. Tu ne connais pas grand-chose de mon histoire. Moi aussi, j'ai eu quinze ans ! Moi aussi, j'ai fait des erreurs ! Si je te les racontais, tu n'en reviendrais pas !

Même avec beaucoup d'imagination, je voyais mal ce moine en ado boutonneux portant jean et baskets et faisant des bêtises à l'école ou à la maison...

– Vous dites cela pour me consoler !

– Ce n'est pas mon genre, mon gars. Je suis franc et j'aime la vérité. La vraie force, Jean-Baptiste, c'est de savoir que l'on est faible et de le reconnaître, humblement.

Je secouai la tête, d'un air maussade.

– Vous n'avez sûrement jamais trahi, maugréai-je. Vous

n'avez jamais donné votre clé de la Porte des Anges à l'Adversaire. Moi, si !

Le moine resta un instant silencieux.

– La culpabilité... Voilà ce qui intéresse l'Adversaire pour nous faire tomber.

– C'est normal d'être culpabilisé, non ? Si on ne l'est pas, c'est qu'on n'a pas de sens moral, non ?

– Regretter ses fautes est une chose. S'enfermer dans la culpabilité en est une autre. Lorsque l'Adversaire a découvert cette culpabilité en toi, il l'a entretenue pour mieux t'écraser. Il aime bien prétendre qu'il est juste. Mais la justice sans l'amour qui la dépasse infiniment est plus un enfermement qu'une libération.

– Alors, que faut-il faire quand on est culpabilisé ?

– Demander pardon. Et recevoir le pardon.

– Le pardon ?

– Je sais, il faut beaucoup d'humilité pour avouer ses fautes et ses faiblesses. Et encore plus d'humilité pour accepter d'être pardonné. Mais contre cela, l'Adversaire ne peut rien faire !

Je réfléchis un moment. Je toussai avec embarras et dis d'une voix étranglée :

– Frère Athanase, vous me pardonnez d'avoir trahi la confiance que vous m'aviez faite lorsque j'ai donné le clou au docteur Faust ?

Le moine arrêta de marcher et se tourna vers moi. Le visage grave, il dit d'une voix ferme.

– Je te pardonne, Jean-Baptiste. Et comme je suis prêtre, je peux aussi te donner le pardon du Très-Haut.

Il posa ses deux mains sur ma tête et prononça une formule que je compris à peine.

D'un seul coup, le grand poids qui oppressait ma poitrine depuis des mois venait de m'être retiré. Je me sentais tellement léger que j'avais l'impression que j'allais me mettre à voler. Je pouvais penser à tous ceux qui m'entouraient et découvrir combien je les aimais. Ma mère, mon père, Philippe, Morgane. Lucie. Même Jonathan et sa bande.

Je ne sentais plus qu'un amour frais et pétillant qui jaillissait de mon cœur.

– Merci, frère Athanase.

Le moine me saisit dans ses grands bras et me serra contre lui.

Comme un père.

Les cloches de l'abbaye se mirent à sonner à pleine volée.

Il me semblait entendre la voix des anges qui se réjouissaient avec moi !

TABLE DES MATIÈRES

LA PORTE DES ANGES

Le complot d'Éphèse

ISBN 2-7122-0962-1

2ᵉ édition en cours – Tome 1

16,50 € – 316 p.

Par un soir de novembre, Jean-Baptiste, 15 ans, assiste à une scène pour le moins insolite entre un ange et un démon : une lutte dont l'unique trace est... un mystérieux clou ! Avec son amie Lucie, il mène l'enquête, et se trouve propulsé dans une aventure incroyable à travers l'espace et le temps... du Paris du Moyen Âge à la Turquie du Iᵉʳ siècle...
Quel est le secret caché que Jean-Baptiste et Lucie sont censés découvrir ?

« Sous un vernis fantastique, (une) **aventure initiatique** mêlant anges et démons, peur et bonheur, civilisations antiques, espions et recherches virtuelles. » (*Enseignement catholique Actualités*, n°307, novembre 2006)

« **Un roman que l'on ne lâche plus quand on l'a ouvert....** Tous les ingrédients sont là : humour, suspense, références cinématographiques, rythme haletant jusqu'à la fin ! » (*L'Église catholique en Yvelines - Sources*, 08.11.2006)

« **Un roman fantastique exaltant** à la croisée des deux mondes, qui apporte réflexion sur la vie et les relations avec les autres. » (*La Croix*, 07/07/2006)

« **Enfin du fantastique à mettre dans toutes les mains !** Michael Dor a réussi à marier deux genres complètement opposés : le fantastique et le spirituel ... une dimension spirituelle accessible à tous, croyants ou non... Un tour de force réussi ! » (*Cap Aventure* - Magazine des Scouts d'Europe, juillet/août 2006)

« L'heure est venue pour les chrétiens de redécouvrir l'efficacité catéchétique du merveilleux : la théologie côtoie le féérique !... Le merveilleux n'est pas au centre de la foi, mais il peut y mener comme un jeu de piste... Si le t. 1 accorde une **large place à la thématique de la lutte entre le bien et le mal**, le t. 2 devrait davantage aborder la question de la vérité et du mensonge... » (Jérémie Brasseur, *Dimanche* (quotidien belge), n° 37, 2006)

Venez retrouver l'auteur de la Porte des Anges sur son blog :
www.laportedesanges.fr

Achevé d'imprimer par Corlet, Imprimeur, S.A. - 14110 Condé-sur-Noireau
N° d'Imprimeur : 99762 - Dépôt légal : mars 2007 - *Imprimé en France*